빨간 마후라 김영환

특명, 해인사를 지켜라!

빨간 마후라 김영환
특명, 해인사를 지켜라!

1판 1쇄 발행 | 2018년 5월 23일
1판 3쇄 발행 | 2018년 6월 12일

지은이 | 차인숙
펴낸이 | 김경배
펴낸곳 | 시간여행
본문 디자인 | 서진원

등 록 | 제313-210-125호(2010년 4월 28일)
주 소 | 서울 마포구 토정로 222, 한국출판콘텐츠센터 419호 시간여행
전 화 | 070-4032-3664
이메일 | sigan_pub@naver.com

종 이 | 엔페이퍼
인 쇄 | 한영문화사

ISBN 979-11-85346-81-6 (03810)

이 도서의 국립중앙도서관 출판사 도서목록(CIP)은 서지정보유통지원시스템 홈페이지(http://seoji.nl.go.kr)와 국가자료 공동목록시스템(http://www.nl.go.kr/kolisnet)에서 이용하실 수 있습니다. (CIP 제어번호 : CIP2018014928)

빨간 마후라 김영환

특명, 해인사를 지켜라!

차인숙 장편소설

시간여행

| 감사의 글 |

故김영환 장군의 영전에 바칩니다

이 책이 세상의 빛을 보기까지 그동안 많은 분의 도움을 받았습니다.

공군역사기록관리단의 최영훈 단장님, 이원석 편찬과장님, 최미경 주무관님의 전폭적인 지원이 있었기에 용기를 가지고 쓸 수 있었습니다.

김영환 장군님의 조카이신 김태자 선생님, 11대 공군참모총장님이셨던 김두만 대장님, 임상섭 장군님, 박재호 장군님, 김영환 장군님(공사 1기생)의 증언은 무척 소중한 자료가 되었습니다.

차일혁 경무관님의 아드님이신 차길진 이사장님께도 지면을 빌어 감사 말씀드립니다.

많은 분의 협조와 성원으로 완성된 이 책을 故 김영환 장군의 영전에 바칩니다.

2018년 5월

저자 차인숙 합장

| 추천사 |

대한민국의 하늘과 문화재를 사랑했던 김영환 장군을 기리며

대한민국은 많은 사람의 희생과 헌신으로 오늘날 세계 속에 우뚝 선 국가가 되었습니다. 희생과 헌신의 주인공 중에서 유독 잊을 수 없는 한 사람이 바로 김영환 장군입니다.

김영환 장군은 일제강점기인 1921년에 태어나 1954년 34세의 나이로 순직할 때까지 참으로 극적인 삶을 살았지만, 그분이 이 땅에 남긴 발자취는 실로 컸습니다. 역사의 소용돌이에서 세 번의 장교 임관을 거쳤으나, 세 번째 소위로 임관한 후에는 육군 항공 총감부에 근무하면서 공군 창설을 위해 백의종군 정신으로 산파역을 수행했습니다.

해방된 조국은 여전히 암울했지만, 튼튼한 국방력이 곧 국력임을 절감한 선구자들은 군별로 전력을 체계화하려 노력을 기울였습니다. 그러나 독자적인 전력과 군비가 갖춰지기도 전에 대한민국은 6.25 한국전쟁을 맞았습니다. 모든 전력이 열세였던 조국은 바람 앞의 등불이었으나 전 군은 목숨을 걸고 조국을 지켜냈습니다. 《빨간 마후라 김영환》에서는 6.25 당시 열악했던 대한민국 각 군의 상황이 그려져 있습니다. 그 속에서 우리의 선배들이 땅과 바다와 하늘에서 어떤 정신과 각오로 누란의 나라를 구하고 지켜냈는지 여실히 보여주고 있습니다.

우리가 전쟁을 두려워하는 것은 많은 것을 잃기 때문입니다. 소중한 가족을 잃고, 평생 일궈온 재산도 잿더미가 됩니다. 그중에서도 오랜 세월 지켜온 귀한 문화재를 한순간에 잃는 경우도 생깁니다. 문화재 한 점 한 점은 곧 그 나라 국민의 정신과 자부심이기에 매우 값진 것입니다.

차인숙 작가의《빨간 마후라 김영환; 특명, 해인사를 지켜라》에는 짧고 굵게 살다간 김영환 장군의 일대기가 고스란히 담겨 있습니다.

오늘날 우리가 김영환 장군을 흠모하는 이유 중 하나가 바로 문화재를 지켜낸 그분의 결단력 때문입니다. 지리산 무장공비섬멸 작전 중, 편대장으로 출격했던 김영환 장군은 빠른 판단과 기지를 발휘해서 해인사를 폭격하는 대신 우회 공격을 시도합니다. 평소 불심이 깊었던 어머니의 영향도 크게 작용했지만, 팔만대장경의 위엄을 다시 한번 생각하게 되는 사건이기도 합니다.

이 책은 김영환 장군을 통해 지휘관의 지도력과 통찰력 그리고 결단력과 호연지기를 알게 합니다. 그가 보여주고자 했던 자주국방의 의지는 오늘의 국방력 강화에 한 몫을 차지하고 있습니다. 정신적인 문화를 즐길 줄 알았던 그분의 낭만은 예술을 사랑하는 국민의 정서 생활과 잇닿아 있습니다. 또한, 민족의 정기가 담긴 문화재를 지키는 자세는 두고두고 국민을 하나로 묶는 정신적 중심이 되어 있습니다.

안타깝게도 김영환 장군은 1954년 3월 5일 강릉기지를 눈앞에 두고 홀연히 바람처럼 사라졌습니다. 저는 마지막 순간의 비행을 김영환 장군과 함께 비행했기 때문인지, 한시도 그를 잊지 못하고 있습니다. 전투 조종사로 또 지휘관으로 임무를 수행할 때마다 저는 김영환 장군의 지도력을 표상으로 삼았습니다. 그만큼 그분은 제겐 정신적 지주였습니다.

2010년 대한민국 정부는 민족의 문화유산인 팔만대장경과 장경판전을 지킨 김영환 장군의 공로를 인정하여 금관문화훈장을 추서했습니다. 시간이 흘러가도 김영환 장군은 팔만대장경과 함께 우리의 기억 속에 남아 있을 것입니다. 더불어 대한민국을 지키는 가장 높은 힘이 되어 오늘도 조국의 번영을 바라고 있을 것입니다.

2018년 5월
제11대 공군참모총장 · 예비역 공군 대장
김두만

| 추천사 |

해방 후, 6 · 25전쟁이 끝날 때까지 공군의 역사를 쉽게 이해하게 한다

팔만대장경은 현존하는 세계의 모든 대장경 가운데 가장 오래되었다. 체재와 내용도 가장 완벽한 것으로 평가받고 있다. 판수가 팔만여 개에 달하고 8만4천 법문을 싣고 있는 팔만대장경은 1251년에 완성되어 오늘에 이르기까지 많은 전란과 여러 번의 화재를 겪으면서도 완벽하게 보존되어 국보 제32호로 지정되어 있다, 유네스코 세계기록문화유산으로도 지정되어 우리 겨레의 으뜸가는 문화유산으로 살아 숨 쉬고 있다.

이렇게 소중한 보물 대장경이 6.25 전쟁 당시 소실될 뻔한 위기를 맞았었다. 가야산 지역에 은거하고 있던 900여 명의 빨치산을 섬멸하기 위해 전투기 편대가 출격하였고 작전명령에 따르자면 바로 해인사에 폭탄을 퍼부어야 할 상황을 맞은 것이다. 그러나 편대장 김영환은 공비 몇 명을 소탕하기 위해 소중한 유산을 불태울 수 없다는 판단으로 폭격을 중단시키고 도주하는 공비에게 기총공격만 가한 후 귀환함으로써 대장경을 온전하게 보존할 수 있었다. 이처럼 영웅적인 행동으로 우리 민족의 소중한 유산을 온전히 남길 수 있게 해준 김영환 장군의 일대기를 차인숙 작가가《빨간 마후라 김영환; 특명 해인사를 지켜라》을 장편 소설로 발간한다.

차인숙 작가는 2013년 국립묘지에 나란히 묻혀있는 아버지 박명렬 소령과 그의 아들 박인철 대위의 뜨거웠던 삶을 섬세하게 묘사한《리턴 투 베이스》소설을 출간한 바 있고, 2015년에는 공군의 6.25 전쟁 영웅 유치곤 장군의 일대기인《나다: 유치곤; 전설이 된 빨간 마후라》를 출간하였다.

이와 같은 공군 관련 소설을 집필하면서 차인숙 작가는 많은 공군 역사자료들을 섭렵하였고, 아직도 생존해 있는 6.25 참전 조종사들과 인터뷰 등을 통해 한국전쟁 당시 한국공군의 상황을 잘 이해하고 집필에 필요한 자료를 충분히 확보했다.

소설《빨간 마후라 김영환: 특명 해인사를 지켜라》는 개인의 일대기를 다룬 것이기는 하나 작가의 충분한 지식을 바탕으로 공군 창설 과정과 전투기 한 대 없이 맞이한 6.25 남침, 최소한의 훈련도 받지 못하고 출격해야 했던 절박한 상황, 공군 조종사들의 상징이자 자부심인 빨간 마후라를 매게 된 배경을 묘사하면서 독자가 흥미롭게 읽을 수 있도록 했다.

누구라도 이 책을 읽는다면 딱딱한 역사책을 펴지 않고도 해방 후, 6.25 전쟁이 끝날 때까지 공군의 역사를 쉽게 이해할 수 있을 것이기에 공군 장병들에게는 필독 도서로 추천하고 싶다.

이 소설을 통해 한 쾌남아의 용기 있고 현명한 판단으로 지켜낸 위대한 문화유산 팔만대장경의 소중한 가치를 되새겨보고 오늘의 자랑스러운 우리 조국 대한민국이 있기까지 얼마나 많은 사람의 희생이 있었는지를 다시 생각해 보는 계기가 되었으면 하는 바람이다.

2018년 5월

공군전우회 회장 · 제28대 공군참모총장

이한호

이름 없는 숱한 호법선신 중, 김영환 장군이 있습니다

불교의 거룩한 귀의처 세 가지를 일러 불법승(佛法僧)을 삼보(三寶)라 하며, 삼보를 경외하며 지키는《화엄경》에 등장하는 천신(天神)을 일러 화엄성중(華嚴聖衆), 또는 호법선신(護法善神)이라 합니다. 이러한 호법선신의 가호가 있었기에 일곱 번 대화재 속에서도 해인사의 장경판전과 고려 팔만대장경판이 모두 무사할 수 있었을 것입니다. 화엄성중은 모두 신적인 존재지만 그 신적 존재는 삼보를 지키고 옹호하는 모든 신심 있는 사람들을 상징적으로 나타냈다고 봐도 과히 틀리지 않을 것입니다. 따라서 우리나라의 법보인 해인사 고려 팔만대장경판을 지킨 김영환 장군이 바로 그 호법선신 가운데 한 분이 아닐까 생각합니다.

해인사 고려 팔만대장경판은 불법의 위신력으로 몽골의 침입으로부터 나라를 지키고자 고려 고종 24~35년(1237~1248)에 걸쳐 간행한 현존하는 세계에서 가장 오래된 목판입니다. 이 대장경판을 모신 건물을 일러 '장경판전'이라 하며, 해인사의 장경판전은 '법보전', '수다라장', '서사간판전', '동사간판전'으로 나뉘어 있으며 국보 제25호이면서 유네스코 세계문화유산으로 등재되어 있습니다. 이 장경판전 내부에 국보 제32호인 '고려 팔만대장경판'이 모셔져 있습니다. 그 가운데 고려각판은 국보 제206호, 보물 제734호이며 역시 유네스코 세계기록유산으로 등재되어 있습니다.

총 81,258장의 해인사 고려 팔만대장경판은 서체가 모두 일정하며, 오 · 탈자가 없는 것으로 유명합니다. 서체가 일정한 것은 글씨를 담당한 사람들의 글씨체를 모두 일정한 모양으로 만들기 위해 1년에 가까운 훈련을 했기 때문이라 알려져 있습니다. 팔만대장경에 새겨진 글자 수는 52,729,000자이며 발견된 오 · 탈자는 단 158자. 그것도 현대에 와서 겨우 찾아낸 것입니다. 오 · 탈자율이 무려 0.0003%에 불과합니다. 각수가 한 글자를 새길 때마다 세 번씩 절을 했다고 하는데, 이 작업을 하면서 절을 무려 1억 5천만 번이나 했다는 이야기가 됩니다.

사람들은 이러한 위대한 불교 문화유산을 기리며, 해인사까지 그 먼 길을 마다하지 않고 찾아와 관람합니다. 그러나 이 위대한 유산이 보존되고 현재에 이르기까지의 여정에는 별 관심이 없습니다.

조선 시대 일본의 빈번한 대장경판 요구와 더불어 군대를 통한 약탈을 물리친 왕과 몇몇 대신이 있었고, 유림의 방화와 훼불 훼손 사건과 임진왜란 때 목숨을 바쳐 대장경판을 지킨 스님과 역사에 이름 없는 숱한 호법선신들이 있었을 것입니다. 그 호법선신 가운데 김영환 장군이 있었습니다.

김영환 장군은 한국 공군의 F-51D 조종사였습니다. 편대장으로 지리산 공비섬멸작전 중 빨치산 소탕을 위해 해인사 폭격이 불가피했지만, 김영환 장군은 문화재 소실을 우려했습니다. 민족의 얼과 같은 문화재를 잃으면 복구할 길이 없다는 재빠른 판단에 따라 폭격 대신 기총사격으로 빨치산을 유인하여 물리쳤습니다. 김영환 장군은 평소 그분이 갖고 있던 신념대로 '영국은 셰익스피어를 인도 전체와도 바꿀 수 없다고 했지만, 해인사 고려 팔만대장경은 셰익스피어와 인도 전체를 다 줘도 바꿀 수 없는 보물'로 여겼을 것입니다. 이러한 공로로 대한민국 정부는 2010년에 김영환 장군에게 금관 훈장을 추서했으며 해인사에서는 매년 6월 29에 김영환 장군을 기리는 추모재를 개최하고 있습니다.

이번에 김영환 장군 일대기를 다룬 차인숙 작가의 소설《빨간 마후라 김영환》이 세상에 나오게 된 것을 진심으로 축하드리며 해인사 대중을 대신해 감사를 드립니다. 또한, 소설《빨간 마후라 김영환》을 통해 호법선신의 불법 수호 사상이 더욱 발현되는 계기가 되길 바랍니다.

2018년 5월
법보종찰 해인사 주지
향적 합장

애국애족과 문화재 사랑 정신이 널리 알려지고 길이 고양될 수 있기를 바라는 마음 간절하다

해마다 6월이 되면 경남 합천의 해인사에서 많은 사람이 모여 한 군인에 대한 추모의 향불을 피웁니다. 승리를 위해 파괴를 선택해야만 하는 절박한 전쟁 상황에서도 더 큰 가치를 위해 해인사에 대한 폭격을 중지시킨 위대한 군인, 김영환 장군을 기리기 위함입니다.

민족 문화유산의 정수라 일컬어지는 국보 제32호 팔만대장경판과 경판을 품고 있는 해인사를 수호한 김영환 장군이야말로 참군인의 표상이라고 할 수 있을 것이며, 이 숭고한 군인의 발자취를 새겨보고, 극락왕생(極樂往生)을 기원하는 일은 이 땅에 남은 사람들의 당연한 도리일 것입니다.

늦은 감은 있지만, 차인숙 작가께서 김영환 장군의 전기를 집필한다는 소식을 듣고 불자(佛子)이기 전에 대한민국 국민의 한 사람으로서 기쁜 마음 금할 길이 없었습니다. 무엇보다도 공군에 대한 이해도가 높은 차인숙 작가의 필력을 통하여 장군께서 우리 곁으로 오게 된 것은 다행이 아닐 수 없습니다.

민족문화를 잃는다는 것은 민족혼을 포기하는 것이라는 생각 때문에 장군의 애국애족과 문화재 사랑 정신이 널리 알려지고 길이 고양될 수 있기를 바라는 마음 간절합니다.

이 전기가 나오기까지 애쓰신 작가님과 공군 관계자 여러분께도 감사의 말씀을 드리며 부디 이 전기가 널리 읽혀서 우리의 자랑스러운 민족혼을 되찾고 우리 사회 전체를 따뜻하게 밝히는 등불이 되기를 바랍니다.

2018년 5월

대한체육회 회장 · 대한불교조계종중앙(전국)신도회장

이기흥

| 프롤로그 |

그대가 그립습니다

초여름의 가야산은 녹음을 향해 치닫고 있었다. 청록색 비단 같은 물결이 온통 가야산을 휘감았지만 웅장한 산세만은 결코 숨길 수 없었다. 울창한 수목과 기암괴석이 어우러진 가야산의 넉넉한 품에 법보종찰 해인사가 오롯이 안겨있었다. 마치 큰 바다에 배가 가고 있는 듯 고고한 해인사를 일러 행주형국이라 했던가.

스님이 두드리는 청아한 목탁 소리가 소리길을 따라 가야산 골짝마다 스며드는 6월이었다.

이운의식은 해인사 대장각 법보전 앞에서부터 봉행 되었다. 공군 의장대원은 김영환 장군의 영정과 위패 그리고 훈장을 들고 탑 마당을 향해 천천히 걸음을 뗐다. 그 뒤를 따르는 스님들의 목탁 소리가 경내에 울려 퍼졌다. 목탁 소리는 대적광전 앞 탑 마당을 돌았고 숲길과 바위를 타고 넘었다. 그리고 맑은 계곡물을 따라 가야산 녹음 속으로 점점이 잦아들었다.

김영환 장군 호국 추모재를 지내는 대적광전 앞마당에는 해인사 스님들 대부분이 참석했고, 유족과 공군 가족은 물론 합천군 관계자 그리고 관심 있는 단체의 기관장 등 많은 분이 자리했다.

가야산 해인사에서 김영환 장군을 추모하며

무인가풍의 집안에서 일제강점기에 태어난 그대는
일본 학생에게 지지 않으려 체력을 키웠지요.
눈두덩의 시퍼런 멍 자국을 용맹의 자국이라 뽐내며
그래도 세 놈을 때려잡았다고 호기롭게 외쳤던 그대였습니다.

있어도 없는 것과 같았던 난세의 나라에서
세 번의 장교 임관을 거쳐야 했던 그대였지만
오직 변치 않았던 꿈 하나 있었으니
그것은 내 나라 하늘을 지키는 전투 조종사가 되는 것이었지요.
드디어 공군 창설의 7인 중 주역이 된 그대는
공군의 삼총사로 불리며 우리의 하늘을 마음껏 누볐습니다.

가장 처참했던 6.25전쟁 중에 그대를 가야산 해인사의 하늘로 부른 건
대자대비 부처님의 해인삼매였던가요,
어머니 변보운화 보살의 지극한 불심이었던가요,
해인사 폭격명령을 거부한 그대는
파리가 불타고 있다는 거짓 보고로 파리를 지켜낸 독일 사령관처럼

진정으로 국가와 문화를 사랑했던 대한민국 전투 조종사였습니다.

빨간 마후라를 목에 두르고 가슴엔 조종휼장 하나만 달고도
무척이나 자랑스러워했던 김영환 장군.
그대는 비겁하지 말자, 정직하자란 좌우명을 몸소 실천한 지휘관이었습니다.

불시착한 전투기에서 내려 사방의 적들을 의식하지 않고
섬진강으로 뛰어들어 수영했던 그대의 호연지기.
사천의 훈련비행단장 취임사에서 산돼지 김 대령이 옛고향 사천에 돌아왔다며 호탕하게 웃었던 쾌남아.
오랜 시간이 흘렀지만, 홀연히 구름 속으로 사라진 그대가 참으로 그립습니다.

그러나 천만 불자는 믿습니다.
팔만대장경을 지켜냈던 것처럼
그대는 대한민국을 지키는 가장 높은 힘이 되어
국태민안의 수호신이 되어있으리라고

그대 김영환 장군의 영면을 위해
천만 불자와 함께 두 손 모읍니다.

대적광전 앞마당에 모인 수많은 추모객을 대신해 나는 김영환 장군

에 대한 추모글을 낭독했다. 추모식이 끝난 후 유족 중 한 분이 내게 다가왔다. 짧은 글 속에 김영환 장군의 모습을 그대로 담아 낭독해줘서 고맙다고 했다. 그러나 나는 그런 인사가 외려 부담스러웠다. 34세의 짧은 나이로 생을 마감한 김영환 장군이었다. 그랬기에 그의 진솔한 면면을 알지 못한 채 단 몇 줄의 글로 그를 대변한 부담이 컸기 때문이다. 나는 내 속에 담긴 부담을 덜어내기 위해서라도 김영환 장군을 만나고 싶었다.

공군 창설의 주역 중 한 분이었던 김영환 장군! 그는 진정 법보를 수호하려는 불보살의 화현으로 해인사 하늘 위로 날아왔던가.

2018년 5월에

차 인 숙 합장

차 례

돈암동의 어머니

며칠째 서울 하늘은 낮게 가라앉아 있었다. 서울거리는 구름에 해를 가려 어두웠고 사람들의 표정도 무거웠다. 경성이 서울로 바뀐 것에 적응하지 못한 것처럼 해방된 조국의 현실 앞에서도 사람들은 거대한 혼돈의 늪지대에 빠진 양 허우적거렸다.

일제강점기에서 벗어나 해방을 맞았지만 나라는 이미 분단된 것과 다를 바 없었다. 미국과 소련이 그은 38선은 암묵적인 분단과 이념의 갈등으로 다가왔다. 미 군정이 통치하고 있는 남한은 정치적 반목으로 인해 좌우익 대립에 따른 혼란이 극에 달했다.

"이놈의 전차는 대체 언제 오지? 기다리다 목 빠지겠다."

땅바닥에 놓은 네모난 가방에 걸터앉아 있던 사내가 툴툴거렸다.

"누가 아니래. 어느 놈이 암까마귄지 어느 놈이 수까마귄지 모르겠으나 전차는 제때 운행해야 할 것 아냐."

중절모를 눌러쓴 사내가 볼멘 투로 내뱉었다.

“서로 제 목소리만 높이는 세상이니 우리 같이 어중간한 사람만 죽어나지. 이건 뭐 해방이 됐다고 다들 만세 부르며 거리로 뛰쳐나가 서로 부둥켜안고 울며불며 난리를 피울 땐 언제고 이젠 전혀 딴 세상이 펼쳐지고 있으니 참 걱정이여.”

“이게 다 미군과 소련군 때문이야? 명분이야 패망한 일본군의 무장해제라는 걸 내세웠지만 솔직히 들여다보면 실상은 다르다고. 소련의 속셈이란 것이 사회주의 국가를 하나라도 더 건설하려고 주둔한 것이고, 미국은 사회주의 세력이 확장하는 것을 저지하기 위해 주둔하고 있는 거 아냐. 미국이나 소련이나 다들 제 이익을 쫓아 이렇게 좁은 조선 땅덩어리에 선을 그어놓고, 마치 점령군처럼 죽치고 있는 거 아니겠어?”

“거기에 맞춰 나라를 이끌 지도자들 역시 사분오열에다 좌우대립하여 피를 부르고 있으니 이거야 원 불안해서 살 수가 있나. 우리가 기다리는 전차만 해도 그렇잖은가. 노동조합이 걸핏하면 파업에 태업이나 하면서 운행 횟수를 현저히 줄이고 있으니 불편한 게 이만저만 아냐. 대체 배가 어디로 가려나 걱정이네.”

“이 사람아, 그나마 위안이 되는 건 우리가 자유민주주의 체제를 따르게 됐다는 거 아니겠나. 다들 눈이 있고 귀가 있으니 보고 들었을 것이야. 스탈린이 저지른 피의 숙청을 알게 된 사람들이 지금도 남으로 내려오고 있단 말일세. 모르긴 해도 38선을 넘어 월남하는 사람이 수십만 명은 될걸? 그런 현상을 보면 정치인들도 느끼겠지. 민심이 뭘 원하는지를.”

"그렇다면 어디 한번 지켜봄세. 남한만이라도 총선거를 치러 단독정부를 수립한다니 말일세."

"정부 수립이 되어도 한동안 불안할 거야. 조선 천지 구석구석 두더지처럼 들어앉은 빨갱이 때문에 나라가 쉬이 안정 되겠어?"

주거니 받거니 대화를 이어가던 두 사내가 약속이나 한 듯 같은 방향으로 고개를 돌렸다. 딸랑딸랑 종소리에 이어 이내 두 사내의 눈에 덜커덩거리며 달려오는 전차가 들어왔다. 어느새 구름 사이로 모습을 드러낸 햇살이 전차 위에 실려 함께 따라오고 있었다.

비슷한 형태의 한옥이 골목길을 사이에 두고 죽 이어져 있는 돈암동은 한눈에도 깨끗한 동네였다. 골목길을 들어서면 전통적인 한옥보다 개량한옥이 더 많았다. 한옥 중에서 유난히 눈에 띄는 집은 일본식 주택이었다. 한옥 사이에 들어앉은 일본식 주택은 대체로 규모가 컸다. 일제강점기 때 서울로 들어오는 일본인이 점점 늘어나자 동양척식주식회사가 발 빠르게 움직였다. 일본인이 선호할 만한 주거지를 사들이고 개발하는 데 앞장선 동양척식주식회사는 돈암동 일대에도 손길을 뻗쳤다. 그리고 수백 채의 개량한옥과 일본식 주택을 지어 일본인과 서울 부자에게 팔아넘겼다. 일본의 패망과 함께 일본인이 거주하던 주택은 아예 비어 있거나 수하에 있던 사람들이 관리한다는 명분을 내세워 차지하고 있는 터였다.

변씨 부인은 개량한옥이 눈에 차지 않았다. 일본식 주택은 그렇다 치더라도 겉만 기와를 얹었을 뿐인 개량한옥은 일본인에게 맞춤해 지었기 때문이다. 일본인은 오랜 생활방식 때문에 방에는 다다미를 깔았다. 변씨 부인은 다다미부터 눈에 거슬렸지만, 미로처럼 찾아 들어가야 하는 화장실도 불만이었다. 번듯한 새집이건만 집이 주는 중후한 멋은 한옥보다 훨씬 뒤떨어졌다.

일정한 규모의 고만고만한 개량한옥에 비해 변씨 부인의 한옥은 동네에서 두 번째로 컸다. 안채와 사랑채가 엄연히 구분된 집은 한 울타리 안에 두 채가 이어져 있었다. 낮은 담장 너머 보이는 마당은 막 비질을 끝낸 듯 항상 깨끗했다. 구들을 깐 방바닥은 들기름 먹인 한지로 반들거렸고 햇빛을 받은 창호지는 사람의 온기처럼 뽀얀 빛을 뿜어댔다. 장작불로 적당히 데워진 방은 집주인 변씨 부인의 넉넉한 인심처럼 훈기가 돌았다.

변씨 부인은 아침부터 바빴다. 덩달아 큰며느리 희재와 작은며느리 세옥도 쉴 틈이 없었다. 커다란 가마솥 앞에 선 세옥은 부지런히 식혜 거품을 걷어내느라 이마에 맺힌 땀을 훔칠 새도 없었다.

"식혜가 너무 달진 않느냐?"

부엌으로 들어온 변씨 부인이 물었다. 세옥은 고개를 갸웃거렸다. 선뜻 대답을 못 하는 세옥을 보며 변씨 부인이 국자를 들었다. 한 모금 식혜를 맛본 변씨 부인 역시 고개를 갸웃거렸다.

"아직 엿물 냄새가 나는구나. 이대로 한 시간쯤 더 달여야 맞춤 하겠네. 너무 달지 않게 불 조절에 신경 쓰거라. 그리고 식혜 퍼 담기 전에 태자 에미에게 맛보이는 거 잊지 말고."

"네, 어머니."

"내 집에 오는 손님이다. 그러니 찬물 한 그릇에도 정성이 들어가야 하는 법이야."

"네, 어머니."

"이부자리며 양말 같은 건 잘 갖춰 놓았고?"

"네, 어제 밤늦도록 형님과 이불잇이랑 베갯잇 모두 빨고 다려서 감침질까지 다 해뒀어요."

"태자 에미도 그렇고 작은애 너도 바느질을 잘 하니 어련히 신경들 썼겠냐. 내가 걱정할 건 없다만 그래도 부족한 게 없는지 신경 쓰이는구나."

변씨 부인은 주의를 시키거나 꾸중할 때 길게 늘어놓는 법이 없었다. 요점만 짚어 일러둘 말만 할 뿐이었다. 그런데도 그 속에는 거부할 수 없는 위엄이 담겨있었다. 한복을 즐겨 입는 변씨 부인은 항상 108 염주를 목에 걸고다녔다. 쪽 찐 머리를 단정하게 은비녀로 마무리하면 유난히 도드라져 보이는 이마의 가운데 부분은 빛이 날 정도로 반들거렸다. 쪽 곧은 콧마루와 콧방울은 힘차 보였으며 귓바퀴 아래 두툼한 귓불은 후덕하고 넉넉한 인상으로 다가왔다.

부엌을 나간 변 씨는 안채로 향했다. 그녀의 뒷모습은 작아 보였지만 누구도 범접할 수 없이 다부져 보였고 당찼다. 작은 체구와 달리 그녀는 여장부였다. 시어머니의 뒷모습을 보며 세옥은 남편 영환이 하던 당부를 떠올렸다.

"당신이 힘들긴 하겠지만 본가에 들어가 사는 걸 받아들여 줬으면 좋겠소. 이 세상에서 내가 가장 존경하는 여자를 꼽으라면 첫째가 어머니이고 둘째가 형수요. 내가 왜 그분들을 존경하는지 당신도 함께 지내면 알게 될 거고, 자연히 그분들의 영향을 받을 것이오. 나를 믿고 딱 3년만 살아보시오. 당신은 어머니를 통해 크고 넓은 포용력이 어디에서 나오는지 배우게 될 것이고, 형수의 재치와 분별에 반하게 될 거요. 내가 좋아하는 형수는 나와 동갑이지만 여자가 지녀야 할 품위를 다 갖춘 분이오. 어른을 섬기는 것부터 양재와 꽃꽂이며 다도까지 완벽히 갖춘 여자라오."

결혼을 앞둔 영환은 세옥의 두 눈을 응시한 채 자신이 존경하는 두 여자에 대해 솔직한 심정을 토로했다. 세옥은 남편 영환의 부탁이 아니더라도 시집살이 3년은 이미 각오한 터였다. 학교를 졸업한 후, 서둘러 결혼하게 된 세옥에게 친정어머니 역시 남편처럼 당부했다. 모름지기 시집 사람이 되려면 3년은 시집 어른들에게 배워야 한다는 게 친정어머니의 지론이었다. 남편과 친정어머니의 부탁도 있었지만, 세옥 역시 본가에 들어오는 것을 당연하게 받아들였다. 남편 영환이 존경한다는 시어머니와 형수 아닌가. 세상 물정도 모른 채 덜컥 영환의 청혼을 받아들였으니 세옥 자신에게도 어른들의 가르침이 필요했다. 세옥은 결혼과 동시에 본가로 들어왔다. 그리고 3년이 흘렀다. 그러나 세옥은 집안의 어른인 두 여자에게 아직도 배울 것이 많았다. 가마솥에서 끓고 있는 식혜도 제대로 된 맛을 내려면 시간이 걸리는 것을 알기에 세옥은 묵묵히 두 여자의 뒤를 따르고 있었다.

가마솥 식혜는 부르르 끓어오르면서 연신 하얀 김을 사방에 퍼뜨렸다. 부엌 밖으로 달짝지근한 식혜 냄새가 퍼져 나가기 시작했다.

"손님들 덮을 이부자리 빨래하고 감치느라 힘들었겠구나."

감침질까지 마무리를 끝낸 이부자리는 안방 한쪽 벽면에 켜켜이 쌓여 있었다. 풀물로 다림질한 빳빳한 이불잇과 욧잇에서 익숙한 풀 내가 콧속으로 스며들었다. 희재는 얼른 방바닥에 널려있던 양말과 수건을 한쪽으로 치우며 시어머니가 앉을 자리를 만들었다. 시어머니가 방바닥에 앉으면서 옆에 있던 수건 한 장을 집어들었다. 수건을 접는 시어머니는 손놀림 하나도 예사롭지 않았다. 시어머니의 손을 거친 수건은 마치 각 잡은 듯 반듯했다.

"에미가 내색하지 않고 집안 살림을 잘 꾸려가니 내가 한결 수월하구나."

"그래도 아직 부족한 거 투성이인 걸요."

"사람은 누구나 조금씩 부족하지. 완벽하면 사람이 아닌 게야."

희재는 고개를 끄덕였다. 이 세상에 완벽한 사람은 없겠지만 희재 처지에서 본다면 시어머니는 자신이 도저히 따라갈 수 없는 거대한 산이었다.

"네가 우리 집으로 시집온 지도 벌써 5년이 넘었구나. 에미는 어떻게 생각하는지 모르겠다만 너를 내 며느리로 들이면서 나는 시집살이 시키는 못된 시에미는 되지 않으려 결심했단다. 각별한 사이였던 네 친정과 이웃해 살면서 너를 십여 년 가까이 지켜보지 않았느냐. 그러면서 은근히 기대했단다. 내 며느리가 되면 친딸보다 더 잘해줘야겠다고. 특히 우리 집엔 아들만 둘뿐이었으니 너를 볼 때마다 그런 욕심이 생기더구나."

변씨 부인에게 큰며느리 희재는 자신이 낳은 딸 이상이었다. 그러나 겉으로 드러내진 않았다. 겉으로 드러내지 않아도 희재는 알고 있었다. 시어머니는 속정 깊은 사람이었다.

"딸 같이 여겼다는 말이 마음에 없는 말로 들릴 수 있겠지만 나는 애초에 속 빈 소리는 할 줄 모르는 사람이야. 그래서 딸 하나 잘 가르친다는 마음으로 에미 너에게 집안일을 맡긴 게야. 나라 살림도 그렇지만

한 집안도 마찬가지란다. 그 집의 흥망은 안주인 아니면 맏며느리가 내 집안에 딸린 것을 얼마나 잘 보살피고 돌보느냐에 달린 거 아니겠냐."

변 씨의 바람대로 장남 정렬과 희재는 자연스레 가까워졌다. 정렬은 일찌감치 희재를 아내로 점찍어 두었다. 하지만 정작 결혼은 뒤로 밀렸다. 일본 육사를 졸업한 정렬은 장교로 임관 후 태평양전쟁이 일어나자 동남아 지역의 비행중대장으로 참전했다. 그러다가 일본 본토의 새로 편성된 248전대로 배치되어 부대편성의 경험을 쌓는 등 실질적인 지휘업무를 익혀나갔다. 그런데 다시 아케노 비행학교의 갑종 학생으로 선발되어 교육을 받아야했다. 갑종 학생으로 6개월간 교육받는 동안 정렬은 희재의 사진을 우편으로 받아 일본 육군 대신에게 결혼허가서를 신청했다. 육사 출신 장교의 결혼은 여러 가지 까다로운 조건과 절차가 필요했는데 정렬의 결혼허가서는 예상외로 더디게 나왔다.

아케노 비행학교의 갑종 교육을 수료한 정렬에게 드디어 결혼 허가서가 나왔다. 거의 1년 만이었다. 결혼 허가서를 받은 정렬은 일주일간의 특별휴가를 얻어 고향으로 왔다. 그리고 희재와 결혼식을 올렸고 그와 동시에 248전대와 가까운 규슈에서 신혼살림을 차렸다. 그러나 달콤한 신혼은 불과 3개월로 끝나고 말았다. 태평양전쟁이 점점 치열해지면서 정렬은 인도네시아 전선으로 나가야 했다.

"아범이 남방 전선으로 떠나고 혼자 돌아왔을 때 어머니가 계셔서 얼마나 위로가 됐는지 몰라요. 전장에 나간 아범 일이 걱정되어 두려웠고 뱃속에 든 아기를 생각하면 잠도 편하지 않았어요. 그런데 어머니 곁에 있으면서 차츰차츰 두려움도 떨치고 안정을 찾을 수 있었어요. 어머니와 함께 부처님을 찾고 기도하면 남편이 꼭 무사 귀환할 거라는 확신을 가질 수 있었거든요."

"내가 네 맘을 왜 모르겠느냐. 나 역시 군인을 남편으로 둔 몸 아니었더냐. 아범의 백부에서부터 네 시아버지까지 대대로 무인 혈통의 집안이었으니 집안의 남자들이 군인의 길을 걷는 걸 당연하게 여겼단다. 나는 일찍이 네 시아버지를 따라 아무 연고도 없는 일본 시코쿠에서 결혼생활을 시작했어. 장교 부인이었지만 낯선 일본 땅에서 그리고 일본인 장교 부인들 속에서 기죽지 않으려고 바짝 긴장하면서 살았다. 오직 네 시아버지만 믿고 말이다. 그런데 일본은 제1차 세계대전의 와중에도 러시아 혁명이 일어나자 출병을 단행했단다. 네 시아버지가 소속된 11사단 43연대가 출동명령을 받고 시베리아로 떠나야 했을 때, 내가 할 수 있는 거라곤 아무것도 없었다."

옛일을 생각하는 시어머니의 목소리가 낮게 가라앉았다.

"에미야, 시베리아가 어떤 곳이냐. 오줌을 누면 바로 얼어버린다는 혹독한 그곳에서 네 시아버지가 얼마나 고초를 겪었겠니. 당시에 내가 할 수 있는 건 오로지 마음을 정갈하게 하고 기도하는 것뿐이었단다. 부처님을 찾고 불경을 읽으면서 마음을 다스렸고 네 시아버지가 무사히 돌아오기만을 빌고 또 빌었지. 혼자서 네 남편을 낳고 키우며 전쟁터에서 무사히 돌아올 때까지 무수히 마음 졸이며 지냈단다. 그러니 에미가 속내를 말하지 않아도 그 심경을 나만은 알 수 있었던 게야."

본가에 혼자 돌아왔지만, 희재는 시어머니와 사간동에 있는 법륜사를 다니는 일 외에도 바쁜 나날을 보냈다. 집안의 대소사는 물론 손님 맞는 일만 해도 하루해가 짧을 정도였다. 거기에 시어머니의 사업을 돕는 일도 빼놓을 수 없었다.

시어머니 변씨는 다분히 여장부 기질도 있었지만, 운도 따랐다. 동학농민운동이 일어나고 청일전쟁이 시작되던 조선 말, 격동기에 태어난 변씨는 여자로서는 드물게 신식 고등교육을 받았다. 변씨가 진명여고 다닐 무렵 일부 선각자들은 국권 회복을 위해 애국 계몽운동을 전개하고 있었다. 이에 신교육을 받은 학생은 자원해서 근대 지식의 보급에 앞장섰다. 변씨 역시 계몽운동에 뜻을 품고 강원도 오지에서 교사생활을 했다. 그러나 부모님의 정혼으로 일본육사를 졸업한 군인 김준원의 얼굴 한번 못 보고 결혼하게 되었다. 그리고 남편 김준원의 근무처인 시코쿠 젠쓰지에서 신혼살림을 차렸다.

"1916년이었으니 내 나이 24세였지. 그때 일을 생각하면 우스운 일이 한두 가지가 아니다. 당시 스물네 살에 결혼한 건 늦은 편이었거든. 그런데도 뭐가 그리 부끄럽던지 남편 얼굴도 제대로 못 보고 원대복귀하는 네 시아버지를 따라 시코쿠로 갔었다. 에미도 알겠지만, 그 당시 장교는 고등관이라는 특수계급이었잖느냐. 그에 따라 장교 부인들도 품위를 갖추는 교육을 받았단다. 장교부인회에 나갈 때마다 나는 일본인 부인들에게 흠 잡히지 않으려고 뭐든 열심히했다. 나는 원래부터 남에게 지는 걸 싫어했거든. 실생활에 적용하는 예법에서부터 다도 그리고 서예와 꽃꽂이 등을 내 것으로 소화하기 위해 집중하고 노력했단다. 그런데 한번은 내 속을 뒤집는 일이 일어나고 말았다."

대체 어떤 일이 일어났을까? 희재는 궁금했다.

"일본인 장교 부인이 있었어. 이름은 생각나지 않는데 그 부인이 우리나라 사람을 지칭할 때 자꾸 센징, 이라고 부르는 거야. 너도 알겠지만 센징, 이라는 건 은연중 우리를 비하하는 뜻이 담겨 있는 거잖니. 흔히들 일본 여자들은 예의 바르고 남편을 깍듯이 섬긴다고 알려져 있는데 그렇지 않은 부인들도 있더구나. 더구나 장교 부인이면 고등관 부인으로 대접이 달랐는데 말이다. 일반인들은 우리를 옥상, 이라는 호칭으로 부를 정도로 장교 부인은 지식인 계층에 속했단다. 게다가 예법을 배우고 있으면 여느 일반인과는 달라야 하지 않겠니? 그런데 아무렇지 않게 센징, 이라고 부르니 자존심이 무척 상하더구나. 그래서 내가 벼르고 있다가 한번은 그 부인에게 뽄찡, 이라고 불렀어. 에미야, 그다음에 어떤 일이 일어났는지 짐작하겠니?"

"그 부인이 화를 냈겠네요."

"아니란다. 그 부인이 뽄찡,이 무슨 말이냐고 눈을 동그랗게 뜨고 되묻지 않겠니. 그래서 내가 그랬지. 당신이 조선인을 센징, 이라고 줄여 부르는데 그것대로 하자면 일본인도 뽄찡, 으로 불러야 하는 것 아니겠니!"

"흐흣, 어머니, 그런 배짱이 어디서 나오셨죠? 저 같으면 혹시 아버님께 누가 될까 봐 그냥 참았을 텐데요."

"아니다. 막상 에미도 센징, 이라고 누군가 말하면 그런 오기가 불끈 솟을걸? 무시당한다는 생각이 들어서 본때를 보여준 거지. 나중에 사단장이 네 시아버지를 불렀다는구나. 사단장하는 말이, 자네 처가 아주 대단한 사람이야, 일본인 부인들 사이에 평판이 났는데 일본인 부인들을 뽄찡, 이라고 부른다고 하더군, 그렇게 말하더래."

"사단장에게까지 그런 말이 들어갔다면 아버님에게 불이익이 따랐을 텐데요? 혹시 아버님이 화를 내진 않으셨나요?"

"전혀 그러지 않으셨어. 오히려 나한테 그런 면이 있었냐고 하면서 호탕하게 웃으셨단다. 네 시아버지가 그리 호탕하게 웃는 걸 보면서 나도 웃었단다."

시어머니는 그러고도 남을 사람이었다. 체구는 왜소했고 인상은 얌전하면서 차분해 보였으나 겉모습과는 전혀 다른 열정을 품고 있었다. 변씨는 강인한 결단력과 영민함은 물론 번득이는 재기도 갖춘 보통 이상의 여인이었다.

장교였던 시아버지가 퇴역 후 다시 교사의 길로 나선 것도 시어머니의 영향력이 크게 작용했다. 고급장교의 퇴역연금은 교사 월급보다 많았기 때문에 생활하는 데엔 지장이 없었다. 그러나 시어머니는 젊은 나이에 편안한 생활에 빠져 지내는 건 무위도식과 다름없다며 시아버지가 도쿄고등사범학교에 입학하도록 앞장섰다. 덕분에 시아버지는 지리역사를 전공으로 택했고 졸업 후에는 지리역사 과목의 교사자격증과 함께 퇴역 대위 출신에게 주어지는 교련과 체조 교사자격도 함께 획득했다.

시아버지는 15년간 교직에 몸담으며 후학을 양성했다. 일찍 계몽운동에 눈뜬 시어머니의 영향을 받은 탓에 시아버지는 민족사학으로 이름 높은 오산학교와 배재학교에서 제자들을 가르쳤다. 유유자적한 생활 대신 교사의 길을 택한 시아버지는 나름 보람을 느끼며 만족했다.

"여느 부부들처럼 일상 속에서 소소한 행복을 누리며 평범한 삶을 살았던 때가 그 무렵이었어."

시어머니 변씨에게 생의 전환점이 된 기회는 아주 사소한 일에서부터 시작되었다. 그 일은 내조형이면서도 강인한 결단력을 겸비한 시어머니에게 맞춤 하는 일이기도 했다.

"지금 생각해보면 그 일은 내게 운명처럼 다가왔던 것 같다. 네 시아버지가 배재학당에 재직할 때 서대문 1가로 거처를 옮겼지. 그리고 나는 집에서 장교 부인 시절에 배웠던 솜씨로 취미 삼아 장미꽃 만드는 일을 시작했단다. 아주 얇고 보들보들한 한지 같은 종이를 일본말로 치쿠시가미라고 하는데 그 종이로 작은 장미꽃을 만들면 아주 예뻤어. 처음부터 돈을 벌 생각으로 만든 건 아니었다. 취미 삼아 장미꽃을 즐겨 만들었는데 하루는 아는 분이 부탁하더구나. 장미꽃으로 면사포를 장식해 달라는 부탁이었어. 그 부탁이 나를 사회로 끌어내고 사업가의 길로 들어서게 할 줄은 그땐 생각도 못 했단다."

시어머니는 생각도 못 한 일이었다고 하지만 희재 생각은 달랐다. 진명여고 졸업 후 스스로 자원한 강원도 오지에서 교사생활로 계몽운동에 앞장선 시어머니였다. 그때부터 시어머니는 이미 사회의 일원으로 활동할 자질을 충분히 갖춘 신여성이었다. 뛰어난 눈썰미와 타고난 재능은 종이꽃 하나 접는 것에서부터 남달랐다. 그렇기에 단연 인기를 끌 수밖에 없었다.

"내가 만든 면사포가 보기 좋았던 모양이야. 입소문을 타고 내게 자꾸 부탁이 들어오지 않겠니? 그렇게 인기를 끄니까 친척 어르신 한 분이 아예 가게를 열어 본격적으로 사업을 해보라고 권하시는 게야. 살림이 궁핍하진 않았지만 내 아들 두 명에게 들어갈 학비는 내가 벌어서 저희가 하고자하는 공부를 원도 없이 뒷받침해주어야겠다는 생각이 들더구나. 그래서 가게를 열었다."

때맞춰 신식결혼식을 올리는 사람들이 점점 늘어났다. 가게를 연 후

면사포와 함께 신랑의 연미복과 조화 장식품 등을 대여하는 일까지 하다 보니 가게 규모는 날로 커졌다. 시어머니는 정식으로 "만화당 예식부"라는 간판을 내걸었다. 최초로 예식부라는 명칭을 단 "만화당 예식부"는 빠르게 자리를 잡아갔다. 교회와 공회당에서 결혼식을 치를 때면 사람들은 으레 "만화당 예식부"부터 찾았다. 시어머니의 사업이 예상외로 번창해지면서 급기야 시아버지의 도움이 필요하기에 이르렀다. 시아버지는 자의 반 타의 반 교사직을 그만두고 예식부 운영에 합세했다.

"어머니, 제가 생각하기엔 사업은 어머니의 숨어있던 열정에 불을 붙인 거 같은데요? 사업을 한다고 누구나 성공하는 건 아니거든요. 더구나 사회 분위기가 여자들에게 그리 우호적인 건 아니었잖아요."

"에미가 그리 보고 있으니 굳이 부인은 하지 않으마. 나도 내 속에 담긴 열정이 그리 뜨거운 줄 미처 몰랐다. 그런데 한번 불이 붙으니 내 속에 들어있던 열정이 좀체 식을 줄 모르더구나. 주변의 모든 것이 예사로 보이지 않았으니 말이다. 내 입으로 할 말은 아니다만 나는 운도 따랐던 거 같어."

사업이 번창한 데는 운도 따랐지만 우연한 기회를 놓치지 않고 행동으로 옮긴 시어머니의 안목과 결단력이 단단히 한몫했다.

"내 사업에 날개를 달아준 건 영환이 때문이었다고도 할 수 있지. 그때가 1938년 무렵이었을 거야. 조종사가 되겠다고 일본 육군사관학교에 도전했지만 아쉽게도 영환은 불합격하고 말았단다. 그리고 선택한 곳이 관서대학이었는데 그 학교가 부설학교를 운영하기도 했지. 조종사가 꿈이었던 영환은 부설 항공예비사관학교 쓰다누마 비행학교에서 비행술을 익혔단다. 일본에서 혼자 하숙하고 있었기 때문에 어찌 지내는지 걱정이 되더구나. 내가 영환이 잘 있는지 만나기 위해 일본으로 건너갔을 때였어. 틈틈이 도쿄 시내를 돌아다니면서 새로운 정보도 얻고 또 가게에 어떤 물건들이 진열돼 있는지 살피곤 했었지. 그러던 어느 날 혼자서 무심코 긴자거리를 걷는데 내 눈에 확 들어오는 화려한 조화가 있지 않겠니."

시어머니 변씨의 눈길을 사로잡은 건 조화 도매상인 오기나도 가게였다. 한눈에도 한국에서 자신이 만들던 조화와는 격이 달랐다. 전시된 조화들의 화려함과 놀라운 기술에 빠져든 변씨는 주저 없이 가게로 들어가 주인을 찾았다.

"가게 주인을 찾아 최대한의 예의를 갖추고 인사를 드렸지. 그런 다음 내가 조선에서 하는 일부터 차근차근 설명하고 난 뒤 오기나도 가게와 거래를 하고 싶다는 뜻을 피력했단다."

오기나도 가게 주인은 첫눈에 변씨를 알아봤다. 인사하는 예법과 말투에서 거래해도 괜찮을 사람으로 봤던 것이다. 계약금도 준비되지 않았는데 오기나도 사장은 변씨가 원하는 만큼의 조화를 보내주기로 하고 그 자리에서 바로 계약까지 일사천리로 진행해 버렸다.

"첫인상이 얼마나 중요한지 그때 다시 깨달았단다. 어쨌든 오기나도에서 조화 재료가 오면 나는 그것으로 화환을 만들어 대여하는 방식을 택했어. 내가 만든 조화를 역으로 일본에 수출하기도 했지. 내 예상은 적중했고 반응은 가히 폭발적이었단다. 인기가 올라가고 주문은 밀려들어 눈코 뜰 새 없이 바빴어. 내 신용을 믿은 오기나도에서는 조선의 총 도매상으로 만화당을 택하기에 이르렀단다."

명성을 얻기 시작한 만화당 제품은 경성에서는 모르는 사람이 없을 정도로 번창했다. 급기야 화신백화점에 지점을 냈으며 신의주, 평양, 원산, 부산, 대구, 광주 등의 대도시에 있는 예식부 업자들은 만화당 제품을 납품받기 위해 문전성시를 이뤘다.

"요즘도 가끔 그런 생각이 드는구나. 예식부 일은 내게 꼭 맞는 일이었다고 말이다. 나이가 들어도 힘든 줄 모르고 밤낮도 잊은 채 일에 매달린 시절이었어. 내가 예식부 사업을 할 때 네 시아버지 또한 더 바빠지셨단다. 오랫동안 교사로 근무한 경력 때문에 제자들이 주례 부탁을 많이 하더구나. 새로운 가정을 꾸리고 출발하는 제자들에게 인생의 선배로서 참 좋은 말씀을 많이 들려주셨지. 모르긴 해도 주례만 해도 천 번쯤 하지 않았을까 싶다. 그렇게 우리는 돈을 벌면서도 큰 보람을 느꼈단다."

시어머니 변씨가 사업을 접은 건 해방 직후였다. 시어머니 밑에서 일을 배운 사람들이 하나둘 예식부 사업에 뛰어들면서 해방 이후에는 그 수가 급속도로 늘어났다. 시어머니 변씨의 만화당 사업은 우리나라 신식결혼식 문화를 크게 발전시켰을 뿐만 아니라 예식부라는 명칭의 효시가 된 셈이었다.

"내가 나이 핑계 대고 사업을 접었지만, 진짜 이유는 내 아들들이 무사히 집으로 돌아왔기 때문이다. 모든 어미 맘이 똑같지 싶다. 전쟁터에서 몸 성히 돌아온 내 자식들이 얼마나 고마웠는지 모른다. 그동안 떨어져 지내기도 했었고 내가 바빴던 탓에 살갑게 챙겨주지 못했던 게 걸렸다. 그래서 결심했지. 집에서 어미 노릇 제대로 해야겠다고 말이다."

희재는 시어머니의 마음을 누구보다 잘 알았다. 해방 후 남편 정렬과 시동생 영환은 해가 바뀌어도 집으로 돌아오지 않았다. 시어머니는 두 아들의 안부에 애간장이 탔으나 겉으로 드러내지 않았다. 이른 새벽 염주를 돌리며 부처님을 찾는 시어머니의 기도 소리만 조용한 집안을 감고 돌았다.

"네 시동생도 돌아왔으니 큰애도 곧 올 것이야."

함흥에서 소련군의 감시를 피해 탈출한 시동생 영환이 무사히 돌아왔을 때 시어머니는 큰아들도 돌아올 거라는 믿음을 더욱 굳혔다. 해방을 앞두고 태평양전쟁이 막바지에 달했을 때 김정렬은 남방에 배치돼 있었다. 일본의 항복과 함께 프놈펜에서 일본 본토로 가는 모든 교통편이 끊기었다. 일본으로 갈 수도 없었고 한국으로도 갈 수 없게 된 정렬은 연합군의 감시하에 놓인 신세가 되었다. 그 후 정렬은 사이공의 포로수용소에서 9개월여를 보낸 뒤 한국인 포로와 위안부 그리고 군속들까지 1,100여 명을 인솔하는 책임자가 되어 마침내 1946년 5월 15일에 귀국했다.

"나는 아범과 영환이 해방된 내 나라에서 의로운 뜻을 펼칠 수 있게 어미로서 해줄 수 있는 건 다 해주고 싶구나. 어릴 때는 공부를 잘 하는 자식이 최고로 예뻤다. 그러나 학문은 어디까지나 바른 가치관을 가진 인간으로 성장하기 위한 초석인 게야. 아범과 영환이 둘 다 운동을 잘하니 문무를 겸비한 무인이 아니더냐? 이제 새 나라를 지키는 일에 앞서겠다고 하니 기특하면서 한편으론 걱정도 되는구나. 무릇 한 인간이 공(公)을 위해 대의를 행하면 그 이름이 오래 남지만, 사사로이 개인의 영달만을 위한다면 자신의 대에서 끝나고 마는 게야. 나는 나라를 위해 일할 내 두 아들이 부정에 현혹되지 않고 청렴결백한 인물로 나아가길 바랄 뿐이다."

시어머니의 말은 희재에게 큰 울림으로 다가왔다. 내조를 잘하거라, 현숙한 부인이 되어야 한다는 말보다 시어머니는 평소의 신념을 있는 그대로 보여주고 들려주었다.

"에미야, 근래 토요일마다 사랑채에 모이는 아범 손님들은 나라를 위해 큰일을 해낼 사람들이야. 그러니 몸이 고되고 힘들어도 기꺼운 마음으로 내 집에 온 손님들을 잘 대접해야 한다. 알겠니?"

"네 어머니."

"예부터 곳간에서 인심 난다고 했다. 손님들을 배불리 먹이고 재울 수 있으니 그동안 내가 돈을 모았던 것이 참 다행이다 싶다. 모름지기 집이란 사람들이 많이 드나들어야 제값을 하는 것이야. 그러니 밥 한 끼에도 진심을 담아 따뜻하게 먹을 수 있도록 대접해야 한다."

시어머니 바람대로 집안은 언제나 사람들로 붐볐다. 덩달아 두 며느리 손끝은 물이 마를 날이 없었다. 빨래통에는 항상 손님들의 양말로 넘쳐났고 밤에는 양말을 꿰매느라 바늘이 손에서 떠날 줄 몰랐다. 이불 호청은 수시로 빨아 반짝반짝 윤이 나도록 다듬질하느라 허리가 시큰거릴 정도였다. 그러나 집안의 누구 하나 불평불만을 내비치지 않았다. 손이 큰 시어머니는 일 년에 담는 고추장과 된장만 해도 어마어마했다. 손님들에게 밥만 대접하는 게 아니라 고추장과 된장도 수시로 퍼주어야 직성이 풀렸다.

남편 정렬이 돌아온 후 전국 곳곳에서 올라온 손님들이 무시로 돈암동 집을 제집 드나들 듯 찾아들었다. 중공군 항공부대와 광복군에서 활동하다 해방 후 귀국한 최용덕은 정렬보다 열아홉 살이 많았다.

한국에서 마땅히 기거할 곳 없는 최용덕과 그의 가족들을 위해 선뜻 방을 내줄 수 있었던 것도 시어머니 변씨의 넉넉한 인심 때문이었다. 일본 민간항공사에서 해방 직후까지 9,800여 시간의 비행경력을 가진 장덕창과 식솔들도 살림집을 마련할 때까지 돈암동 집에서 함께 지냈다.

담장 낮은 돈암동 집은 서울에 오면 마땅히 갈 곳 없는 항공인들의 유일한 아지트가 돼버린 지 오래였다.

남자는 안 울어

2년여 못 본 사이 영환은 어른이 돼 있었다. 어릴 적에는 돌림자를 따라 영렬로 불렸던 영환이었다. 그러나 집안 친척 어른의 이름과 한자까지 똑같았기에 아랫사람인 영환의 이름을 바꾸게 되었다. 형과 같은 항렬의 돌림자인 영렬이라는 이름이 영환으로 바뀌었을 때 한동안 받아들이지 않겠다고 고집을 부리기도 했던 동생이었다.

아버지보다 할아버지를 많이 닮은 영환은 다분히 이국적인 분위기를 풍기는 외모로 사람들의 시선을 끌었다. 거기에 형보다 키가 커서 어디에 있어도 훤칠한 외모가 두드러졌다. 곱상한 생김새와 달리 영환은 강한 면도 있었다. 영환을 강한 사나이로 느껴지는 건 짙은 속눈썹에 반듯한 콧날과 짙은 속눈썹 때문이었다. 짐짓 검고 짙은 그의 눈은 우수에 찬 듯 보이지만 강한 고집도 그 속에 담겨 있었다.

한창 조종훈련에 빠져 있던 영환을 한국으로 불러들인 건 어머니였다. 해방되기 1년 전이었다. 큰아들을 남방지역 전쟁터로 보낸 어머니는 작은아들마저 먼 이국땅의 전쟁터로 나가는 건 아닌가 하여 노심초사했다. 전쟁을 승리로 이끌기 위해 혈안이 된 일본군대는 마지막 발악으로 조선 청년들을 강제로 징집했다. 천황을 위해 목숨 바치자는 선동을 앞세워 대학생들을 학병으로 끌고 갔다. 어머니는 어차피 학병으로 가야 하는 거라면 한국으로 들어와 복무하라며 영환을 설득했다. 조종사가 되는 꿈을 접는 것이 쉬운 결정은 아니었으나 어머니의 간청을 뿌리칠 수 없었다. 형의 안위를 보장할 수 없는 상황에서 어머니의 바람을 모른 척할 수 없었던 것이 가장 큰 이유였다.

한국에 들어온 영환은 연희전문대에 다니다가 학병으로 징집되었다. 소위 계급장을 달고 관동군 산하 함흥에 있는 연표비행장의 경비소대장으로 복무했다. 활주로에서는 종일 비행기가 뜨고 내렸다. 뜨고 내리는 비행기를 볼 때마다 영환의 심장은 엔진 소리보다 더 크게 펄떡거렸다. 비행기를 볼 때마다 영환은 반드시 조종간을 다시 잡으리라 다짐했다.

한편 일본은 점점 수세에 몰리고 있었다. 전세가 불리해질수록 일본군은 소련군과의 결사 항전을 위해 북한 전역에 군인과 부대를 증강했다. 소련 진출을 꾀했던 일본은 결국 항복으로 전쟁에서 마침표를 찍었다. 일본의 항복으로 소련 진출은 무산되었지만, 이번엔 소련이 문제였다. 소련군은 북한지역에 방어선을 구축하고 있던 일본군 소속 장병들을 시베리아로 실어 나르기 시작했다. 하룻밤 자고 나면 일본군이 줄어들었다. 영환은 불안했다.

"형, 내가 언제 시베리아로 끌려갈지 알 수 없으니 도통 잠을 이룰 수 없었어요. 어쩌다 눈을 감으면 어머니가 나타났죠. 어머니는 기도하시거나 손을 흔들고 계셨어요. 이러다가 어머니를 영영 볼 수 없을지도 모른다는 불안감이 나를 덮쳤어요. 그런데 불안이 커질수록 한편으론 어머니가 나를 지켜줄 거라는 확신이 들었어요. 그래서 탈출을 결심했어요."

영환은 어둠을 틈타 탈출을 감행했다. 칠흑같이 어두운 밤이었지만 남쪽으로 향하는 영환의 발걸음은 마치 나는 새와 같았다. 새벽마다 듣던 어머니의 염불 외는 소리가 영환의 발걸음에 힘을 실어주었다.

"너도 염불 소리를 들었다니 참 신기한 일이다. 나도 힘들 때마다 어머니의 기도 소리가 들리는 것 같았거든. 깊은 밤에 잠을 이루지 못하고 눈을 떠보면 남방 하늘에 무수히 떠 있는 별들이 내 눈으로 쏟아져 들어왔지."

어머니와 아내 희재 그리고 갓난쟁이 딸이 그리워 잠을 이루지 못하고 뒤척일 때 정렬의 허한 가슴을 파고든 건 어머니의 기도 소리였다. 나지막이 읊던 어머니의 천수경 독송이 귓가로 흘러들면 여명과 함께 불안도 서서히 사라져갔다.

"어머니의 기도는 너끈히 바위를 녹이고도 남을 것이다. 영환아, 어머니의 지극정성으로 우리가 이렇게 건강하게 돌아왔으니 이제부턴 새 나라 건설에 필요한 사람이 되도록 노력하자. 그동안 너와 나는 있어도 없는 것과 같았던 나라에서 군인의 길을 걸었던 몸이다. 그러나 이젠 내 나라에서 떳떳한 참군인의 길을 걸어가야 할 것이야."

정렬은 영환이 통의부(현:국방부)의 정보국장 대리로 근무 중이라는 사실을 누구보다 많이 반겼다. 정렬을 비롯해 항공부대 창설을 염원하는 항공인들 대부분은 영환의 역할에 기대를 걸고 있었다.

"영환아, 이젠 네 도움이 절실하게 필요하구나."

"무슨 말씀을요. 형이나 나나 그리고 우리 항공인 모두가 이루고자 하는 일에 한마음으로 뭉치지 않았습니까. 그러니 거기에 합당하고 정당한 방법을 찾기 위해 제 할 일을 하는 것뿐인데요. 기꺼이 디딤돌이 되겠습니다."

디딤돌 역할을 하겠다는 영환의 대답에 결연한 의지가 담겨 있었다.

"어릴 때와 마찬가지로 지금도 형은 제 우상입니다. 형은 공부도 잘했지만, 운동도 뛰어났잖아요. 항상 엘리트 코스를 밟는 형이 저는 부럽기만 했죠. 일본육사를 다니면서 복서 긴짱, 으로도 이름을 떨쳤던 형이잖아요. 그중에 가장 부러웠던 건 형이 전공을 항공과로 정한 뒤 전투조종사의 길로 나선 것이었지요. 공부면 공부, 운동이면 운동, 거기에 지휘관의 면모까지 갖춘 형은 내가 제일 본받고 싶은 인물이었어요."

"네가 나를 좋아하고 내 일거수일투족 그대로 따르려 했던 건 내가 잘 알지. 그런데 나와 달리 넌 활달했고 매사 자신감에 넘쳤다. 일본 애들 혼낸다고 걸핏하면 주먹다짐을 벌이곤 눈두덩이 멍을 훈장처럼 달고 다녔잖아. 솔직히 나는 너의 그런 패기가 더 부러웠다."

"하긴 많이 싸우긴 했죠. 그 덕분에 하루가 멀다고 반성문을 써서 제출하곤 했지만 나는 내 얼굴의 시퍼런 멍을 훈장이라고 생각했어요. 솔직히 말하면 일본 애들은 건방져요. 시빗거리만 찾으려 드는데 거기에 대항하려면 힘을 키워야 했어요. 힘은 곧 싸움에서 승리를 의미했으니까요. 형이 유도를 하면 나도 유도를 했고, 검도를 하면 나도 그대로 따랐죠. 일본 애들과 싸움에서 무조건 이기는 것이 제 신조였어요. 정해진 규정에 따라 힘으로 제압하는 건 당당한 싸움이니 게네들이 다짜고짜 시비를 걸 수가 없거든요."

"나도 일찌감치 네 속내를 알고 있었지. 일본 애들에게만은 지지 않겠다고 큰소리치며 다녔던 너였으니까 말이다. 오늘은 세 놈을 때려잡았네 하면서 호기를 부린 너였다만, 막상 네 호주머니에는 쓰다만 반성문이 자주 발견되곤 했지. 일본 애들하고 싸울 때마다 써낸 반성문이 족히 공책 몇 권은 됐을걸?"

"그건 선생님이 써내라고 하니 어쩔 수 없었죠. 솔직히 반성문 쓰는 거 고역이었어요. 가뜩이나 불편한데 마음에도 없는 글을 쓰라니, 반성문을 호주머니에 넣어뒀다가 선생님이 찾으면 드리곤 했죠."

"그런데 너의 승부욕 때문에 진섭이가 참 많이 애먹었다. 유도와 권투의 스파링 상대로 걸핏하면 진섭일 불러 바닥에다 내동댕이치곤 했잖아. 그래도 진섭인 널 원망하지 않더라. 다소 거친 면도 있었지만, 한편으론 후배들을 따뜻하게 감싸 안아주는 인간적인 매력을 가진 너를 잘 알기 때문이었을 거야."

"후배였으나 진섭이는 참 좋은 놈이었어요. 유도를 한판하다 보면 어떤 땐 비틀린 팔목이 아파 울기도 하더군요. 그럴 땐 남자란 평생 세 번만 우는 거라고 진지하게 말하기도 했죠. 그래도 눈물을 흘리면 좀 세게 나갔어요. 너처럼 그렇게 눈물이 흔하면 어디 남자 구실 하겠어? 아랫도리 매달린 거 당장 떼 버려! 하면 뚝 그치곤 했죠."

영환은 눈물을 훔치는 진섭의 어깨를 툭 치며 남자는 안 울어, 울고 싶어도 속으로 우는 거야, 그래야 남자라고 할 수 있어, 라는 말로 다독여주는 것도 잊지 않았다. 그 말은 어쩌면 영환 자신에게 하는 말일 수도 있었다.

"오죽하면 진섭 엄마가 제발 영환이 좀 닮아라, 사내 녀석이 그리 유약해서 어디 쓰겠냐, 하면서 혀를 끌끌 차곤 했겠어?"

"덕분에 진섭이도 운동을 배우긴 했었죠."

"나는 운동 중에서 권투를 배웠던 게 여러모로 유익했었다. 유도나 검도는 상대가 있어야 운동하는 맛이 나는데 권투는 샌드백 하나만 있어도 되거든. 프놈펜에서 포로 생활할 때 기약 없이 시간만 흘러가고 앞날이 어찌 될지 몰라 불안했었지. 그때마다 나무에 매달아 놓은 샌드백을 치며 스트레스를 풀곤 했어."

"나도 권투 글러브를 낄 때마다 형 생각 많이 했죠. 형이 장티푸스로 한 학년 유급됐을 때 우연히 동양 권투클럽엘 들어갔잖아요. 형이 동양권투구락부 1기생으로 입단한 후, 나는 딱 두 명뿐이었던 2기생 중 한 명이 되어 들어갔었죠. 나와 동기였던 정복수 말이어요, 복수가 형에게 권투를 배웠다면 사람들이 믿을까요?"

"믿지 않겠지. 필리핀의 파스케투를 KO로 물리치고 동양 타이틀을 획득한 권투 선수로 명성을 크게 얻었는데 사람들은 메달 주인공만 기억할 뿐이다."

"세상인심이 다 그렇지요. 나는 처음 권투도장에 갔을 때의 일이 지금도 눈에 선해요."

새삼 사춘기적 청소년 시절을 떠올리니 까마득한 옛일처럼 느껴졌다.

"내가 처음 좌절을 겪었던 건 육사 시험에 낙방했을 때였죠. 처음 가졌던 욕심은 일본 해군사관학교에 가서 조종간을 잡으려 했는데 그놈들이 아예 개방하지 않았잖아요. 해군이 육군보단 기밀 내용을 다루는 게 많으니 자기들의 지배 민족인 우리의 입학을 처음부터 막아놓은 거죠. 형처럼 조종사가 되어 하늘을 나는 게 내 최종목표였는데 그 꿈에서 멀어질까 봐 불안했답니다. 그런 나를 어머니가 붙들어 주셨죠. 하늘을 비행하는 것이 소원이면 어디든 찾아가서 배우라고 하셨어요. 그래서 차선책으로 택한 학교가 관서대학 법학부였죠. 그곳은 부설 항공예비사관학교를 운영하면서 조종사를 양성했으니까요."

"우린 결국 같은 꿈을 가지고 있었던 거지. 네가 중학교 때 우리는 벌써 조종간을 잡았었잖아. 보스톤 가방에 어머니가 돈을 가득 챙겨주시면 우리는 청량리 경마장으로 달려가곤 했지. 그곳에 가서 민간인이 운영하는 경비행기 연습장을 이용했는데 그때 한 시간씩 조종하는 경비가 만만치 않았어."

"한 시간에 60원씩 냈잖아요. 그거 직장인들 한 달 치 월급이었어요."

"그렇게 비싼 수업료인 줄은 꿈에도 모르고 우린 하늘을 난다는 사실에만 들떠 있었지."

"형이나 나나 하늘을 나는 데 대한 두려움 같은 거 전혀 없었으니까요. 처음 조종간을 잡았을 때도 떨지 않았잖아요."

"네가 그만큼 하늘을 날고자 하는 포부를 가졌으니 그건 당연한 거지. 그리고 네가 포기하지 않고 민간비행학교에서 조종술을 배운 것은 훌륭한 선택이었다. 비행에 필요한 모든 기술을 갈고 닦기도 했을 테고 활강, 랠리, 정밀착륙, 급상승 같은 고난도 기술을 체계적으로 습득했을 테니 말이다."

"그건 형 말이 맞아요. 교관들은 우리에게 호기심과 경쟁심을 유발하면서 수준 높은 조종술을 익히도록 지도했거든요. 물론 수업료가 많이 들었죠. 그런데 어머니가 전폭적으로 지원해 주신 덕에 내가 마음껏 하늘을 날고자 했던 꿈을 이룰 수 있게 된 거죠."

열 번 스무 번을 생각해도 어머니에 대한 고마움은 말로 표현할 수 없을 만큼 크고 깊었다.

"내가 집에 돌아온 뒤에도 어머니의 정성과 부지런함은 여전하시더구나. 조금도 흐트러짐 없이 어머니는 어김없이 새벽 세 시 경이면 일어나서 세수부터 하시더군. 그리곤 두어 시간 불경을 읊으며 지극정성 공을 들이셨지. 기도를 마치면 동트기 전 대문 앞에 배달된 조간신문을 안방으로 들고 와 꼼꼼하게 읽으시는 것도 여전했어. 중요한 기사는 일일이 밑줄을 쳐 놓으신 다음 아버지가 잘 보실 수 있게 반듯하게 접어서 사랑채로 보내시는데 그런 일은 아무나 할 수 있는 건 아니거든."

"형수님도 어머니 못지않을 걸요?"

"그건 네가 형수를 좋아하니 하는 말이지. 어머니 따라가려면 아직 멀었어."

"여자 형제가 없었던 때문일까요? 형수가 들어오니 집안 분위기부터 다르던 걸요."

영환은 형수 희재가 마냥 좋았다. 형수와 동갑이었지만 친누나처럼 따랐다. 집에 들어오면 개구쟁이처럼 형수 희재부터 찾았다. 어쩌다 양과자 선물이 들어오면 형수 먼저 고르라고 할 정도로 살갑게 굴었다. 그러나 영환에게 뜻밖의 변고가 일어나면서 집안은 한동안 냉기가 돌았다. 하나뿐인 동생 영환이 시린 가슴을 안고 헤맬 때 형으로서 옆에 있지 못했던 정렬은 그 점이 못내 미안했다.

첫사랑

징집을 앞둔 영환은 학교에 나가도 공부가 머리에 들어오지 않았다. 조종사의 꿈을 접은 후 마치 손에 잡았던 새를 놓친 것처럼 아쉬워했다. 학병으로 가면 어디로 배치될지에 대한 걱정도 그를 따라다녔다. 도서관에 앉아 있었지만, 머릿속으론 아무것도 들어오지 않았다. 건성으로 책장만 넘길 뿐 하루하루가 무료했다.

"영환아 오늘 저녁 연주회에 와 주겠니?"

희석이 옆자리에 앉으며 프로그램 한 장을 내밀었다. 바이올린 전공인 희석은 경기 공립중학교 동기였다.

"이화여대 기악부와 작은 음악회를 연다네. 비록 학부생이지만 실력이 만만찮으니 감상하러 오게."

영환은 희석의 초청에 응했다. 그러잖아도 울적한 터였다. 부드러운 선율에 복잡한 심경을 잠시나마 묻어버리고 싶다는 생각도 들었다. 작은 음악회는 소강당에서 열렸다. 로비에 있던 희석이 손을 번쩍 들어 영환을 반겼다. 희석의 주위로 동료 음악인들이 모여 있었는데 몇 명은 영환에게 가벼운 눈인사를 던졌다. 영환도 눈웃음으로 답했다. 인사를 하던 영환은 정면에 선 여성과 눈이 마주쳤다. 영환과 눈이 마주친 여성은 쑥스러운 듯 얼른 시선을 옆으로 돌렸다. 옆얼굴 선이 고운 여자였다.

무대 위 피아노에 조명이 집중되었다. 진분홍 드레스를 입은 여성의 가늘고 하얀 손가락이 검은 건반 위를 날아다녔다. 영환은 피아노 선율보다 곡의 흐름에 젖은 피아니스트의 표정에 눈을 떼지 못했다.

"곡명이 뭐였죠?"

뒤풀이 자리에 합류한 영환이 머뭇거리다가 어렵게 질문을 꺼냈다.

"인마, 그거 프로그램에 다 나와 있어. 너 감상은 안 하고 잤냐?"

희석의 짓궂은 면박에 듣고 있던 여성이 웃었다. 영환에게 운명적으로 나타난 여성은 이화여대에서 피아노를 전공하는 피아니스트 미영이었다. 긴 손가락이 예쁜 피아니스트 미영은 몸가짐이 얌전한 여성이기도 했다. 사내다운 면이 강했지만 의외로 예술적 감성이 풍부한 영환과 미영은 잘 어울렸다. 음악과 미술에 조예가 깊은 영환은 특히 조각에 관심이 컸다. 예술을 사랑하는 공통분모를 가진 두 사람은 급속도로 가까워졌다.

"나중에 이탈리아는 꼭 가봅시다."

미켈란젤로와 그의 대리석 조각 작품을 사랑하는 영환은 화보의 다비드상을 가리키며 미영을 바라보았다.

"저는 이태리에서 피아노 연주를 하고 싶은데요?"

미영의 응수에 영환이 고른 이를 드러내며 웃었다.

"그대의 연주를 미켈란젤로에게 들려주면 되겠구려. 천재는 천재를 알아볼 거요."

"천재는 아무나 되는 게 아니에요. 예술에 대한 순수한 사랑과 초인적인 열정을 보여준 위대한 예술가 미켈란젤로만이 진정한 천재죠."

둘은 대화가 통하는 연인이었다. 미영은 취미로 틈틈이 자수 바느질을 즐겼다. 원형 수틀을 들고 한 땀 한 땀 수놓는 미영을 보는 영환의 얼굴은 평정심을 찾은 듯 편안해 보였다.

그러나 짧은 만남에 기약할 수 없는 이별이 다가왔다. 징집된 영환이 학병으로 떠나던 날 미영은 곱게 접은 손수건을 건넸다.

"손수건에 학을 수놓은 건 평화를 기원하는 제 마음입니다. 평화가 오면 당신이 돌아올 테니까요."

미영은 헤어지는 연인 앞에서 울지 않았다. 손수건을 내민 손을 꽉 잡았을 때 영환은 그녀가 감정을 드러내지 않으려 애쓰고 있음을 알았다. 차가운 손이 미영의 심경을 대변해 주었다. 북한 땅 함흥에서 허허로울 때마다 영환은 미영이 준 손수건을 보며 그리움과 외로움을 이겨냈다. 사랑하는 여자와 든든한 어머니가 있는 집으로 돌아가기 위해 영환은 눈앞에 닥친 현실과 정면으로 맞섰다. 하루를 무사히 넘기고 나면 밤하늘의 별을 보며 다짐했다. 꼭 돌아가서 미영과 결혼하겠다고.

목숨을 건 탈출을 감행했다. 38선을 넘어 서울로 돌아온 영환은 꼭꼭 접어 간직했던 손수건을 꺼내 미영의 손에 쥐여주었다. 미영의 두 손이 와들와들 떨고 있었다. 영환은 와락 미영을 끌어안았다. 두 눈 가득 고여 있던 미영의 눈물이 영환의 어깨를 적셨다. 감정을 숨기지 않은 미영의 울먹임이 고스란히 영환에게 전달되었다.

"학은 평화를 상징하지만, 장수의 의미도 담겨 있어요. 꼭 살아서 돌아오실 거라 믿었어요."

영환은 미영을 가슴에 안고 다짐했다. 두 번 다시 헤어지지 않으리라고, 영원히 사랑하며 살겠다고.

그러나 아름다운 두 사람의 사랑은 오래가지 못했다. 자수 바느질하던 미영이 그만 바늘에 찔리고 말았다. 그런데 그것을 대수롭지 않게 여겼던 게 화근이었다. 작은 상처가 파상풍이 되어 신경 독소가 전신의 신경 세포에 퍼져 급기야 사경을 헤매는 사태로 번져버렸다. 보름 가까이 서서히 근육이 마비되면서 죽어가는 미영을 영환은 그저 지켜볼 수밖에 없었다.

며칠 새 뼈만 남은 미영의 손가락은 핏기없이 푸르죽죽했고 앙상했다. 검은 건반 위를 나비처럼 날아다니던 손이 아니었던가. 희고 긴 손가락으로 힘차게 건반을 두들기던 미영의 손은 미동도 하지 않았다. 눈으로 보고도 믿을 수 없는 현실 앞에 영환은 망연자실했다.

"미영이, 눈 좀 떠보시오. 그대가 학병으로 떠나던 내게 학을 수놓은 손수건을 주며 무사 귀환을 빌지 않았소? 그대의 바람대로 나는 무사히 돌아왔소. 죽지 않고 돌아왔단 말이오. 그런데 그대는 왜 이리 누워있소. 왜 나를 쳐다보지도 않소."

가슴 속에 끓어오르는 분노를 누르며 영환은 깊은숨을 내뱉었다.

'마지막 인사를 하라니 대체 이 무슨 날벼락인가.'

잠자듯 누워있는 미영의 얼굴을 쳐다보는 영환의 눈동자는 초점을 잃은 채 풀어져 버렸다. 영환이 두 손으로 미영의 손을 잡았다. 근육수축으로 미영의 손가락 마디는 굳어 있었다. 학이 수놓아진 손수건 위에 미영의 손을 얹은 영환은 조심스레 굳어버린 손가락 하나를 집어 들었다. 미영의 손톱을 깎기 시작하는 영환의 손이 떨리고 있었다. 겨우 눈을 뜬 미영이 엷은 미소를 지었다. 그러나 이내 굵은 눈물이 미영의 두 뺨을 타고 흘러내렸다. 이미 목과 턱의 근육이 굳어버린 미영은 침조차 삼킬 수 없었다. 영환은 차마 고개를 들지 못했다. 고개를 숙인 채 손톱을 깎는 영환의 눈꺼풀과 입술이 바르르 떨렸다.

작별인사 한마디 남기지 못한 채 미영은 눈을 감고 말았다. 영환을 두고 미영은 야속하게 떠나버렸다. 첫사랑을 잃은 영환의 충격은 무척 컸다. 사람의 목숨이 그리 허망하게 갈 수 있다는 사실을 영환은 한동안 받아들이지 않았다. 실연의 상처를 풀 길 없어 영환은 방황했다. 이승의 밝은 세상을 두고 어두운 곳으로 떠나버린 연인을 생각할 때마다 영환의 가슴은 시렸다. 입맛을 잃은 영환은 식음을 전폐하다시피 했다. 어머니가 권해도 영환은 숟가락을 들지 않았다. 형수가 권하면 마지못해 몇 술 드는 흉내만 내곤 했다.

"그렇게 활달하던 서방님이 말도 안 하고 밥도 제때 안 먹으니 저뿐만 아니라 어머니 걱정이 말할 수 없이 컸어요. 마음고생이 얼마나 심했는지 서방님 두 뺨은 홀쭉해졌고 두 눈자위가 푹 꺼져 수척해 보였어요. 밥상을 들고 서방님 방에 들어가면 멍하니 책상에 앉아 꼼짝도 하지 않았어요. 책상 위엔 미영의 손톱과 머리카락을 담은 종이봉투가 놓여 있었죠. 서방님이 퀭한 눈으로 나를 쳐다볼 때마다 가슴이 쿵 내려앉았어요. 저러다가 서방님이 병날까 하여 하루하루가 바늘방석이었죠."

정렬은 당시 영환의 모습이 상상되었다. 푹 꺼지고 퀭한 영환의 눈은 짙은 속눈썹 때문에 절망에 빠진 사람처럼 더없이 처연해 보였을 것이다. 영환은 미영의 손톱과 머리카락을 하얀 한지에 싼 다음 지갑에 넣고 다녔다.

"당신이야 이해하겠지만 일반 사람들은 이해하기 어려울 거요. 조종사가 출격하기 전에 머리카락과 손톱을 남겨두는 것처럼 영환 또한 미영의 흔적을 그렇게라도 간직하고 싶었던 거 아니겠소. 더구나 첫사랑이었으니 말해 무엇하겠소."

영환은 첫사랑의 상처에 혼자 깊은 고통의 심연에 빠져 허우적거렸다. 누구도 나눌 수 없는 아픔이기에 지켜보는 희재와 어머니도 우울했다.

"엎친 데 덮친 격으로 서방님이 지갑을 잃어버렸지 뭐예요. 소매치기 소행 같았는데 지갑을 잃어버린 뒤부터 서방님의 신경은 더욱 날카로워졌고 말을 걸면 화를 벌컥벌컥 내곤 했죠. 갈수록 태산이란 게 그런 걸 두고 나온 말 같았어요. 그런데 거짓말 같은 일이 일어났어요. 지갑 분실 후 한 달쯤 지났을 때, 우리 모두의 귀와 눈을 의심하게 만든 일이 일어난 거죠."

영환에게 기적과도 같은 일이 거짓말처럼 그리고 전광석화처럼 일어났을 때 아내 희재는 뒤통수를 세게 맞은 것 같았다고 했다.

"하루는 서방님이 숨을 헐떡이며 집으로 들어왔어요. 서방님 때문에 다들 눈치만 보고 있을 때였는데 숨찬 목소리로 느닷없이 내 결혼반지를 달라고 하더군요. 왜 그러냐고 물었더니 청혼할 여자에게 줄 거라고 대답하는데 처음에는 웬 봉창 두드리는 소린가 했지요. 그런데 서방님이 반지가 필요한 이유를 털어놓기 시작하더군요.”

영환의 갑작스러운 행동에 대해 들려주면서 아내 희재는 아직도 그날 일이 믿기지 않는다는 표정이었다.

“종로에서 정처 없이 걸었대요. 아마 가슴에 쌓인 화를 풀기 위해서 거리를 쏘다녔겠지요. 무작정 발길 닿는 대로 걷고 있는데 건물에서 여학생 한 명이 나오더래요. 무슨 이유인진 모르겠지만 여학생을 보는 순간 서방님 발이 땅에 붙은 것처럼 꼼짝도 하지 않더래요. 여학생이 서방님 옆을 스쳐 지나가는데 그때부터 가슴이 마구 뛰기 시작하더라는 군요. 도저히 그냥 있을 수 없더래요. 서방님 말로는 알 수 없는 힘에 끌렸다고 하더군요. 무작정 여학생 뒤를 10분, 20분, 30분 그렇게 뒤따라가면서 두 주먹을 쥐곤 결심했대요. 저 여자를 놓치지 말자, 고 말이죠. 결국엔 여학생 집까지 따라 들어갔대요. 그리고 부모님을 만나 자신의 신분을 밝히고 그 자리에서 바로 청혼을 하고 왔다는 거 아니겠어요.”

당시 상황을 설명하는 아내의 말을 들으면서도 정렬 역시 믿기지 않았다.

“서방님은 형수님 반지를 가져가야 한다는데 처음엔 아무도 믿지 않았지요. 갑작스러운 상황에 당황스럽고 어이가 없었으니까요. 하지만 이내 제 마음을 바꿨답니다. 아마도 방황하고 있던 서방님 마음을 잡아주기 위해 미영의 영혼이 세옥을 보낸 거 아닐까 하는 생각이 들더군요. 지갑을 잃어버린 것도 미영을 잊고 새로 출발하라고 그랬던 건가 하는 생각도 들었지요. 그리고 무엇보다 결혼하고자 하는 연분을 만났다는 게 고마운 일이잖아요. 그래서 내 반지를 줬지요.”

영환의 행동에 집안의 모든 식구가 당황했으리란 건 충분히 상상할 수 있었다.

"우리 가족의 놀라움도 컸으나 제수씨 집안에서도 난리가 났다고 하더구나. 생판 모르는 사내가 쳐들어와 딸을 내놓으라 하는 격이니."

"나중에 동서가 그러더군요. 길에서 처음 만난 여자 뒤를 따라와 다짜고짜 결혼하겠다는 서방님을 본 동서 부모님이 도깨비에게 홀린 듯 어리둥절한 눈으로 쳐다만 볼뿐 한동안 무슨 말을 해야 할지 갈피를 잡을 수 없었다고 했어요. 제가 만일 그런 일을 당했다고 해도 그랬을 걸요? 정신 나간 사람으로 보지 않겠어요? 뜻밖의 사태에 기가 막혀 어찌할 바 몰라 당황한 기색을 숨기지 않는 부모님을 보면서 동서도 어리둥절한 채 서 있기만 했대요. 그러나 이미 마음을 굳힌 서방님은 동서의 부모님께 넙죽 큰절부터 한 다음 무릎을 꿇었대요. 그리곤 자신의 신분부터 밝히더래요."

"허허, 사돈 어르신들이 아닌 밤중에 홍두깨 격이 되었겠구먼."

"그랬겠지요. 하여튼 서방님은 동서 부모님을 설득하기 위해 솔직하게 털어놓았대요. 해방 전에는 일본군 장교였다, 하지만 곧 조국을 지키는 군인이 될 거라고 호기롭게 자신을 소개하더래요. 반신반의하던 동서 부모님이 만화당 예식부의 둘째 아들이라는 사실에 긴가민가하면서도 차차 안정을 찾기 시작하셨다고 하고요, 그리곤 서방님께 이것저것 물어보면서 고개를 끄덕이기도 하고 점점 표정이 진지하게 바뀌시더래요."

결국, 영환은 그날 밤 세옥의 부모님 마음을 여는 데 성공했으며 흔쾌히 결혼 승낙까지 받았다.

"그런데 그 밤에 반지는 왜 가져갔다 하오?"

"아마 서방님의 확실한 마음을 전하고 싶어서였겠죠. 단순한 장난이 아니라 진심으로 결혼을 원한다는 표식으로 말이죠."

얼떨떨한 희재와 달리 영환의 결정에 시어머니 변씨는 두 손 들어 환영했다.

"사람으로 생긴 상처였으니 사람으로 치유해야 할 것이야. 사람의 적응력은 우리가 아는 것보다 더 강하단다. 두고 보렴. 새 사람의 힘으로 영환은 일상으로 돌아갈 것이고 자신이 해야 할 일에 더욱 노력할 거야."

변씨 부인의 예상대로 영환은 스스로 제 자리를 찾아 둥지를 틀었다. 배화여고 졸업반이었던 세옥은 18세였고 영환은 26세로 접어들 때였다. 그야말로 번갯불에 콩 구워 먹듯 영환의 결정은 예상외였다. 1945년 12월 신문래 교회에서 결혼식을 올릴 때 하늘에선 하얀 눈이 펑펑 내렸다. 다소 돌발적인 청혼으로 이루어진 결혼이었으나 두 사람은 잘 어울렸다.

"어쨌거나 좋은 연분을 만나 결혼했으니 다행한 일이다. 허나 나는 하나뿐인 동생의 결혼식을 못 본 것이 내내 마음에 걸린다."

"그땐 형이 올 수 있는 상황이 아니었잖아요. 대신 애꿎은 샌드백만 두드려 댔겠죠."

"그랬지. 치미는 화가 풀릴 때까지 샌드백을 두들기다가 제풀에 지치면 나무 그늘에 앉아 바다를 보며 거친 숨을 고르곤 했어. 배가 언제 뜰까를 기다리며 지내던 하루하루가 참 답답하더군. 그런데 영환아, 이젠 너도 슬슬 분가할 준비를 해야지?"

“결혼할 때 세옥에게 3년만 본가에서 살자고 했으니 그 약속은 지켜 줘야겠죠. 그런데 그전에 큰 그림부터 그려놓고 싶어요. 우리 항공인들 앞에 놓인 항공부대 창설이 최우선이니까요.”

정렬은 고개를 끄덕였다. 영환은 항공부대 창설을 위해 미 군정청의 간부를 설득하느라 고군분투 중이었다. 정렬은 제 능력을 한껏 펼치고 있는 영환이가 새삼 듬직해 보였다.

백의종군 정신으로

실내 공기는 평소와 달리 무거웠다. 방에 모인 사람들의 표정도 대부분 떫은 감을 씹은 듯 입을 꾹 닫고 있었다.

"영환아, 좀 더 기다렸다가 사임해도 되지 않았을까? 지금까지 잘 견뎌왔잖아, 네가 사임계를 던지고 나와 버리면 어떡하니?"

어두운 공기를 깨고 먼저 말문을 연 건 김정렬이었다.

"나도 참을 만큼 참았다고요. 그런데 약속을 지키지 않은 미 군정에 대해 실망이 이만저만이 아닙니다. 이건 시간 끌기라고요! 두 달 내에 경항공기부대를 창설하겠다는 약속을 받아내기까지 내가 얼마나 간곡하게 부탁하면서 집요하게 설득했는지 다들 아시잖아요. 그 말을 믿고 기다렸는데, 그들이 약속했던 2개월이 훌쩍 지났어요. 그런데도 답변이 없어요. 너희 미 군정에 실망했다, 그러니 너희를 믿지 않겠다는 내 나름의 방식은 사임계를 내는 것뿐이라고요."

영환이 말을 마치자 다시 실내는 분위기가 가라앉았다. 최용덕, 장덕창, 이영무, 박범집, 이근석은 물론 김정렬의 얼굴에도 근심 걱정이 가득했다. 지금까지 항공부대 창설을 위해 단합된 마음으로 회합하고 토의를 거듭해 온 그들이었다. 그러나 항공부대 창설은 열망과 패기를 가진 사람들이 모였다고 해서 이뤄지는 것이 아니었다.

36년간 조선을 통치하던 일본이 물러가고 해방을 맞이했다. 해방된 나라에 미·소간의 한반도 분단 점령이 결정되면서 미 육군 24군단이 서울로 들어왔다. 곧바로 A.V 아놀드가 군정장관에 취임함과 동시에 미 군정 체제가 수립되었다. 1945년 9월 19일부터 정식으로 미 군정이 정부의 기능을 수행하게 된 것이다.

미 군정은 1945년 11월부터 차후 미 주둔군 감축 및 철수에 대비해 한국군대의 군사력을 육성하기 위한 준비에 들어갔다. 이에 국방사령부를 설치하고 국방군 창설계획을 수립하였다.

"미 군정의 처음 계획안은 국방군을 육군과 공군으로 구분하되, 육군의 규모는 3개 보병사단으로 구성된 1개 군단으로 하고, 공군은 1개 수송 비행 중대 및 2개 전투비행 중대로 편성하여 육군과 공군의 총병력을 45,000명으로 유지한다는 것이었소. 그리고 해군과 해안경비대를 5,000명 선으로 제한하여 육해공군의 조직을 1949년까지 완료하기로 했소만 그런 계획을 워싱턴에서 받아들이지 않았다 이 말이오."

"그들이 왜 그랬겠소. 남한 땅의 현장에서 현실을 보고 느낀 미군정 책임자들은 한국군 창설의 필요성을 절실히 느끼고 있었는데 그런 시선과 달리 미 본토의 고위 당국자들은 미·소 관계가 불편해질까 봐 꺼렸던 거 아니겠소."

소련과의 불필요한 마찰을 일으키지 않으려고 미 군정은 광복 이후 사설 군사단체였던 조선 국군준비대를 해산시켰다. 그리고 남조선 국방경비대를 발족시켰다.

"소련과 미군의 대치로 우리는 아직도 절름발이 국가요. 소련과 대치상황인 미 군정은 우리나라의 안보를 담당할 국방경비대 명칭에서조차 군대라는 용어를 사용하지 않은 실정이오. 애초에 미 군정은 국방경비대 명칭을 조선 경찰예비대로 명명한 것만 해도 알 만한 일이오."

한국군 창설계획을 포기한 하지 중장의 새로운 지침으로 작성된 것이 뱀부 계획이었다. 새로운 명령을 받은 챔페니 대령은 25,000명 규모의 필리핀식 경찰예비대를 창설하기 위한 계획을 작성했다. 뱀부 계획은 엄밀히 말하면 국내 치안을 유지할 경찰 창설 방안으로 바뀐 것이다. 자주국방을 위해 군대 창설을 간절히 바라던 기대와 달리 남한 8개 도청 소재지에 각각 1개 중대의 경찰예비대를 편성한 것이다.

"광복군을 비롯해 수많은 군사 경험을 쌓은 사람들이 너도나도 조국을 수호하기 위해 힘을 길러야겠다는 열망에 가득 차 있었잖소. 그런 사람들에게는 달갑지 않은 계획인 것만은 분명한 거요."

"그러나 국방력 강화만을 역설하면서 유사 군사단체가 난무하여 오히려 혼란만 부추긴 꼴이 된 경우도 많은 건 사실 아니오?"

"그러니 미 군정 당국이 사설 군사단체 해체령을 내리고 국내 치안 유지책으로 경찰력을 키울 수밖에 없었을 거요."

1945년 11월 13일 미 군정 당국은 군정법령을 공포하여 국방사령부를 설치했다. 국방사령부는 군무국 아래 육군부와 해군부를 두었고, 경무국은 경찰업무를 관장하도록 했다. 그러나 업무상 성격이 다른 군대와 경찰을 단일기구 안에 둔 탓에 번번이 마찰을 빚게 되었다.

"미 군정도 갈팡질팡했던 거 같소. 국방사령부를 국방부로 승격한 후 제1차 미소공동위원회가 열렸는데 소련 측이 강력히 항의했다 하오. 한국임시정부가 수립도 되기 전에 일방적으로 국방부라는 명칭을 사용한다고 말이오. 소련 측의 항의로 국방의 개념을 국내 치안으로 바꾸기로 하고 다시 국내경비부로 개칭하려 했잖소. 우리 정부가 그걸 받아들이지 않고 통위부로 정했소만 그게 다 힘없는 나라의 설움 아닌가 이 말이오."

미 군정이 국내경비부로 개칭하려 했을 때 한국 측은 이에 따르지 않았다. 대한제국 당시 3영인 우영, 후영, 해방영을 통합한 통위영을 따서 통위부로 할 것을 주장했다. 국방부를 통위부로 개칭한 뒤 군무국을 폐지하고 조선경비국과 조선해안경비국을 두었다.

"명칭도 중요하지만 정작 우리에게 필요했던 건 두 번 다시 나라를 잃지 않고 나라를 지켜줄 든든한 군대를 가지는 일인데 말이오. 든든한 군대의 정점이 바로 항공력이 강한 군대라는 건 우리가 익히 겪어보지 않았소?"

최용덕은 옆에 놓인 식혜 사발을 들어 꿀꺽 마셨다. 흥분을 가라앉히려 애쓰는 모습이 역력했다. 옆에 있던 장덕창이 말을 이어갔다.

"우리가 좀 더 일찍 단결된 힘으로 일사불란하게 움직였다면 최소한 일본이 두고 간 비행기는 확보할 수 있었을 텐데 그 귀중한 자산을 고물로 처분해 버린 것이 두고두고 아쉽소. 미 군정이 주둔한 지 얼마 지나지 않았을 때인데 내가 간곡하게 말했소. 일본군 비행기를 우리가 사용하도록 양도해 달라고 말이오. 그런데 단칼에 거절하더라 이 말이오. 비록 일본인들이 우리 국민을 동원해 만들었지만, 여의도부터 제주도까지 전국 곳곳에 비행장이 있는데 비행기 한 대 없는 비행장이 무슨 소용이 있는가 생각하니 속에서 열불이 나더라 이 말이오."

"그건 생각할수록 속상한 일인 건 맞소. 전국 비행장에 남아있던 하야부사 같은 성능이 우수한 비행기가 수백 대 이상이라고 들었는데 그걸 고물로 처리해 버렸다 하오. 소문에 의하면 헐값에 인수한 업자가 고철로 녹여 팔아넘겼다는 말도 있소. 고물상이나 공터에 버려진 연락기나 전투기를 양은공장에서 냄비나 솥으로 만들어서 한동안 시장에는 양은냄비가 홍수처럼 쏟아져 나왔다 하니 어이없는 일 아니오?"

"이미 지나간 차가 다시 되돌아와서 태워줄 리 없으니 그만 화를 가라앉힙시다. 그나마 지금 우리에겐 비행장이 확보돼 있으니 언젠가는 제 역할을 할 날이 올 거요. 비행장이 하루 이틀 만에 만들어지는 건 아니잖소."

일제는 표면상으로는 민간항로 개설에 사용한다는 명분을 내세웠지만 실제로는 중국을 침략할 교두보로 한국에 비행장을 건설했다. 유사시 사용할 비행장으로 처음 건설한 것이 여의도 비행장이었다. 1916년 완공된 여의도 비행장은 단순히 비행기가 뜨고 내리면 되는 설계에 따라 활주로와 격납고만 갖춘 시설로 만들어졌다. 일본은 중일전쟁을 치르고 태평양전쟁이 확대되면서 점차 한국에도 비행장을 확보해 나갔다. 북한의 미림비행장에서부터 부산 수영비행장과 김포, 수원, 대구와 대전 그리고 제주 알뜨르비행장까지 건설하기에 이르렀다.

"일본은 비행장마다 비행기를 배치해 뒀었소. 비행기로 물자를 실어 나르는 건 극히 일부이고 대부분 조종훈련 용도로 활용했소. 제주 알뜨르비행장에 대해 다들 알 것이오. 일본은 해안가에 맞닿아있는 지리적 위치를 이용해 중국을 침략할 전진기지로 만들기 위해 그곳을 공들여 지었소. 알뜨르에서 가미카제 특공대 조종사들이 훈련을 받기도 했으니 활주로는 말할 것도 없고 격납고까지 무척 견고하게 만들었소."

"우리에겐 비행장이 있다는 것을 위안으로 삼고 앞으로의 일만 생각합시다. 항공부대만 창설된다면 항공부대의 첫 요건인 비행장이 확보돼 있으니 우리에게 유리한 입장인 건 분명하오. 중요한 건 미군 수뇌부의 마음을 움직이는 건데, 그 역할을 우리 영환 아우가 잘 해주고 있었기에 참으로 든든했소."

미 군정은 되도록 소련과 불협화음을 일으키지 않으려 했다. 남북간에 불필요한 마찰이 일어나면 결국 소련과 중국이 개입하는 사태가 일어날 것이기 때문이다. 전국에 남아있던 일본제 비행기를 고물로 처리한 것도 남북 간 긴장을 초래할지도 모를 무기를 남겨둘 필요가 없다고 판단한 데서 나온 조치였다.

"미 행정부는 마찰을 일으키지 않으려 하는데, 대통령 각하는 미 군정에 대놓고 아예 직설적으로 나왔소. 북진통일을 해야 한다고 말이오. 그러니 마찰을 일으킬 무기 특히 비행기부터 일찌감치 처분해 버린 것 아니겠소."

"동지들, 우리는 그동안 혼란스러운 국내 정세를 지켜보면서 새 나라 건설에 한 몸 바치기 위해 이 자리에 모인 것이오. 정치는 정치인에게 맡기고 오직 나라를 지키는 군인의 길을 택한 우리 아니겠소. 우리가 아직은 작은 조약돌에 지나지 않소만 언젠간 든든한 국방력 건설에 큰 힘을 발휘할 것이라 믿소. 국가와 국민이 항공력이 강해야만 나라의 안보가 든든해진다는 사실을 알 때까지 우리는 부단한 노력을 해야만 하오."

평소 침착하기로 정평이 나 있는 최용덕이었다. 사람들을 설득하는 언변이 뛰어나진 않았으나 그의 말에는 힘이 있었다. 그러나 군대조직에서 항공부대 창설은 요원했기에 속에서 끓어오르는 조급함은 숨길 수 없었다. 그나마 한 줄기 빛과 같은 희망이 있다면 그것은 김영환이었다. 그는 돈암동의 7인 중 유일하게 군복 입은 장교 신분으로 미 군정의 장교와 통하는 인물이었다. 뛰어난 영어 실력에다 호감형인 외모를 갖춘 김영환은 미 군정의 의도와 정보를 수집할 수 있는 중요한 위치에 있었다.

"이 자리에 계신 여러 형님의 열망은 제가 품고 있던 꿈이기도 합니다. 저는 어릴 적부터 제 형님과 함께 품어왔던 꿈을 실현하기 위해 함께 하늘을 날았고, 그 꿈을 포기한 적이 없습니다. 열강의 틈에서 나라는 독립했지만, 완전히 홀로서기엔 아직 갈 길이 멀고 참 험난해 보입니다. 그나마 다행인 것은 형님들보다 제가 먼저 군복을 입고 미 군정의 주요 인물과 소통한다는 사실입니다. 그러나 당분간 그들과도 거리를 두려합니다. 우리가 원했던 답을 얻을 수 있을 때까지 기다려보려 합니다."

영환의 결심 한 마디에 방안은 다시 긴 침묵에 빠져들었다.

한국군 창설을 계획하고 준비하던 쉬크 준장은 주한 미주둔군 지휘관의 통역관이 필요하다고 느꼈다. 그와 동시에 한국군 간부 양성도 필요했다. 쉬크 준장은 미 군정과 국방경비대의 협조를 도모할 통역관 양성과 장차 한국군 간부를 양성할 목적으로 학교 설립을 서둘렀다. 그의 지시에 따라 1945년 12월 5일 서대문구 냉천동에 있는 감리교 신학교에 군사영어학교(Military Language School)를 열었다.

군사영어학교에서는 주로 영어를 가르쳤다. 처음에는 60명을 정해 놓고 광복군, 일본군, 만주군에서 군사경력을 쌓은 사람들 가운데 각각 20명을 선발했다. 입학자격은 장교 혹은 하사관 경력이 있는 사람으로 제한했다. 특히 출신 계열별로 파벌이 조성되는 것을 방지하기 위해 젊고 의기 왕성한 경력자를 우선으로 받아들였다. 좌익계열은 처음부터 군사영어학교를 외면하였기에 입교생 대부분은 일본군과 만주군 출신이었다.

학생들의 영어 실력은 편차가 컸다. 영어 잡지를 읽을 수 있는 수준은 절반 정도였다. 나머지는 알파벳을 익히는 교육부터 해나가야 했다. 4개 반으로 편성하여 수업을 진행했는데, 영어 외에도 국사와 참모학 그리고 자동차 교육에서부터 기계 교육에 이르기까지 다양했다. 간부군인 양성기관이므로 매주 토요일마다 열병과 분열도 하였다.

학생 개개인의 경력과 영어 실력이 달랐기에 교육 기간과 임관 시기도 개인마다 달랐다. 단 며칠만 교육받고도 장교로 임관되는가 하면 몇 주일씩 걸리는 사람도 있었다. 약 5개월 동안 군사영어학교에서 배출된 장교는 110명이었다. 110명의 장교는 조국의 건군에 중요한 주춧돌이 되어 각 방면에서 활동했다.

"솔직히 그동안 영환 아우의 역할이 우리에게 큰 힘이 된 건 사실이오. 우여곡절 끝에 항공건설협회를 만들었지만, 엄밀히 말하면 민간항공단체 아니겠소. 민간단체 성격이니 우리가 국방의 일익을 담당하겠다고 강하게 밀어붙일 수 없는 게 우리의 한계였소. 그런데 다행히 우리에겐 영환 아우가 있었고, 더욱이 아우가 맡은 직책이 통위부 정보국장 대리이니 우리에겐 천군만마나 다름없었소. 영환 아우가 미 군정의 정책 방향이나 의도를 잘 파악했기 때문에 우리 항공인들이 나아가야 할 방향을 정확히 세우는 데 큰 도움이 되었소. 그리고 그에 맞춰 지금까지 일을 추진해 온 거 아니겠소."

해방 후 유사한 사설 군사단체가 난립했던 것처럼 항공계에도 여러 단체가 생겨났다. 조선항공대, 중앙활공연구소, 조선항공기술연맹 등등 항공의 발전과 보급을 위해 의기투합한 항공인들이 앞다투어 단체를 내세워 적극적으로 활동했다. 그러나 의욕만 앞섰을 뿐 단체마다 별다른 성과를 내지 못했다. 항공인들이 효율적인 단체운영의 필요성을 느낄 즈음 최용덕이 귀국했다. 최용덕의 귀국으로 기존 항공단체의 통합방안이 활발하게 진행되었다. 1946년 8월 10일 통합된 항공단체는 한국항공건설협회로 면모를 갖추면서 초대회장으로 최용덕을 추대했다.

최용덕의 귀국으로 항공인들의 분위기는 사뭇 달라졌다. 일찍이 중국에서 항공독립운동에 투신한 그는 중국 공군기지 사령관과 광복군 총사령부 참모처장 그리고 사령관을 역임하였다. 중일전쟁 때는 항주에서 전투기를 몰고 공중전에 참전한 전투 조종사이기도 했다. 최용덕은 중국에 남아 계속 중국공군을 이끌어달라는 장개석 총통의 만류를 뿌리치고 고국으로 돌아왔다.

항공인들의 단결로 결성된 한국항공건설협회는 최용덕을 선두로 통위부장 유동렬과 미 군정 당국을 번갈아 접촉하면서 항공부대 창설의 필요성을 부각했다.

"우리가 남조선 국방경비대에 항공부대 창설을 요청할 때마다 그들의 대답은 불가하다는 거였소. 그들의 똑같은 대답을 들을 때마다 계란으로 바위 치기가 아닌가 하는 절망감을 느끼기도 했소. 그러나 우리는 좌절하지 않고 잘 버텨내고 있소. 언젠간 바위도 계란에 맞아 부서질 수 있다는 것을 보여줘야 하지 않겠소?"

영환은 미 행정부의 불가 입장이 확고하다는 사실을 간파했다. 그래서 다른 전략을 생각해냈다.

"그들은 항공력으로 무력충돌을 일으킬까 봐 아예 항공부대 창설을 막았던 거죠. 그래서 생각해낸 것이 연락용 경비행기부대였어요. 비록 경비행기부대지만 어떤 형태로든 비행부대를 창설하고 나면 얼마든지 키워나갈 수 있으니까요. 항공인 선배님들 모두 제 의견에 힘을 실어주셨기에 경비행기부대를 창설하는 쪽으로 집요하게 파고 들어갔죠. 다행히 미 육군 대령 프라이스는 저와 잘 통했어요. 그들의 입장을 고려해준 측면도 있었지만, 그들도 한편으로 생각해보니 연락용 경비행기는 자기들에게도 유용한 면이 있을 것으로 판단했던 것이죠. 꿈쩍도 하지 않던 그들이 드디어 긍정적인 태도를 보이기에 속으로 쾌재를 불렀죠. 프라이스가 그러더군요. 미 행정부와 협의하고 내부 조율도 거쳐야 하니 시간을 달라고 말이죠."

미 군정은 2개월의 시한을 약속했다. 비행부대만 창설된다면 '그깟 2개월을 기다리지 못하겠냐'라는 마음으로 영환을 비롯한 항공인들은 희망을 품고 기다렸다. 그러나 시간만 흘러갔고 기다리던 대답은 감감했다. 프라이스 대령을 믿었던 영환은 그만큼 실망도 컸다. 이제나저

제나 비행부대 창설에 대한 확답을 기다리는 선배들을 생각하니 이제는 머뭇거릴 수 없었다.

"정렬 형은 내가 무모한 행동을 했다고 걱정하지만, 나로선 최상의 승부수를 던진 겁니다. 만약에 어디까지나 만일입니다만 경비행기부대 창설조차도 안 된다고 하면 그땐 어찌합니까? 더 늦기 전에 확고한 태도를 보여야겠다고 마음먹고 프라이스를 찾아가서 선언했죠. '2개월 이내에 경항공기부대를 창설해주기로 약속하지 않았는가. 그런데 시간만 가고 있다. 나는 약속을 신뢰하는 사람이다. 그 약속이 지켜지지 않으면 통위부 정보국장 대리직을 사임하겠다'라고 말이죠."

프라이스가 어깨를 들썩이며 놀란 눈으로 영환을 쳐다보았다. 그러나 그뿐이었다. 또다시 2개월은 속절없이 흘러가 버렸다. 영환은 자신과의 약속부터 지켰다. 망설일 것도 없었다. 사임계를 제출한 뒤 뒤도 돌아보지 않고 청사를 나왔다. 그리고 걸음을 재촉했다. 집으로 가면 어머니는 여느 때와 마찬가지로 반겨주시리라. 어머니는 자신의 결정을 존중해줄 것이다. 공(公)을 위한 대의명분은 영원히 지속하는 거라고 말씀하셨던 어머니. 개인의 이익보다 전체를 위한 희생은 사내대장부가 지켜야 할 본분이라고 강조하셨던 어머니였다.

"정렬 동지는 영환 아우가 성급한 결정을 내렸다고 하는데 내 생각은 그렇지 않소. 모르긴 해도 영환 아우의 결단력에 프라이스가 자극을 받았을 것은 분명하오. 우리의 염원이 절대 헛되진 않을 테니 조금만 더 기다려봅시다."

만형격인 최용덕은 정렬과 달리 영환의 결정에 은근히 힘을 실어주었다. 최용덕은 노장이었다. 때론 강한 반격이 사람의 마음을 움직일 수 있다는 사실을 그는 알고 있었다.

서울의 3월은 봄다운 기운을 느끼기엔 다소 거리가 있었다. 새벽공기에는 지난 겨울의 찬 서리가 그대로 남아있었고 쌀쌀한 초저녁 바람은 코트 깃을 바짝 세우게 했다.

바깥 공기는 차가웠으나 방은 어느 때보다 후끈 달아올라 있었다. 모두의 시선이 영환에게 쏠렸다. 지난 여름 사임계를 내고 전역을 선택했던 영환에게 프라이스 대령이 만나자는 연락을 보내온 것이다.

"거의 6개월 만에 만난 프라이스 대령이 악수로 나를 반겨줬어요. 내 어깨를 툭 치며 프라이스가 말하더군요. 나와의 약속을 지키기 위해 자신이 그동안 적극적으로 나섰다고 하더군요. 그러면서 이해해 달라는 말도 빠뜨리지 않았어요. 알다시피 그들이 미 본토와 바로 처리하는 게 아니거든요. 일본의 맥아더 사령부를 통한 다음에 미 본토로 전달되어 우리가 요구했던 내용에 대해 심의 과정을 거쳐야 하니 시간이 걸릴 수밖에 없었다는 거죠."

"당연히 그럴 수 있었겠구먼."

"그런데 그건 이해되는데 그들이 경항공기부대 창설 승인조건으로 내세운 또 다른 요구사항이 있어요."

"어떤 요구를 하던가?"

"프라이스 대령의 말을 그대로 전하겠습니다. 미 군정은 남조선 국방경비대에 경항공기부대를 창설하는 것을 승인하겠다. 그러나 승인조건을 충족시켜야만 한다. 첫째, 항공인 3명을 통위부 고문으로 위촉해 줄 것이며 둘째, 항공인 중 지도자급 인사들은 남조선 국방경비대 보병학교에서 1개월간 미국식 병사훈련을 반드시 받을 것, 이렇게 요구했습니다."

영환의 말이 끝나자마자 방안이 술렁거렸다.

"아니, 우리에게 이등병과 똑같은 훈련을 받으라고? 그건 우리에 대한 모욕이잖아."

"우린 그렇다 치더라도 감히 용덕 형까지 훈련을 받아야 한다구? 그게 말이 돼?"

"영환 아우, 우리가 자네에게 화내는 건 아니네. 자네가 사임까지 감행하면서 그들을 움직인 노력을 우리가 왜 모르겠나. 프라이스 대령도 자네의 그런 진심과 열망을 알았기에 협조한 게 아닌가. 그건 누구도 부인 못 하네. 그러나 이건 아니지 않은가. 여기 이 방에 있는 우리만 해도 그렇잖은가. 나이로 보나 계급과 경력을 보더라도 어떻게 신병과 똑같은 훈련을 받으라고 하는지 어이가 없구만."

흥분한 사람들은 저마다 울분을 쏟아냈다. 그도 그럴 것이 방 안에 있는 사람들은 경력으로 치자면 영관급인 부대장 이상이었기 때문이다.

"그들이 소정의 기본교육을 요구한 것은 우리 항공인 대부분이 중국과 일본에서 교육받았기 때문이랍니다. 현역 장교로 입대하면 미국식 군제에 따라 임무를 수행해야 하는데 지시체계나 운용 면에서 애로사항이 발생할 수 있으니 사전에 정식교육을 이수하고 군대에 들어오길 요구한 것입니다."

영환이 부수적인 설명을 이어갔다. 한동안 듣고만 있던 최용덕이 좌중을 돌아보며 입을 열었다.

"아우님들의 심정을 충분히 이해하는 바요. 그러나 지금 화를 낸다고 해서 우리에게 무슨 이득이 될지 한번 냉정하게 생각해 봤으면 하오"

귀국하기 전 광복군 비행대 창설을 주도했던 최용덕은 나이 50에 들어서고 있었다. 그의 화려한 경력은 항공인 선후배가 우러러볼 정도였다. 15세에 중국으로 망명한 그는 비행사가 되어 중국항공대 창설 구성원으로 일본군과 싸웠다. 전쟁을 수행하고 부대 창설을 주도했던 최용덕을 항공인의 수장으로 추대할 때 반대하는 이 아무도 없었다. 최용덕은 자신을 무한히 신뢰하는 동지들을 둘러보았다.

일본육사 출신인 김정렬은 항공인의 지도자로 손색없을 정도로 완벽에 가까운 자격을 갖춘 장교였다. 장교 임관 후 중대장을 거쳤고, 부대장을 역임하면서 항공부대를 4번이나 편성한 경험이 있었다. 2,100시간의 비행경력을 쌓는 동안 죽을 고비도 숱하게 넘겼다. 그는 동남아 바다 위 혹은 정글에서 살아남았다. 이기는 작전과 지는 작전을 모두 체험한 김정렬은 조국의 항공부대 창설에 없어서는 안 될 존재였다.

이영무는 1922년 중국으로 망명했다. 상해 임시정부의 추천을 받아 중국의 운남 항공학교를 졸업한 이영무는 비행사 자격 취득 후 항일독립운동에 헌신한 인물이었다. 그의 비행 실력은 탁월하여 국민정부 항공위원회 폭격기 훈련대장으로 발탁되었다. 이영무는 최용덕과 같은 뜻을 가지고 함께 귀국길에 올랐다.

잘 생긴 외모와 세련된 멋을 풍기는 장덕창은 군 출신은 아니다. 그는 민간항공인 출신으로 해방 당시에 이미 9,820시간의 비행기록을 보유하고 있다. 항공인 중 비행에서는 가장 탁월한 실력을 갖춘 그를 가리켜 일본 항공계에서는 천재 비행가로 인정해 줄 정도였다.

박범집은 조종사 출신은 아니지만, 일본 육사 출신의 장교였다. 부대 지휘관으로 임무를 수행하면서 조종사를 동경한 그였다. 박범집은 틈만 나면 반드시 조종술을 익혀 진정한 비행사로 거듭나겠다고 다짐하곤 했다.

일본 소년비행학교 2기생인 이근석은 1936년부터 비행기를 몰았다. 그는 일찍부터 전투 조종사로 이름을 떨쳤다. 중일전쟁에 참가한 이근석은 20여 대의 전투기를 격추해 일본항공대 전체에서 그의 이름을 모르는 사람이 없었다. 태평양전쟁 때 미얀마에서 연합군에게 격추당한 그는 인도에서 포로 생활 중 귀국한 걸출한 항공인이었다.

가장 나이 어린 김영환은 막내지만 장차 조국의 항공을 이끌 큰 재목감이었다. 미남형 얼굴에 친화력이 뛰어나서 주변에 그를 따르는 사람이 많았다. 낙천적 성격과 세련된 영어로 미 장교들과 교우하던 영환은 경항공기부대 창설에 결정적 역할을 하는 인물이었다. 사임계를 던져가면서까지 과감한 결단을 내렸던 김영환의 배짱을 지켜보며 최용덕은 내심 놀라기도 했다.

최용덕은 그동안 이들과 함께 주말마다 이마를 맞대고 열띤 토론을 펼치면서 조국의 하늘을 걱정하던 일들을 떠올렸다. 그들이 표출하는 격정과 분노를 모르는 바 아니지만, 자칫 일이 꼬일 수도 있었다.

"아우님들, 나는 30여 년의 망명 생활을 하면서 한시도 조국을 잊은 적 없소. 그리고 장개석 총통의 후의를 마다하고 해방된 내 조국으로 돌아왔소. 내가 조국을 택한 것은 나 자신의 안위보다는 조국의 발전에 남은 생을 바치겠다는 각오로 돌아온 것이오. 해방이 되었다고 하지만 나라는 혼란과 분열로 시끄러웠소. 긴 겨울잠에서 깨어나지 못하고 있는 나라를 볼 때마다 흔들리기도 했었소. 그러나 나는 군에 몸담았던 사람이오. 마음이 흔들릴 때마다 나라를 지키는 조약돌이 되어 희생하겠다는 다짐을 수도 없이 했소."

최용덕의 말에 굳은 신념이 서려 있었다. 누구도 그의 진심을 부정할 수 없었다.

"미 군정의 요구를 듣는 순간 나 역시 불쾌하기 그지없었소. 하지만 다시 곰곰이 생각해보았소. 우리가 항공건설협회를 창립하고 이제 경항공기부대 창설을 눈앞에 두고 있소. 모르긴 해도 이 방에 있는 우리는 후일 항공부대 창설 간부 7인으로 기억될 것으로 보오. 그러나 우리 이전에 나라를 독립시키려고 항공의 중요성을 인식한 선각자들이 있었다는 사실을 주지하기 바라오. 더러 알고 있는 사실이긴 하오만 1919년 대한민국 임시정부 시정방침에 이미 '비행기대' 편성을 계획했었소."

최용덕은 중국에서 비행사로 활동할 때부터 대한민국 임시정부 선각자들이 비행학교를 세우고 비행사 양성에 심혈을 기울인 사실에 대해 잘 알고 있었다.

"우리 항공인의 뿌리를 생각해봅시다. 3.1 만세운동은 대한의 독립을 원하는 애국자들에게 독립을 향한 의지를 크게 심어준 계기가 되었소. 특히 항공기를 이용하여 독립전쟁을 하겠다고 나선 도산과 백범 두 사람이야말로 위대한 선각자요. 노백린 장군은 항공력이 미래 전장의 주역임을 예견하고 미국에 거주하고 있는 한국인들과 함께 북 캘리포니아 윌로우스 시에 임시정부 한인 비행학교를 설립하기까지 했소. 그뿐만 아니라 대한청년혈성단의 이용근을 비롯한 애국청년들은 레드우드 시에 있는 레드우드 민간비행학교에서 훈련을 받기도 했다 하오. 그들은 하나같이 조국독립을 위해 군사상 필요한 전투 기량을 배워야 한다는데 뜻을 같이했었소. 나는 대한민국 임시정부가 윌로우스 비행학교를 세웠다는 소식을 들었을 때 내 기분은 어떤 말로도 형언할 수 없었소. 나 역시 전투 조종사였소. 그렇기에 지상이나 해양에서보다 하늘을 장악하는 힘이 곧 승리를 보장하는 길임을 누구보다 잘 알고 있소. 이렇듯 조국의 독립을 위해 중국과 미국에서 조종사 양성에 힘썼던 선각자들의 혜안과 결단 그리고 실행에 옮겼던 사실에 지금 이 순간 다시 한번 그분들에게 깊은 존경을 보내고 싶소."

방안은 정적만 감돌았고 모두의 시선은 최용덕에게 쏠려 있었다.

"지금 우리는 중차대한 시험대에 놓여 있는 상황이오. 그리고 500여 명의 항공인이 우리를 주시하고 있소. 우리는 그런 사실을 간과해선 안 되오. 동지 여러분은 항공인을 지도해야 할 처지이기에 더욱 신중해야 하오. 지금 우리가 선택할 길은 하나밖에 없소. 항공부대 창설을 위해 모든 걸 내려놓고 그들의 요구를 수용하여 훈련 받읍시다. 우리가 그토록 원했던 항공부대 창설을 앞두고 있는데 계급이 병(兵)이면 어떻소. 항공부대가 창설되어 우리가 내 나라 땅에서 내 나라 하늘을 지킬 수 있다면 이까짓 모욕이 뭐가 대수겠소? 이순신 장군의 백의 정신을 이해한다면 우리가 이등병으로 입대하는 것 또한 미래를 내다보는 큰 걸음 아니겠소."

만형격인 최용덕의 비장한 말 한마디 한마디가 모두의 가슴을 파고 들었다.

"내 한마디 더 하겠소. 여기 영환 아우도 백의종군 정신으로 큰 걸음

했다는 사실을 잊지 마시오. 우리 항공인의 요구를 관철하기 위해 사임계를 던진 용기 그것이 바로 백의 정신인 게요."

영환은 눈물이 핑 돌았다. 자꾸만 목이 감겼다. 일부러 침을 삼켰다. 항공인의 대선배 최용덕의 얼굴이 크게 다가왔다. 형 정렬처럼 따르고 싶은 또 한 명의 형이 영환의 눈앞에 있었다.

공군 창설 주역 7인

돈암동 공터에 세워놓은 쓰리 쿼터는 시동이 걸리지 않은 날이 더 많았다. 그럴 때마다 이른 새벽부터 온 가족이 총동원되어 차를 밀어야 했다. 푸르르, 풍선 바람 빠지는 소리와 함께 차가 구르기 시작하면 영환은 잽싸게 조수석으로 올라탔다. 고물처럼 낡은 쓰리 쿼터였지만, 수색까지 출근하는 동료들을 태우기 위해 정렬이 기꺼이 운전대를 잡았다. 서울 시내를 한 바퀴 돌다 보면 좁은 차 안은 7명의 항공간부로 가득찼다. 낡아빠진 고물차와 달리 차 안 공기는 훈훈했고 생기가 돌았다.

"우리가 첫 훈련 받으러 수색으로 가던 날이 4월 1일이었지. 그때는 저 미루나무에 겨우 손톱만 한 잎들이 삐죽삐죽 고개를 내밀었는데, 어느새 나뭇잎들이 팔랑팔랑 흔들리고 있구먼. 훈련받느라 봄꽃이 언제 피고 졌는지 느낄 새도 없었는데 말이야."

“자존심일랑 호주머니에 콱 쑤셔놓고 훈련받으러 가긴 했지만, 막상 교관을 보니 다리에 힘이 쫙 빠져 버리더라고. 우리도 난감했지만, 기수도 따질 수 없는 새까만 후배 교관도 우리 앞에서는 어찌할 바 몰라 허둥대기 일쑤였지. 그것도 시간이 흐르면 추억거리로 남을 거야.”

수색에 있는 조선경비대 보병학교에서 받은 교육은 미국식 군인제도였다. 최용덕의 설득에 따라 신병 교육을 받아들이기로 의견을 모은 후 7인의 항공인은 젊은 신병들 속에서도 불평불만 없이 훈련에 임했다. 기본교육 수료 후 태릉에 있는 조선경비사관학교에서 2주간의 장교후보생 훈련과정까지 마쳤다.

1948년 5월 5일은 쾌청했다. 부대 주변은 온통 연초록으로 덮여 있었다. 간간이 부는 봄바람이 나뭇잎을 스치는 사이로 제비들이 날아다녔다. 마침내 그토록 갈망하던 항공부대가 통위부 직할부대로 창설되는 날이었다. 하늘도 축복하듯 푸르렀고 맑았다. 그리고 5월 14일 7명의 항공인은 소위로 임관되었다. 육군 백인엽 소령이 부대장으로 임명되어 항공부대를 이끌었다. 비행기 한 대 없는 항공부대였지만, 그들은 고맙게 받아들였고 작은 일 하나에도 최선을 다했다.

“시작은 미미하지만, 우리도 언젠가는 공군으로 독립할 때가 올 것이오. 그러니 우리는 공군의 초석을 공고히 다지는 일꾼이 되어야 하오.”

비행기는 사람과 장소가 완벽한 하모니를 이뤘을 때 하늘로 뜰 수 있다. 그래서 항공부대 창설에 대비해 7인의 간부는 돈암동에 모였을 때마다 항공분야에 관련된 인물을 찾아 그에 대한 명부를 작성해 두었다. 항공 기술은 20세기 들어 시작되었지만, 다행스럽게도 항공분야에 종사한 경험자가 많았다. 명부에는 조종사 90여 명에 3년 이상 숙련된 정비사만 해도 300여 명이었다. 그 외 통신사와 무장사 그리고 기상관계자까지 명부에 이름을 올린 항공인이 족히 500명은 되었다. 비행기를 띄우는 데 필요한 다양한 경력을 가진 경험자가 있으니 그야말로 든든한 자산이었다. 전국 주요 지방에 산재해있는 활주로도 큰 자산임은 두말할 필요도 없었다.

통위부 직할이었던 항공부대는 조선경비대 산하 항공기지부대로 개편되어 7월 27일 육군공병단이 주둔하고 있는 김포군 양서면 송정리로 주둔지를 옮겼다. 그리고 7월 12일에 항공병 1기 모집에 들어갔다. 김포비행장에는 이미 미 육군 항공부대가 주둔하고 있었기에 먼저 그들의 앞선 기술을 습득할 인적자원이 필요했다.

"명부에 올라있는 명단을 보고 항공 유경험자를 찾아 연락하자고. 항공병을 선발하니 서둘러 지원하라고."

연락을 받고 항공병 1기생 모집에 원서를 넣은 사람들은 일본 소년병 비행학교 15기(을) 출신들이 많았다. 그들은 조종에서부터 통신, 정비, 기상 등에 종사했던 경력자들이었다. 항공병 1기로 선발된 78명의 항공인은 미 육군 항공부대와 합동 근무를 시작했다.

김포에는 미군이 만든 퀀셋 막사 60여 동 있었다. 그중 8개의 막사를 항공기지부대가 사용했다. 부대 주변은 황량했고 인가도 멀었다. 그러나 장교 9명과 부사관과 61명의 항공병 얼굴엔 활기가 돌았다. 미군의 선진 기술을 하나라도 더 배우기 위해 각자 맡은 분야에서 열심히 뛰었다. 항공운영은 참으로 분야가 다양했다. 정비는 물론 관제와 통신 그리고 기상까지 어느 것 하나도 빠트릴 수 없는 기술이었다. 비록 항공기 한 대 없는 항공부대 군인이었지만 항공병 누구 한 사람 허투루

시간을 보내지 않았다.

1948년 8월 15일 대한민국 정부가 수립되었다. 안정을 바라던 국민은 거리로 나와 정부 수립에 나라의 안보를 책임질 군인들의 행진을 보며 뜨겁게 환호했다. 광화문에서 화려한 정부 수립 경축행사가 열렸다. 육군과 해군이 펼치는 분열식에서 육군 항공기지부대는 당당하게 항공부대의 면모를 전 국민에게 보여주었다. 비록 육군에 속한 항공부대였지만, 국민에게 항공부대가 있다는 것을 알리는 자리였기에 항공병들은 가슴을 펴고 씩씩하게 행진했다. 언젠가는 육군과 해군처럼 우리도 공군으로 독립할 수 있다는 결의에 찬 걸음걸이였다. 부대를 운영하는 예산이 없어 가마솥을 걸어놓고 끼니를 해결하는 형편이었으나, 달갑게 먹었고 즐겁게 훈련에 임했으며 열심히 배웠다. 빈 활주로를 볼 때마다 머릿속으로 태극 마크를 단 비행기를 그리며 가슴에는 희망을 품었다. 항공병들의 희망가에 화답하듯 육군 항공기지 부대에 서서히 훈풍이 불어오기 시작했다.

“미군 측에서 연락이 왔습니다. L-4 연락기 10대를 인수하랍니다.”

9월 초순에 영환은 미군 측으로부터 받은 내용을 항공기지부대로 전했다. 학수고대했던 소식이었지만 베테랑급이었던 간부 몇몇은 시큰둥했다. 하야테 혹은 ki-27 같은 전투기를 몰았던 간부들에게 L-4는 장난감 같은 비행기였다.

“내가 아는 L-4는 태평양전쟁 때 미 육군과 해군이 연락이나 관측 혹은 정찰용으로 사용했던 것이네. 메뚜기를 뜻하는 grasshopper라는 별칭을 갖고 있는데 말 그대로 경비행기야. 비행속도도 느리고 항속거리도 짧다고."

"그렇다면 무장은 엄두도 낼 수 없겠구먼."

"무전기도 장착할 수 없는데 무슨 무장!"

"사람의 욕심은 끝이 없다니까. 우리가 항공부대 창설을 우선 목표로 삼았는데 벌써 잊었는가?"

"하긴 첫술에 배부를 순 없지. 비록 연락기지만 우리가 어떻게 운용하는지 제대로 보여주면 언젠간 전투기도 지원해 주겠지."

"그 말이 맞네. 초심을 잃지 말고 현실을 직시하세나. 선물은 고맙게 받아야 하지 않겠는가."

"이번 기회에 우리 항공병들의 기술을 제대로 보여줍시다. 그들의 도움이 없어도 조립할 실력은 충분하니까."

L-4 연락기는 분해된 상태로 도착했다. 미군 기술자의 도움 없이 해낼 수 있다는 자신감에 찬 항공병 기술자들은 순식간에 연락기를 조립해 나갔다. 10대의 연락기 조립이 완성되었을 때 미 7사단에서 연락이 왔다.

"미 7사단 비행부대장이 우리 조종사들의 조종능력을 확인하러 온다 하오. 그러니 이번 기회에 우리 조종실력을 확실히 보여줍시다. 미 7사단 비행부대장 매재로 소령은 내가 먼저 연락기에 태우고 서울 하늘을 날아 보겠소."

연락기를 쳐다보는 김정렬의 눈빛은 자신감이 충만해 있었다.

실로 오랜만에 잡아보는 조종간이었다. 일본과 동남아에서 몰았던 하야부사 전투기에 비해 크기와 성능은 비교할 수 없을 정도로 다르지만, 조종간을 잡은 정렬의 가슴은 벅차올랐다. 정렬은 정면을 응시했다. 뒷좌석에 앉은 미 비행부대장 매재로 소령의 시선 따윈 아예 무시하기로 했다. 여의도 활주로를 가볍게 박찬 L-4는 어느새 서울 상공을 날았다. 한강이 반짝였고 싱그러운 바람이 빨려 들어왔다. L-4는 그의 손에서 자유자재로 서울 하늘을 누볐다. 몇 바퀴의 선회를 끝내고 여의도로 돌아왔다. 활주로에 착륙한 L-4는 정확하게 격납고 코앞에 멈춰 섰다. 매재로 비행부대장이 연신 감탄사를 쏟아냈다. 연락기에서 내린 김정렬을 향해 동료들이 박수와 환호로 반겼다. 영환은 엄지를 치켜들고 정렬을 껴안았다.

"형, 게임은 이제부터야."

김정렬의 의도를 영환이 모를 리 없었다. 미 7사단 비행부대장을 태우고 형은 한국인 조종사의 실력을 유감없이 보여주었다. 창고 건물 위를 아슬아슬하게 날다가 유연한 선회 동작을 보여준 후 활주로 위에 떠 있었다. 서서히 착륙을 시도하는 L-4는 진동을 느낄 수 없을 정도로 살짝 내려앉았다가 격납고 바로 문 앞에서 부딪히기 직전에 정지했다. 김정렬의 비행 실력에 감탄한 매재로 소령은 환한 미소로 포옹하곤 한국인 조종사의 비행훈련 계획을 김정렬 부대장에게 일임했다.

L-4 연락기 10대 인수 후 항공기지부대는 항공기지사령부로 개칭되었다. 예하 부대로 여의도에 비행부대와 김포에 항공기지부대를 창설했으며 비행부대는 3개 소대로 편성했다. 제1소대장에 김영환, 제2소대장 장성환 그리고 제3소대장에 김신을 임명했다.

초가을 강바람이 몰아치는 여의도 비행장은 여전히 황량했으나 부대원들 움직임엔 활기가 넘쳤다. 경비행기 L-4에 태극무늬를 그리고 기름칠을 하느라 정비사들이 부산하게 움직였다.

"미군이 은근히 우리 실력을 질투하는 것 같던데요? 우리가 L-4 10대를 1개 편대로 구성해 한꺼번에 이륙하고 시위 비행한 후 동시에 착륙하니 놀란 모양입니다. 이 정도 비행은 아무것도 아닌데 말이죠."

"비행 유경험자인 우리를 몰라본 거지. 특별히 조종훈련을 받지 않아도 될 만큼 기술이 좋은 걸 이젠 미군도 알았겠지?"

"정부수립일 전에 인도받았더라면 더 좋았을 텐데 말이다."

김정렬 부대장은 수많은 군중이 광화문에 운집했을 때 편대비행을 보여주지 못한 것이 못내 아쉬웠다.

"부대장님, 이제라도 축하비행을 할 수 있으니 아쉬움은 접으십시오. 게임은 이제부터라고 하지 않았습니까."

"그렇다. 서울 상공을 우리 비행기로 편대비행 할 날을 손꼽아 기다렸던 건 주지의 사실이다. 나는 편대장으로서 완벽하게 임무를 수행하겠다."

아쉬움을 뒤로 감춘 김정렬 부대장의 목소리는 감격에 젖어 있었다.

1948년 9월 15일 서울 상공에 10대의 비행기가 모습을 드러냈다. 편대장 김정렬을 비롯하여 이근석, 김신, 장성환, 신유협, 오점석, 전명섭, 박희동, 강호륜, 최휘까지 10명의 조종사가 편대비행에 동참했다. 정부 수립을 자축하는 편대비행이었다. 중앙청을 향해 육군 보병부대가 도보 행진을 하고, 머리 위에서 L-4 10대가 당당히 모습을 드러냈다. 태극 마크가 선명한 L-4기 10대가 광화문 상공에서 시위 비행을 펼칠 때 대통령을 비롯한 미군 관계자 그리고 국민의 눈이 하늘로 모였다. 그 가운데 한 사람인 최용덕 국방부 차관은 감회에 젖어 하늘에서 눈을 뗄 줄 몰랐다. 최용덕 뒤에 선 또 한 사람 김영환은 말없이 하늘만 응시했다. 영환은 편대비행에 자신이 빠진 사실을 당연하게 받아들였다. 육군 항공기지사령부에서 맡은 책무만 해도 벅찬데 인사참모와 정보참모까지 겸하고 있는 터라 영환의 하루는 짧기만 했다. 그의 눈앞에서 태극 마크의 항공기가 편대비행을 펼치고 있었다. 표정은 담담했지만, 영환의 오른손은 마치 조종간을 잡은 듯 엄지손가락이 까딱까딱 움직였다. 청량리 경마장에서 처음 하늘로 솟구치던 날 형과 함께 환호를 지르던 그때로 다시 돌아간 듯 심장은 자꾸만 쿵쿵 뛰었다.

편대비행을 마친 조종사들은 최용덕에게 거수경례를 올렸다. 늠름한 조종사를 보는 최용덕의 두 눈이 충혈돼 있었다.

"오늘 여러분의 편대비행을 보고 내 가슴이 뭉클했소. 어디 나 혼자만이겠소. 우리 모든 항공인이 나와 같은 심정이었을 게요. 내 일찍 어린 나이에 망명하여 꿈에도 잊지 못할 소원이 있었소. 그것은 내 나라의 군복을 입고 내 나라의 장관에게 경례하며 내 나라의 부하에게 경례를 받아보는 것이며, 내 나라의 강산에서 태극기가 그려진 비행기를 타고 조국의 하늘을 마음껏 날았으면 하는 소원이었소. 그 염원이 오늘 성취되고 보니 이제 죽어도 여한이 없소."

이제 죽어도 여한이 없겠다는 최용덕 차관의 말은 김영환과 모든 부대원의 가슴을 울렸다. 영환은 가슴 속에서 벅차오르는 감격을 지그시 누르며 외쳤다. 용덕 형, 이제부터가 진짜 시작입니다!

혼란

대한민국 정부가 수립된 후에도 공산당의 파괴 공작과 사회 교란작전은 지속하고 있었다. 1948년 10월 19일 육군 제14연대는 여수에 주둔 중이었다. 제주 4·3사건을 진압하러 가기 위해 여수에 머무르고 있었다. 하지만 출동 직전에 명령을 거부하고 반란을 일으켰다. 남로당원 지창수를 비롯한 14연대 병사들은 동족상잔 결사반대와 미군 즉시 철수를 요구하며 삽시간에 순천까지 장악했다.

육군 제14연대를 주축으로 3,000여 병력이 반란을 일으켰고 거기에 좌익 공산분자들이 합류했다. 이미 세포처럼 침투해 있던 남로당원이 군인들을 포섭했으며 하룻밤 새 인민위원회 세상으로 바꾸었다. 지하에 숨어있던 민애청, 민청, 학생동맹, 여성동맹, 합동노조, 철도노조, 좌익단체 청년 600여 명이 인민 의용군을 조직해 무기를 들고 경찰과 우익인사를 체포하고 재산몰수에 나섰다. 여수와 순천을 장악한 반란군은 조선민주주의인민공화국의 해방구를 결성하고 경찰, 공무원, 지주, 자본가, 기독교인과 그들의 가족 등을 포함한 우익인사들을 학살했다. 여수와 순천은 피비린내 진동하는 아수라장으로 변했다.

국방부는 여순사건을 소련 제국주의의 태평양 진출정책을 대행하려는 공산당 괴뢰정권의 음모라고 규정했다. 대통령 역시 여순사건은 정부에 반항한 것이 아니라 한반도에서 소련 지배권을 확대하려는 국제공산주의 운동의 한 부분으로 인식했다. 이에 정부는 철저한 진압 방침을 세웠다. 정부는 강경한 담화문과 계엄령을 선포했고, 미 군사고문단 수뇌부의 협조를 얻었다. 국방부는 진압작전을 지휘하기 위해 광주에 반란군토벌 전투사령부를 설치했다.

"우리 항공부대로 출동명령이 내려온 건 20일이었다. 나는 명령 받은 즉시 비행 대장이 되어 제일 먼저 연락기를 몰고 여수로 출격했다. 반란군의 활동상황과 진압작전을 세우려면 지상에서 한눈에 내려다보고 상황을 파악해야 했기 때문이다. 그런데도 초기진압은 실패했다. 왜냐하면, 10월 24일부터 진압군 공격작전은 치밀한 계획 없이 진행됐기 때문이다."

상황은 생각했던 것보다 심각했고 처절했다. 조종모를 쓴 김정렬 부대장의 얼굴은 온통 땀범벅이었다. 물 한 컵을 단숨에 마신 김정렬 부대장은 다시 말을 이어갔다.

"실패를 거듭할 수밖에 없었던 것은 극도로 흥분한 봉기군과 지방좌익세력의 강력한 저항에 부딪혔기 때문이다. 초기진압에 실패한 진압군은 대대적인 소탕 계획을 다시 세워야만 했다. 지상의 기계화부대와 연안 해안경비대 그리고 연락용 비행기까지 총동원한 대규모 진압

작전을 세운 것이다."

여순사건은 항공부대가 편대비행을 성공적으로 마무리한 한 달여 뒤에 일어났다. 명령을 받은 부대장 김정렬은 조종사와 정비사 20명을 이끌고 L-4 연락기로 출동했다. 그러나 반란군은 이미 여수와 순천 그리고 주변 외곽지역인 보성, 구례, 곡성, 고흥까지 빠른 속도로 진격하고 있었다. 경찰서와 관청을 습격한 반란군은 인민재판으로 내몬 사람들을 무자비하게 죽였다. 반란군 진압작전에 투입된 연락기는 전투 기능은 없었지만, 정찰비행과 지휘관 수송 그리고 긴급연락 임무 등을 수행했다.

"즉각 출동했으나 작전 수행에 따르는 어려움이 한두 가지가 아니다. 반란군의 위치와 긴박한 상황을 알려야 하는데 통신시설이 없으니 지상의 육군에게 통신통을 땅으로 떨어뜨리는 방법을 써야 했다. 항속거리가 짧으니 남원의 국도에서 이착륙을 감행하는 모험까지 감수하면서 우리가 가진 역량을 모두 쏟았다고 해도 과언이 아니다. 무엇보다 여러 악조건 속에서 위험을 무릅쓰며 감행했던 건 정비병이 뒷좌석에 타서 손으로 수류탄을 집어 던지며 반란군 소탕에 최선을 다한 것이다. 인민재판을 열고 있을 때 손으로 떨어뜨린 수류탄이 사람들을 해산시켰지. 덕분에 죽을 뻔한 사람을 구하기도 했다. 우리 항공부대원 모두는 최대한의 능력을 발휘했고 그 결과 진압작전에 큰 성과를 거둘 수 있었다."

그러나 안심할 순 없었다. 반란은 7일 만에 진압되었으나 반란군 일부는 지리산과 덕유산으로 숨어들었다. 그들이 언제 어디서 총칼을 들고 또다시 사회 혼란을 일으킬지 누구도 장담할 수 없었다.

전사 61명, 경찰순직 74명, 민간인 사망 2,634명, 실종 4,325명, 지서 파괴 00건.

여순사건의 피해 사실을 기록한 서류와 사진들이 책상에 가득하다. 처참했던 현장을 여실히 보여주는 사진이 수북했다. 머리가 잘려나간 여경의 시체, 죽창에 찔린 임산부, 눈을 가린 채 총에 맞아 쓰러져 있는 수많은 경찰, 인민재판 중인 운동장에 모인 군중, 뭇매를 맞아 겁에 질려 있는 어린 사내아이, 가마니에 덮인 시체 옆에 벗겨진 고무신과 피 묻은 채 팽개쳐진 옷가지…. 영환은 심각하게 들여다보던 서류와 사진을 그만 옆으로 밀어버렸다. 생각하고 싶지 않은 일들이 흑백필름처럼 영환의 눈앞에서 돌아갔다. 좌절과 실패로 끝났던 그때의 일이 떼려야 뗄 수 없는 혹이 되어 되살아났다.

해방 후 남한에는 30여 개의 사설 군사단체가 우후죽순처럼 난립했다. 대한무관학교, 조선 임시군사위원회, 보안대, 치안대 총사령부, 광복청년회, 국군준비대 등 수많은 단체가 저마다 안보와 치안 질서를 외치며 단체를 만들며 활동했다. 군사단체도 이념성향이 달라 좌우익으로 대립한 채 각자 목소리를 높였다.

탈출에 성공한 영환은 서울로 돌아온 뒤 사설 군사단체인 학병동맹에 이어 학병단에서 활동하다가 미 군정이 세운 군사영어학교에 들어갔다. 그는 1차 졸업생 21명 중 16번째로 군번을 부여받았다. 그 후 1946년 1월 15일 미군정기관인 남조선국방경비대 소위로 임관했다. 일본군 장교 복을 벗어 던진 지 5개월이 지난 후였다.

소위 김영환은 임관 후 1개월이 지난 1946년 2월 18일 경북 대구지역의 제6연대 A중대 창설 연대장으로 임명되었다. 미 군정 지휘관으로는 맥커리 중위와 리마스 소위가 임명되었으며 군사영어학교 동기생인 하재팔 소위도 같은 부대에 배치되었다. 하재팔 소위는 의도적으로 A중대를 자원해서 대구로 내려왔다. 김영환 소위는 하재팔 소위와 같은 부대에 배치된 것이 못내 께름칙했다. 왜냐하면, 하재팔은 군사영어학교에 입학하기 전 사설 군사단체인 국군준비대의 경북지대 참모장으로 활동하던 인물이기 때문이었다. 국군준비대는 사설 군사단체 중에서 규모가 가장 컸을 뿐만 아니라 집행부 인사의 대부분은 좌익성향 인물로 구성된 단체였다. 전국적으로 군대가 창설되면서 군인도 늘어났지만 군대 내에 국군준비대 출신의 공산주의자들 또한 점조직 형태로 포진해 있었다. 공산주의자들은 비밀리에 조직적으로 움직이면서 군대 내에 파벌을 형성했다.

하재팔 소위가 자원해서 대구로 내려온 이유는 얼마 지나지 않아 드러났다. 하 소위는 국군준비대 참모장 시절 함께 했던 좌익 부사관들을 A중대 부대원으로 영입하기 시작했다. 결국, A중대는 김영환 소위 한 명을 빼곤 모두 좌익군인으로 채워졌다. 하재팔의 계략은 그때부터 본격적으로 본색을 드러냈다. 하 소위는 사사건건 트집을 잡았고 연대장인 김영환에게 노골적인 위협을 가했다. 그의 뒤에는 건장한 부사관들이 팔짱을 낀 채 하재팔을 엄호하고 있었다.

"어이, 연대장님. 능력이 안 되면 부대를 떠나든가 아니면 우리 일에 동조하든가."

그들은 대놓고 마찰을 일으켰다. 연대장의 책상을 툭툭 치며 내뱉는 말은 숫제 반말이었다. 영내숙소에서 무시로 침을 갈기는 건 상투적이었다. 느글느글한 태도와 비아냥거리는 좌익군인들과 맞닥뜨릴 때마다 김영환은 혼자 속을 끓였다. 그들은 청소년 시절의 김영환으로 돌아가 싸움박질 근성으로 밀어붙일 수 있는 상대가 아니었다. 남에게 지기 싫어하는 김영환이었지만, 두꺼운 붉은 막을 친 그들을 상대하는 게 녹록하지 않았다. 처음부터 가벼운 유머와 따뜻한 손길조차 거부하는 그들에게 우익성향의 연대장은 안중에도 없었다. 상관의 명령이 서지 않는 부대 내에서 한마디로 자신의 처지는 중과부적이었다. 날이 밝기 무섭게 정체 없는 소문은 병영 내 담을 넘어와 퍼졌다. 어느 부대 중대장이 초주검이 되도록 린치를 당했네, 어느 부대에는 밤새 몇 명이 감쪽같이 사라졌네, 하는 괴소문은 부대 분위기를 더욱 흉흉하게 만들었다.

밤마다 영환은 괴로웠다. 규율을 무시하고 상관을 꺾으려 드는 그들의 행태는 하극상과 다름없는데 나는 무엇을 하고 있는가? 나는 과연 부대를 이끌 적임자가 맞는가? 죽음을 두려워하지 않고 지휘관 김영환으로 저들과 맞서는 것이 과연 최상의 선택일까? 영환은 고민으로 밤을 새우기도 했다. 사상과 이념의 차이가 얼마나 무서운지 좌익군인의 실체를 보면서 몸서리쳤다.

맥커리 중위가 사태의 심각성을 눈치챘다. 4연대와 6연대에 좌익세력이 깊이 뿌리내리고 있다는 정보를 입수한 맥커리 중위는 본부에 보고했다. 맥커리 중위의 도움으로 통위부 정보부 대리로 명을 받았지만, 김영환은 한동안 괴로움에 시달렸다. 국방경비대 장교로서 첫 부임지에서의 첫 임무를 완수하지 못한 충격은 실로 컸다. 대구 A중대 첫 임무 수행과정에서 뼈아픈 경험을 한 소위 김영환은 실패를 곱씹으며 다짐했다.

'나는 리더십이 부족했다. 내 실패를 덮지 말자. 이유를 갖다 대는 건 비겁한 짓이다. 구차한 변명으로 물러서지 말고 정면으로 돌파해야 한다. 진정한 리더가 되려면 말이다.'

미 군정의 정책은 기본적으로 자유민주주의 국가에서는 사상의 자유를 존중했다. 일제 식민지에서 벗어난 한국은 무주공산이었다. 무질서와 좌우로 대립한 사회는 서로 반목하고 충돌을 일으켰다. 출판의 자유로 온갖 유인물이 넘쳐나고 남한 내의 군과 경찰 그리고 공직사회까지 좌익세력이 잠입해 있었다. 정부수립이 되기 전부터 창군 과정에 사상문제 혹은 신원조회 없이 지원자를 모집했기에 잠입한 첩자들이 활개를 치고 다녔다.

여순사건에 이어 대구 제6연대 사건 역시 좌익군인들의 주동으로 일어났다. 정부는 여순사건 진압 후 김창룡에게 명령을 내려 군대 내의 공산주의자에 대한 숙군작업을 지시했다. 숙군작업을 눈치챈 좌익분자들이 장교 7명을 살해하고 반란을 일으켰다. 이 사건으로 군인, 경찰관, 학생 등 수십 명의 인명 피해와 수많은 부상자가 발생하여 사회불안을 일으켰다. 제6연대는 이 사건 이후 대대적인 숙청의 대상이 되었다.

삼총사

비 온 뒤의 하늘은 뻥 뚫렸다. 부드러운 햇살은 맥 풀린 듯 활주로와 주변에 따스한 기운을 쏟아내고 있었다.

영환의 지시를 기다리는 정비사들 손에는 페인트통과 붓이 들려 있었다. 선글라스를 쓴 영환이 천천히 비행기 주변을 돌았다. 마침내 결정한 듯 그의 입꼬리가 올라갔다.

"내가 처음 생각했던 대로 역시 꼬리 부분에 그려 넣는 게 어울리겠어. 박 상사, 이 부분에 이 정도 크기로 그리면 되겠지? 어떤가?"

영환이 가리킨 곳에 박 상사가 동그라미를 표시했다. 영환이 고개를 끄덕였다. 그러자 정비사들이 움직이기 시작했다. 정비사들의 작업을 지켜보는 영환의 표정이 진지했다.

"1중대는 무슨 일을 하고 있는가?"

2중대장 장성환과 3중대장 김신이 다가왔다. 중대장을 맡은 세 사람은 항공부대에서 삼총사로 통했다.

"보시다시피 번개를 그려 넣고 있다네."

"웬 번개?"

"기분이라도 내 보려고. 비록 연락기지만, 탈 때만은 전투기라 생각하고 싶단 말일세. 그래서 꼬리 쪽에 번개 마크를 그려 넣고 있다네. 번쩍이는 불꽃이 아니라 신들의 전쟁에서 상대를 꼼짝 못 하게 만드는 그런 번개 말일세."

"허허, 자네의 엉뚱한 호기를 누가 말리겠나."

"그래서 복장도 그리 한 건가?"

영환은 어깨를 으쓱이며 싱긋 웃었다. 그는 1차 세계대전의 에이스 전투 조종사였던 독일 공군의 리히트호펜을 좋아했다. 영환은 리히트호펜의 사진을 보곤 그가 쓴 군모와 같은 모자를 쓰고 싶었다. 그는 자신의 군모를 반으로 접었다. 그리곤 힘을 주어 윗부분을 꾹 눌러, 챙은 짧고 정수리 부분은 납작한 형태의 군모로 만들었다.

"적군과 아군을 떠나서 전투 조종사는 전투기와 한 몸이 돼야 하지 않은가. 그럴 때 전투기도 내 말을 알아듣는 거라네. 리히트호펜은 격추왕으로 알려졌지만, 나는 그의 정신을 존중하네. 그는 전투기를 타는 동안 본분에 최선을 다한 전투 조종사였어. 만일 내게 전투기가 생긴다면 나 역시 리히트호펜처럼 하늘을 주름잡고 싶네. 그게 언제일지 현재로선 알 순 없지만, 저 활주로 위를 내가 모는 전투기로 날아오르는 날이 꼭 오겠지."

활주로를 쳐다보는 영환의 얼굴에 간절함이 묻어났다. 전투기 한 대 없는 활주로 위로 가을볕만 환하게 쏟아지고 있었다.

"자네가 비행기와 리히트호펜을 얼마나 좋아하는지 자네 복장만 봐도 알 수 있다네. 비행 수건 모 위에 납작하게 눌러쓴 독일식 군모 하며 더워도 아랑곳하지 않고 긴 비행 장화를 신고 있는데 말이야, 그렇게 출근하는 모습이 이젠 자네 트레이드 마크가 돼 버렸다 이 말이네."

중대장 김영환은 멀리서 보아도 단번에 눈에 띄었다. 찌그러진 듯 챙이 짧은 군모와 승마용 장화 형태의 긴 부츠를 신은 특별한 복장이 눈길을 끌었는데 그것은 묘하게도 영환과 잘 어울렸다.

"그런데 말이야, 어제 내가 뭘 봤는지 알아?"

"뭘 보았는데?"

"어제 인도교를 지나가는데 사람들이 다리 아래를 내려다보면서 웅성거리고 있더라고. 무슨 일인가 하고 나도 내려다봤더니 글쎄 미 육군의 L-5 정찰기가 눈에 들어오는 거야. 다리 아래 교각과 교각 사이를 지나 다시 하늘로 올라갔다가 선회한 다음 또다시 다리 아래를 통과하더라고. 그걸 구경하던 사람들이 아주 감탄을 쏟아내는데 내가 봐도 대단하더구먼."

"L-5로 그리 비행하더라 이 말이지. 어때? 우리도 오늘 실력 발휘를 해 볼까?"

영환의 제안에 장성환과 김신이 선뜻 대답하지 못했다.

"우리는 모두 부대장님의 경고를 받았잖아, 또 걸리면 진짜 영창 갈 수도 있어."

며칠 전 세 사람은 김정렬 부대장실로 호출되었다. 화가 잔뜩 난 부대장이 물었다.

"어제 이화여대 김활란 총장의 전화를 받았다. 비행기 세 대가 학교

운동장 위를 날아다니는데 소음도 문제지만 어떤 땐 지나치게 낮게 날아서 불안하다고 호소했다. 학교 위를 날아다녀야 할 이유가 있는지 물었을 뿐 아니라 유독 학교 주변을 뱅뱅 도는 비행기 소음이 커서 학습에 막대한 지장을 초래한다고 조치를 간곡히 부탁하는데 대체 누구 짓인가?"

부대장은 누구 짓이냐고 물었지만 모를 리 없었다.

"부대장님, 비행기 여러 대가 동시에 운행하고 있어서 알 수 없습니다. 그러니 만약 이화여대에서 비행기 번호를 알려주신다면 단호히 처벌하겠습니다."

장성환 소대장이 기지를 발휘했다.

"자네들 세 사람 말이야, 누가 그곳에서 비행하는지 알면서 그래?"

"모릅니다!"

차렷 자세의 세 사람은 약속한 듯 이구동성으로 외쳤다.

"잘 들어. 규정을 위반한 비행은 군기 위반이다. 또다시 이화여대에서 전화가 오면 그땐 묵과하지 않겠다."

부대장의 경고를 받았지만, 영환은 알고 있었다. 형 정렬이 속으로는 웃음을 참고 있다는 걸.

"우리가 그동안 야간비행하며 모험심을 풀었던 걸 부대장이 정말 몰랐을까? 어느 정도 알면서 눈감아준 것도 있을 걸? 비행이라는 것이 낮에만 하는 건 아니지 않은가. 그런데 주어진 연습시간은 짧고 조종할 비행사는 많으니 우리가 의문을 가진 부분을 언제 해소하냐 이 말일세."

"L-4 비행기가 통신과 무장이 전혀 안 되니 통신방법과 무기장착에 대해 여러모로 살피며 해결 방법을 모색했지. 만일 위기상황이 닥치면 하다못해 L-4를 타고 수류탄이라도 떨어뜨리면 되지 않을까 하는 생각도 해봤지 않은가. 나는 지난번 여순사건 때 우리가 이미 생각했었던 수류탄 투하를 직접 시도했었네. 비록 원시적인 방법이긴 하나 함께 고민하고 야간비행을 하며 모험 비행했던 게 큰 도움이 되었네."

"바로 그거야. 우리는 항공 기계 기술과 조종술의 발전을 위해 이번에도 모험을 해보는 거야. 미 육군의 L-5도 하는 비행을 우리라고 못할 리 없잖은가. 비행기를 몰다 보면 모랫바닥에 착륙할 때도 있을 것이고 다리 아래를 통과할 때도 생길 거 아니겠어! 어때, 인도교 아래를 야간비행해 보는 거? 오늘 밤 우리 셋이 번개처럼 통과해 보자고."

영환의 제의에 누구 한 사람 반대하지 않았다. 수시로 야간비행을 하며 모험을 감행했던 그들이었다. 의기투합한 세 사람은 이미 눈빛으로 OK 사인을 날리고 있었다. L-4 항공기 꼬리에 그려진 번개 마크가 세 사람의 기개에 호응이라도 하듯 강렬한 빛을 내뿜었다.

꿩 잡는 매

여순사건 진압 후 항공부대를 보는 미 군정의 시선은 확연히 달라졌다. L-4 경항공기가 가진 기본 성능 이상으로 고군분투한 항공부대원들의 활약을 높이 산 것이다. 김정렬 부대장은 그 틈을 놓치지 않았다. 미 육군 고문관 로버츠 장군을 만났을 때 김정렬은 L-5 항공기의 필요성에 대해 누누이 강조했다.

"나는 무조건 지원해 달라고 하는 것보다 L-5 항공기가 필요한 이유에 관해 설명했다. 여순사건 때 미 군사고문단도 현장을 보았기 때문에 설득이 유리한 면도 있었다. 그들도 잠자리 같은 L-4로 전력을 다해 작전에 임하는 여러분을 보고 느낀 바가 컸던 것 같다."

항공부대원들은 시속 135km인 L-4 연락기로 쉬지 않고 진압작전에 뛰어들었다. 열악한 환경이었지만 부대원 모두 한 몸처럼 명령에 따랐다. L-5는 시속 209km의 경항공기지만 L-4 연락기보다 한 단계 성능이 좋은 비행기였다. 부대장 김정렬의 설득에 미 고문관은 쾌히 L-5 항공기 10대를 지원해 주겠다고 약속했다. 작전 수행과 수뇌부 수송 그리고 조종훈련에 한 단계 성능이 향상된 비행기가 도입된다는 소식에 부대원의 사기가 한껏 올랐다.

"경항공기 10대가 추가로 지원된 것은 우리 항공인의 사기를 높여주는 일임은 분명하다. 그러니 항공인으로서 긍지를 가지고 각자 맡은 분야에서 더욱 인정받도록 분발해주기 바란다."

"부대장님, 이번 일을 계기로 정부 측 수뇌부의 인식에도 변화가 있겠죠? 미군 측도 우리 항공부대의 능력을 인정했는데 말입니다."

"요즘 분위기를 보면 대통령 각하의 인식에는 확실히 변화가 있는 것 같다. 수뇌부와 미군의 인식이 바뀌길 바라는 마음이야 김영환 중대장 못지않게 우리 모두의 염원이다. 이 자리에 있는 전 부대원이 바라는 게 명실상부한 공군으로 독립하는 것 아니겠는가. 이번 일을 계기로 우리 항공인들은 우리의 잠재력을 확인한 셈이다. 그러나 이 시점에서 잠재력을 과시하면 안 된다. 왜? 우리 항공인들은 공군이라는 큰 집을 지어야 하기 때문이다. 고치를 짓는 것은 누구인가? 바로 누에다. 꿩을 잡는 것은 누구인가? 바로 한 마리 매다. 우리는 누에처럼 또 매처럼 주어진 본분에 충실하자. 본분에 충실해야만 우리의 집을 지을 수 있고 적들도 잡을 수 있다."

부대장 김정렬은 과연 지휘관다웠다. 그의 말에는 들뜬 기분에 혹여 흐트러질지도 모를 부대원들을 진정시키는 힘이 들어있었다. 부대장 김정렬의 열변을 들으며 영환은 자신을 되돌아봤다. 며칠 전 L-4로 야간비행했던 일이 떠올랐다. 비로소 큰 잘못을 저질렀다는 생각이 들었다.

'부대장 김정렬은 형이기 전에 내가 모시는 상관이다. 나는 오늘부터 상관의 명령에 절대복종하는 부하가 될 것이다.'

L-5 도입 결정 후 미군으로부터 여의도기지를 인수하였다. 그리고 육군항공사령부로 부대 명칭을 바꾸었다. 미 군사고문단의 철수를 앞두고 각계각층의 움직임은 더욱 빨라졌다. 특히 입법을 앞둔 국군조직법 기초과정 작업에는 이해관계에 얽힌 고위직 인사들의 입김이 거셌다. 최용덕과 김정렬은 평소 주장을 관철하기 위해 공군에 우호적인 인물을 만나 공군독립의 필요성을 역설했다. 그들의 거듭된 역설과 강조를 귀담아듣는 사람도 많았으나 항공인들이 그토록 원했던 성과를 얻는 데는 실패했다.

1948년 11월 30일 국군조직법이 공포되었다. 통위부를 국방부로 조선경비대는 육군으로 해상경비대는 해군으로 각각 독립하였다.

"우리의 노력이 아직은 하늘을 움직이지 못했나 봅니다. 입법과정을 앞두고 미 군사고문단을 설득하기도 했고, 공군의 독립에 뜻을 같이하는 육군과 해군 측 인사들도 만나 우리 의견을 피력했소만 뜻을 이루지 못했소."

국방부 차관 최용덕은 국군조직법 기초를 위해 공군에 대해 이해가 깊은 신응균을 특별보좌관으로 임명하기도 했다.

"신응균의 협조는 많은 힘이 되었소. 그의 임명을 기회로 항공인 후배들이 심혈을 기울였으나 우리의 노력에 비해 결과는 허탈했소. 그렇다고 포기할 우리가 아니오. 공군독립은 머잖아 실현될 것이오."

발로 뛰며 가슴으로 호소했던 지난 노력이 허사로 돌아오자 항공인들은 허탈했다. 그러나 최용덕 차관의 말처럼 포기해서는 안 되었다. 국군조직법 부칙 23조에는 '본법에 의하여 육군에 속한 항공병은 필요한 때에는 독립한 공군으로 조직할 수 있다'로 명시되어 있으니 아직 불씨는 살아있는 셈이다.

"육군과 해군의 독립이 마냥 부럽소만 큰 틀에서 보면 우리는 대한민국 국군이오. 육군과 해군에서도 공군의 독립을 지지하는 사람들이 많소. 우리는 머잖아 맞이할 공군독립을 위해 철저하게 대비합시다. 군대는 무엇이오? 무기도 필요하지만, 그 무기를 다룰 줄 아는 사람이 우선이오. 사람부터 키웁시다."

그릇이 큰 지휘관은 남다른 데가 있었다. 위기상황에서도 침착함을 잃지 않는 모습은 부하들에게 신뢰를 안겨 주었다. 최용덕 차관과 김정렬 부대장 그리고 연장자인 항공인들을 볼 때마다 김영환은 신선한 느낌을 받았다. 그리고 하나씩 깨달아갔다.

'과연 내가 저 위치에 있다면 저리 할 수 있을까?'

여의도 강바람은 차가웠으나 영환의 폐부 깊숙이 들어오는 바람은 신선했다.

오랜만에 돈암동 집을 찾은 영환은 정렬과 마주 앉았다.

"파자마 차림으로 있으니 참 편하네. 부대를 벗어나니 이렇게 형이라 부를 수도 있고 말이죠."

"그렇다고 너무 편하게 굴면 안 돼. 버릇이란 건 무서운 거니까."

"잘 알죠. 그런데 형, 항공사관학교 1기생 선발시험장에 제가 면접관으로 갔을 때 재미있는 일이 있었답니다."

"뭔데?"

"형은 사관학교 교장이면서 합격한 학생들 이름도 안 보셨나요? 내 이름하고 똑같은 학생을 만났죠. 한자까지 똑 같던데요."

"그래? 신입생 김영환은 너보다 잘 생겼더냐?"

정렬이 짓궂게 물었다.

"형답지 않은 질문인데? 우린 우수한 항공 인재가 필요한 거잖아요. 1차 모집이었는데도 시험에 응시한 학생을 보니 든든하더라고요. 형도 신고식 받으면 나와 같은 생각이 들걸요?"

"그거 듣던 중 반가운 소식이다. 1차 합격은 45명이라는데 그중에서 조종사가 몇 명 나올지 기대가 되는군."

1949년 6월 10일 육군 항공사관학교 신입생을 모집했지만, 항공인들의 노력에 비해 미국의 시각은 달라도 너무 달랐다. 트루먼 대통령의 특사로 한국과 중국을 다녀온 웨드 마이어 중장은 북한이 가까운 장래에 남한을 침범할 일은 일어나지 않으리라는 낙관적인 보고를 올렸다. 마이어 중장의 보고문 영향으로 한국 사회가 혼탁하고 좌익세력이 암암리에 설쳐도 미국의 태도는 완고했다.

"육군이 독립했으나 무기는 없다고 봐야 한다. 대전차포 한 대 없는 포병부대에 겨우 소화기 몇 대가 전부이지 않으냐. 탱크나 장갑차를 운영하는 기갑부대를 설립해야 진정한 육군의 면모를 갖추는 데 지금은 무늬만 육군일 뿐이다. 육군이 인수한 무기라고 해봐야 105mm 곡사포 57문에 57mm 로켓포 무반동총인데 대부분 노후화된 데다 주요 부품은 훼손되어 작동조차 되지 않는다고 들었다. 게다가 소화기의 20%는 거의 쓰지도 못한다는구나. 육군에는 일본군에서 훈련받은 탱크 병이 30명가량 된다고 한다. 그래서 연습용 탱크 한 대만 보내달라고 해도 미국의 반응은 냉담하기만 했다. 산악지대인 한국엔 탱크가 전혀 필요 없다는 이유를 들어서 말이다. 해군은 그나마 나은 편이다. 30여 척의 배가 있으니 말이다. 그러나 배를 운용할 운용비가 없으니 무슨 소용이 있느냐. 여전히 대한민국 군대는 경찰대의 성격에서 크게 벗어나지 못하고 있다. 그러니 우리 항공부대는 독립하기 전에 내실부터 공고히 다지자는 것이다."

항공부대는 인력 면에 있어선 육군과 해군보다는 월등했다.

"우리가 항공건설협회 창립 후 명부를 만든 건 참 잘한 일이었죠. 일본군 출신과 민간인 출신 조종사가 90명 가까이 등록돼 있을 뿐만 아니라 정비사와 통신사 그리고 무장사까지 숙련된 항공 인력만 해도 300여 명 확보돼 있으니 언젠간 이들 모두가 큰 힘이 될 겁니다."

"우수한 항공 인력이 많은 것은 일본이 우리나라 곳곳에 항공부대를 두고 수리창까지 운용한 덕이지. 평양과 함흥과 원산에도 비행장이 있었고, 대구에도 항공학교가 있었던 거 기억하지? 중학교 다닐 때 비행기 조종해 보겠다고 거길 직접 찾아간 적도 있었잖아. 군산에 분교까지 두고 비행기에 관해 교육을 시행했으니 기술자가 양산될 수밖에 없었지. 그 외에도 부산 수영과 제주도 모슬포에도 공군 비행장이 있었는데 비행기를 다루는 실무자는 대부분 한국인이었잖으냐. 그러니 손재주와 비상한 머리를 가진 민족답게 빠르게 기술을 익혔던 것이지."

항공기술자의 숙련도는 상당히 높았다. 10년 이상 경력자만 해도 100명 이상이었다.

"우리는 훌륭한 인적자산이 있으니 오늘 당장이라도 일류비행단을 운영할 수 있다. 하지만 지금은 우리를 둘러싸고 있는 여건이 불리하니 우선은 한 걸음 뒤로 물러나 있을 뿐이다. 이번에 학생 모집을 시작으로 계속 항공병을 늘리고 미래를 준비해야 한다."

"형, 대통령 각하께서 공군의 중요성을 인식했다는 건 상당히 고무적인 거죠?"

"그거론 부족해. 군대는 전 국민의 호응과 성원이 따라야만 힘이 생기지. 군대는 국민의 응원이 없으면 허깨비에 지나지 않아."

정렬은 한동안 침묵을 지켰다. 항공사관학교를 신설하고 인재를 양성하여 항공력을 탄탄하게 다질 각오로 초대 교장직을 맡았지만, 그의 어깨는 무거웠다. 항공 인력은 늘어 가는데 운용 경비는 턱없이 부족했다. 독립된 공군이라면 주어진 예산 안에서 효율적인 운용을 해볼 수 있을 텐데, 육군본부로부터 받는 예산으로는 빠듯했다. 장차 강의를 부탁할 교수에게 교통비라도 줄 수 있을지 의문이었다. 독립한 육군과 해군의 운용비 예산도 턱없이 부족해서 겨우 기본적인 틀만 유지되는 형편이었다. 이런 현실을 뚫고 공군의 독립이 왜 필요한지를 인식시키는 일은 한계가 있었다.

정렬은 다른 대안을 모색 중이었다. 말은 입에서 나오는 그 순간뿐이다. 듣는 당사자는 자신과 이해관계가 없으면 돌아서는 순간 잊어버린다. 반면에 글은 오래 남을 뿐 아니라 돌고 돌아 많은 사람에게 알려지는 이점이 있다. 정렬은 정부와 국민을 설득할 글을 써야겠다고 작정했다. 공군독립에 부정적인 시각의 틀을 깨기 위해서는 강한 메시지를 던질 글이 필요했다. 모두가 공감할 내용을 담아야 한다는 생각에 머릿속은 복잡했다.

"형, 그런데 근석이 형 결혼 건은 잘 돼 가나요?"

정렬의 속내를 알 리 없는 영환이 뜬금없이 물었다. 갑자기 이근석의 중매 건이 떠올랐던 모양이다.

"그거? 색시 나이가 너무 어리다고 망설이더라. 사람이 우직해서 그런지 의외로 순수한 면이 있어."

"얼마나 어리기에 그런대요? 세옥이보다 어려요?"

"근석이 나이가 많잖아. 상대적으로 색시가 어리니 나이 차가 13살이 넘어. 게다가 색시 혼자 월남한 몸이라 남쪽에는 피붙이도 없나 봐. 장덕창 말로는 소련군이 북한 땅에 내려올 때 색시 어머니가 딸을 보호하려고 남쪽으로 내려보냈다고 하더라."

"근석이 형이 일본에서 혼자 귀국했다면서요. 비행 천재로 이름을 떨쳤던 형도 막상 여자 앞에 서려니 떨리는가 봅니다. 이왕 덕창 형과 조카며느리가 중매를 맡았으니 적극적으로 추진해 보라고 하세요."

"덕창의 조카며느리 말에 의하면 참한 색싯감이라고 하더라. 그래서 우리가 모두 밀어붙일 셈이다. 의사가 제 병 못 고친다는 말이 있듯이 혼자 장가를 갈 순 없지 않으냐."

정렬에겐 또 하나의 일거리가 생긴 셈이다. 그러나 아무리 바빠도 이근석의 결혼만은 성사시키고 싶었다. 김정렬과 이근석은 동년배였다. 둘 다 일본 항공부대에서 전투 조종사로 활동한 경력도 비슷했다. 두 사람은 일맥상통하는 면이 많았기에 정렬은 항공부대 부대장 후임으로 이근석을 추천했다.

"남자는 포부를 펼치기 위해서도 안정적인 가정이 필요하다. 일하는 힘의 원천은 안정된 가정생활에서 나온다. 지금 우리가 일에 적극적으로 매달릴 수 있는 것도 든든한 가정이라는 울타리가 있기 때문이지. 너도 제수씨에게 좀 더 신경 쓰거라. 어머니께 얼른 손주도 안겨드리고."

"에이, 아직 세옥이 어리잖아요."

대답은 그리 했지만, 영환도 아이를 갖고 싶었다. 보들보들한 조카들 볼을 만질 때마다 아이 생각이 간절했다. 그러나 자신의 속내를 세옥에게 내색하지 않았다. 영환의 눈에 세옥은 아직도 감수성이 예민한 여학생으로 보였다. 솜털 보송보송한 아기의 달콤한 냄새를 맡고 싶지만, 영환은 기다리기로 했다. 어머니가 그리 말씀하셨다. 인연이 되면 만나게 돼 있다고.

항공의 경종(警鐘)

김정렬 교장은 자비를 들여 등사판으로 인쇄한 〈항공의 경종(警鐘)〉을 세상에 내놓았다. 20여 장의 분량으로 만든 책자는 정부 각 부처와 군 관계자 그리고 몇몇 언론기관에 배포했다.

"형, 어떻게 그런 생각을 다 했죠? 책을 읽어보고 정말 놀랐습니다. 분량은 짧았지만, 형이 전달하고자 하는 내용이 강렬하더군요."

"네가 그렇게 읽었다니 다행이다. 대부분 공군독립에 대해 말을 꺼내면 무슨 잠꼬대 같은 소리냐고 치부해 버리잖느냐. 미군이나 우리 정부 지도자 그리고 군 관계자까지 육군항공대로 충분하다는 인식이 자리 잡고 있다. 나는 공군독립에 대한 인식이 부재한 점을 일깨우고 싶었다. 그래서 공군독립의 필요성과 왜 항공력을 강화해야 하는지 당위성에 대한 호소는 결국 글로써 움직일 수밖에 없다는 생각에 이르렀다. 우리가 바라던 시기가 언제가 될지 알 순 없으나 이 책이 기폭제가 되어 하루라도 공군독립이 앞당겨지길 기대해본다."

"다 읽고 나니 오싹하더군요. 마치 예언서 같았어요. 형, 분명 큰 울림이 있을 겁니다."

〈항공의 경종〉은 모두 6장으로 구성되었다. 김정렬은 서론에서 책자를 펴낼 수밖에 없었던 항공인의 고충을 짤막하게 언급했다. 이어서 제1장은 국방론, 제2장은 북조선의 항공세력, 제3장에서는 남한 대 북조선 가상 분쟁, 제4장 비행사의 악몽(X월Y일 남한 피습에 따르는 비극), 제5장 육상부대에 미치는 영향, 제6장 대책 그리고 결언으로 끝을 맺었다.

"나는 북조선의 남침 가능성이 매우 농후하다고 보고 있다. 그래서 북조선 공군력이 얼마나 강한지 실상을 보여주고자 했다. 만일 지금처럼 남한의 항공력이 전혀 없는 상태일 때, 북조선이 침략할 경우 어떤 일이 벌어질까? 상상하기 어렵지만 나는 상상 속의 전쟁을 적나라하게 기술했다."

김정렬의 전쟁 시나리오 편은 북조선 공군기가 서울 하늘에 나타나는 것으로 시작한다. 폭격으로 삽시간에 불바다가 된 서울의 거리, 폭격에 파괴된 한강 다리와 우왕좌왕 하는 시민들, 무차별적으로 쏘아대는 적기의 공습에 대책조차 제대로 세우지 못하고 흩어지는 국군.

"형이 가상적국으로 명시했지만, 북한과 소련 그리고 중국이 위협상태인 건 분명하죠. 북한과의 전쟁이 국지전이 되리라는 전망도 틀린 건 아니라고 봅니다. 그동안 우리가 수집한 정보를 통해서도 알 수 있잖아요. 북한공군은 실제로 원산에서 일본 제97식 전투기로 훈련하고 있으니까요. 그뿐인가요. 평양에서는 소련훈련기 Y-2기와 YT-2기로 훈련하고 있죠. 북한공군은 항공종사자만 해도 어림잡아 2,800여 명이 될 것으로 보고 있죠. 거기에 200여 기의 항공기를 보유하고 있지만, 소련이 전폭적인 지원을 하고 있어서 실제 운용 대수는 더 많을 것으로 보입니다."

"우리가 신나게 일본제 비행기를 때려 부술 때 북한은 일본제 전투기로 훈련을 하고 있었으니 만약의 경우 우리가 상대할 수 있겠느냐. 실제로 일어나선 안 되겠지만 경각심을 일깨우기 위해 가상의 시나리오를 짜 보았다."

"그 이야기는 제4장 비행사의 악몽에서 여실히 보여주더군요. 북조선 공군의 공중공격에 무기력하게 당하는 서울의 모습이 비록 가상이긴 하지만 읽는 내내 섬뜩했답니다."

"북조선의 공중공격이 육상부대에 얼마나 지대한 피해를 주는지 똑바로 알아야 정책 입안자들이 정신을 차릴 것 아니냐. 그래서 가상침략에 대한 대책 강구로 우리와 북조선의 병력 비율을 거론했던 거야. 왜냐하면, 비상시에 육해공군은 협동작전을 하지 않으면 승리를 장담할 수 없기 때문이다. 내가 책에서 기술 했던 부분에 이런 내용이다. '삼발이는 삼각 중에 일각이 없어도 기립할 수 없다. 우리가 육군과 해군을 가지고 국방력 전체에 대하여 자기만족이나 공상적 자기 우월이 있으면 아니 되고 또 경제 상태와 민생문제를 빙자하여 공중세력에 관하여 등한시하거나 태만을 하여서는 삼발이의 일각을 꺼림과 흡사한 과실을 범할 것이다.'라고 강조했는데 이 부분은 육해공군 병력 비율의 중요성을 간파한 것이다."

"전쟁은 일어나기 전에 미리 방비해야죠. 형의 〈항공의 경종〉은 그야말로 항공력 육성의 필요성에 대해 정확하게 경종을 울린 겁니다. 전쟁의 방비책으로 항공력 육성이 절박한 과제라고 역설한 부분도 인상적이었어요."

영환은 나라를 걱정하는 형의 애국심에 탄복했다. 하늘을 날고 비행기를 가지는 항공부대 육성은 개인의 열망을 채우는 것이 아니다. 자주국방의 염원이 깃든 호소였다. 형이 마지막 부분에 강조한 내용을 다시 한번 음미하였다. 예측과 대안을 제시한 글에는 형의 가식 없는 심정이 절절히 녹아 있었다.

> 타에 의존하지 말고 타에 이용당하지 말자. 남북통일도 우리의 재지(才智)에서 나오는 것이요, 작전계획도 자주적으로 입책하여야 한다. 설사 미국에서 원조가 없다면 비행기를 제조하는 나라 영국이나 프랑스에서 매득(賣得)하여도 좋지 않으냐! 붉은 마조가 떨어뜨리는 폭탄 아래 귀중한 인명과 자재가 희생되어 영구히 번영할 대한민국이 위기에 빠지게 될 경우를 생각할 때 무슨 대가를 치르더라도 여기에 대비할 필요가 있지 않으냐? 요컨대 비행사의 악몽이라는 희곡은 우연한 영감에서 나온 것이 아니라 과학적 연구와 귀중한 전투 경험에서 나온 것을 인식하기 바라며, 항공부대 장병은 유사시 창공의 화랑도 정화를 발휘할 각오이므로 강호제현은 정당한 판단 아래 편달과 후원이 있기를 바라 마지않는 바이다

〈항공의 경종〉 책자 발표 후 효과는 서서히 나타났다. 이범석 국무총리와 신성모 국방장관 그리고 손원일 해군참모총장이 지지하고 나

서면서 분위기가 반전되었다. 특히 대통령은 공군의 입장을 전폭 수용하여 공군력 강화에 전면으로 나섰다. 국방부 본부에서 일부 반대론도 있었지만, 공군 창설을 위한 준비는 착착 진행되었다. 더욱이 6월이면 주한미군의 완전 철수가 결정돼 있기에 국방 안보를 위한 강력한 항공력의 필요성이 대두되었다.

1949년 6월은 하루해가 짧을 정도로 바쁜 나날의 연속이었다. 제1기 항공사관후보생 30명이 입교하였으며 28일엔 국방부에 항공국이 설치되어 공군 창군 준비에 돌입했다. 대한민국 국민에게 공군의 존재를 알리기 위해 9월 15일 제1회 항공일 기념행사를 치르기로 했다. 그러나 항공인들의 활동과 달리 여전히 곳곳에 암초는 존재했다.

"갈 길이 참 멀구나. 항공사령부에서 미국에 군사원조와 공군 강화를 요청하는 공문을 정부에 올렸지. 대통령은 맥아더에게 탱크와 전투기 지원을 요청했다. 하지만 맥아더는 거절했어. 대통령은 이에 굴하지 않고 미 고문단과 주한 미 대사관에 군사원조를 요청했을 뿐만 아니라 유엔대사로 미국에 있는 조병옥 특사에게 지시를 내렸다. 대통령은 배포가 크게, 요구사항을 적시하셨어. - 육군 10만?해군 1만 5천?공군 3천?민병대 5만?경찰 5만의 병력 운영에 필요한 군사원조, 전투기 75대, 폭격기 12대, 연락 및 정찰기 30대, 수송기 5대 - 이렇게 대통령까지 직접 나섰지만, 미국의 견해는 요지부동이었어. 현재 한반도 상황에서는 연락기 외의 비행기는 불필요하다는 게 그들의 한결같은 주장이지."

주한미군 철수가 확정되었지만, 여전히 사회는 불안했고 군대 내에서 월북하는 군인이 심심찮게 발생하는 등 어수선한 상황은 크게 달라

지지 않았다. 육군 장교들의 연이은 월북에 이어 항공부대에서도 국군 조직법 공포를 앞두고 불미스러운 월북사고가 일어났다.

백흠룡 하사는 일본 육군소년비행병학교 출신이었다. 백 하사는 항공기지사령부 비행부대 소속으로 근무 중이었다. 1948년 11월 18일 오전 10시경 백 하사는 몰래 L-4 연락기를 타고 이륙해서 한 시간 뒤 평양비행장에 착륙했다. 백 하사는 남로당 핵심당원이었다. 연락기를 훔쳐 타고 월북한 백 하사 사건은 항공인들에게 예상하지 않은 사건이었다. 대한민국의 열악한 국방력이 월북한 군인들에 의해 낱낱이 북한에 제공되고 있었다.

"계속 미국만 바라보고 있으면 언제 공군이 독립합니까? 독자적인 방법을 모색해볼 수도 있지 않습니까?"

"그러잖아도 독자적인 방법을 찾는 중이다. 우리의 지원 요청을 거절한 미국에 대해 대통령 각하도 상심이 크신 모양이야. 미국 측이 개선될 여지도 없어 보이니 합당한 방법을 찾아보라는 지시를 내리셨다."

"대통령 각하의 지시가 있으니 곧 좋은 소식이 들리겠죠. 형 말대로 국민의 성원 없는 군대는 허깨비니까 오는 9월 15일 첫 항공일을 기념하는 행사를 차질 없이 잘 진행해서 든든한 항공부대의 저력을 보여주겠습니다."

영환은 동료들과 머리를 맞대고 완벽한 기념행사를 치를 준비와 훈련에 착수했다. 제1회 항공일 기념행사는 서울 한복판과 여의도기지에서 거행되었다. 육군항공대의 편대비행과 묘기를 보기 위해 시민들이 광화문 광장으로 모여들었다. 쾌청한 하늘을 배경으로 드디어 비행기가 모습을 드러냈다. 중앙청 상공에 나타난 비행기 대열을 향해 국민의 환호가 터졌다. 취재기자와 사진기자는 사람들 사이를 누비고 다니며 취재에 열을 올렸다.

서울 시내에서 시작한 행사는 여의도기지로 이어졌다. 대통령을 중심으로 각계 인사가 자리를 함께했다. 항공부대 장병들의 열병식에 이어 공중 묘기가 펼쳐졌다. 경항공기였지만 장병들은 포탄투하 장면과 낙하산 강하 등을 실연했다. 넓은 공터에 설치한 대형 화면에선 대한민국 항공의 선구자 안창남 비행사의 일대기가 시민들의 시선을 끌었다.

"항공병들의 묘기도 훌륭했지만, 안창남 일대기를 제작했던 건 굿 아이디어였어요. 하늘에 도전하고자 꿈을 품었던 청소년들에게 분명 자극이 됐을 겁니다. 한국인 최초의 비행사 안창남이 서울 상공에서 곡예비행을 펼치는 걸 지켜본 시민들이 '떴다, 보아라 안창남'이라고 외쳤는데 그때 외친 그 말은 그대로 유행어가 될 정도로 큰 관심을 받았죠. 저는 오늘 항공일 행사를 통해 그 당시의 안창남이 국민에게 희망을 안겨주었던 것처럼 지금의 우리 항공부대도 꿈을 심어주는 군대로 거듭나는 계기가 됐으면 하는 바람입니다."

"나도 안창남 일대기를 보면서 콧날이 시큰하더라. 다 아는 이야기인데도 막상 화면을 통해 보니 감동이 배가 되더군."

일제강점기 당시 10세였던 안창남은 미국인 스미스가 복엽기로 서울 상공을 비행하는 것을 보고 비행사가 되기로 했다. 그는 꿈을 실현하기 위해 일본으로 건너갔고 마침내 비행사가 되었다. 1922년 12월 10일 안창남은 동아일보 후원으로 서울 상공에 모습을 나타냈다. 구름처럼 모여든 시민이 지켜보는 가운데 안창남은 15분 정도 곡예비행을 펼쳤다.

"안창남은 15분 정도 비행하면서 시민들에게 전단을 뿌렸는데 전단에는 '과학에 힘쓰자'라는 문구가 적혀 있었지. 그가 왜 전단을 뿌렸을까? 짧은 문구 속에 그가 전하고자 한 내용은 바로 독립을 위해 항공기 술력을 키우자는 대국민 호소문이 담겨 있었던 거야."

안창남은 하늘을 날며 일제의 핍박 속에 가슴 졸이며 살던 국민에게 큰 등불 같은 희망을 안겨준 것이나 다름없었다.

"오늘 항공인들 역시 안창남 못지않았죠. 우리 항공부대가 가진 기량을 보여주기 위해 최선을 다했거든요. 사람들은 하늘을 보면서 꿈을 품죠. 형과 제가 그랬던 것처럼요. 하늘을 가르는 비행기를 보면서 사람들은 분명 우리의 의지를 확인했을 겁니다. 하늘을 지키는 것이 곧 나라를 지키는 길이라는 확신을 분명히 가졌을 겁니다."

영환의 기대에 부응하듯 신문마다 항공일 기념행사에 대한 찬사를 실었다. 창공을 동경하는 청년들에게 항공사상을 앙양시키는 의미가 컸다는 기사부터 육군 항공사령부의 약진에 대한 소개까지 실려 있었다. 중앙청 주변에 운집한 사람들 위로 V자형으로 비행하는 항공기 사진이 신문 1면을 장식했다.

항공기 헌납운동

항공일 기념행사는 예상을 뛰어넘은 호응으로 돌아왔다. 항공부대에 대한 국민의 관심 그리고 이승만 대통령의 적극 지지 속에 1949년 10월 1일 마침내 대한민국 공군이 탄생했다.

"속담에 지성이면 감천이라 했다. 그동안 각고의 노력을 기울인 우리 항공인에게 오늘은 영광의 날이다. 비록 1,600여 명의 병력과 20대의 연락기 그리고 연간 유지비 98,000불의 열악한 군대지만, 우리는 독립된 공군이라는 사실에 자부심을 느껴야 한다. 처음 시작은 미약하고 부족한 것 투성이다. 그러나 공군으로 독립한 이상 하늘을 주름잡는 독수리처럼 비상해야 하지 않겠는가. 나는 초대 공군 참모총장으로서 영광스럽게 책임을 다할 것을 이 자리에서 여러분에게 맹세하는 바이다."

초대 공군 참모총장으로 임명된 김정렬은 자신에 찬 어조로 부하들 앞에 섰다. 그토록 바라던 공군의 독립이 대통령령 제254호에 의거 탄생한 순간이었다.

공군은 국방부 별관에 공군본부를 설치함과 동시에 각 부서 기구를 편성하고 체제 정비에 착수했다. 일반 참모부서는 인사과, 정보국, 작전국, 군수국으로 편성했으며 고급부관실, 재무감실, 법무감실은 특별참모부로 구성했다. 육군 항공사관학교는 공군사관학교로, 비행부대는 공군비행단으로 개칭되었다. 공군병원과 공군보급창 신설로 공군은 독립된 군대로서의 면모를 갖춰나갔다.

공군에게 절대적인 자산 세 가지는 비행기와 활주로 그리고 항공 병력이었다. 당장 전투기는 없으나 공군의 미래를 위해 공군기지 확보와 활주로가 건설된 지역을 확보하여 관리하기로 했다. 기존의 김포와 여의도 외에 수원, 군산, 광주, 대구, 제주 등 5개 기지에는 기지부대를 파견했으며 평택, 대전, 대구와 김해, 포항, 울산, 진해 지역은 관리하는 것으로 확정 지었다.

공군으로 독립한 후 직제 개편과 활주로 관리에 발 빠르게 움직인 것은 곧 도입될 항공기를 맞이하기 위한 준비단계였다. 대통령의 지시로 공군독립 발표 전에 이미 비행기 구매에 시동을 걸었기 때문이다. 제1회 항공일 기념행사를 지켜본 대통령은 최용덕과 김정렬 그리고 이근석을 불러 비행기 구매를 위해 '대(對)국민 헌납운동'을 전개하겠다는 뜻을 밝혔다. 미국의 거듭된 거부에 대통령이 내린 결단이었다.

"대통령 각하의 의지는 확고했다. 그만큼 항공력 강화가 절실하다는 사실을 인지하신 것이지. 항공일 행사 후 9월 23일 국무회의에서 항공기 구매기금 헌납운동 및 요강 안건을 원안대로 시행하기로 의결한 후 본격적으로 헌납운동에 시동을 걸었지."

"내가 그랬죠. 형이 쓴 책이 큰 울림을 가져올 거라고 말이죠."

"은근히 영향을 발휘해 줄 거라고 믿긴 했다만 그 이전에 우리 항공 가족들이 포기하지 않고 일심단결로 노력한 덕분이지. 영환아, 내 가슴이 뛰는 걸 숨길 수 없구나. 우리가 비행기를 살 수 있는 성금이 모인다면 그만큼 국민의 지지를 받고 있다는 사실을 증명하는 것일 테니 긴장과 기대가 한꺼번에 밀려드는구나."

정렬은 애써 침착하려 했으나 들뜬 기분을 완전히 감추진 못했다. 영환 역시 마찬가지였다. 형, 이제부터 시작이야, 는 계속 진행 중이었다.

대 국민 항공기 헌납운동은 들불처럼 퍼져 나갔다. 헌납운동 전개가 결정된 후 공보처장을 통해 헌납운동취지서와 모집 요강이 발표되었다.

> 지난 9월 15일 우리는 대한민국 수립 후 제1차 항공일 맞이하였다. 통절히 느낀 사실은 우리 조종사들의 놀라운 항공 기술보다 항공기의 지나친 빈약한 상태이었다. 이러한 항공세력의 현상으로서 과연 조국의 국토보장과 민생안전을 기할 수 있을 것인가에 대하여 일말의 불안 우려를 금할 수 없었다. (중략) 전 국민은 총궐기하여 이를 극복하는 일대 국민운동의 전개를 통감케 하였던 것이요 (중략) 이에 국무회의와 차관회의에서는 이의 대책과 그 해결을 위하여 여러 차례 토의한 결과 외국의 원조나 국민의 애국심에 호소하기 전에 자진 솔선하여 항공기 구매기금 헌납운동을 제창하여서 우리의 미력을 다하여 소정의 목표액을 단시일 내에 적극적으로 추진 달성키로 하는 바이다

"어머니가 신문을 보시고 격려를 아끼지 않으셨다. 이름을 밝히지

않고 헌금에 동참하시겠다니 역시 어머니는 다르시다는 걸 또 한 번 느꼈다."

"당연히 그러실 분이죠. 이젠 신문사도 앞장서서 협조하더군요. 항공기 헌납 기사가 매일 실리고 있어요."

"동아, 조선, 경향이 경쟁하듯 보도를 하더군. '조국 방위에 총궐기' '국방 안보에 갖추자 항공력!' 그런 기사 제목만 봐도 가슴이 뛰더구나. 어젠 국회의원과 국회 종사원 그리고 공무원이 동참한 기사를 봤는데, 오늘은 '듀잉 씨의 미거(美擧)'라는 기사가 감동적이었다. 서울에 거주하고 있는 미국인 찰스, 월슨, 듀잉 세 사람이 총무처로 헌금 1만 원을 입금했다는구나. 장교들의 한 달 월급에 해당하는 돈이 아니냐. 실로 놀랍고 고마운 일이다. 더구나 외국인이 동참했다는 사실에 고무된 국민이 늘어나면서 헌납운동은 확산일로에 들어섰다고 하니 우리도 가만있을 순 없지 않으냐. 영환아, 우리 비행기를 사들이는데 공군인 우리도 동참해야겠지?"

"당연히 해야죠. 전 부대원이 기꺼이 동참할 겁니다."

"강요는 안 된다. 어디까지나 자발적이어야지. 얼마 안 되는 군인 월급으로 한 달 생활도 빠듯할 텐데 말이다."

"그 점은 잘 알고들 있죠. 대통령도 담화에서 밝히셨잖아요. 비행기 헌납금에 절대 강요 불가, 라고 아주 못을 박아놓으셨죠. 공직사회에서 윗사람 눈치 보며 마지못해 헌금 내는 공무원이 있을 수 있다고 생각하신 거죠. 우리 공군은 십시일반 마음으로 즐겁게 헌납에 동참하는 분위기를 만들면 되지 않을까요?"

"1차로 항공기 구매비 2억 원이 목표다. 목표액 달성을 위해 이달부터 나는 월급의 10%를 내놓겠다."

지휘관들이 앞장서서 월급의 10%를 헌금으로 내놓았다는 소식은 삽시간에 전 공군부대로 퍼졌다. 공군의 전 부대원들도 상하를 막론하고 월급을 아껴 기꺼이 헌금모금에 동참했다.

헌납운동을 적극적으로 지원한 신문 기사의 영향력은 실로 대단했다. 신문사는 달라도 국민에게 전하는 메시지는 하나였다. 우리가 비행기를 필요로 하는 것은 싸우기 위해서가 아니라고, 싸우지 않기 위해서, 싸우지 않고 이기기 위해서, 귀중한 인명을 헛되이 희생시키지 않기 위해서 필요로 하는 것이라고 호소하고 있었다.

> 현대 국방에는 육해공 3단의 방비를 튼튼히 하여야 한다는 것은 상식이거니와 그 와중에도 공중의 방비에서 한 걸음 더 나아가 공중의 포진이 제일 중요하다는 것은 세계 제2차 전쟁에 우리가 충분히 인식하는 바이다. 공군 없는 국방이 없고 국토의 안전이 없는 것이다 _동아일보

> 국내외 정세의 긴박 화와 더불어 이북괴뢰 집단의 발악 또한 집요해지고 있다. 우리 대한민국의 정예를 자랑하는 육해의 간성(干城)은 강토 수호에 밤낮으로 정신하고 있거니와 현대 국방의 제일 요소로서 우리는 항공전력을 망각하여서는 아니 된다 _경향신문

헌납운동에 동참하는 단체와 개인에 관한 기사가 실릴수록 헌납 동참 열기는 전국으로 퍼져 나갔다. 대한부인회에서는 조직적으로 폐품 모으기 운동을 벌여 헌납금 모으기에 발 벗고 나섰다. 항공기 헌납운

동 한 달 후부터 지자체와 기업 그리고 여러 단체가 앞다투어 헌납 대열에 합류했다.

10월 29일 지자체 중에서 충남이 제일 먼저 헌납기금을 전달했다. 충남은 자체적으로 도민 1인당 10원씩 모으기 운동을 펼쳐 항공기 한 대를 사들일 수 있는 2천만 원을 모금했다. 두 번째로 항공기 한 대 값을 마련한 곳은 남선전기주식회사(남전)였다. 남전 직원 4천여 명이 모금한 2천만 원을 국방부에 맡긴 기사가 눈길을 끌었다. 충남과 남전의 헌납 사실은 다른 지자체와 일반 기업체에도 영향을 끼쳤다. 서울은 세대별로 50원씩 갹출하기로 했다는 보도가 나오고 경남은 공무원이 똘똘 뭉쳐 앞장서고 있다는 기사가 연일 신문에 실렸다. 체신부 직원들의 체신호 헌납과 전남학도호와 교통호 헌납이 뒤를 이었다.

"형, 어제 언론 기자단과 회견한 내용을 보니 국민이 듣고 싶어 하는 부분을 잘 말씀했더군요. 헌금하곤 있지만 자기가 낸 돈이 진짜 비행기 사는 데 쓰이는 건지, 산다면 어떤 비행기를 살 건지 그리고 비행기만 있으면 국민은 안심하고 살 수 있는지 등등에 대해 알고 싶었을 거잖아요."

"그건 당연한 거 아니겠냐. 애국심으로 헌납기 운동에 동참했는데 말이다. 국민의 헌납금 자체는 직접 국민을 보호하고 수도방위에 중점을 두는데 투입돼야 함은 분명하다. 그에 최적화된 항공기를 사는 것이 명백한 일이니 그리 할 것이라고 천명했다."

"기자가 공군의 완전 태세 시기에 대해 질문했는데 형의 답변에는 진심이 담겨 있었어요. 공군은 인적자산으로는 완전하다, 비행기만 있으면 된다, 전 국민의 애국기 헌납운동이 공군에게 주는 충격이 너무 커서 군에서는 어떻게 하면 국민의 신뢰에 보답할까 그것만 걱정이다, 라고 하셨는데 우리 진심이 국민에게 그대로 전해졌을 겁니다."

"그러나 말이다. 한편으론 마음이 무겁다. 내 머릿속에는 거금을 낸 기업체보다 어려운 처지에 있으면서도 헌금한 국민의 사연이 강하게 남아있구나. 우리 공군에 보낸 국민 한 사람, 한 사람의 애정을 생각하면 실로 마음이 무겁다."

영환은 마음이 무겁다는 형의 심경을 헤아려 보았다. 하나같이 나라의 안보를 걱정하는 애틋한 사연을 접할 때마다 영환 자신도 그랬다. 육사 후보생이 헌금 천 원과 함께 '당신이 진정한 애국자라면 비행기 자금을 헌납하자'라고 혈서를 썼다는 기사, 고향이 이북인 다방 종업원의 동참기사, 대회에서 받은 상금을 들고 온 학생, 학용품을 절약하고 모은 돈이라며 신문사를 직접 찾은 초등학생, 회갑연에서 절약한 돈을 헌납한 촌로, 부자보다는 박봉의 공무원과 회사원이 동참한 기사를 읽을 때마다 마음이 무거웠다.

"심지어 재소자도 동참했더구나. 경향신문에 실린 기사를 너도 봤겠지? 인천형무소 재소자 480명이 10만 원이 넘는 돈을 국방부 장관에게 보냈다고 한다. 기사를 볼 때마다 국민의 뜨거운 성원에 가슴 뭉클하면서도 한편으론 무겁다."

"형, 마음이 무거운 건 그만큼 책임의 무게가 무겁다는 걸 말해주고 있는 거죠. 형이 국민을 향해 말했듯이 우리는 어떻게 하면 국민의 신뢰에 보답할까 그것만 걱정하면 됩니다. 국민을 걱정하는 군대, 그 마음 하나면 충분합니다."

'대 국민 항공기 헌납운동'은 '애국기 구입 모금 운동'이 되어 국민의 마음을 움직였다. 불과 4개월 만에 목표액을 뛰어넘은 3억5천만 원이 모금되었다. 짧은 기간에 보여준 국민의 성원에 보답하기 위해서라도 최신예 항공기를 도입해야 했다. 애국기 헌납운동의 최종 목표가 공산 세력을 막아내고 나라를 잘 지켜달라는 국민의 바람이 담겨 있기에 성능이 우수한 항공기 구매를 서둘러야 했다.

정부는 먼저 미국과 항공기 구매에 대한 교섭을 시도했다. 이번에는 원조가 아닌 우리 돈으로 산다는 의사를 밝혔지만, 미 정부는 이에 응하지 않았다. 미 정부가 내세운 거절 이유는 한국에 대해 판매정책이 없다는 것이었다. 미 정부의 판매 거부로 다른 경로를 택할 수밖에 없었다.

수소문 끝에 일본에 대리점을 둔 미국의 에어 여행용 가방 무역상사와 손을 잡을 수 있었다. 항공기 기종은 캐나다에서 라이선스로 생산하는 T-6로 결정하고 모두 10대를 구매하기로 했다. 구매 대행자는 대한민국항공사(KNA) 신용욱 사장이 맡았으며 캐나다에서 계약 체결한 수입면장이 공군에 전달되었다. 구매 계약서에는 항공기 10대 외에도 기체에 장착할 7.76mm 기관총 20문, 실탄 5,000발, 1,000드럼분의 항공유, 1년 치 AS에 해당하는 부품이 포함되어 있었다.

2인승 훈련기인 T-6는 일명 '택산(Texan)'으로 알려져 있었다. 그것은 T-6가 훈련기였기 때문인데 Training의 첫 글자 T를 따서 T-6로 명명된 때문이었다. T-6 '택산(Texan)'은 2차 세계대전 당시 가장 인기 있는 훈련기로 이름이 나 있었다. T-6 동체와 주요 부품은 1월부터 차례로 2대씩 나누어 모두 10대가 선박 편으로 수송되었다. 1950년 1월 14일 제퍼슨 호를 타고 부산항에 도착한 T-6는 대형 나무상자에 담겨 있었다. 대형 나무상자는 다시 열차를 이용하여 영등포역에서 여의도기지로 옮겨졌다.

대형 나무상자에는 분해된 T-6의 동체와 날개 그리고 프로펠러 등이 들어있었다. 항공기를 조립할 특수공구는 부품과 함께 도착했지만 정작 조립에 필요한 공구는 턱없이 부족했다. 비행기를 조립하기 위한 거치대는 기지 인근의 목수가 동원되어 설치하였고 실제 조립에 필요한 공구는 정비사들이 청계천 골목을 뒤지고 다니며 사다 날랐다. 정비용 장비는 배터리 충전기와 수동형 천공기 그리고 산소용접기 세트와 압축기 등이었고 전기용접기는 겨우 임대해서 사용할 수 있는 정도였다.

T-6가 들어올 때 기술자 스티븐슨과 피터슨이 파견되었지만, 김포기지의 정비사들은 숙련된 솜씨로 항공기 조립과 정비기술을 발휘했다. 정비기술에 관한 표준은 없었지만, 정비사 개개인의 실력이 총동원된 작업이었다. 은색으로 재도색한 T-6의 날개와 동체에 태극 마크를 그려 넣는 것으로 T-6에 대한 모든 조립과정이 끝났다.

그러나 화룡점정이 남아있었다. 10대의 비행기는 정부 수립 후 처음으로 국민의 성금으로 사들인 것이기에 단연코 국민의 비행기였다. 이승만 대통령은 정부 수립의 정신을 담아 10대의 비행기를 '건국기'로 명명했다. 그리고 10대의 기체에는 국민의 참여 정신을 기리는 의미로 항공기마다 이름을 붙였다. 건국 1호 교통호. 건국 2호 전북 학도호. 건국 3호 전남 학도호. 건국 4호 전매호. 건국 5호 충남호. 건국 6호 체신호. 건국 7호 국민호. 건국 8호 농민호. 건국 9호 남전호. 건국 10호 경북호.

태극마크를 가운데 두고 국민과 대통령이 명명한 건국 숫자와 항공기 이름이 T-6 동체에 또렷하게 드러났다. 이제 T-6는 국민에게 인사할 차례만 남겨두고 있었다.

5월 14일 여의도기지에 군악대의 웅장한 연주가 울려 퍼졌다. 수만 명의 시민이 태극기를 들고 모여들었다. 국민 앞에 모습을 드러낸 건국기 10대가 활주로 양옆의 푸른 잔디 위에 대기하고 있었다. 건국기 앞에 선 조종사는 금방이라도 5월의 훈풍을 타고 하늘로 날아오를 자세로 서 있었다. 건국기 명명식 선언에 이어 축하연설을 하는 대통령의 목소리는 여느 때와 달리 엄숙했고 자신감에 차 있었다.

"……이 건국기 10대는 우리 동포들이 자발적으로 주머니를 털어서 자기에게 있는 것을 다 모아 국방에 필요한 것을 인정하고 애국심을 표현한 것이니 남의 공군에 비하면 심히 미약하고 미약하다 할 것이나 여러 수만 명 동포의 충심을 합해서 뭉쳐놓은 것이니 마치 정신상으로는 남의 나라 공군보다 유력한 것이라고 우리가 선언하는 바입니다. 이 건국기 10대는 전국의 동포가 자기 호주머니를 털어서 산 것이므로 각 도를 대표해서 이름을 지어 비행기를 사는 데 희생적인 공헌을 한 사람들의 정신과 애국심을 표시하게 할 것입니다."

이승만 대통령의 연설에 이어 T-6는 차례차례 하늘로 솟구치기 시작했다. 환호하는 시민들에게 T-6는 은빛 날개를 좌우로 흔드는 인사로 화답했다. 프로펠러 소리가 점점 멀어지면서 건국기는 하나둘 구름으로 들어가 버렸다.

T-6의 성능은 헌납기 시승을 체험한 기자가 쓴 기사로 전 국민에게 알려졌다.

> … 기수가 좌측으로 넓게 선회비행하자 조종사는 수십 도의 각도로 상승을 한다. 계침판의 고도계는 벌써 팔천에서 만 피트를 가리키고 있

다. 점차로 고도를 오르는 기체는 일만오천을 전후로 그냥 오르고만 있었다. 수분도 못 되어 이 같은 고도를 오를 수 있는 성능의 것을 감탄하였다. 공중에는 무풍상태인지 조금도 기체의 동요는 없으나 다만 힘차게 회전하는 발동기의 진동이 몸을 흔들 뿐이었다. 체내는 방음장치도 잘 되어 조종사와 대담도 할 수 있었다. 조종사가 30도에서 40도 100도를 훨씬 넘어 순식간에 360도의 스핑을 행한다 … _동아일보 5월 15일

"건국기에서 내리는 우리에게 유치원생들이 쪼르르 달려와 꽃다발을 걸어주었는데, 영웅으로 대접하는 느낌? 하여튼 묘한 기분이 들더군요. 그 아이는 훗날 추억하겠죠. 우리나라 조종사에게 꽃다발을 걸어줬다고, 그 조종사 아저씨가 정말 멋있었다고 말이죠. 어쩌면 그 아이는 이 나라의 영공을 지키는 조종사가 되겠다는 꿈을 가질지도 모르죠."

사진을 보는 영환의 얼굴이 환했다. 검게 탄 얼굴에 하얀 이를 있는 대로 드러내고 웃는 모습이 오늘따라 멋져 보였다. 건국기 비행을 앞두고 연습하느라 힘들어했던 모습은 어디에도 보이지 않았다.

"그날 국민이 걸어준 꽃다발은 멋진 편대비행과 공중분열을 보여준 조종사들의 무운을 비는 마음이 들어있다고 봐야지."

영환이 들고 있는 사진은 건국기 비행을 마친 10명의 조종사가 꽃다발을 목에 걸고 찍은 기념사진이었다. 건국기 조종사인 김신 중령, 박희동 대위, 장성환 중령, 오점석 대위, 이근석 대령, 이상수 중위, 강호륜 중위, 정영진 중위, 장동출 중위와 김영환까지 모두 10명이 똑같은 꽃다발을 걸고 늠름하게 서 있었다.

"형, 이 사진은 역사적인 기념사진이 되겠죠? 우리 조종사들 뒤로 건

국기까지 보이는데요?"

김정렬은 고개를 끄덕였다. 그의 얼굴에도 활기가 가득했다.

"내 생애 그런 축제를 또 볼 수 있을지 모르겠구나. 그날 행사를 지켜보던 손원일 해군참모장이 부러워하더군. 악수할 때 국민의 사랑을 공군이 다 차지한다고 웃으며 말하는데 나는 그분의 손을 꽉 잡고 차마 놓지를 못하겠더라. 공군의 독립과 건국기 헌납운동이 거론될 때 장성 중에서 누구보다 손 장군이 앞장서서 협조해주셨거든. 동병상련이라고 할까? 중고 전투함 한 대 사들이기 위해 손 장군과 해군 전 가족이 피눈물 나는 고생을 한 사실을 너무나 잘 알기 때문이지. 대통령의 지지와 국민의 성원 대신 해군은 자체적으로 전투함 구매비를 마련하는 길을 택했는데 그 길이 얼마나 힘들었겠나. 어려움을 겪어본 사람이 남을 돕는다는 말이 있듯이 손 장군이 그런 분이시지."

해방됐을 때 손원일 장군은 미군이 남긴 소형 상륙정과 일본이 사용했던 소형 경비정 그리고 3,000여 명의 수병으로 해군 창설을 주도했다. 그러나 배는 있어도 무장을 갖춘 배는 없었다. 가진 배로는 겨우 해안 경비 활동과 어업지도를 할 수 있을 뿐이었다. 무장을 갖춘 전투함을 지원해달라고 미국 측에 요청했지만, 예상대로 해군 역시 거절당했다. 이에 굴하지 않고 손 장군은 자발적으로 전투함 구매를 위해 총장부터 말단 수병까지 월급의 5%에서 15%까지 모금하는 운동을 벌였다. 남편이 해군인 부인들도 발 벗고 나섰다. 손 장군의 부인과 하사관 부인들은 남의 집 빨래를 해주며 삯을 받았고 부둣가에 천막을 치고 재봉틀 몇 대로 삯바느질하며 번 돈을 보탰다. 일부 부인들은 이웃의 집안일을 해주며 받은 돈까지 내놓으며 모금에 동참했다. 병사들은 주

말이면 거리로 나가 고철 등을 주워 팔아 기금을 모으기도 했다. 4개월 만에 만 오천 달러를 모았지만, 중고 군함을 사기에는 턱없이 모자란 돈이었다. 이 사실을 알게 된 대통령이 감명을 받았고 기꺼이 사만 오천 달러를 지원했다.

손원일 참모장은 6만 달러를 들고 전투함을 사기 위해 미국으로 건너갔다. 그러나 전투함을 사기엔 6만 달러는 턱없이 부족했다. 그러나 포기하지 않고 수소문 끝에 2차 세계대전 때 썼던 PC - 461C LASS 구잠함을 사들이게 되었다. 함명 USS PC -823은 함포를 갖춘 600톤급 군함으로 서대서양에 투입되어 해상 구조 임무에 사용된 후, 미 해군에서 퇴역했다. 그 후 화이트헤드 호라는 이름으로 해양대학의 실습선으로 사용 중인 낡은 배였다. 비록 중고전함이었지만 해군에겐 처음 사는 소중한 전함이었다.

전함을 인수하기 위해 15명의 수병이 미국으로 건너갔다. 다 낡고 녹슨 배였지만 수병들은 팔을 걷어붙였다. 생활비를 아끼려고 배에서 먹고 자며 직접 부속을 바꾸고 수리에다 페인트칠까지 했다. 수리가 끝났을 때 미국인들이 새 군함 같다며 칭찬을 아끼지 않을 정도로 군함은 새로 태어났다. 해군 전 가족의 단합된 노력으로 드디어 해군의 첫 전투함 명명식을 거행했다. 1949년 12월 26일 미국 뉴욕항에서 '백두산함'이라 이름 짓고 명명식을 치른 다음 괌에서 3인치 함포를 장착한 후 1950년 4월 10일에 진해항에 모습을 드러냈다.

"건국기 명명식을 한 달 앞두고 있었지만 나는 백두산함을 보러 달려갔었다. 백두산함에 올랐을 때 내가 느낀 건 사병들의 눈빛이었다. 열악한 환경을 이겨낸 수병과 사관들의 눈빛이 아주 다르더군. 비록 중고 군함이지만 전투함을 가졌다는 자부심에 찬 승조원들의 눈빛을 보니 언제라도 조국이 위험에 빠지면 희생할 각오가 돼 있다는 걸 말해주는 듯했어. 군인에게 무기란 그런 힘을 안겨주는 것이다. 손 장군이 부러워했듯 공군은 국민의 전폭적인 성원으로 번듯한 훈련기를 가지게 되었다. 우리 공군에게 든든한 힘이 생긴 것이지. 지금은 육군과 해군 그리고 공군까지 예산이 부족해 총알 하나 기름 한 방울 아끼느라 제대로 된 훈련을 하기엔 어렵다. 그러나 분명한 것은 이제 우리 목숨은 국민의 것이라는 사실이다. 김영환, 네가 내 동생인 건 분명하지만 만일 하나라도 개인의 욕심을 채우기 위해 부정한 짓을 하면 단호히 형제의 의를 끊겠다. 특히 불온한 사상에 동조하거나 군율을 어기면 가차 없이 처벌할 것이야. 명심하도록!"

"네, 명심하겠습니다!"

형의 단호한 어조에 영환은 얼른 자세를 고쳐 앉았다.

"여기까지 오는 동안 숱한 고비를 넘겼다. 나는 사건이 터질 때마다 밤잠을 설치며 고뇌했다. 여러 가지 일이 생각나는구나. 그중에 부하를 잃었을 때 지휘관으로서 허탈감이 가장 컸다. 해방 후 사회가 얼마나 혼란스러웠냐. 초창기의 군대 역시 그랬지. 체계적으로 신원을 검증할 수 있는 제도가 정립되지 않았기에 그 틈을 노리고 좌익세력들이 군 내부로 들어와 활동했다. 백흠룡 하사가 남로당원인 줄 알았을 땐 이미 월북한 뒤였다."

형 정렬은 눈을 지그시 감았다가 다시 떴다. 한동안 고뇌했던 시간을 떠올리는 형의 얼굴은 편치 않았다.

"백 하사가 L-4를 몰고 월북했을 때도 그랬지만, 공군독립 후 이명호 소위와 박용오 상사의 월북 사실을 알았을 때 나는 며칠 동안 잠을 자지 못했다. 공군 창설 전후에 일어난 부하들의 월북 사건은 숙군작업 책임자인 김창룡에게 좋은 빌미가 되었지. 여순사건 진압 후, 군 내부에 불온한 이념 사상을 가진 자들을 척결한다는 강한 내부방침이 세워졌었다. 그리고 방첩부대가 본격적으로 숙군작업에 착수했을 때 항공기지사령부도 예외는 아니었다. 백흠룡 하사와 같은 일본소년비행병학교 15기 (을) 출신의 조종사와 선후배는 말할 것도 없고 비행 교관에 심지어 내무반 동료들까지 백 하사와 함께 생활했다는 이유만으로 붙잡혀서 구타와 폭언을 당하는 고초를 겪었어. 대부분 무혐의로 나왔지만 2차 숙군작업 때는 상황이 더 심각했었다. L-4 연락기를 몰고 두 사람이나 월북했으니 대대적인 숙군작업의 표적이 된 것이지. 그래서 신분이 확실한 후배 조종사와 정비사들을 미리 지리산 공비토벌작전에 투입했지. 죄 없는 부하들의 희생을 최소화하기 위해 취한 조치였어. 너와 함께 T-6 건국기를 조종했던 박희동, 강호륜, 이상수, 정영진도 공비토벌작전에 투입되었기에 무사했던 거다."

두 차례에 걸친 숙군작업은 공포 분위기를 느낄 정도로 살벌하게 진행되었다. 일단 좌익혐의로 붙들려 간 군인들은 원시적인 방법을 동원한 수사관의 강압 수사를 받아야 했다. 숙군작업은 좌익분자를 색출한 공로도 세웠지만 모진 고문에 거짓 자백으로 희생된 자도 속출했다.

"내 부하들이 잡혀갔는데 내가 어찌 잠이 오고 밥이 넘어가겠나. 명동 증권거래소 건물에 있다는 수사대를 찾아갔었다. 어두컴컴한 복도는 수사관의 욕설과 고함과 함께 처절한 신음으로 가득 찼더구나. 방첩대장 김창룡을 만났을 때 내가 느낀 건 그의 눈에는 빨간 안경이 씌워

져 있었다. 그에게는 끌려온 사람들은 죄 빨갱이였을 것이야."

숙군작업으로 끌려간 군인 중 300여 명이 서대문 형무소에 갇혔고 사형이 집행된 사람도 부지기수였다.

"그들 역시 명령에 따라 임무를 수행했지만 무리한 수사를 펼쳤기에 억울하게 희생된 사람도 많았다. 물론 성과도 무시할 순 없지. 공군만 해도 많이 달라졌으니까. 불온한 사상자와 좌익분자들이 군 내부에 발붙이기 어렵게 됐으니 혼란을 부추기거나 기강을 흩뜨리는 불상사가 현저히 줄어들지 않았느냐."

"맞습니다. 사상검증이 강화된 후부턴 공군 입대가 훨씬 어려워졌고 덕분에 단결이 잘 되고 있습니다."

"바로 그거야. 군인은 단결로 뭉쳐야 해. 특히 우리는 비행기 한 대를 띄우기 위해 일반병부터 조종사까지 단결되지 않으면 무용지물인 군대가 되는 거야. 부하의 단결은 곧 지휘관의 통솔력에서 나오는 것임을 명심하고 맡은 임무에 한 치의 소홀함이 없도록 해라. 그동안 너를 위시해서 장성환과 김신이 보여준 건 치기 어린 열정이었다. 그것은 미숙한 지휘관이 하는 행동과 다름없다. 비행에 목말라 있었던 너희들의 심정을 이해했기에 지금까진 모른 척했다만, 이제는 자만에 찬 비행은 안 된다. 이제부턴 엄격한 일정에 따라 비행훈련에 임하길 명령한다."

영환은 뜨끔했지만, 정신이 번쩍 들었다. 형은 직속 상관의 눈으로 영환의 행동을 지적한 것이다. 다시는 치기 어린 열정의 무모한 비행은 용납하지 않겠다는 형의 주의는 단순한 경고가 아니었다. 형의 아우가 아닌 부하로 엄격한 잣대를 적용하겠다는 상관의 경고였다.

지휘관의 고뇌

북한에 주둔했던 소련군이 철수하고 남한의 미군 역시 철수함에 따라 38선은 자연히 북한 경비대와 남한 군인이 지켰다. 북한군은 수시로 유격전을 펼쳐 크고 작은 무력충돌을 일으켰다. 북한군은 송악산 고지를 비롯하여 옹진반도를 기습 공격하는 등 갈수록 대담한 공격을 감행했다. 정보국은 분석을 통해 전쟁의 징후가 짙다는 보고를 올렸지만, 미 행정부는 남침 징후는 없다며 외면했다. 북한은 의도적으로 국지적 도발을 일삼았는데 그런 북한의 잦은 도발을 미 정부나 한국 측 수뇌부는 심각하게 보지 않았다. 그러나 북한군의 잦은 도발에 국민은 이러다가 진짜 전쟁이 일어나는 건 아닐까 하는 불안감에 떨었다. 애국기 헌납운동이 국민의 지지를 받을 수 있었던 것은 군 내부의 반란 소동과 잦은 북한군의 침범에 따른 불안에 기인한 영향도 컸다.

애국기 헌납운동이 한창 벌어지고 있던 시기에도 공군에는 크고 작은 사건이 이어졌다. 1949년 11월 23일엔 제2의 항공기 월북 사건이 일어났다. 정비사인 이명호 소위가 조종사인 박용오를 권총으로 위협해 L-5를 몰고 북한으로 넘어간 것이다. 그러나 그다음 해인 1950년 4월 28일엔 북한의 조종사 이건순 중위가 일루신IL-10 지상공격기를 몰고 남한으로 귀순했다.

"나는 김해기지에 착륙한 IL -10기를 보는 순간 두 가지 생각이 떠올랐다. 하나는 1년 사이에 우리 항공기 두 대와 조종사가 월북한 사건 때문에 내심 우울했는데 성능이 우수한 북한 전투기가 넘어왔으니 보상받은 기분이었다. 또 하나는 우리가 모르고 있는 북한의 항공기 현황에 대해 제대로 알게 될 기회가 왔다는 생각이 들었다. 일루신 IL-10은 소련이 생산하는 전투기였다. 그렇다면 소련은 북한에 전투기를 지원하고 있다는 사실을 확인한 셈이다. IL -10기를 정밀분석하기 위해 나는 여의도기지까지 몰고 가겠다고 했어. 왜냐하면, 남방전투에서 몰았던 비연 전투기와 IL -10기는 유사한 성능을 가진 비행기였기 때문이다. 그런데 나는 그만 실수를 저질렀다. 오랜만에 전투기다운 비행기에 앉으니 흥분이 되었는가 보다. 조종사는 어떤 상황에서도 조종간을 잡는 그 순간부터 감정의 변화를 일으키면 안 되는데 말이다. 이륙한 후 항공기 바퀴를 기체 안으로 넣는 걸 깜빡 잊었다. 기체 밖에 나온 바퀴 때문에 공기저항을 강하게 받게 되었고 결국 연료가 많이 소모되어 연료를 확인한 나는 불시착을 시도할 수밖에 없었다. 평택 부근 하천가의 모래언덕에 착륙했지만, IL -10기는 상당 부분 파손되었다. 다행히 크게 다친 데는 없었으나 내 온몸은 땀으로 흥건했지. 짧은 순간이지만 다시 한번 깨달았다. 조종사는 한 치 실수도 용납해선 안 되는 거라고."

파손된 항공기는 신길동 공장으로 옮겨두고 정비사들의 기술력이 총동원되어 원래대로 복원시키는 데 성공했다. 그 후 여의도기지로 옮긴 IL -10기에 대한 대대적인 분석작업에 들어갔다.

"형의 불시착 소식을 전해 듣는 순간 가슴이 철렁했죠. 어머니껜 알리지 않고 형부터 만나려고 달려갔는데 형의 얼굴을 보기 전까지 내 가슴이 그렇게 크게 뛰었던 적이 없었죠."

"핏기 하나 없이 달려온 네가 말없이 내 손을 꽉 잡을 때, 나도 가슴이 벌렁거리더구나. 부하들 앞이라 내색할 수 없었으나 서로가 눈으로 보는 것만으로 안부를 확인하던 그 순간이 무척 벅차오르더군."

"그런데 기지로 운반해온 IL -10기를 정밀 분석하면서 우리의 T-6와 너무 달라 또 한번 놀라고 말았답니다. 우리의 예상을 뛰어넘은 중무장 전투기였으니까요."

정밀분석 작업을 끝낸 IL -10기는 T-6 훈련기와는 비교할 수 없을 정도였다. 기체와 조종사의 보호를 우선으로 제작한 동체의 두께와 폭탄 탑재 능력은 상상외였다. 날개 밑에는 23mm 기관포 2문과 7.62mm의 기관총 2정이 장착돼 있었다.

"제가 특히 놀라고 부러웠던 건 후방 사수 석에 장착된 기관총이었죠. 좌우 상하로 이동 사격이 가능한 12.7mm의 기관총을 보곤 입이 벌어지더군요."

"나도 상당히 충격을 받았다. 월등한 대지공격 능력을 갖춘 북한의 실상을 확인하고 보니 만일 이런 상황에 북이 밀고 내려온다면 우리가 감당할 수 있을까? 저들은 IL -10기 같은 전투기를 얼마나 보유하고 있을까? 하는 걱정이 엄습하더구나. 그래서 김두만 소위와 장동출 중위를 불러 물었지. 그들은 옹진지구 전투 지원 차 L-5를 몰고 다녔으니 우연히 북한공군기와 만났을 수도 있지 않았을까 하고 말이다. 그런데 북한전투기를 한 번도 본 적이 없다고 하더군. 그래서 갈피를 잡을 수 없구나. 북한군 이건순도 자신이 속했던 부대 외의 다른 부대 상황은 잘 모르니 정부에서도 확신을 못 하고 대책도 세우지 않으니 답답하기만 하다."

귀순 조종사 이건순은 기초 조종훈련을 일본군이 두고 간 Ki-51로 받았다고 털어놓았다. 그 외 Ki-36 기종도 다수 있지만 다른 항공부대에는 어떤 기종이 있는지 또 몇 대나 있는지 알 수 없다고 했다.

"이건순 이전에도 북한군의 항공전투력 태세에 대해 미미하게 알고는 있었지. 그런데 이건순을 통해 확인된 내용은 북한의 항공력이 우리가 알고 있는 사실보다 월등히 높은 수준의 항공기로 조종사를 키우고 있다는 사실이다. 전투 조종사를 양성하고 있었으니 IL -10기 또는 그와 유사한 성능의 전투기를 은밀한 곳에 보유하고 있을 수도 있지 않겠느냐. 만일 내 예상대로 북한이 항공력을 강화했다면 언젠간 야욕을 드러낼 것이다. '항공의 경종'에서 기술했던 가상전쟁이 현실이 될 수도 있겠다."

"그렇다면 우리도 대비해야죠."

"대비? 해야겠지. 해방된 조국에 돌아오면서부터 생각했던 일이다. 나는 포로 생활에서 풀려나 LST 귀국선을 타고 올 때도 사실상의 지휘관 역할을 했다. 배 안에는 군인이 상당수였지만 민간인도 꽤 많았다. 그중에는 민간인 항공기술자가 여럿 있었지. 그래서 조종사는 물론이고 항공에 관계된 인물에게는 내 연락처를 알려주었다. 서울에 오면 나를 찾으라고 말이다. 독립된 나라를 바로 세우려면 국방력 강화는 필수 아니냐. 특히 항공력은 하루 이틀 만에 습득되는 기술이 아니기에 미리 항공인끼리 서로 연락이 닿을 수 있는 중심 연락처가 필요하다는 생각이 들었다."

형은 이미 정확히 앞날을 내다보고 있었다. 독립된 국가로 제대로 서기 위해서는 뛰어난 능력을 갖춘 인재가 필요한 법이었다.

"내 예상은 적중했지. 서울에서 항공인이 모이고 회합을 가지면서 항공인 명부에 경력과 계급 혹은 직급을 기록해두었다. 항공병 1기생을 선발할 때 조종, 통신, 정비 등 분야별로 명부에 기록된 항공인에게 신속하게 연락을 취할 수 있었으니 그야말로 큰 도움이 되었지. L-4 항공기 인수 후에는 항공부대의 미래를 위해 조종 간부 육성이 필요했는데 그 역시 경험자와 경력자가 다수 있으니 선발과 훈련에도 무리가 없었지. 훈련기 조종사 선발할 때 군 출신은 계급을 참고했고 민간항공 출신은 경력을 우선으로 했기에 다들 불평불만 없이 받아들였지."

"처음부터 명부를 작성한 것은 정말 잘한 일이었어요. 명부 덕분에 우리 스스로 위계질서가 잡힌 셈이죠."

김정렬도 그 점은 인정하는 터였다.

"명부에 기록돼 있으니 T-6 도입 후 10명만 T-6기를 조종하게 됐을 때도 누구 한 사람 이의를 제기하지 않은 것만 봐도 알 수 있지. 이제 L-4와 L-5는 후배 조종사들이 주인이 되었다. 후배들이 현재 L-4와 L-5를 몰고 지상군 지원작전에 투입되어 임무를 수행하느라 밤낮없이 날아다니고 있다. 건국기를 몰았던 너를 비롯한 10명은 T-6 훈련기로 한 단계 올라선 기량을 키우고 있으나 아직 걸음마를 뗀 수준에 지나지 않는다. 우리가 공군으로서의 위상을 갖추려면 우수한 조종사와 제대로 된 공격기 구매가 절실한 실정인데 현실은 요원하다. 이번에 북한군 전투기 성능을 알고 나니 걱정이 물밀 듯 밀려오는구나."

L-4와 L-5는 IL -10기의 적수가 될 수 없었다. L-4와 L-5는 정찰 임무와 지휘관 수송수단으로 이용되는 경항공기에 지나지 않았다. 그 외 전단 살포도 중요한 임무 중 하나였다. 웅진지구 전투가 치열할 때는 의약품을 실어 나르기도 했고 부상자를 후송하는 임무도 맡았지만, 그마저도 현재 보유 대수로는 부족했다.

경항공기 후배 조종사들에게 T-6 훈련기는 동경의 대상이었다. 공군이 처음 가지게 된 최신예 고등훈련기는 프로펠러 소리부터 달랐다. 건국기라는 이름을 달고 은빛 날개를 반짝이며 날렵하게 솟구쳤다가 사뿐히 활주로에 내려앉을 때마다 후배들은 부러운 눈으로 선배 조종사를 볼 뿐이었다. 10명의 조종사 외에는 T-6 훈련기 근처에 다가갈 수도 없었다. 그만큼 T-6는 엄격하게 관리되고 있었다.

"연락기 조종사들은 T-6를 한 번이라도 조종하고 싶어 하지만 T-6조차 IL-10기의 성능에 한창 뒤지고 있다. 그런데도 우리가 T-6를 소중히 다루는 건 너희 10명의 조종사를 위해서가 아니라 국민의 항공기이기 때문이다. 오직 너희 10명만 T-6를 조종한다는 자부심에 뻐기고 싶기도 하겠지. 누구는 T-6 조종은 아무나 하는 게 아니라서 영양제를 맞아가며 조종해야 한다고 너스레를 떨기도 한다며? 괜히 후배 앞에서 건방진 무게를 잡지 말아라. 지금 우쭐할 때가 아니란 말이다. 네가 좋아한다는 리히트호펜! 리히트호펜을 왜 좋아하나? 그가 조종사로서의 본분에 충실했기 때문이 아닌가? 나중에 우리도 제대로 된 전투기의 조종간을 잡고 영공방위에 최선으로 했을 때 그때 자부심을 느껴도 된다. 알았나?"

"전투기! 언제쯤 우리도 전투기를 보유할 수 있을까요?"

잠자코 듣고 있던 영환이 되물었다. 그러나 김정렬은 선뜻 대답하지 않았다. 미국의 원조 없이 전투기를 가진다는 것은 현재로선 불가능한 일이었다. 한국의 공군에게 전투기를 지원해 주지 않은 미국은 폐기 절차에 들어간 F-51D 전투기를 이스라엘에는 거저 주다시피 했다는 소문이 들려온 터였다. 북한 공격기 IL -10을 보면서 김정렬은 미국의 결정이 못내 서운하기만 했다.

"머잖아 보유하겠지. 전투기 없는 공군은 존재할 수 없으니까."

정렬은 눈 앞에 펼쳐진 하늘을 보았다. 드문드문 구름이 떠 있는 푸른 하늘은 마냥 평화로워 보였다. 불과 몇 년 사이에 수많은 사건이 일어나고 사라졌다. 그러나 이념이 다른 집단이 숨기고 있던 발톱을 드러내는 순간 천지는 금세 아비규환이 될 것이다. 지휘관으로 숱한 현장을 누비며 두 눈으로 똑똑히 보았던 장면들이 되살아날 때마다 정렬은 머리가 아팠고 어지러웠다. 제주도 공비토벌작전, 지리산 공비토벌작전, 태백산전투와 개성 송악산과 옹진지구 전투, 여순 진압작전. 하늘 아래 펼쳐진 장면은 너무 참혹해서 말로 표현하는 것조차 어려웠다. 같은 민족이건만 달라도 너무 달랐다. 이념대립은 극과 극이었고 서로의 이념을 지키기 위해 피는 피를 불렀다.

"우리는 민주주의를 표방한 국가다. 그러니 국가와 국민을 수호하고저 푸른 하늘을 지키려면 적어도 70대 이상의 전투기를 보유해야 한다. 지금처럼 국민이 힘을 모으고 함께 경제 살리기에 나서면 우리 힘으로 전투기 보유도 가능하지 않을까?"

"우리에게 불가능은 없습니다. 언젠가는 전투기를 보유한 전투비행단이 창설될 것입니다. 그런 희망을 품고 우리 공군은 장차 항공기가 증가할 것에 대비해 조종사가 부족하지 않도록 여러 경로로 교육과 훈련에 임하고 있지 않습니까. 먼저 조종 간부로 선발된 조종사는 비행경력이 있어서 곧바로 연성훈련 중입니다. 그리고 연차적으로 신입 조종사를 선발해서 교육하는 중입니다."

T-6 항공기 도입을 앞두고 공군 지휘관은 조종사 양성이 최대 관건임을 인식했다. 그래서 항공병 중에서 조종 희망자를 별도로 선발하여 조종 학생으로 교육했다. 또한, 조종하사관 중에서도 비행훈련에 합격하면 조종사로 최종 선발되었다.

"지금까진 저를 비롯해 비행경력이 있었던 사람이 조종간을 잡고 임무를 수행하고 있지만, 이제는 자체적으로 조종사를 양성해야 한다는 데는 이견이 없습니다. 그래서 항공병 중에서 우선 선발했습니다. 1차 시험에 136명이 지원했는데 그중에서 조종사 자질이 뛰어난 26명을 선발했습니다. 선발된 26명은 다시 5개 조로 나누어 기본교육과 훈련을 마쳤습니다. 조종사가 되려면 반드시 숙지해야 할 조종학, 정비학, 항공역학, 지리학, 통신학 등의 기본군사학과 체력단련까지 강력한 훈련을 동시에 시행했습니다. 그 결과 12명을 최종 선발했습니다."

정렬도 이미 알고 있는 내용이었다. 미래를 대비해 공군 스스로 조종사를 양성하는 정책을 수립했고 그 덕분에 우수한 조종사를 선발할 수 있었다. 그러나 조종사훈련은 여의치 않았다.

"조종사로 선발된 부하들이 자부심을 느끼고 비행실습 훈련을 받을 수 있어야 하는데 현실은 비참하기만 하다. 괜히 내 역량이 모자란 것 같아 마음이 무겁구나. 부하들이 L-4로 훈련을 받지만 필요한 장비와 물자가 부족하니 날씨가 좋을 때만 한 사람이 겨우 10분 정도 비행할 수밖에 없지 않으냐. 게다가 휘발유 드럼통을 굴려 항공기에 기름도 직접 넣고 기체 청소도 한다고 들었다. 심지어는 정비사가 하는 일까지 도와주고 있다. 또 부대 내에서 먹고 자는데 숙소엔 난로가 없어서 드럼통에 장작을 넣어 사용하고 있지 않으냐. 허허벌판에서 텐트 생활로 버티는 부하들에게 지휘관으로서 면목이 서지 않는다."

"그래도 조종사들은 잘 견디며 훈련에 임하고 있습니다. 왜냐하면, 그들은 자부심을 느꼈기 때문입니다. 현재 훈련기가 부족하고 훈련 조종사는 많아서 단독비행까지 겨우 10시간 미만 비행으로 만족해야 합니다만 오히려 어려움을 극복한 조종사가 실전에서 빛을 발하지 않겠습니까?"

"나도 그 점을 믿는다. 그동안 역경 속에서도 의욕을 가진 눈빛을 많이 봐온 나다. 최선의 결과는 시련을 겪은 자의 의지에서 나오는 법이다. 현실은 비참하지만, 이 어려운 고비를 넘긴 조종사들은 후일 전투기를 보유한 공군으로 환골탈태했을 때 최상의 조종사로 거듭날 것이다."

정렬과 영환은 서로의 마음을 잘 알고 있었다. 비록 지금은 태풍이 불고 어려움에 부닥쳐 있지만, 역경을 기회로 바꿀 고민을 함께하는 것이다.

"세상이 혼란스럽지만, 정신을 바짝 차리자. 태풍이 불 때 담을 쌓지 말고 풍차를 달라고 했다. 거기에 미래의 희망이 싹트니까 하는 말이다."

일상(日常)

봄 내내 가뭄으로 시야는 뿌옇고 공기는 탁했다. 겨울을 뚫고 간신히 고개를 내민 마늘 싹은 군데군데 타들어 갔고 메마른 흙은 핏줄처럼 갈라졌다. 용산 육군 호국군간부훈련소 건물 옆 벽면에 붉은 페인트로 써 붙인 '나아가자 남북통일로!'의 빛바랜 현수막이 바람에 펄럭거렸다. 건조한 바람에 초소 주위는 황량했지만 한 그루 우뚝 서 있는 감나무 잎사귀는 유난히 반들거렸다.

"이곳에 정말 아버지가 계실까?"

"기대는 하지 말고 일단 들어가 보자."

아버지가 사라진 건 한 달이 넘었다. 집안은 발칵 뒤집혔다. 그러나 어머니만은 침착하셨다.

"조용히 군부대를 찾아봐. 틀림없이 군대에 계실 거다."

이미 환갑을 넘긴 아버지였다. 대한민국 정부가 수립되고 창군이 될 때 아버지가 참여하는 것은 불가능한 나이였다.

“네 아버지 핏속엔 무인의 기상이 항상 잠재해 있다. 나이가 들었다고 그 피가 어디 가겠느냐. 더욱이 동기들이 특채로 임관받는 걸 알았으니 그냥 있을 리 만무하지 않겠느냐.”

아버지의 동기인 김석원, 신태영, 이대영이 특채로 단기훈련을 받은 다음 장교로 임관했다는 소식은 잠자고 있던 아버지의 군인기상을 흔들었다. 동기들이 다시 군인 신분으로 돌아간 사실을 안 아버지는 군에 가겠다는 뜻을 피력했다. 그러나 어머니는 한사코 반대했다.

“생각해 보시오. 정렬이가 대령이고 영환이만 해도 대위잖아요. 자식들 둘이나 군에 있는데 굳이 당신까지 군에 갈 필요가 있나요. 그리고 나이도 생각하세요. 마음이 동한다고 몸이 따라주는 건 아니랍니다.”

어머니는 완강히 반대했다. 한동안 침묵하던 아버지는 쪽지 한 장 남겨놓지 않고 어느날 사라져버렸다. 가까운 친척 집엘 찾아가 보고 아버지의 동기들을 만나도 행방을 알 수 없었다. 온 가족이 당황해서 아버지를 찾으러 다녔다. 그러나 어머니는 깊은 생각에 잠긴 듯 염주를 굴리며 침묵하셨다.

“특채도 없어졌으니 특채로 군대 가셨을 리도 없잖아요.”

“그렇다고 환갑 넘으신 분을 일반군대에서 받아주겠어?”

“그래도 어머니가 군대를 찾아보라고 하셨잖아요. 어디 짚이는 데가 있으니 그런 말씀 하셨겠죠.”

어머니의 지시대로 정렬과 영환은 육군 호국 군간부훈련소를 찾았다. 호국 군간부훈련소는 새로 만들어진 예비군 성격의 부대였다. 아버지가 그곳에 있으리라는 기대는 하지 않았지만, 자식으로서 두 손

놓고 마냥 기다릴 순 없었다. 호국 군간부훈련소 연병장을 찾았을 때 장병들의 구호 소리가 힘차게 울려 퍼졌다. 똑같은 훈련복을 입은 장병들이 열 지어 구령에 맞춰 뛰고 있었다.

"형, 저기 아버지 맞죠? 역시 어머니 예상이 적중했네요."

분명히 아버지였다. 낡은 훈련복에 젊은 장병들과 섞여 있었지만, 구보 중인 아버지를 한눈에 알아볼 수 있었다. 막상 아버지를 발견한 두 형제는 한동안 어이없는 표정으로 연병장을 도는 아버지를 지켜볼 수밖에 없었다.

"아버지 연세 62세잖아요. 지금 임관하셔도 우리보다 계급도 낮을 텐데요."

"우리가 한 가지 간과한 게 있구나. 우리도 군인이면서 말이다. 군인은 나이가 들어도 나라가 위기에 처하면 죽음을 불사하고 앞으로 나서는 법이야. 하물며 아버지는 군인으로 잔뼈가 굵으신 분이다. 해방된 조국에서 당당한 군인으로 한 몸 바치겠다는데 나이가 무슨 상관이겠니. 우리가 아버지의 뜻을 몰랐을 뿐이다. 그리고 아버지의 뜻을 존중해 드리지 못해 심히 민망할 뿐이다."

아버지 김준원은 두 아들이 지켜보고 있는 것을 아는지 모르는지 훈련에 집중하고 있었다. 굵은 땀방울은 아버지의 새로운 희망이 되어 온몸에 흐르고 있었다.

30년 만에 최악이라는 봄 가뭄은 6월에도 계속 이어졌다. 장마철로 접어들었지만, 하늘은 요지부동이었다. 습기를 머금은 끈적끈적한 바람이 살갗에 닿을 때마다 사람들의 불쾌감은 높아만 갔다. 회갈색 구름이 짙게 깔린 하늘 아래 후더분한 바람이 거리를 휩쓸고 다녔다. 전찻길을 건너는 사람의 발걸음은 한없이 무기력했고 소달구지에 잔뜩 실은 장작을 끌고 가는 황소 걸음걸이도 마찬가지였다. 포대기로 아이를 업고 몸체보다 큰 보따리를 인 아낙의 걸음이 오히려 힘차 보였다. 작은 나무상자를 목에 맨 채 엿가락을 파는 소년 주위로 까까머리 사내 녀석 두 명이 침을 흘리며 서 있는 거리는 마른장마만큼 건조하고 휑해 보였다. 진녹색 잎에 쌓인 유백색의 아카시아 꽃은 누렇게 말라가면서도 마지막 남은 꽃향기를 퍼뜨리고 있었다. 개운하지 않은 날씨에도 불구하고 아카시아 꽃향기가 남아있는 것이 그나마 위안이 되는 6월 하순이었다.

"어젠 춘천 일대에 가랑비라도 내렸다고 하는데 서울엔 비 소식이 없구나."

"그러게요. 겨우 모내기를 끝냈다고 하는데 이대로 계속 비가 안 오면 애써 심은 모내기가 헛수고 될까 봐 걱정이에요."

희재는 넷째 아이 정기를 품에 안고 젖을 물렸다. 백일을 앞둔 아기는 제법 젖살이 올라 포동포동했다.

"오키나와 남쪽에서 태풍 엘시가 북서진하고 있다는 일기예보가 있었지만, 비가 내려 봐야 오는구나 하고 실감할 거 아니겠니. 농사짓는 사람들 애간장이 타겠구나."

"농사짓는 사람들도 그렇지만 요즘 시내도 마찬가지예요. 사람들의 표정이 어둡고 활기가 없어요. 메마른 날씨처럼요. 본격적인 장마가 닥치기 전에 마늘과 양파 등을 사려고 시장엘 나갔는데 후덥지근한 날씨 탓인지 사람도 별로 없고 세워놓은 빈 수레와 지게만 늘어서 있더군요. 내가 산 물건을 서로 지겠다고 지게꾼이 우르르 모여드는데 참 난감했어요."

"하루 벌어야 간신히 입에 풀칠할 수 있으니, 그런 사람이 어디 한둘이겠니."

변씨가 가벼운 한숨을 토했다.

"겨우 쌀값이 안정을 찾나 했는데 이번엔 가뭄 때문에 또 물가가 불안하다지?"

"네. 쌀값이 하루가 다르게 뛸 그땐 괴질까지 돌아서 한바탕 난리를 치렀지요. 특히 대구와 영남 쪽이 심했었지요."

"그게 좌익분자들에겐 하나의 빌미가 되기도 했지. 괴질 전염병으로 시체를 좌익분자들이 끌고 나와 경찰의 발포로 죽은 노동자라고 학생과 시민을 선동하면서 경찰서로 난입하고 폭동을 일으키지 않았느냐. 그리고 쌀을 매점매석한 창고를 털어 죄 가져가기도 하고 애꿎은 경찰과 그 가족까지 무참히 죽임을 당하는 일이 벌어졌었지. 이제 좀 잠잠해지나 싶은데 또 물가가 불안하면 어떤 일이 벌어질지 걱정이구나."

시어머니 얼굴이 어두웠다. 한때 대구 A중대 소대장이었던 영환이 곤경에 처했던 당시 일이 떠올랐기 때문이었을까.

"어머니, 축음기 틀어드릴까요?"

시어머니의 기분을 전환하기 위해 희재가 물었다. 시어머니는 요즘 시동생 영환이 사다 준 축음기로 '고향만리'를 자주 들었다.

"그러자. '귀국선'부터 들어보자꾸나. 아이가 깨지 않게 소리는 낮추고."

희재가 도넛형의 까만 SP판을 들어 축음기 위에 올렸다. 나선형 홈에 바늘을 조심스레 올렸다. 원판의 가장자리를 따라 바늘이 천천히 움직이면서 노래가 흘러나오기 시작했다. 돌아오네~~ 돌아오네~~ 고향산천 가는 길에~~ 시어머니가 나지막이 노래를 따라 불렀다.

"노랫말을 어찌 저리도 잘 지었는지 들을 때마다 곡을 지은 사람이 천재라는 생각이 들어. 그동안 들었던 일본 엔카 풍이나 중국 풍도 아닌 것이 이게 우리 노래구나 싶다."

'귀국선'이 끝난 뒤를 이어 '고향만리'가 흘러나왔다. 남쪽 나라 십자성은 어머니 얼굴~~ 눈에 익은 너의 모습 꿈속에 보면~~ 꽃이 피고 새가 우는 바닷가 저편에~~ 고향산천 가는 길이 고향산천 가는 길이 절로 보인다~~

토하는 듯한 가수의 목소리에는 적당한 떨림이 섞여 있어서 가사와 딱 맞아떨어졌고 그 덕에 호소력이 짙었다. 시어머니는 '고향만리'가 다 끝날 때까지 조용히 노래를 경청하고 있었다.

"아직도 고향엘 돌아오지 못한 사람이 숱할 거다. 이역에 남아 고국을 그리워하면서 귀국할 때를 기다리는 사람도 꽤 될 거고."

일제 말기 태평양전쟁 시기에 동남아 지역으로 끌려갔던 조선인 장병들. 삶과 죽음의 경계선에서 밤이면 하늘의 별을 보며 눈물지었을 조선인 청년들. 어머니를 그리는 애틋한 장면이 고향만리와 귀국선 노래 속에 녹아 있었다.

"나는 저 노래를 들을 때마다 태자 애비와 영환이 생각이 난다. 내 아들이 아직도 돌아오지 못하고 있었다면 내가 저 노래를 어찌 듣고 있겠니. 가슴이 천 갈래 만 갈래 찢어질 텐데 말이다. 그러니 세상에는 전쟁이란 게 없어야 해. 백성이 핍박받고 부모·형제가 생이별하는 일이 죄 전쟁 때문에 일어나는 거 아니냐."

느리게 움직이는 바늘은 '감격시대'를 들려주고 있었다. 앞에 들었던 노래보다 빠른 박자에 가사도 경쾌했다. 부쩍 광복의 기쁨과 나라의 번영을 담은 가요가 늘어나고 있었다.

준비되지 않은 상태에서 맞이한 광복이었다. 외부로부터 갑작스럽게 찾아온 해방이었지만 문화예술계는 친일청산과 정체성 회복을 위해 기지개를 켜고 있었다. 일제강점기에 혹독한 검열에 걸려 웅크려 있었거나 한국어 사용 금지 방침 때문에 암흑기에 갇혀 있었던 문화예술인들의 창작 욕구가 일시에 분출되었다. 폐쇄되었던 신문이 복간되고 잡지는 봇물 터지듯 쏟아져 나왔다. 일본식 단어들이 본래의 단어로 돌아오거나 새로운 용어로 쓰이는 경우도 늘었다.

"에미야, 단성사에서 '마음의 고향' 아직도 상영 중이냐?"

"'마음의 고향'은 끝나고 '성벽을 뚫고'란 영화를 하고 있어요."

일제강점기에 대륙극장이 돼버렸던 단성사도 본래 극장 이름을 되찾은 곳 중 하나였다. 단성사는 개봉 영화와 신파극을 번갈아 무대에 올렸다. 요즘은 신파극에 음악과 무용을 곁들인 악극 공연으로 관객을 끌어모으고 있었다.

"근래에 본 영화 중에서 '마음의 고향'이 제일로 낫더라. 여배우 최은희가 나이도 어리다 더니만 자식 잃은 에미 역할을 어찌나 천연덕스레 잘하는지 아직도 마음이 찡하다. 애기 동자승 모습도 내 머리에서 떠나질 않고."

"이야기가 참 탄탄한 영화였죠? 동자승이 어머니에 대한 그리움을 드러내는 장면이 신파조가 아니라서 더욱 가슴에 와 닿았어요. 그리고 산사의 풍경과 불공드리러 온 여배우와 동자승까지 삼박자가 잘 맞았던 영화였지요."

"오히려 주지 스님을 너무 야박하게 등장시켜서 불편하더라. 내가 모시는 스님 중엔 그리 차가운 스님이 없는데 말이다."

"누군가는 악역을 해야잖아요. 주지 스님이 냉정했으니 결국엔 관객이 바라던 결말로 귀결시켰는데도 뻔한 이야기로 보지 않고 좋은 영화로 남게 한 거죠."

"영화나 악극을 보면서 그런 걸 만드는 사람이 천재라는 생각이 들 때가 있단다. 무대를 보는 내내 쏙 빨려 들어가게 만들고 시간이 지나도 기억에 오래 남지 않느냐. 우리 집엔 문화예술인이 없지만, 한때 나는 영환이 화가가 되지 않을까 생각한 적도 있었다. 미술 방면에 관심이 많았었거든. 그런데 지금 세 부자가 군인의 길을 걷고 있으니 집안 내력은 어쩔 수 없나 보다."

"그러게요. 늦은 연세에도 불구하고 새로이 군인의 길을 택하신 아버님이 만족해하시는 걸 봐도 알 수 있죠."

"호국 군간부훈련소 교육 마치고 집에 들어오는데 나는 무슨 암행어사 행차하는 줄 알았다. 군 생활 경력을 인정받아 호국군 소령으로 임관됐다며 마냥 신이 나셨던 양반이 아니더냐?"

"저는 그런 아버님 모습이 보기 좋았어요. 소령에서 한 달 뒤 중령으로 진급하셔서 호국군 업무책임자로 천안에 내려가실 때 아버님 뒷모습이 얼마나 당당해 보이셨다고요. 부자가 모두 군인의 길에 합류하고 있으니 적어도 우리 집안에선 이념대립으로 인한 갈등은 없을 거잖아요."

"하긴 한 집안에서 갈등을 일으키는 문제가 생기면 온전할 리 있겠느냐. 특히 종교나 사상이 다르면 여간 심각한 문제가 아니지."

"지금 상영 중인 '성벽을 타고'란 영화가 이념대립의 갈등으로 일어난 사건을 다룬 영화래요. 실화라는 말도 있고요."

"넌 스토리를 알고 있구나."

"네. 어떤 내용이냐 하면요, 대학 동기동창인 두 남자가 있는데 처남 매부 사이래요. 그런데 처남은 육군 소위고요, 매부는 공산주의자였대요. 그 두 사람이 여순반란사건 때 숙명적으로 맞서게 된답니다. 매부가 처남을 회유하지만 뜻을 이루지 못하게 되죠. 결국, 처남 가슴에 총을 겨누게 되는데, 천륜을 저버리는 모습을 보여주는 영화라고 볼 수 있어요."

"실제로 얼마든지 있을 수 있는 일이다. 나는 그런 이야기를 들을 때마다 우리 집 남자들이 고맙기 그지없다. 같은 이념으로 같은 군인의 길을 가고 있으니 하는 말이다. 생각해 보거라. 지금 나라가 두 쪽으로 갈라져 있는 것도 이념이 다르기 때문이고, 수시로 크고 작은 분쟁이 끊이지 않고 일어나는 것도 한 치 양보 없는 대립 때문이 아니냐. 겉으론 평온한 일상이지만 소문은 편하지 않은 것뿐이다. 네 시아버지나 아범에게 물어봐도 시원한 대답을 하지 않으니 소문을 어디까지 믿어야 할지 모르겠구나."

"내일 서방님과 동서가 돈암동엘 오니까 서방님께 물어보면 되지 않겠어요? 북한은 전쟁 준비가 다 돼 있어서 곧 밀고 내려온다는 소문이 있는데 어디까지 믿어야 하는지 말이죠. 시내 나갈 때 관공서 앞을 지나치게 되면 괜히 긴장돼요. 관공서 출입문 앞에 가마니를 쌓아놓고 그 위에 기관총을 설치하고, 순경 서너 명이 지키고 있잖아요."

"일 년 내내 소문이 끊이질 않았지. 곧 북에서 밀고 내려온다고 위기의 4월설, 5월설, 6월설 하더니 이제 6월도 며칠 안 남았잖니. 하도 소문만 무성해서 이젠 신경이 무뎌지려고 하는구나."

시어머니가 부채를 집어 들었다. 잠든 애기를 향해 시어머니가 부채를 흔들었다. 한지 부채를 흔들 때마다 부채에 그려진 목단꽃이 같이 움직였다.

"영환이인들 세세하게 알겠느냐. 또 알고 있다 한들 말하려고? 태자 애비나 네 시아버질 봐도 알 수 있지 않던? 예부터 녹을 먹는 관리는 집에 오면 입을 닫는 법이니 영환이도 그럴 거다. 그나저나 내일 모처럼 다니러 온다니 양지로 소고기뭇국이나 시원하게 끓이자꾸나. 더울 때일수록 따뜻한 음식으로 몸을 보해야지."

"네 어머니. 준비해 둘게요."

"태자 아비는 오늘도 늦으려나?"

"아마 그럴 거예요. 오늘 육군 장교구락부 개관식에 초대받았다고 했는데 거긴 못 간다고 했어요. 미 대사관 공군무관 윌리암슨 소령의 임기가 끝나 귀국하는 날과 겹쳤거든요. 그래서 공군 간부들과 김포비행장으로 가서 환송하고 집으로 올 거라고 했지만 그래도 여느 날처럼 늦지 않겠어요?"

"오늘 들어오거들랑 푹 자도록 이부자리 신경 쓰거라. 날이 꿉꿉하니 몸도 무거울 것이야. 내일 영환이가 당도할 때까지 깨우지 말고."

"저도 그러고 싶어요. 평일은커녕 휴일에도 쉬지 못하는 걸 지켜보는 저도 안쓰럽거든요."

"그게 남편을 둔 지어미의 마음이란다."

시어머니가 마당으로 시선을 던졌다.

"제비가 낮게 나는 걸 보니 비가 가까이 오고 있는 모양이야. 하늘도 무심치 않다면 선량한 사람들을 굶어 죽게 내버려 두시겠느냐."

축음기에선 애잔한 목소리의 여가수 노래가 흘러나왔다. 날이 갈수록 국민의 사랑을 받는 '목포의 눈물'이었다. 노랫소리는 낮게 가라앉은 눅진한 공기에 섞여 듣는 사람의 가슴으로 구슬피 파고들었다.

6월 24일 토요일 오후는 서서히 저물어갔다. 여느 날과 다름없는 어둠이 마당을 타고 넘을 때 마루에 걸린 시계가 뎅 울렸다. 운명의 다음 날을 모르는 시곗바늘은 무심히 같은 방향으로 돌고 또 돌았다.

폭풍 그리고 224

1950년 6월 25일.

새벽부터 추적추적 비가 내리기 시작했다. 태풍 엘시가 몰고 온 비는 어둠이 깃든 38선 일대를 적셨다. 서해 끝에서 동해까지 38선 일대에 전진 배치돼 있던 북한군은 쏟아지는 폭우를 맞으며 명령을 기다리고 있었다. 새벽 4시. 북한군 각 부대 전화기에 '폭풍'이란 암호가 전달되었고 무전기에서는 암호명 '224'가 타전되었다. '폭풍' 또는 '224' 숫자는 공격개시 신호였다. 남쪽을 향해 숨죽인 북한군의 대포가 국군의 진지를 향해 일제히 불을 뿜었다. 남쪽을 향해 발사된 북한군의 포탄이 능선을 넘어 터지면서 38선 일대는 포연이 뒤덮인 전쟁터로 변해버렸다. 포연이 사라지면서 북한군 10만 명이 국군의 저항선을 넘었다. T-34 전차 242대를 앞세운 북한군은 50일 이내에 남한 전역을 점령하기 위해 이미 짜놓은 5개의 공격 축선을 따라 파죽지세로 밀고 내려왔다.

첫째 축선, 북한군 제6사단과 전차 1개 대대는 개성에서 한강을 건너 김포반도를 거쳐 영등포로 진격. 둘째 축선, 제1사단과 전차연대는 개성에서 문산을 거쳐 서울 서쪽으로 진격. 셋째 축선, 제3사단과 제4사단 그리고 105 전차여단은 동두천과 포천에서 의정부를 거쳐 서울 북쪽으로 진격. 넷째 축선, 제2사단과 12사단 그리고 15사단은 모터사이클 1개 연대와 함께 춘천에서 가평과 홍천을 거쳐 서울 동남쪽으로 진격. 다섯째 축선, 제5사단과 제1 경비여단은 양양에서 강릉을 거쳐 삼척으로 진격.

북한군의 주요 공격목표는 서울을 향해 집중돼 있었다.

휴일 아침의 서울은 잿빛 구름만 껴 있을 뿐 조용하고 평온했다. 여의도 한강둑은 여느 휴일과 다름없이 자전거를 타거나 산책을 즐기는 시민이 모여들었고, 시내 곳곳에는 휴가 나온 장병이 전차를 타거나 영화관을 찾아 부산하게 움직였다.

간간이 약한 바람이 마당 가운데를 맴돌고 있을 뿐 돈암동 집은 조용했다. 큰아들의 단잠을 깨우지 않으려고 변씨는 안방에서 나오지 않았다. 그러나 요란한 전화벨 소리가 고요한 아침을 흔들었다. 새벽 두 시에 집에 들어온 김정렬 참모장은 전화기를 들면서 벽시계를 보았다. 시계는 오전 7시 30분을 가리키고 있었다.

"긴급보곱니다!"

전화기 너머 들리는 육군본부 작전국 예관수 소령의 목소리가 심하게 흔들렸다. 예관수 소령의 목소리를 듣는 순간 김정렬은 직감적으로 불길한 예감이 들었다.

"당일 아침 5시경 북한군이 전면 남침을 시작했습니다. 공군도 즉시 대응조치 강구를 요망합니다!"

"전면 남침이라고 했나?"

되묻는 김정렬의 흥분한 목소리에 옆에 있던 아내가 놀란 눈으로 쳐다보았다. 전화기를 내려놓는 김정렬의 얼굴이 딱딱하게 굳어버렸다. 1년 반 전부터 수없이 남침설이 제기되지 않았던가. 그동안 여수 사건과 송악산 전투 등 크고 작은 일련의 사건만 해도 750여 건 이상 터졌다. 그럴 때마다 북한의 침공설이 나돌면서 정부와 국민을 긴장시켰다. 그러나 비슷한 사건과 남침설이 반복되면서 사람들은 점점 양치기 소년의 말을 믿지 않는 것처럼 으레 그런 것이려니 하고 넘어가 버렸다.

아내가 얼른 라디오를 틀었다. 라디오에서는 '북괴 남침, 전 장병에게 내리는 소집 비상령'에 대한 내용이 반복적으로 흘러나왔다. 군복을 입은 김정렬은 서둘러 집을 나섰다. 아내와 어머니 변씨가 대문 밖까지 따라 나왔다. 평소 침착한 어머니였지만 정렬을 배웅하는 눈빛이 흔들렸다. 어머니 역시 예사롭지 않은 분위기를 감지한 듯했다.

"어머니, 며칠간 제가 집에 못 올 수도 있습니다. 그러니 너무 걱정하지 마시고 함부로 움직이진 마세요. 애들과 태자 에미 잘 부탁합니다. 당신도 어머니 잘 모시고 내가 연락할 때까지 기다리게. 수습되는 대로 올 테니."

"집안은 걱정하지 말고 얼른 가거라."

두 여자의 걱정스러운 눈빛을 뒤로하고 김정렬 참모장이 집을 나설 때 영환은 아내 세옥과 함께 전차를 타고 돈암동으로 향하고 있었다. 전차 안에는 휴가 나온 장병이 여럿 있었다. 차창을 통해 보이는 거리는 평소와 같이 사람과 짐 실은 우마차 그리고 장사꾼들로 붐볐다.

달리던 전차가 갑자기 덜커덩거리더니 속도를 줄였다. 차창 밖 행인들이 발걸음을 멈춘 채 어딘가를 보고 있었다. 군용 지프 한 대가 길 한가운데를 달리면서 마이크를 통해 뭔가를 외쳐댔다. 마이크 소리가 왕왕거려 무슨 소리인지 알아들을 수 없었다.

"뭐라고 방송하는 것 같은데?"

영환은 일어서서 차창 밖으로 고개를 내밀었다.

"국군 장병은 즉시 귀대하라! 국군 장병은 즉시 귀대하라!"

지프는 마이크를 통해 장병들의 부대 복귀를 독려하며 지나갔다.

"무슨 일이지? 설마 인민군이 쳐내려온 거야? 전쟁이 난 거야?"

전차에 탄 승객들이 잠시 술렁거렸다. 다소 당황한 얼굴로 서로를 쳐다보던 장병들이 하나둘 전차에서 뛰어내렸다. 영환도 지체할 수 없었다. 분위기가 심상치 않음을 눈치를 챈 세옥이 조심스레 물었다.

"정말 전쟁이 난 걸까요?"

"그건 본부에 가면 알게 되겠지만 설혹 전쟁이 났다 해도 너무 걱정하지 마."

일단 세옥을 안심시키기 위해 말은 그리했지만, 영환이 느끼는 불안감은 예전과 달랐다. 그러나 불길한 예감을 아내에게 말할 순 없었다.

"당신은 이대로 그냥 어머니한테 가 있어. 무슨 일인지 먼저 본부로 들어가 보고 나서 내가 따로 연락할게. 만일 사나흘쯤 연락 못 해도 걱정은 말고. 어머니 옆에 있으면 괜찮으니까. 알았지?"

세옥이 미처 대답하기도 전에 영환은 몸을 날려 뛰기 시작했다. 때마침 지나가는 쓰리 쿼터를 세운 영환은 차와 함께 세옥의 시야에서 멀어져갔다. 조용하던 거리에 공습경보가 울려 퍼지고 있었다.

복귀한 장교들은 여의도비행단에 설치한 공군작전지휘소로 속속 모여들었다. 영환이 도착했을 때 김정렬은 영내에 머무르고 있었던 부사관의 보고를 받는 중이었다.

"은백색 전투기 두 대가 나타난 건 오전 8시에서 9시 사이로 추정됩니다. 갑자기 요란한 폭음소리에 기지가 떠나갈 듯했습니다. 그래서 무슨 소린가 하여 하늘을 보니 한강교 상공에서 180도 선회한 비행기가 급강하하면서 여의도로 날아오지 않겠습니까. 전투기 조종사 모습이 보일 정도로 낮게 날았는데 동체와 날개에 붉은 별이 그려져 있어서 그때야 적기라는 사실을 알았습니다. 적기는 한강과 기지 주변을 몇 바퀴 돌고는 북쪽으로 사라졌습니다."

"방금 김포기지 주변에도 적기 두 대가 나타나서 정찰하고 사라졌다는 보고를 받았다. 2차 세계대전 때 독일 공군의 메사슈미트 전투기와 맞섰던 것이 소련의 야크기였다. 전투기가 정찰만 하고 갈 리 있겠나. 우리에게 전투기 한 대도 없다는 사실을 알고 있는 그놈들은 곧 공격을 시작할 것이다. 그러니 우리도 대책을 세워야 한다. 적기를 요격할 힘은 없지만, 공군의 전 재산인 항공기의 피해를 최대한 줄이도록 위장 분산하고 대응할 방도도 갖추자."

"우리가 보유하고 있는 항공기로 어떻게 대응할지 결정하려면 우선 적의 동태 파악부터 해야 하지 않겠습니까?"

"그래야겠지. L-4와 L-5기의 정찰 보고를 받을 동안 T-6기에 TNT 폭탄을 매달 선반을 설치하자. 놈들이 언제 공격할지 모르니 연락기를 분산시켜 나뭇가지나 흙으로 위장하도록 한다."

김정렬은 여순사건 때 사용했던 방법을 다시 적용하기로 했다. L-4와 L-5기에 수류탄을 싣고 가서 손으로 직접 떨어뜨리는 방법으로 여순사건 진압에 일조했던 경험을 살리기로 했다. 위급한 상황에 보유하고 있는 항공기로 대처할 방법은 선반(Rack) 설치를 하거나 맨손으로 폭탄을 투하하는 방법뿐이다. 무장을 달 수 없는 T-6에 폭탄을 장착할 수 있는 받침대를 양 날개에 설치하면 8개까지 폭탄을 매달 수 있다.

적기 출현으로 작전지휘소는 어수선했지만, 비행단장 이근석의 지시에 따라 T-6기를 3개 편대로 편성하여 전선 일대를 정찰하기로 했으며 정찰 내용을 국방부와 육군본부에도 알려주기로 했다.

"지금 국방부는 통신 연결이 안 되고 있다. 그래서 우리의 정찰 보고가 절대적이다. 서둘러 선반 설치가 끝나면 포천지구, 개성지구, 춘천지구, 문산지구 이렇게 지역을 나눠 정찰 활동을 시작한다. 동두천 방면은 장성환 중령, 문산지구는 김영환 중령, 춘천지구는 오춘목 대위가 맡아 정찰한 후 보고하도록 한다. 이상!"

명령이 전달되자 기지 내에 있던 부대원들이 총동원되었다. 육군에서 가져온 켈리버 50 중기관총을 기지 주변 네 곳에 배치했다. 격납고 주변에는 참호를 파고 소화기를 비치했다. 적기 공격에 대비해 L-4와 L-5를 분산시키는 팀과 연료 급유가 끝난 T-6를 주기장으로 옮기는 일로 전 부대원이 분주히 움직였다. 전 부대원이 움직여도 시간은 지체되었다. 항공기마다 일일이 기름통을 옮겨와 손으로 항공기에 연료를 넣어야 하기 때문이었다. 정오가 훨씬 지났지만, 항공기 연료 주입과 선반 설치 작업은 계속 진행 중이었다. T-6에 선반을 설치하던 정비사가 소리쳤다.

"저기, 적기가 나타났습니다!"

작업하던 부대원들의 눈이 일제히 하늘로 향했다. 마포 강 쪽에서 저공으로 날아오는 전투기가 보였다. YAK기 3대였다. 여의도기지로 날아오는 전투기를 피하느라 부대원들은 건물 뒤 혹은 한강 변으로 흩어졌다. YAK기는 기지 주변을 선회한 후 기총공격을 가하기 시작했다. 뜨르르르, 요란한 연속음을 동반한 두 줄기의 탄착이 무섭게 땅 위를 훑었다. 탄착이 지나갈 때마다 바람 소리가 났고 흙먼지가 튀었다. 기총공격은 활주로와 격납고에 집중되었다. 총탄이 쏟아질 때 재빨리 땅 위를 굴러 몸을 숨겼던 전구서 상사는 위병소에서 가져온 기관총으로 대응 사격을 퍼부었다. 적기를 피해 모랫바닥에 엎드려 있던 부대원들도 합세했다. 몇몇 부대원들은 가지고 있던 소총으로 YAK기를 향해 쏘아댔고 일부는 기총을 피해 비행기와 장비를 옮기느라 뛰어다녔다. 격납고에 있던 T-6기 한 대에서 연기가 올라오고 있었다. 적기의 기총사격을 피해 부대원 두 명이 소화기를 들고 격납고로 뛰었다. 한 차례 기총사격을 퍼부은 YAK기는 기수를 돌려 유유히 구름으로 들어가 버렸다. 적기 공격은 짧았지만 기지는 난장판이었다. YAK기가 사라진 뒤 국방부에서 돌아온 김정렬 참모장과 박범집 참모부장은 아수라장이 된 기지를 둘러보며 입술을 꾹 다물었다. 피해 상황을 보고받는 김정렬의 이마에 굵은 주름이 잡혔다.

"YAK기는 주로 격납고를 목표로 기총사격을 퍼부었습니다. 현재까지 밝혀진 피해는 피격당한 T-6 109호기 한 댑니다."

"다친 사람은 없단 말이지. 109호기 상태는 어떤가?"

"유리창이 전부 깨어졌고 연료탱크도 터져 기름이 새고 있습니다."

연료탱크가 터졌다면 항공기 운용을 할 수 없다. 비록 훈련기지만 항공기 한 대가 아쉬운 상황 아닌가. 사태는 빠르게 악화할 뿐이었다. 정찰 나갔던 L-4와 L-5기가 속속 돌아왔다. 항공기에서 내리는 조종사들 얼굴도 하나같이 굳어 있었다.

"동두천에서 서울로 향하는 길목에 약 30대의 적 탱크가 일렬로 내려오고 있습니다. 주변에는 연기가 피어오르는 곳도 있었습니다."

"의정부 남쪽은 후퇴하는 국군이 밀려 내려오고 있습니다. 의정부 북부지역에는 어마어마한 병력이 뱀 꼬리처럼 물고 내려옵니다. 모터사이클 부대와 탱크를 앞세워 남하하는 인민군의 위세를 보니 머리털이 곤두설 지경이었습니다.

"문산 쪽 역시 탱크를 선두로 인민군이 물밀 듯 내려오고 있습니다. 탱크 수는 가늠하기 어려울 정도로 많았습니다. 밀고 내려오는 형세가 마치 터진 봇물 같습니다."

이미 38선 일대 주 저항선은 뚫린 상태였다. 정찰 보고 내용대로라면 도저히 싸움이 될 수 없는 전쟁이 터진 것이다. 죽음을 각오할 순간이 다가오는 것 같았다. 그러나 이대로 손 놓고 당할 순 없었다.

"수고들 많았다. 2차 정찰 때부턴 L-4와 L-5기는 육군병기창에서 갖다 놓은 연습용 폭탄을 싣고 가서 탱크를 조준해 투하한다. T-6는 선반 설치가 완성되는 대로 폭탄을 적재한 후 적 지상군에게 날아가 폭격을 명한다. 지금까지 보고를 종합하면 모든 것이 열세인 것은 분명하다. 그렇다고 이대로 죽을 수는 없다. 우리 공군은 국민의 성원을 입은 군대다. 국민을 위해 조국 수호를 한다는 일념으로 마지막까지 필승의 신념으로 싸우자!"

결연한 참모장의 지시에 지휘소에 모인 부대원은 침묵했다. 나라가 위급할 때 제일 먼저 몸을 던져 막아내는 것이 군인의 의무인 것을 알기 때문이었다.

오후 6시경 영환은 이근석과 함께 T-6의 날개에 설치된 선반에 TNT폭탄 3개를 달고 여의도기지를 떠났다. 마음 같아선 폭탄 10개라도 달고 싶었다. L-4와 L-5기 후방석에 앉은 정비사들이 폭탄 2개씩을 가슴에 안고 차례차례 날아올랐다. 적기의 기총사격으로 시멘트가 튀겨나간 활주로 바닥은 울퉁불퉁했지만, 공군 항공기들은 죽음을 각오하고 날아올라 북쪽으로 향했다. 잿빛 구름이 무겁게 깔린 초저녁 하늘에 항공기 불빛이 하나둘 사라졌다. 김정렬 참모장은 활주로에 선 채 하늘을 주시했다. 동두천, 문산, 포천, 개성, 의정부, 미아리 방면으로 날아가는 항공기를 보는 그의 심경은 착잡하기만 했다.

10인의 조종사와 F-51D

6월 26일 밤 9시.

이타즈케기지에 미 공군 C-47 수송기 한 대가 도착했다. 수송기에서 한국 조종사 열 명이 내렸다. 열 명의 조종사는 낯선 곳 낯선 부대도 아랑곳하지 않고 숙소에 들어서자마자 정신없이 잠에 곯아떨어졌다. 이틀 동안의 정찰 강행군에 몸도 마음도 피폐해진 터였다. 그러나 정신은 온통 긴장 상태였기에 다음날 날이 밝자마자 모두 일찍 일어났다. 숙소에서 나온 열 명을 제일 먼저 맞이한 건 규슈 지역의 후터분한 바람과 후끈한 열기였다. 아침부터 규슈는 습한 공기로 무더웠다. 바다와 가까운 이타즈케기지 주변을 감도는 바람이 칙칙하게 몸에 감겨들었다.

"여기가 이타즈케기지로군. 2차 세계대전 땐 일본 육군이 건설해서 비행장으로 사용했는데 말이야."

이근석 비행단장의 설명을 들으며 영환은 기지 주변을 둘러보았다. 바다와 가까운 후쿠오카의 이타즈케기지는 그리 큰 규모의 비행단은 아니었다. 활주로와 떨어진 곳에 자리 잡은 격납고와 주변에 자란 풀은 여느 비행단과 크게 다르진 않았다. 눈에 띄게 다른 건 쭉 뻗은 활주로와 격납고에 날렵하게 앉아 있는 전투기였다. 곧고 편평한 활주로와 양옆에 설치된 야간등을 보며 영환은 여의도기지를 생각했다. 어제까지만 해도 하루에 수없이 뜨고 내렸던 여의도 활주로는 상처투성이였다. 24시간 물 한 모금 마실 새도 없이 긴박했던 순간들이 여의도 활주로에서 펼쳐졌다. 수원기지도 여의도와 별반 다르지 않았다. 수원기지의 활주로 시멘트 바닥은 죄 뜯겨 있었다. 주변 농부들이 농사를 짓기 위해 활주로 바닥을 파헤친 것이다. 바닥이 움푹 팬 활주로 위를 미 수송기 C-47 1대가 긴급 착륙했다. 대기 상태인 수송기의 프로펠러가 연신 파열음을 내고 있었다. 한국인 조종사 열 명은 상체를 숙인 채 수송기로 달려가 탑승했다. 곧이어 출발한 수송기는 전투기 두 대의 호위를 받으며 현해탄을 건넜다. 이타즈케기지에 도착한 열 명은 미 제8전폭비행단의 제36전투폭격대대 전투조종사 훈련대에 배속되었다.

이타즈케기지는 크지 않아도 비행장다웠다. 눈에 보이는 전투기의 위용은 압도당할 만큼 화려했다. 5대씩 일렬로 도열해 있는 전투기를 보는 것만으로도 흥분되었다.

"그런데 왜 무스탕은 한 대도 안 보이지? 모두 제트 전투기 F-80슈팅스타뿐이네. 이왕 지원해 주는 거, 저런 제트기 두 대만 지원해 줘도 벌떼 같이 내려오는 인민군 머리 위로 폭탄을 쏟아부어 싹 쓸어버릴 텐데, 그놈의 괴물 같은 탱크도 박살 낼 수 있을 거고."

"맞습니다. T-6기로 날아가서 그놈들 머리 위에 정확하게 조준해서 폭탄을 떨어뜨려도 아무 일 없었다는 듯 내려오는데 기가 막혀서 욕이 저절로 나왔습니다. 그놈의 탱크가 무슨 괴물 같아 보였습니다."

"소련제 탱크라지 않은가. 우리가 다급하니 언 발에 오줌 누기인 걸 알면서도 폭탄을 떨어뜨릴 수밖에 없었잖아. 그거론 어림없는 걸 알면서도 계속 폭탄을 투하했던 건, 군인은 마지막 총알 한 방 남아있을 때까지 싸워야 하기 때문이지. 우리는 싸우기 위해 지금 여기에 온 것이다. 모두 적과 싸울 전투기를 인수하러 왔다는 사실을 잊지 마라."

"예, 압니다. 그런데도 아쉽고 욕심이 자꾸 납니다. 이왕 지원하는 거 제트 전투기로 주면 더 좋을 텐데 말입니다."

"허 참, 그건 우리의 조종능력을 의심하기 때문 아니겠나. 한국공군은 전투기 한 대 없다는 걸 알고 있으니까 말이야. 또 하나를 들자면 우리 활주로 상태가 나쁘다는 걸 아는 미군이 제트 전투기를 제공할 리 만무하지. 솔직히 말해 전투기가 뜰 활주로도 없잖아. 그러니까 F-51D 무스탕이 우리나라 실정에 딱 맞으니까 그걸로 결정했다고 봐야지. 우리가 인수하러 온 무스탕은 저기 보이는 제트 전투기보다 못하겠지만 2차 세계대전 때는 유럽 전역과 태평양 전선에서 제공권을 잡은 주역이었어. 더욱이 제트기보다 체공 시간이 두 배 이상 길어서 지상군 지원 작전에 절대 유리하지. 무스탕을 지원받는 것만 해도 우리 한국군에겐 천군만마를 얻은 것 같은 큰 힘이 될 걸세."

"그렇습니다. 폭탄을 장착할 수 있는 전투기라면 기종 상관없이 하루라도 빨리 몰고 가야합니다. 언제 서울이 함락될지 모르지 않습니까."

"모두 같은 심경이다. 오늘부터 전환훈련 돌입하고 수시로 서울의 전황을 확인하면서 대처하도록 하자. 일본군정 사령관 맥아더에게 전황 보고가 올라오면 우리에게도 알려줄 걸세."

"이틀 동안 정말 정신이 하나도 없었습니다. 어제 오후에 갑자기 소집해서 지휘소로 달려갈 때만 해도 또 무슨 변고가 생겼나 해서 걱정이 이만저만 아니었습니다. 그런데 무스탕 인수하러 일본으로 가라는 명령을 받자 이게 꿈인가 싶었습니다."

"나도 전투기 인수가 그리 빨리 결정될 줄 몰랐네. 왜냐하면, 미국의 원조를 포기한 상태였으니까. 그동안 자주국방을 원한 우리였지 않았나. 그래서 국방 원조를 부탁했네만 미국은 단호하게 거절했고 우리도 기대를 접었던 것이지. 그런데 전쟁이 일어나고 말았어. 전쟁은 절대 일어나지 않을 거라고 장담하던 미국 처지에서 보면 당황스러웠겠지. 어제 새벽 대통령께서 맥아더 장군에게 직접 전화를 걸어 무기와 전투기 요청을 했다 하네. 이미 전쟁이 일어난 걸 아는 맥아더 사령관이 군사지원을 약속했고 스트레이트 마이어 장군에게 지시를 내렸는데 미국 측 참모 한 명이 김정렬 총참모장님께 물었다는군. 한국 조종사 중에서 조종능력을 갖춘 조종사가 몇 명 되느냐고 말이지. 10명쯤 된다고 대답하곤 곧장 나와 김신 그리고 김영환을 불러들였어. 10명의 조종사로 누구를 보낼까 하는 의논은 그리 오래 걸리지 않았어. T-6기 조종사만 해도 10명이 넘었으니까 말이야. T-6기 조종사 2명만 남겨두고 우리 10명이 선발되어 여기까지 왔으니 하루라도 빨리 기종전환 교육을 받고 무스탕을 몰고 돌아가야 하네."

무스탕 인수자로 선발된 10명의 단장인 이근석은 2차 세계대전 당시 일본군 조종사로 연합군 측 전투기 18대를 격추한 에이스였다. 한

동안 영국군 포로 생활을 했던 그는 어떤 기종의 비행기든지 조종할 수 있는 능력의 소유자였다.

장성환은 비행시간만 2,000여 시간의 베테랑 조종사였다. 그 역시 다양한 기종의 비행기를 조종한 실력자였다.

김신은 김구 선생의 아들로서 중국 군관학교를 졸업한 후, 미국 랜돌프기지에서 중등과 고등훈련을 받은 조종사였다. 비행시간은 300여 시간이었고 무엇보다 유일하게 미국에서 무스탕을 타본 젊은 조종사였다.

박희동은 일본 소년비행학교 10기 출신으로 일본에서도 유명한 제50전대의 비행 조종사였다. 해방되기 전까지 10여 년간 전투비행의 경력을 가지고 있었다.

강호륜은 일본 소년비행학교 12기 출신이었다. 그는 제2차 세계대전 당시 제12대 비행전대 조종사로서 폭격기를 조종했던 비행사였다. 사격과정을 이수하지 못했지만 폭격기 조종사였으므로 수평으로 하는 폭격에는 뛰어났다.

김성룡은 일본 소년비행학교 14기 출신의 조종사였다. 200시간의 비행경력을 소유하고 있었다. 정영진과 이상수 역시 강호륜과 같은 소년비행학교 14기 동기였다. 그들도 소정의 정규과정을 이수한 조종사 출신이었다.

장동출은 소년비행학교 15기 출신으로 200시간의 비행경력을 갖고 있었다. 그는 전투훈련 및 사격, 폭격, 편대 훈련까지 받은 조종사였다.

김영환은 일본 관서대학을 다닐 때부터 개인 경비로 조종훈련을 받은 조종사였다. 비행을 즐겼던 그는 대구 비행학교에서 항공술을 익히며 틈틈이 L-4와 L-5로 실력을 다진 터였다.

열 명의 조종사 중에 실제 전투 조종사로 전쟁에 나가 적기와 싸운 경험이 있는 조종사는 이근석과 박희동 두 사람뿐이었다. 나머지 여덟 명의 조종사는 T-6기로 한창 사격훈련과 비행능력을 키우는 중이다. 그러나 비행과 사격능력이 부족해도 적이 코앞에 닥쳤을 때 조종사들은 한 몸으로 뭉쳤다.

T-6는 속도가 느렸기에 낮에 출격하면 적의 목표물이 될 수 있었다. 그래서 정찰 시간대를 야간에 잡고 출격했다. 스멀스멀 어둠이 깔려도 북한군은 멈추지 않고 꾸역꾸역 밀고 내려왔다. 북한군과 전차를 향해 폭탄을 떨어뜨리고 여의도로 돌아오면 요란한 프로펠러 소리를 듣고 장병들이 달려 나왔다. 전기시설 없는 활주로 양옆에 횃불을 든 장병들이 일렬로 늘어서면 그 사이로 T-6는 뜨고 내렸다. 영환은 T-6기에 폭탄을 매달고 밤새 뜨고 내리기를 감행했다. 날이 밝자 장병들은 횃불 대신 깃발을 흔들며 항공기를 활주로로 유도했다. 군데군데 총탄으로 패인 활주로였지만 항공기들은 쉬지 않고 날아올랐다.

"지금쯤 괴뢰군이 어디까지 밀고 내려왔을지, 여의도에선 어떻게 대처하고 있을지 생각하면 하루가 급합니다."

하루가 급한 건 열 명의 조종사 모두가 똑같은 마음이었다. 그들의 머릿속에는 이틀 동안 보고 겪었던 비참한 광경이 펼쳐졌다. 그것은 서쪽에서 동쪽까지 남으로 남으로 밀고 내려오던 북한군과 탱크의 행렬이었다.

그러나 한국 조종사들의 다급한 마음과 달리 이타즈케기지에 F-51D 무스탕 전투기는 보이지 않았다. 제2차 세계대전 종전 후 전투기는 프로펠러기에서 제트기로 바뀌고 있었다. 그런 이유로 퇴역절차를 밟고 있던 무스탕은 다치가와 미 공군 군수기지창에 보관 중이었다. 군수기지창에서 무스탕을 정비 점검하느라 시간이 걸린다는 답변을 들은 조종사들은 맥이 빠졌다. 맥이 빠진 건 김영환도 마찬가지였다. 그러나 잠시라도 시간을 헛되이 보낼 순 없었다. 김영환은 동료이자 친구인 김신을 찾았다.

중국 상해에서 태어난 김신은 중국 공군에 입대해 조종사의 길을 걸었다. 중국 당국은 조종사가 위험한 직종이란 걸 알기에 외아들이면 아예 조종사로 받아들이지 않았다. 그런데 김신이 미국에서 조종훈련을 받고 있을 때 형이 폐병으로 유명을 달리하고 말았다. 김신은 아버지 김구에게 편지를 썼다. 돌아가서 아버지를 모시겠다, 공군에 있다가 문제가 생기면 대가 끊기는 것 아니겠냐는 내용이었다. 그러나 아버지 김구의 답장은 단호했다 '내 걱정은 하지 말고 계속해라. 독립운동이나 군인이나 다 목숨 걸고 하는 일 아니겠냐. 이다음에 대한민국이 건국되어 나라가 선 다음에도 그런 기술을 배우면 우리나라에서도 얼마든지 국가에 봉사할 좋은 기회가 있을 것이다'

훌륭한 아버지를 둔 김신은 김영환과 여러모로 호흡이 잘 맞았다.

"우린 지금 한 시각이 급하네. 그래서 자네와 의논을 하려고 찾았네. 자네가 미국에서 무스탕 조종해 봤다고 했지?"

"그 당시 중국 조종사들은 기본훈련 마치고 나면 뉴욕에 가서 3단계 훈련을 거쳐야 했으니까 나도 당연히 미국 가서 비행을 훈련받았지. 무스탕이 몇 차례 성능을 향상하긴 했지만, 기본은 크게 다르지 않아. 그런데 그건 왜 묻나?"

"그래서 말인데 무스탕 점검할 동안 자네가 조작 방법을 동료들에게 설명해 주게나. 무스탕 비행 교범을 구해서 간단명료하게 해석해서 미리 이론 공부를 해두는 게 좋을 것 같아."

"무스탕 비행 교범은 내가 챙겨왔다네. 혹시나 해서 갖고 와 봤지."

영환은 눈이 번쩍 뜨였다. 역시 선견지명이 있는 동료였다. 영환과 김신은 머리를 맞대고 비행 교범을 번역했다. 그리고 번역한 조종이론을 동료 조종사들에게 돌렸다. 번역한 교범 내용은 무스탕의 기체와 엔진 그리고 통신에 이르는 학술교육인 셈이었다. 기종은 다르지만 이미 훈련기인 T-6기 조종경력의 소유자이기에 학술이론 습득은 빨랐다. 실제 비행훈련을 앞두고는 모형기체 앞에 모여 김신의 설명을 듣기도 했다. 김신은 무스탕의 중요한 부분과 특성에 대해 잘 알고 있었다.

"미국에서도 비행훈련은 T-6로 합니다. T-6기의 훈련과정은 편대비행, 장거리 항법 비행, 계기비행, 야간비행 등을 다 마쳐야 F-51 전투기로 비행훈련을 받게 돼 있습니다. 무스탕은 원래 단좌인데 미국에서는 이 비행기의 성능에 대해 알려주기 위해 F-51 전투기의 피지 백(Piggy Bag) 공간에 조종 학생 한 명을 태워 비행기 조작 방법을 몸에 익히도록 합니다."

김신의 설명을 듣는 조종사들의 눈빛에 호기심과 경외감이 가득 담겨 있었다.

"다들 F-51을 타보면 알게 될 테지만 T-6에서 F-51로 갈아탈 때가 가장 힘듭니다. 왜냐하면, 무스탕은 마력이 센 데다 프로펠러가 4개인데 이것이 오른쪽으로 돕니다. 그런데 이륙할 때 트림 탭(Trim Tap)을 조정하지 않으면 관성에 따라 비행기가 상승할 때 돌기 때문에 키

(Rudder)로 조종해야 합니다. 그것을 도와주는 트림 탭(Trim Tap)을 조정하지 않고서는 발로 키를 지탱할 수가 없기 때문입니다. 이 점을 주의하십시오."

고개를 끄덕이거나 갸우뚱거리며 듣는 조종사들의 표정이 열심히 공부하는 어린 학생 같았다.

"무스탕의 애칭은 야생마입니다. 야생마가 뭘 뜻하겠습니까? 이름 그대로 초원에서 제멋대로 뛰어다니는 말 아닙니까. 그런데 이 말을 잡아 잘 길들이면 명마가 됩니다. 곧 무스탕을 탈 것인데 T-6에서 처음 F-51 무스탕을 타면 너무 달라서 당황할 겁니다. 그러나 야생마를 길들이면 명마가 되듯 무스탕도 우리가 길만 잘 들이면 그것처럼 좋은 비행기가 없다는 사실을 알게 될 것입니다. 무스탕을 길들이기 전까진 비행기가 사람을 태우는 형국이 됩니다만 우리가 길들이고 나면 사람이 비행기를 타게 되는 겁니다. 성능과 기능이 좋은 명마로 바꾸는 담력과 기술은 사람 즉 우리 조종사들에게 달렸습니다."

"허허, 김신 중령. 자네가 교관 해도 되겠네그려."

이근석 비행단장의 한 마디에 그때까지 진지하게 듣고 있던 조종사들이 흡족한 얼굴로 서로를 쳐다보며 웃었다. 무스탕 비행훈련은 칸노스 비행장에서 받게 돼 있었다. 칸노스 비행장은 이타즈케기지의 동북쪽에 있었다. 칸노스는 별도의 시설은 없이 이 · 착륙 훈련만 전용으로 하는 비행장이었다.

드디어 기다리던 열 대의 무스탕이 모습을 드러냈다. 그러나 이번에는 폭우가 발목을 잡았다. 후쿠오카는 비가 잦은 지역인 데다가 장마와 겹친 시기였다. 미군 교관은 안전을 우려해 실습을 미루었다. 위험을 핑계로 미군 교관이 적극적으로 나서지 않은 것은 한국 조종사들을 믿지 못하기 때문이기도 했다. 시간이 지날수록 열 명의 조종사는 초조했다. F-51D 무스탕 인수단으로 소집 받자마자 지프를 타고 수원기지로 수송된 그들은 밤 7시에 미 수송기를 타고 현해탄을 넘어 이타즈케로 왔다. 갈아입을 옷도 챙기지 못했기에 입고 온 조종복이 전부였다. 조종복은 땀과 때에 절어 그러잖아도 마음 편치 않은 조종사들을 옥죄었다. 게다가 서울에서 들려오는 소식은 참담했다. 서울이 넘어가고 수원이 넘어갔다는 허탈한 소식에 속만 타들어 갔다. 하염없이 내리는 비가 원망스러웠지만 달리 방도가 없었다. 열 명의 조종사에게 하루하루는 마치 일 년 같았다.

그나마 다행인 점은 미 교관이 관심을 가지고 틈틈이 이론 학습을 진행한 것이다. 미 교관들은 F-51D의 성능과 제원에 대한 것 그리고 비행기 취급방법에 대해서 들려주었다. 그 외에 무장장치와 조준기술 그리고 지상작동법까지 실전에서 익힐 수 있는 조종법을 알려주었다. 김신에게 이론으로 들었던 학습에 미 교관인 실전 조종사가 체득한 경험을 바탕으로 실전학습은 더욱 심도 있게 조종사 십 인의 머리에 각인되었다.

6월 29일 아침, 하늘은 여전히 흐렸고 바닷바람도 불었다. 아침을 마쳤지만 열 명의 조종사 얼굴도 하늘처럼 흐려 있었다. 그때 이근석 단장이 숙소로 들어왔다.

"교관 베쳇(Patten Bechett) 대위가 제안했다. 우리들의 조종술이 어느 정도인지 알아야 F-51D 훈련에 도움이 될 것 같다고 말이다. 그래서 오늘 날씨가 궂어도 T-6로 평가 비행해 보겠다고 한다. 어떤가?"

숙소 안은 금세 활기가 돌았다. 바닥에 누웠거나 의자에 앉아 있던 조종사들은 벌떡 일어나 환호했다. 서둘러 칸노스 활주로로 달려가는 조종사들 얼굴 위로 몇 방울의 비가 스쳐 갔다. T-6기에 미 교관이 함께 탔다. T-6기로 한 사람이 두 번씩 이. 착륙을 반복했다. 간간이 바람이 불고 비가 내리는 칸노스 비행장에서 한국 조종사 십 인의 시험비행이 이어졌다. 드디어 평가 비행이 끝났다.

"이 정도 실력이면 무스탕도 문제없겠다."

OK 사인을 던지는 미 교관의 표정에 만족한 웃음이 퍼졌다. 열 명의 조종사도 미 교관처럼 OK 사인을 주고받았다. 얼굴을 때리는 비가 모처럼 시원하게 느껴졌다.

7월 1일 오랜만에 비가 멈추고 바람도 잦아들었다. 이근석 부대장은 서둘러 김영환을 대동하고 미 교관 베첫 대위를 찾았다.

"교관님. T-6 평가훈련에서 봤듯이 우리 열 명은 조종능력을 갖춘 조종사임을 상기해 주셨으면 합니다. 우리는 그동안 무스탕 조종에 관한 모든 설명서를 외웠습니다. 그래서 기종전환 훈련에 적응할 자신이 있습니다."

김영환의 통역을 통해 이근석 부대장의 요구를 전해 들은 베첫은 순순히 승낙했다. 일기가 고르지 못해 하늘만 쳐다보며 한숨짓는 한국 조종사들을 볼 때마다 미 교관의 마음도 편치 않았다. 비가 내리는데도 불구하고 T-6기로 평가훈련을 받았던 조종사들의 열정을 알고 있는 교관은 곧바로 무스탕 기종전환 준비에 들어갔다.

"우리는 담대한 조종사다. 비록 처음으로 무스탕 조종간을 잡지만 담대한 조종사는 어떤 두려움도 가지지 않는다. 모두 조국을 생각하고

한 번의 훈련으로 끝내자. 그리고 지체하지 말고 조국으로 돌아가 우리의 하늘을 지키자."

드디어 무스탕 훈련을 하게 된 조종사의 얼굴에 활기가 돌았다. 엄지를 치켜들고 서로를 격려하며 조종사는 한 명씩 F-51D 무스탕에 올라탔다. 이근석 비행단장을 선두로 무스탕이 날아오르기 시작했다. 김영환도 이어서 활주로를 달려 하늘로 솟구쳤다. 바다가 보였고 멀리 먹구름이 떠 있었다. 한때는 조국을 강점했던 나라의 하늘이었다. 낯선 하늘에서 원조받은 전투기로 미군 교관의 교육을 받는 현실이 아이러니했지만 모든 걸 감수해야만 했다. 바다 위를 선회하면서 영환은 여러 가지 공중조작을 해보았다. 무스탕은 지금껏 타본 적이 없는 훌륭한 전투기였다. 이대로 대한해협을 건너 조국으로 날아가고 싶었다. 그러나 만용은 금물이었다. 들끓는 갈등을 누르며 영환은 천천히 이타즈케기지로 기수를 돌렸다.

이타즈케 활주로에 무스탕 열 대가 차례차례 착륙했다. 처음으로 F-51D 무스탕을 조종한 조종사들 얼굴은 땀범벅이었다. 그러나 전투기를 조종했다는 흥분과 기쁨이 고스란히 드러나 있었다. 서로 어깨를 두드리거나 엄지를 치켜드는 모습에 이근석 비행단장은 안도했다. 이근석 비행단장과 김영환은 미 제5공군 사령관 패트리지 장군을 찾아갔다. 그리고 귀국의 뜻을 밝혔다.

"지금 조국의 운명이 백척간두에 달려 있습니다. 기종전환 훈련을 한 차례 받은 우리의 요구가 억지에 가깝겠지만 무스탕과 함께 조속히 조국으로 돌아가고자 합니다. 부디 나라의 운명과 함께하고자 하는 우리의 충정을 받아주시기 바랍니다."

패트리지 장군의 고개가 한쪽으로 갸우뚱했다. 어이없다는 표정이었다. 전투기를 타려면 기본적인 학술교육만 해도 2주가 필요하다. 그 다음 공중훈련도 각 단계를 거쳐야 한다. 처음 30분 정도 장주비행 실시 후 착륙했다가 만 피트 이상 상승 후 관숙비행 연습을 받는 과정이 필수였다. 2만 피트 상공에서 강하훈련과 공중에서 루프도 해야 하고 공중기동 훈련도 받아야 했다. 편대비행만 해도 2기 편대와 4기 편대비행을 받고, 이어서 사격훈련도 소화해야 했다. 사격도 공중과 지상사격에 폭탄투하까지 받는 훈련이었다. 기종전환 훈련은 적어도 30시간 이상의 비행연습과 50시간의 사격훈련을 받아야만 가능하다. 최소 2개월이 소요되는 훈련이었다.

"귀관들, 이착륙 훈련만 해도 2주간 반복훈련이 필요한데 내가 알기론 귀관들은 단 1회에 그것도 한 시간도 안 되는 비행훈련을 하고 귀국하겠다는 것 아닌가. 귀관들의 요구는 무모하다고 본다."

패트리지 장군은 한국 조종사들의 요구에 대해 선뜻 대답하지 못하고 에둘러 난감해했다.

"장군님, 우리가 이타즈케로 온 다음 날 서울이 적의 손에 들어갔습니다. 한강 다리가 끊겨 수많은 시민이 곤경에 처해 있습니다. T-6기로 정찰할 때 무시무시한 탱크와 총포로 무장한 인민군 무리를 이 두 눈으로 똑똑히 보았습니다. 인민군이 우리의 땅을 짓밟도록 내버려 둘 수 없습니다. 선량한 국민의 인권과 생존권이 유린당하기 전에 달려가야 합니다. 우리의 심정을 이해하시고 부디 우리가 돌아가도록 허락해 주십시오."

귀국 허락을 받기 위해 영환은 한국 조종사의 진솔하고 절박한 심정을 총동원해서 패트리지 장군에게 호소했다.

"우리가 무스탕 인수하러 오던 날 미국의 참전결정을 알았습니다. 솔직히 미 지상군 참전결정을 전해 들었을 때 반신반의했습니다. 그렇게 빨리 참전결정을 할 줄 몰랐습니다. 우리는 미 공군 전투기가 출격한 사실도 알고 있습니다. 조국을 대신해서 미국의 빠른 결정과 참전에 진심으로 감사드립니다. 그러나 장군님, 지금 우리는 북한군에게 밀려 공군기지만 해도 대구로 옮긴 상황입니다. 이곳에 올 때는 여의도기지에서 출발했는데 돌아가면 대구로 가야합니다. 더 밀리기 전에 귀국해서 미국과 함께 나라를 지키겠습니다."

이미 오전에 미 지상군 선발대가 부산에 도착했다는 보고를 받은 패트리지 장군은 묵묵히 듣고만 있었다. 잠시 생각에 잠겼던 패트리지 장군이 미 교관 베쳇에게 물었다.

"베쳇(Patten Bechett) 대위의 생각은 어떠한가?"

실제 비행훈련을 맡았던 담당자의 의견이 필요했다.

"예! 솔직히 말씀드린다면 이착륙은 큰 문제가 없습니다. 함께 탔던 교관들의 한결같은 대답은 한국 조종사들이 두려움 없이 조종간을 잡고 무리 없이 이착륙을 성공시키는 실력에 놀랐다고 했습니다. 저 역시 놀랐습니다."

패트리지 장군이 이근석과 김영환에게 손을 내밀었다.

"귀관들의 진심에 감복하는 바다. 조국을 사랑하는 귀관들의 애국심과 무한한 책임감이 반드시 귀관들의 나라를 지켜줄 것이다."

드디어 패트리지 장군의 승낙이 떨어졌다. 이근석과 김영환은 부동의 자세로 경례를 올렸다. 존경과 감사를 담은 경례였다.

"떠나기 전 귀관들에게 한 가지 알려줄 게 있다. 우리는 한국 조종사 대부분이 경항공기 조종경력만 있는 것으로 알고 있다. 그래서 전투기를 지원하면서도 그 점이 우려스러운 건 사실이다. 귀관들이 서둘러 귀국하겠다는 애국충정에 기종전환 훈련을 제대로 받지 못했음에도 허락했지만, 그와 동시에 체계적인 훈련이 따라야 한다는 방침을 세워 놓았다. 미 공군은 대한민국 공군 재건을 위한 프로젝트를 가동하기로 했다. 오늘 귀관들보다 앞서서 바우트 원(Bout One) 부대가 한국으로 갈 것이다. 미 극동공군에서 선발한 정예요원 100명을 파견할 것이니 그들과 협력하여 임무를 수행하기 바란다. 귀관들의 무운을 빈다."

패트리지 장군의 두툼한 손은 따스했다. 무운을 비는 그의 진심도 김영환의 가슴에 그대로 와 닿았다. 베쳇 대위를 위시해 동료 교관들이 한국 조종사들 앞으로 모여들었다.

"무스탕 조종을 하루 만에 익힌 당신들의 실력에 우리 모두 놀랐소. 짧은 시간이었지만 당신들의 교관이었다는 사실은 내 생애 중 아주 소중한 기록이 될 것이오. 왜냐하면, 당신들은 기종전환 훈련의 기록을 깨뜨린 최초의 조종사로 남을 것이기 때문이오."

미 교관들과 십 인의 조종사는 한 명씩 돌아가며 포옹으로 작별인사를 나눴다. 여름 해는 길었다. 붉은 해의 긴 꼬리가 진회색 구름 사이로 가뭇없이 사라졌다. 활주로를 박차고 F-51D 한 대가 떠올랐다. 또 한 대가 뒤를 이었다. 열 대의 무스탕이 이타즈케기지 상공에서 동시에 날개를 흔들었다. 주기장에 서 있던 미군들이 손을 흔들었다.

기수를 동으로 돌린 무스탕 열 대가 대한해협 상공을 향해 날아가기 시작했다.

세 가지를 잊어라

대구 상공은 조각구름만 보일 뿐 맑았다. 검푸른 밤하늘에 별들이 반짝였다. 지상에는 하늘보다 더 많은 별이 반짝거렸다. 수많은 사람이 횃불을 들고 흔드는 것이 마치 별이 춤추듯 일렁거렸다. 활주로가 가까워질수록 사람들의 함성은 하늘로 퍼졌다. 다 함께 부르는 아리랑은 가슴으로 흘러들었다. 아리랑 노래가 들리자 영환은 자신도 모르게 눈시울이 뜨거워졌다. 그러나 사내는 함부로 눈물을 흘릴 수 없었다. 울컥한 감정을 추스르기 위해 영환은 침을 삼켰다. 고동치는 심장을 진정시키느라 크게 숨을 들이켰다. 조종간을 움직이는 영환의 눈앞에 활주로가 다가왔고 횃불이 빠르게 지나갔다.

"환영한다. 수고 많았다."

미리 기다리고 있던 김정렬 총참모장과 지휘관들이 악수로 반겼다. 영환의 손을 잡은 김정렬 총참모장의 두 눈은 움푹 꺼져 있었다. 수척해진 김정렬의 얼굴에 일주일 동안 겪었던 고통과 고뇌가 그대로 담겨 있었다.

"제군들을 환영하기 위해 정오부터 시민과 언론 기자들이 대기하고 있었다. 제군들이 몰고 온 무스탕이 하늘에서 모습을 나타냈을 때 이젠 살았다고 하면서 시민이 서로 부둥켜안고 울음을 터뜨렸다. 누가 먼저랄 것도 없이 횃불을 흔들며 아리랑을 합창하는데 나도 그만 숙연해지더군."

"총참모장님, 누란의 위기에 처한 나라를 구하고 피폐해진 국민을 지키고자 만용을 부리면서 단숨에 날아왔습니다."

이근석 부대장의 보고에 그제야 김정렬 총참모장이 웃었다.

"패트리지 장군이 전화로 그러시더군. 제군들의 무모한 용기에 두 손 들었다고 말이지. 그러나 나는 믿었지. 왕년의 격추왕 이근석 아니던가."

"어찌 저 혼자의 용기겠습니까. 비 때문에 훈련도 못 받고 있는데 갈아입을 옷도 없이 추레한 몰골로 있으려니 한 줌 남아있던 자존심까지 깎이는 것 같았습니다. 그걸 만회하기 위해서라도 훈련 기회가 왔을 때, 보란 듯이 날아야 했습니다. 시간이 촉박했기에 강한 의지로 한 명도 실수 없이 이·착륙과 비행을 해내곤 당당하게 말했습니다. 적이 우리 땅을 짓밟게 둘 수 없다고, 선량한 국민의 인권과 생존권이 유린당하기 전에 빨리 돌아가 조국을 구하겠다고 말입니다."

"잘 했네! 잘 했어. 남은 이야기는 저녁 먹으면서 하도록 하지."

"오랜만에 가슴 펴고 밥을 먹을 수 있게 됐습니다."

"왜? 굶었는가!"

이근석의 말에 김정렬 총참모장이 놀란 눈으로 물었다.

"이 차림 보십시오. 이 옷 입은 채로 일본에 갔는데 갈아입을 옷 한 벌 없으니 내리는 비도 그대로 맞고 뻘뻘 흘린 땀은 그대로 옷에 배고 사람 꼴이 말이 아닙니다. 숙소도 비좁아서 열 명이 거의 붙어 자다시피 했는데 우리끼리 맡아도 코를 막을 지경인데 미군들이야 오죽했겠습니까. 특히 영내 식당에 들어갈 때 참 난감했습니다. 혹시나 미군들이 우리 몸에 나는 냄새 때문에 인상 찌푸릴까 봐 말입니다. 이제 맘 놓고 밥 먹어야겠습니다."

"그랬었군. 마음고생도 많았을 텐데, 먹고 자는 것까지 편치 않았군 그래. 오늘은 실컷 먹게나. 고생 많았네."

작전지휘소로 걸어가면서 영환은 대구기지를 살펴보았다. 어둠 속에 잠긴 부대의 끝이 어디인지 보이지 않았다. 그러나 활주로에 서 있는 F-51D 전투기만은 뚜렷하게 눈에 들어왔다. 전투기 주변을 횃불이 밝히고 있었다. 부대원들이 전투기를 둘러싸고 작업 중이었다. 우리 땅인 대구기지에 안착한 F-51D 전투기를 보는 영환의 눈에 비로소 안도감이 서렸다.

"무스탕 전투기에 최우선으로 해야 할 작업이 항공기 표식이잖은가. 그래서 꼬리에는 한국을 뜻하는 영문 머리글자 K를, 동체에는 태극기를 그리라고 지시했다. 서둘면 내일까지 표식작업은 마무리될 것이야."

영환 옆을 걷던 김정렬이 작업지시에 관해 설명했다. 김정렬을 쳐다보며 영환이 씩 웃었다.

"참모장님, 그렇게 수염 기른 얼굴 보니까 4년 전 귀국했을 때와 똑같습니다. 그때도 수염을 덥수룩하게 길렀던데, 그때나 지금이나 수염 기른 모습은 영락없는 영감님입니다."

영환의 지적에 김정렬도 웃었다.

“지금 수염이 문제 아니다. 너희들 조종사를 일본으로 보낸 것도 경황없이 결정된 것이었지만, 그 후 매우 급하게 돌아가는 상황에 대처하느라 혼이 빠질 지경이었다.”

T-6기 조종사 열 명이 일본으로 간 후 T-6를 조종할 줄 아는 조종사는 세 명뿐이었다. 김정렬 참모장과 신유협 그리고 오점석이었다.

“궁하면 통한다는 말을 이번에 내가 경험했다. 내가 평소 비행 감각이 뛰어났던 김두만에게 T-6를 조종할 수 있겠냐고 물었더니 맡겨주면 조종하겠다고 자신 있게 대답하더군. 내 부하지만 후배 조종사들은 하나같이 용감했다. T-6를 전혀 모르면서 열 명의 빈자리를 메우기 위해 머리를 맞대고 정비사와 함께 조종법을 터득하더군. 기재 취급과 항공기 바퀴작동법 그리고 프로펠러의 피치 바꾸는 방법과 덮개 내리는 요령 등을 익히고 이착륙 속도 같은 비행 재원은 설명서를 찾아 확인하면서 T-6 조종간을 잡더구나. 권성근, 박재호, 이강화, 윤응렬, 주영복, 옥만호, 이양명, 장성태 등 많은 후배 조종사들이 다 같이 죽기를 각오했기에 용기를 낼 수 있었던 것이지. 그러나 우리 지상군이 속절없이 무너지면서 후퇴 속도가 너무 빨랐어.”

여의도기지에 연습용으로 보관했던 폭탄 274개가 동나도록 적에게 퍼부었지만 큰 성과는 없었다.

“너희가 일본으로 떠난 그 날 자정에 나는 국방부로 갔다. 한국군 수뇌부들 대부분이 모인 자리는 한 마디로 비통하고 침울한 분위기였다. 회의 시작 전에 국방부 장관이 술을 한 잔씩 따르곤 무운을 빈다는 말부터 꺼내더군. 밀고 내려오는 적을 막을 수 없는 절체절명의 위기 앞에서 사태수습에 관한 회합을 가졌지. 이미 전세가 기울어 절망에 빠졌는데 뾰족한 수습 안이 있을 리 만무했다. 인민군 부대가 코앞에 왔으니 수뇌부들도 죽느냐 사느냐 목숨이 경각에 달려 있는데 무슨 수가 있겠어. 그때까지만 해도 맥아더 사령부가 한국에 긴급탄약을 지급한다는 것 외엔 별다른 소식이 없었기에 다들 체념한 상태였다. 새벽 두 시까지 이어진 회합에서 독자적인 수습 안이 결정되었어. 급한 대로 세운 기본방침에 따르면 육군은 패전이 계속되면 게릴라 작전으로 최후까지 항전하고, 해군과 공군은 지상군 작전에 최대한 협조하며 마지막에 정부 요원들의 망명 수송을 담당한다는 것이었지. 최후에 정부 요인들을 망명 수송하라는 지시를 받았을 때 군인으로서 말로 표현하기 어려울 만큼 처절한 심정이었다."

국방부 회합이 끝난 후 김정렬 참모장은 여의도기지로 돌아와 지휘관을 소집했다.

"명색이 공군의 최고 지휘자인 내가 부하들에게 흔들리는 모습을 보여줄 수 없었다. 곰곰이 생각하고 내린 결론은 우선 부대원들을 최소 인원으로 재정비해야겠다는 것이었다. 인원을 최소화하는 것은 철수에 앞서 기동성을 우선으로 생각했기 때문이고, 후퇴에 따른 혼란을 줄이자는 생각에 그런 결론을 내린 것이지."

생각을 굳힌 김정렬 참모장은 공군의 전시 편성 및 후퇴 준비에 착수했다. 먼저 여자항공대와 훈련 중인 부대원은 귀가 조치시켜 병력을 최소화했다. 공군의 정예요원인 조종사, 정비사, 통신사, 무장사 등 500여 명에게는 수원기지로 이동할 것을 명령했다. 후퇴에 이용할 수 있는 트럭 16대로 여의도기지에 있는 휘발유 1,000드럼을 수원과 대구 그리고 대전으로 이전하는 것도 빠뜨리지 않고 챙겼다. 기밀서류는 소각했고 재무감이 찾아온 돈은 직급에 따라 나눠주었다.

"오후가 되니 전세는 더 악화하였다. 공격당한 T-6 한 대는 기지에 두고 연락기 14대와 훈련기 9대를 수원비행장으로 대피시켰지. 가까스로 공군의 자원을 수원으로 이동한 그날 밤, 한강 다리가 폭파되었고 서울은 함락되었다."

6월 28일 새벽 1시경 북한군 전차 2대가 미아리 고개를 넘었다. 북한군의 선두가 서울에 진입한 새벽 2시 30분에 국군은 한강 인도교와 3개의 철교를 폭파했다. 새벽 4시에는 남아있던 광진교도 폭파했다. 오전 8시 이후 북한군 전차들이 서울 시내에 나타났고 오전 11시 중앙청에는 태극기 대신 인공기가 펄럭거렸다.

"수원으로 항공기 전부를 이동시켜놓고 잠깐 눈이라도 붙이려고 했는데 그럴 시간이 없었어. 지척인 서울이 함락되었다는 소식에 훈련기를 더 안전한 곳인 대구로 옮기기로 하고 내가 한 대를 몰고 인솔자가 되어 대구로 향했지. 그런데 추풍령 부근에 오니 날씨가 좋지 않더구나. 다른 조종사들은 대전으로 방향을 돌리고 나만 대구로 갔다. 그런데 대구에 도착하자마자 한 통의 전보가 나를 기다리고 있더군. 내가 떠났던 수원기지의 김영재 중령이 보낸 전보였는데 무쵸 주한대사가 나를 찾는다는 내용이었어. 부랴부랴 수원으로 다시 날아갔다. 무슨 일인가 마음 졸이면서 말이지. 나를 본 무쵸 대사는 내 손을 잡으며 뜻밖의 소식을 전해주었어. UN의 결의에 따라 미 지상군이 참전하기로 했소, 미국은 우선 공군력으로 적에게 전격 폭격을 시작할 것이오, 라고."

한국전쟁이 발발했다는 소식에 미국은 의외로 신속하게 움직였다. 미국은 26일 UN에 정전결의안을 제출해 통과시켰다. 그리고 28일 새벽 유엔안전보장이사회에서 UN군의 전쟁참여 결의안이 채택되었다. 미국 정부의 참전결정을 들은 무쵸 대사는 한국군 수뇌부 중에서 소재 파악이 가능한 김정렬 참모장을 찾았다.

"무쵸 대사로부터 참전 소식을 듣고 있는데 갑자기 북한 전투기가 날아와 공습을 퍼부어대더군. 나는 무조건 무쵸를 안고 도랑으로 뛰어들어가 함께 뒹굴며 총탄을 피했어. 진흙탕 범벅으로 옷이며 얼굴 꼴이 말이 아니었지만, 미국의 참전결정 소식에 내 가슴이 얼마나 벅찼던지."

"저도 그랬습니다. 일본에서 미 지상군이 한국으로 출발했다는 소식을 접했을 때 한 줄기 희망이 보였습니다. 그래서 한시라도 빨리 와서 힘을 합하고 싶었습니다."

"미국은 막상 결정하고 나니 신속하게 움직이더군. 29일에 한국작전의 최고사령관으로 임명된 맥아더 장군은 일본에서 전용기를 타고 수원에 와서 대통령을 만났어. 두 분은 사태수습에 대해 진지한 논의를 하셨지. 맥아더 장군이 한강 방어선을 시찰한 후 미 해군과 공군은 38선 북으로 작전지역을 확대했다. 어제부터 미 공군의 본격적인 반격이 시작되었는데 전투기뿐만 아니라 폭격기까지 38선 이북을 넘나들며 북한공군을 때려잡고 있단다."

미국의 참전에 이어 30일에는 32개국이 유엔안보리에서 한국의 무력 원조에 대해 지지를 표명하고 나섰다. 미국의 참전결정에 육군은 수원에 임시지휘소를 설치하고 지상군을 재정비하기 시작했다.

"영환아, 너도 군인이니 지금부터 내가 하는 이야기를 잘 들어라."

영환은 걸음을 멈추고 형 정렬을 쳐다보았다. 무슨 이야기를 하려는지 궁금했다.

“맥아더 장군이 수원에 왔을 때였다. 기자와 참모를 대동한 맥아더 장군이 왔을 때 YAK기 4대가 공격했다. 어디서 나타났는지 귀신같이 나타나더군. 주위엔 몇 사람의 경비병뿐이었는데 다들 기총소리에 놀라 숨기에 바빴지. 나도 허둥댔으니까. 그런데 맥아더 장군은 의연했다. 그분은 조금의 동요도 없이 대통령 각하를 호위하며 빠른 동작으로 걸어갔어. 우리는 자기 자신만 피하기 바빴는데 맥아더 장군은 대통령 각하를 끝까지 안전하게 모시고 논두렁까지 간 다음에 몸을 숨기더구나. 나는 그날 진정한 장수의 모습을 보았다. 장수는 어떤 경우에도 흔들려선 안 된다는 가르침을 그분의 의연한 행동에서 배웠다.”

정열이 이야기를 이어갔다. 맥아더 원수는 이승만 대통령과 무쵸 미 대사, 미군 전방지휘소 소장인 처치 장군 등의 영접을 받았다. 처치 장군으로부터 상황보고를 받은 맥아더는 한강 남쪽 둑길 방향으로 차를 타고 전선시찰에 나섰다. 수원에서 서울로 이르는 길은 수많은 피난민과 후퇴하는 군인들로 뒤엉켜 말할 수 없이 비참한 상태였다. 현장을 목격한 맥아더는 한강 방위선을 유지하고 잃었던 땅을 되찾는 길은 미 지상군을 속히 투입하는 수밖에 없다는 결론을 내렸다.

“맥아더 장군은 김포비행장 주변에서부터 동작동과 한강 둑까지 직접 올라가서 전황을 살피셨다. 그분은 자신이 보고자 하는 건 다 살펴보느라 전선지역을 다니면서도 조금의 두려움조차 없더구나. 어디서 총알이 날아올지도 모르는데 그런 것에는 전혀 개의치 않더군. 나는 그분의 얼굴을 보는 것만으로도 든든했다. 내가 그리 느꼈는데, 그분의 부하들이 느끼는 신뢰감은 얼마나 무거울지 짐작할만하다."

형 정렬이 말하고자 하는 속내를 영환이 모를 리 없었다. 형은 전장에 나선 장수 즉 지휘관의 표상에 대해 말하고 있었다. 형 역시 맥아더 장군 같은 지휘관이 되겠다는 생각을 가졌을 것이다.

"모두 전쟁에 졌다고 생각하고 있을 때 맥아더 사령부가 참전할 것이라는 뉴스가 나왔지. 참전한다는 뉴스 하나로 군의 사기가 올라갔지만……."

잠시 말을 가다듬느라 형 정렬이 긴 한숨을 뱉었다. 형이 느끼는 답답함이 한숨에 섞여 있었다.

"사흘 만에 서울이 적의 손에 들어갔으니 그 참담함을 어찌 말로 표현하겠느냐. 최후의 일전을 각오한 육군은 한강에 방어선을 치고 한강다리를 폭파했어. 그리고 적의 주력부대가 밀고 내려올 예상지역인 영등포를 위시해서 노량진과 동작동 그리고 말죽거리 등의 강변로에 남은 병력을 집중적으로 배치하고 적을 기다렸지. 그때 우리 공군에게 적의 한강도하 상황을 정찰해서 보고하라는 지시가 내려왔다. 적의 상황을 정확히 알아야 방어를 하든 공격하든 할 것 아니겠니. 우리 공군은 적의 병력이 어느 곳에 집중돼 있는지, 병력이 가장 많이 집결된 곳은 어디인지 정찰하고 보고하기 위해 수원과 대전에 있던 전 항공기를 동원했단다. 우리의 정찰 임무는 육군 지휘부와 미 극동공군에도 보고했어. 미 극동공군은 이미 제트 전투기로 참전 중이었기에 우리의 정찰 보고가 그들에겐 공격목표를 알려주는 중요한 임무였거든."

제트 전투기의 위용은 대단했다. 제트 전투기의 엄청난 속도와 요란하게 내뿜는 소리 때문에 사람들은 일명 쌕쌕이라 불렀다.

"우리 연락기가 큰 임무를 맡았군요."

"그렇지. 연락기 본연의 임무를 맡게 된 거지."

그때 멀리서 프로펠러 돌아가는 소리가 들렸다. 김정렬 총참모장은 잠시 말을 끊었다. 영환은 연락기의 프로펠러 소리에 일순 형의 얼굴에 드리운 그림자를 놓치지 않았다.

"한강 다리 중에 한강철교만이 완전히 폭파되지 않았다. 육군은 북한군이 한강철교 보수 후 탱크를 앞세워 강을 건널 가능성이 농후하다고 판단했지. 육군본부는 우리 공군에게 연락기로 한강 북쪽 일대와 탱크 집결 위치 그리고 적의 움직임 등을 자세히 정찰해서 보고하라는 지시를 내렸어."

6월 30일 수원과 서울 하늘은 공중정찰하기엔 최적 날씨였다. L-5에 이경복 상사와 백성흠 상사가 폭탄을 안은 채 출발했고, L-4는 조종간을 잡은 나창준 상사와 폭탄을 안은 조명석 중위가 한 조를 이뤄 수원기지를 떠났다. L-5는 동작동 위를 지나 한강 인도교 그리고 한강철교를 넘나들면서 무전기로 적 탱크 상황을 수원기지에 보고했다. 그런데 고도를 낮춰 폭탄을 떨어뜨리던 연락기를 발견한 북한군이 십여 대의 고사기관총으로 대공사격을 퍼부었다. 한강 상공에서 날개에 치명적인 충격을 받은 연락기는 기지로 돌아갈 가망이 없다고 판단하고 그대로 탱크부대로 기수를 돌려 장렬하게 산화하고 말았다. 양화교 상공을 날던 L-4에도 적의 대공화기가 날아들었다. 후방석에 있던 조명석 중위가 관통상을 입고 전사했다.

"영환아, 그날 나는 세 명의 부하를 하늘로 떠나보냈다."

영환은 말없이 하늘을 올려다보았다. 무심한 하늘엔 별이 총총 박혀 있었다. 매사에 적극적이고 몸놀림이 재빨랐던 부하들이었다. 무슨 일을 맡기든 불만없이 맡은 일을 완수해내던 부하들이었다. 부하면서 전우였던 동료를 세 명이나 잃은 지휘관의 고뇌를 알기에 영환의 얼굴에도 어두운 그림자가 드리워졌다.

"그러나 그들의 죽음은 절대 헛되지 않았어. 그들의 정찰 보고에 따라 4기 편대 제트 전투기가 출격해서 이촌동 일대 적의 탱크부대와 한강철교에 폭격을 가했지. 철교의 완전 폭파로 우리 군은 재정비할 여유를 가진 셈이다. 하지만 여유를 벌었다고 하지만 지원군이 올 때까지 얼마나 버틸 수 있을까."

한강을 사이에 두고 북한군과 국군이 대치하고 있는 상황은 사흘째 이어지고 있었다. 북한군은 한강도하를 서두를 것이다. 한강만 건너면 엄청난 병력과 탱크로 남한을 밀어버릴 게 아닌가. 국군은 지원군이 오기 전까지 최대한 지연 작전과 방어로 버텨야 했다.

영환은 어머니의 안부에 대해 형 정렬에게 묻고 싶었지만, 꾹 참았다. 형인들 어찌 어머니의 안위를 알 수 있으랴. 전차 안에서 세옥에게 사나흘쯤 어머니 집에 가 있으라는 말만 던지고 내달렸던 자신처럼 형은 어머니에게 며칠간 움직이지 말고 기다리라, 말하고 집을 나섰다고 하지 않았는가. 한강 다리가 끊어졌다는데 어머니와 가족들은 피난을 갔을까? 다리가 끊길 때 미처 피하지 못한 수많은 피난민이 그대로 물속에 빠져 죽었다고 하지 않은가. 대국민담화를 통해 정부와 대통령은 서울에 남아 국민을 지키겠다고 약속했다는데, 그랬기에 국민은 정부를 믿고 서울에 남아있었을 텐데……. 그러나 어머니는 담화문보다 아들을 믿고 계실 것이다. 사나흘이 아니라 아들이 돌아올 때까지 기다리실 것이다.

"영환아, 사마천의《사기》에 삼망(三忘)이란 말이 있다. 삼망이 무엇인가 하면 '출전 명령을 받으면 가족을 잊고, 전장에 가서는 부모를 잊고, 공격의 북소리를 들으면 자신을 잊으라'는 말이다. 너와 나는 대한민국 군인이고 지금 전쟁터 한가운데 있다. 이 사실을 명심하자."

영환은 대답 대신 형을 보았다. 형 정렬도 영환을 보았다. 형은 영환이가 묻지 않아도 알고 있었다. 영환을 보는 형의 눈이 말하고 있었다.

'어머니는 강한 분이시다.'

북한은 남침 개시 전 치밀한 계획을 세웠다. 50일 만에 남한 전역을 점령한다는 수칙을 세운 북한 정권은 하루 10km씩 진격하면 8월 15일 안으로 전쟁을 승리로 끝낼 수 있다고 장담했다. 승리를 장담한 첫째 배경은 단연 소련과 중공이 제공한 군사력과 무기였다. 그 다음은 그들이 수립한 예측 시나리오 3가지였다. 38선을 돌파해 신속하게 진격하여 조기에 남한을 접수하면 미군이 개입할 여지가 없을 것이라는 게 첫째 시나리오였고, 38선을 돌파하면 후방지역에 주둔하고 있는 국군 4개 사단은 서울 방면으로 증원되리라 믿은 것이 둘째 시나리오였다. 세 번째 시나리오는 서울을 점령하면 남한 전역의 좌익분자들이 대규모 민중봉기를 일으켜 국군이 힘을 쓰지 못할 것이라는 계산이었다. 이러한 기본 계획하에 준비한 북한 정권은 겉으로는 훈련을 내세우며 38선으로 병력을 집중적으로 배치했다.

그러나 북한군의 진격 계획은 곳곳에서 제동이 걸렸다. 한강 다리 폭파로 한강 방어 전투에서 3일을 지체한 것이 북한군에겐 결정적인 치명타였다. 그러나 한강 방어 전투 이전에 앞서 북한군을 막아내거나 궤멸시킨 부대가 있었다.

국군 창설 요원인 김종오 대령은 1950년 6월 10일 중동부 전선의 38선 일대를 담당하는 제6사단 사단장으로 부임했다. 전쟁이 일어나기 보름 전이었다. 김종오 사단장은 중동부 전선의 춘천과 인제 지역에 이르는 38선 경비 임무를 담당했다. 전쟁이 일어나기 직전 육군참모총장의 지시로 군인들 대부분은 휴가를 가거나 모내기 지원에 동원되었다. 그러나 김종오 대령은 달랐다. 그는 전쟁 직전 북한 귀순 병사의 증언을 듣고 가까운 시일에 전쟁이 일어나리라 예상했다. 김종오는 경계를 강화하고 전 장병의 휴가와 외출을 직권으로 제한했다. 훈련과 준비를 철저히 하면서 적의 전투력이 집중될만한 지역에서는 반복하여 방어훈련을 했다. 일부 장병들은 훈련이 힘들다고 불평불만이었지만 김종오는 오히려 훈련 강도를 높였고 진지 강화에 주력했다.

북한군 2군단은 춘천과 홍천을 잇는 북방에서 대대적인 포격과 함께 쳐들어왔다. 북한군의 남침 상황을 보고받은 김종오는 각 연대의 부대장에게 당황하지 말고 평소 훈련한 그대로 방어전에 임하라는 명령을 내렸다. 의외로 강력한 국군부대의 저항에 맞닥뜨린 북한군은 당황했다. 38선 부근에서 진격을 멈춘 북한군은 대대적으로 포격을 감행하며 북한강 하천부지로 재돌파를 시도했다. 그러나 김종오는 작전지역 내에 있는 천연 장애물인 소양강과 북한강 그리고 홍천 큰말고개 등을 적극적으로 활용해서 적을 궤멸시켰으며 남하를 지연시키는 데 성공했다. 육군 제6사단의 지휘관 김종오의 활약으로 북한군 1개 군단을 막아낸 것이다.

김종오의 6사단 청성부대는 2연대, 7연대, 19연대, 16포병 연대로 이루어지지만 북한군 2군단은 2사단, 12사단, 15사단, 603 모터사이클 부대로 구성된 부대였다. 전쟁 최초 북한군과의 전투에서 육군 6사단은 407명의 사상자가 발생했다. 그에 비해 북한군은 2,000여 명의 사상자와 20대의 기갑차량이 파손되었다. 유사시를 대비한 준비와 훈련으로 김종오와 청성부대는 북한군 2군단의 40%에 달하는 병력과 장비를 궤멸시킨 것이다. 참패한 북한군 2군단은 전투력 상실과 함께 지휘관 교체로 남침전략에 차질을 빚을 수밖에 없었다. 그보다 더 큰 성과는 말할 것도 없이 한강 방어선에 투입된 국군 장병들의 전의에 힘을 실어준 것이었다. 육군 제6사단의 전투는 전쟁 초기에 승리의 향방을 가늠할 수 있는 대단한 승리였다.

6월 25일 새벽, 북한군은 바다에서도 남침 공세를 펼쳤다.

북한의 766부대는 바다를 통해 후방지역으로 침투하여 보급선과 통신을 차단하는 특수훈련을 받은 부대였다. 766부대는 남침을 앞두고 다시 3개 부대를 창설했는데, 그중 하나가 600명의 병력으로 창설한 588부대였다. 588부대는 부산으로 침투해 후방을 교란하고 항만시설 등을 파괴하는 임무를 맡았다. 600명의 병력을 실은 1천 톤 규모의 수송선은 북한군의 전면 남침 개시 시작에 맞춰 작전을 전개하기 위해 은밀히 부산 방면으로 이동했다. 진해에 주둔한 해군 통제부 사령관이 남침 소식을 접한 시각은 낮 12시 경이었다. 해군은 즉시 701 백두산함을 동해로 출항시켰다.

백두산함은 소해정 두 척과 함께 동해로 이동했다. 오후 8시경 부산에서 30km 떨어진 해상을 지나던 괴선박을 발견한 백두산함은 발광신호로 교신을 시도했다. '귀선의 국기를 보여라' 언제 항구를 출발했는가' '목적지 항구는 어디인가?' 수십 번 발광신호를 보내도 괴선박은 답이 없었다. 해군 본부는 정체불명의 괴선박 발견을 보고한 백두산함에 격침하라는 명령을 내렸다. 백두산함은 괴선박 500m까지 접근한 다음 서치라이트를 비췄다. 완전무장한 북한군 병사가 갑판에 엎드려 있는 것이 보였다. 그때까지 숨죽이고 있던 북한군 수송선에서 일시에 중기관총 탄이 날아왔다. 백두산함 최용남 함장(중령)은 괴선박보다 화력이 열세인 탓에 근접사격을 해야 승산이 있다고 판단했다. 백두산함은 곧바로 전투태세로 돌입하여 3인치 고사포와 50구경 기관총으로 반격을 가했다. 괴선박이 달아나기 시작했고, 백두산함은 이를 추격했다. 6월 26일 오전 1시경 기습적으로 괴선박에 접근한 백두산함은 3인치 화포를 집중적으로 발포하여 격침했다. 600여 명의 북한군 특수부대원들이 배와 함께 침몰했다. 그러나 북한군이 쏜 기총에 주포장 조수 전병일 하사와 김창학 하사가 맞아 숨졌다. 그 외 두 명의 당직사관인 김종식 소위와 김춘배 병장이 상처를 입었다.

해군의 백두산함이 북한군의 특수부대를 막지 못했다면 전쟁의 양상이 달라졌을 것이다. 부산은 유엔군 병력과 물자가 들어오는 중요한 거점이었고 전략적 요지였기 때문이다. 해군 전 가족의 눈물과 땀으로 사들였던 백두산함의 쾌거는 최초의 해상전투 승선이었다.

근석이 형

대구기지(K-2)는 빈약하고 허술했다. 활주로에는 잔디가 듬성듬성 돋아 있고 자잘한 자갈이 쭉 깔려있다. 군데군데 구멍 뚫린 자국도 눈에 띄었다. 부대 내에는 사용 가능한 건물이 서너 채뿐이었다. 콘크리트 건물 2동과 일본인이 만들었다는 목조건물 한 동이 있는데 그마저 미군이 사용 중이었다. 한동안 허술했던 비행단은 며칠 새 부쩍 사람들로 붐볐다. 임시막사를 설치하고 비행기를 정비할 장비를 옮기느라 미군과 한국공군 그리고 민간인까지 가세해 작업을 서두르고 있었다.

비행단은 허술했지만, 눈에 들어오는 전투기는 화려했다. 미 공군의 참전으로 일본에서 건너온 전투기들이 위풍당당하게 비행단을 메우고 있었다. 미 공군 표식이 뚜렷한 F-51 무스탕과 F-80 그리고 F-82도 눈에 들어왔다. 전투기뿐만 아니라 폭격기인 B-24와 B-26도 나란히 서 있었다.

"이렇게 가까이서 폭격기까지 보게 되니 눈이 호강하는 중이다."

"저런 무기를 만들어내는 미국은 참 대단합니다. 우리는 언제 저런 걸 만들 수 있을까요?"

영환은 부러운 눈으로 전투기를 보며 이근석 비행단장에게 물었다. 이근석은 미국인처럼 양손을 펴 보이며 어깨를 들썩였다. 그로서도 답하기 곤란한 질문이었다.

"언젠가 우리도 만들 날이 오겠지. 그날을 위해 우리 앞에 닥친 난관부터 헤쳐 나가야겠지? 그보단 내일 일정도 잡아야 하니까 일단 빨리 가자고."

두 사람은 비행단 입구에 있는 기와집으로 발걸음을 재촉했다. 임시 작전지휘소로 사용 중인 기와집은 그리 크진 않았으나 마당이 넓어 활용도가 높았다. 마당에 설치한 텐트에는 무스탕 정비와 도색 작업을 마친 정비사와 조종사들이 모여 보고하고 있었다. 지휘소로 들어오는 이근석과 김영환을 향해 여기저기서 경례를 붙이는 소리가 들렸다.

"날씨도 더운데 도색 작업 하느라 다들 얼굴이 새카맣군. 최원문 상사, 무스탕 정비는 처음이지? 어때? 정비는 할 만한가?"

최 상사가 앞으로 나섰다. 그새 최 상사의 작업복과 작업모자 그리고 작업 신발이 새것으로 바뀌어 있었다. .

"네, 도색은 저희가 도맡았지만, 정비는 손대기 어려운 게 사실입니다. 다행히 미 공군의 바우트 원(Baut One) 부대와 함께 파견된 정비사가 무스탕에 관한 정비를 도맡아 하므로 저희는 그저 시키는 대로만 하고 있습니다. 미 공군 병력도 소수이다 보니 일손이 태부족입니다. 그래서 기관 포탄 운반이라든지 급유 드럼통처럼 무겁거나 노동력이 필요한 작업은 우리가 맡아 하고 있습니다."

"결국에는 우리가 해내야 할 일들이네. 그러니 이번 기회에 선진 정비 기술을 잘 배워두게. 그런데 서로 말이 안 통할 텐데 애로사항이 많겠군."

최 상사가 겸연쩍게 웃었다.

"그래도 흑인 상사인 깁슨 정비사와는 잘 통합니다. 손짓 발짓 죄 동원하면 그런대로 소통은 됩니다. 어떤 땐 눈빛으로 주고받기도 하는데 희한하게도 금방 알아챕니다. 그리고 우리 정비사들도 초보는 아니라서 작업이 순조로운 편입니다. 문제가 있다면 작업공구가 미비하다는 것인데, 그것 역시 미 공군 정비사가 쓰는 걸 같이 쓰니 오히려 작업하면서 의논도 하고 설명서를 한 번 더 보면서 기술을 익히게 되니 여러모로 도움이 됩니다."

F-51D 전투기가 작전을 수행하기 위해서는 군수지원이 따라야 했다. 그러나 한국공군은 거의 무일푼이었다. 서울에서 철수할 때 장병들에게 직급별로 나눠줬던 돈을 일부 회수해서 식비로 충당하고 있는 형편이었다. 식비를 제외한 모든 물자는 미 공군의 지원으로 이뤄지고 있었다. 비행기 부속품과 연료와 탄약은 물론 운반용 차량도 미 공군 지원이었다. 정비사의 작업복과 작업모자 역시 미국에서 만든 물품이었다. 전투작전에 출격하기 전 무스탕의 무장 설치작업은 전적으로 미 정비사들이 도맡았지만, 그들 옆에서 작업을 돕는 한국 정비사도 만만치 않은 일이었다.

"최 상사, 정비사와 조종사는 떼려야 뗄 수 없는 상생의 관계임을 서로 잊지 말게. 내가 지금 이런 말을 하면서도 사실 자네들 보기 부끄럽고 미안한 게 한두 가지 아니네. 비행단장이면서 어느 것 하나 해결해

줄 능력도 안 되는데 무거운 책임만 안겨주고 있으니 미안할 뿐이네."

정비사는 종일 땡볕에서 작업했다. 잠시 쉴 수 있는 그늘막 하나 없었다. 땀을 식히는 유일한 방법은 샤워하는 것이었다. 비행단에 있는 허술한 목조건물에 수도꼭지 몇 개 달아놓고 그곳에서 알몸을 드러내놓고 씻는 것이 유일한 휴식이었다. 조종사라고 해서 형편이 나은 것도 아니었다. 가난한 나라였고 전쟁 중이니 어려움을 겪는 것이 당연한 일이다. 그러나 지휘관의 처지에서 보는 관점은 달랐다. 어려운 가운데서도 부하들이 협동 단결하면 부대에 긍정적인 기류가 형성되었다. 그것은 곧 부대 전체의 사기로 연결되었다. 이근석은 지휘소에 있는 부대원을 둘러보았다. 후배들의 얼굴은 언제 봐도 믿음직스러웠다.

"마침 이 자리에 제군들이 모여 있으니 지휘관으로서 한마디 하겠다."

후배 조종사와 정비사의 시선이 일시에 이근석 비행단장에게 모였다. 허리에 두 손을 올리고 꼿꼿이 선 이근석은 부하들을 보며 말을 이어갔다.

"제군들, 어제오늘 비행단을 둘러보면서 마음이 무척 불편했다. 변변한 시설 하나 없는 이곳에서 제군들이 겪는 고충이 한두 가지 아니기에 하는 말이다. 그늘막 하나 없는 땡볕에서 일하다가 잠은 근처 학교를 이용하고 있으니 오죽 힘들겠는가. 내가 오늘 낮에 제군들이 작업하는 곳에 가보았다. 활주로 위 군데군데 파인 곳을 흙으로 채우고 있더군. 제군들."

이근석 단장이 잠시 말을 끊었다. 제군들, 이라고 부른 다음 감정이 울컥 솟았기 때문이었다. 영환은 평소 이근석 단장의 성격을 알고 있었다. 그는 덩치보다 의외로 다정다감했다. 군인이기에 함부로 감정을 드러내지 않을 뿐이었다. 감정을 추스른 이근석은 다시 부하를 둘러보았다. 그의 눈은 따뜻했다.

"제군들, 나는 내일 출격한다. 따가운 햇볕을 온몸으로 받으며 땀방울 훔칠 새도 없이 손질했던 그 활주로 위에서 하늘로 날아오를 것이다. 제군들이 태극문양을 그려놓은 전투기를 몰고 자랑스러운 대한민국 전투 조종사로 하늘을 누빌 것이다. 나는 이제 내 나라를 위해 이 한 몸 기꺼이 바칠 때가 왔다고 본다. 일제강점기 때 나는 일본군 전투기 조종사였다. 나라 잃은 백성이었지만 일본의 전투 조종사였기에 대접받았고 그래서 내가 맡은 일에 최선을 다했다. 해방된 나라에 돌아와서 한때는 일본 전투 조종사였던 나 자신이 부끄럽기도 했으나 나는 마음을 고쳐먹었다. 해방된 나라를 강성하게 만들기 위해 내 몸을 바쳐야겠다고 말이다. 나는 애초부터 군인이었다. 그리고 비행기와 함께 잔뼈가 굵은 사람이다. 당연히 내가 택할 길은 대한민국 전투 조종사가 되는 것이었다."

지휘소 안은 조용했다. 헛기침하는 이 하나 없이 전 부대원들의 귀와 눈은 이근석 비행단장에게 쏠려 있었다.

"나라는 지금 풍전등화다. 우리가 원하지 않았지만, 전쟁의 소용돌이에 휘말려 있다. 적이 눈앞에 쳐들어 왔는데 공군 전투 조종사로서 어찌 두고 보겠는가. 제군들, 저기 벽에 세워놓은 현판을 봐라. 여의도기지에 걸어놓았던 '一擊 必勝'이다. 저 현판을 떼어 후퇴할 때, 내 심장은 찢어지는 것 같았다. 그러나 나는 희망을 잃지 않았다. 왜냐? 일격필승은 우리 공군의 정신이기 때문이다. 여의도기지에서 북한군의 남침 소식을 전해 들었을 때 제군들이 했던 말을 나는 기억한다. 집으로 갈 수 없다고, 죽을 각오로 싸워야 한다고 이구동성으로 제군들은 그렇게 말했다. 일격 필승의 정신이 살아있는 한 우리는 꼭 나라를 지킬 것이며 승리할 것이다."

불과 일주일 전 일이었다. 북한군이 밀고 내려온다는 소식과 기습적인 YAK기의 공습에도 죽기를 각오하고 싸우자고 했던 부하들이었다.

"제군들, 그대들이 난관에 봉착하거든 선인장을 생각하기 바란다. 선인장 가시에 찔려본 사람은 알 것이다. 가시에 찔리면 말할 수 없이 아프고 통증이 오래간다. 그래서 한번 찔려본 사람은 선인장 가까이 가려하지 않는다. 선인장 가시가 독한 것을 알기 때문이다. 지금 우리는 그렇게 되어야 한다. 선인장 가시가 되어야 한다. 사막에서 목마르게 살 수밖에 없었지만, 악조건을 딛고 오히려 자신을 강하게 만든 선인장이다. 그러니 누구도 함부로 건드리지 못한다. 후일 내 부하들이, 우리 국민이 나를 어떻게 평가하든 나는 상관 않겠다. 나는 내게 주어진 운명에 따라 현재 대한민국 전투 조종사로 선인장 같은 가시를 품고 적을 섬멸하러 출격하겠다."

열정이 담긴 이근석 비행단장의 훈화와 각오에 감동한 부대원이 훌쩍거렸다. 소리 없이 닭똥 같은 눈물만 떨구는 부하도 있었다. 숙연했던 분위기를 뚫고 누군가 손뼉을 쳤다. 이어 지휘소 안은 박수 소리로 가득 넘쳐났다. 영환도 손바닥이 아프도록 손뼉을 쳤다. 그의 박수는 존경하는 이근석 비행단장에게 보내는 뜨거운 갈채였다.

공군에 전투기 무스탕이 도입됐다는 사실에 육군수뇌부가 흥분했다. 육군은 흐트러진 전열을 가다듬어 한강 방어선에서 버티고 있었지만, 여전히 중과부적에 밀리고 있었다. 한강 이남에서 3일을 버티던 지상군은 공군에 정찰과 지원사격을 요청했다. 전투 상황에 대한 정보를 접한 육군 정보국에서 위급한 곳에 대한 지원 요청을 한 것이다. 7월 3일 무스탕 전투기에 첫 출격 명령이 하달되었다.

F-51D 무스탕 편대의 처음 출격지는 동해안의 묵호와 삼척지구였다. 전투기를 몰고 동해 상공을 향하며 이근석은 이를 악물었다. '일격필승'이다. 어제저녁 부하들 앞에서 다짐했던 구호를 되뇌며 그는 조종간을 앞으로 당겼다. 탱크를 앞세운 적의 무리가 꾸역꾸역 몰려들어 구름처럼 모여 있었다. 적의 행렬을 발견한 이근석의 가슴은 떨렸고 손에는 저절로 힘이 들어갔다. 훈련기가 아닌 전투기에 앉아 지상의 적을 노려보는 그의 눈엔 날카로운 가시가 돋았다.

"편대원은 들어라! 침착하게 공격하라, 제군들이 날리는 총 한 방에 조국의 운명이 달려 있음을 잊지 마라!"

이근석은 수신호와 기체 신호로 요기들을 독려했다. 수신호였지만 편대장의 준엄한 음성 지시를 받은 것처럼 요기들은 차례차례 기총공격을 가한 다음 급히 상승했다. 지상에 몰려 있던 북한군이 나무토막처럼 픽픽 쓰러졌고 연료집적소는 불길에 휩싸였다. 봇물 터진 홍수처럼 남하하는 북한군을 향해 이근석 비행단장이 이끈 무스탕 편대는 돌아가면서 기총소사를 쏘아댔다. 기총 세례에 탱크가 멈춰 섰고 북한군 대열은 흐트러졌다.

첫 출격의 성과를 뒤로 한 채 이근석이 이끄는 편대는 뒤이어 영등포와 노량진 방면으로 날아갔다. 이번에는 탱크 행렬이 이근석의 눈에 들어왔다. 적개심에 불탄 그의 두 눈에 힘이 모였다. 굵은 눈썹이 꿈틀

섰다. 정찰비행 나갔을 때 꼬리를 물고 내려오는 탱크 행렬을 번연히 두 눈으로 보고도 박살 내지 못했던 그간의 울분이 한꺼번에 치밀어 올랐다. 전쟁 초기에 겪었던 치욕을 생각하며 이근석은 탱크를 향해 기관총 스위치를 눌렀다. 괴물 T-34 탱크에서 검은 연기가 피어올랐다. 비로소 이근석은 가슴에 체증이 풀린 듯 기수를 위로 돌렸다. T-34 탱크 위에서 이근석의 무스탕이 원을 그리며 날고 또 날았다.

오후에는 김신과 강호륜, 김성룡과 장성환이 출격했다. 육군 3사단장과 대구시장이 부대에 찾아와 출격을 요청했기 때문이다. 적의 기동부대가 충주 북방에서 내려오고 있는데 이를 막지 못하면 곧 대구시가 점령당할 것이라며 반드시 막아달라는 두 사람의 요청을 외면할 수 없었다.

F-51D 편대는 충주 북방지역을 한 바퀴 돌았다. 하늘에서 발견한 북한군 탱크부대는 비포장도로를 달리고 있었다. 탱크 바퀴가 일으킨 먼지가 하늘을 덮었다. 김신 중령은 탱크부대 규모를 확인하기 위해 저공비행을 감행했다. 적은 폭탄을 퍼붓는 줄 알고 탱크에서 뛰어내려 숨기 바빴다. 혼비백산 줄행랑을 치느라 논바닥과 나무 밑으로 기어들어 가는 북한군을 향해 기총공격을 퍼부었다. 김신 뒤를 이어 장성환의 공격도 잇따랐다. 연달아 공격을 가한 후 구름 위로 날아오른 무스탕 편대는 한동안 적의 동태를 정찰했다. 전열을 정비한 탱크부대가 서서히 움직이기 시작했다. 땅 위에선 또다시 흙먼지가 풀풀 일어났다. 기지로 돌아오는 무스탕 꽁무니에 잿빛 구름과 어우러진 석양이 붉은 기운을 퍼뜨리고 있었다. 대한민국 공군 전투 조종사로서 첫 공격을 감행했던 흥분이 가라앉기도 전에 해거름이었다.

"기총사격으로 대지공격을 했을 뿐인데 전차에서 연기가 나더군. 얼른 폭탄과 로켓 장착을 하고 날아가서 저놈들의 탱크와 전차를 모조리 부숴버려야 할 텐데 말이야."

"무스탕이 지나가기만 해도 탱크가 기동을 멈추고 탱크운전병들은 손으로 머리를 싸맨 채 길가 가로수 밑으로 도망가기 바쁘던데요. 길가의 가로수를 조준해 기관총을 갈겨댔죠. 그놈들 모르긴 해도 오줌께나 지렸을 겁니다."

첫 출격의 흥분이 모두의 얼굴에 그대로 드러나 있었다.

"기관총으로 전차나 탱크의 라디에이터 부분을 정조준해서 맞힌다면 제아무리 괴물이라 해도 폭파될 걸세. 일본에서 전투기에 장착할 무장이 도착할 때까지 기관총으로라도 박살 내자고. 그동안 눈앞에 보고도 손 한번 못 쓰고 끙끙 앓았던 한을 풀어야 하지 않은가."

"맞습니다. 맨손으로 수류탄 떨어뜨릴 때를 생각하면 전투기를 타고 기총공격하는 것만 해도 어딥니까. 내일은 그놈들 간담을 서늘하게 만들어주겠습니다."

무스탕을 몰고 현해탄을 넘어온 하루 만에 감행한 첫 출격이었다. 첫 임무를 성공리에 완수한 조종사들 얼굴에 붉은 노을이 비쳐들었다.

"오늘따라 하늘이 더 아름답군."

활주로 끝에 걸려 있는 석양을 보며 이근석 비행단장이 혼잣말처럼 중얼거렸다.

"육군에서 우리 도움을 기다리고 있다. 시흥을 향해 적의 탱크 5대가 내려오고 있다고 한다. 탱크 공격을 막아달라는 요청이다. 이는 우리가 기다리던 바다."

"그런데 단장님, 미 공군이 만류합니다. 어제 첫 출격에 대해서도 영 못마땅해하는 눈치였습니다. 미 공군이 볼 때는 기종전환 훈련도 제대로 받지 못한 조종사에다 무장도 갖춰지지 않았는데 한국 조종사의 출격이 너무 성급하지 않으냐는 겁니다. 게다가 요기 상호 간에 무전 사용도 아직 안 되고 있으니 미군이 막고 있는 것 같습니다."

"미군 측이 볼 땐 그게 맞다. 그러나 우리는 한시가 급하다. 적을 물리치고 서울을 되찾고 가족도 구해야 하지 않은가. 한강 방어선도 더는 지탱하지 못하고 허물어졌다. 적들은 사방에서 내려오고 있다. 내려오는 적들을 막아달라고 지금 우리는 육군으로부터 지원 요청을 받았다. 국방부 장관이 직접 김정렬 총참모장에게 출격 여부를 물었다고 한다. 참모장이 내게 물었을 때 나는 주저 없이 대답했다. 명령만 내려주시면 명령에 따르겠다고 말이다. 육군의 요청을 받은 이상 어찌 가만히 있을 것인가. 제군들, 어제처럼만 하자. 어제 우리는 리시버 대신 눈으로 수신호와 기체 신호로 상호 연락을 하며 공격에 임하지 않았나. 우리를 보고 놈들은 꽁무니 빼기 바빴다. 탱크에서 검은 연기가 올라오는 순간 내 가슴은 쿵쿵 뛰는 소리로 벅찼었다. 우리 모두 그런 순간을 기다리지 않았던가."

평소 그답지 않게 이근석은 아침부터 흥분돼 있었다. 이근석 비행단장은 출격준비를 서둘렀다. 편대원들 아무도 이의를 제기하지 않고 출격 태세에 들어갔다.

7월 4일 오전 11시 이근석 대령을 편대장으로 편대가 짜였다. 2호기 김영환 중령 3호기 박희동 대위 4호기 강호륜 대위로 구성된 4대의 무스탕 편대는 구름 속을 뚫고 북쪽으로 날아갔다. 관악산 부근에 이르렀을 때 짙은 구름이 계곡에 깔려있었다. 이근석은 김영환과 편대를 이루고 박희동에겐 적기 경계 임무를 지시했다. 산을 넘어 안양과 시흥 부근에 도착했을 때 이근석의 상체가 움찔했다. 논두렁에 정차해 있는 전차 5대가 그의 눈에 들어왔다. 이근석은 뒤따르는 요기에 신호를 보냈다.

"적 전차 5대 발견! 12시 방향! 공격한다! 대공포화를 조심하라!"

요기에 명령을 내린 이근석은 고도를 낮추었다. 선두에 선 전차를 향해 이근석의 무스탕이 아래로 향했다. 고도계 숫자가 점점 낮아지고 있었다. 그러나 이근석은 선두전차를 조준기에 담은 채 오직 기관총 누를 순간만을 포착하고 있었다. 전차 뒷부분의 라디에이터를 명중시킬 각오로 저공비행을 감행하는 무스탕을 향해 지상에서 불꽃 같은 포화가 솟아올랐다. 그러나 이근석은 적탄을 피하며 기회를 엿보았다. 마침내 돌입 각도를 잡은 이근석은 기관총 스위치를 힘껏 눌렀다. 쭉 뻗어 나가는 두 줄기 기관총탄이 전차에 명중하는 순간 번쩍! 섬광이 일었다. 지상의 폭발음에 무스탕 기체가 흔들렸다. 재빨리 기수를 추어올리는 이근석의 눈에 지상에서 불타고 있는 전차가 보였다. 감격과 흥분이 교차하는 순간 뒤이어 2번기 김영환 3번기 박희동 4번기 강호륜 요기들이 차례로 급강하한 뒤 연달아 대지공격을 감행했다. 적의 전차에 기총소사를 가한 요기들은 집결지점인 상공에 머무르며 다음 공격을 준비했다.

구름 위에서 이근석은 숨을 가다듬었다. 두 번째 공격으로 들어가기 위해서였다.

"내 오늘 이날을 기다렸다. 기어이 저 전차 모두 박살 내고 말리라."

이근석은 또다시 저공비행을 시도했다. 그의 목표는 오직 하나였다. 전차를 목표로 잡은 그의 눈은 일견 필승의 의지로 불꽃처럼 이글거렸다. 무스탕이 급강하함과 동시에 기총이 불을 뿜었다.

"명중! 명중이다!"

공격을 가한 이근석의 무스탕이 기수를 올리려는 그때였다. 갑자기 둔탁한 물체에 맞은 것처럼 무스탕의 기체가 심하게 요동쳤다. 이어 기름 냄새와 함께 불꽃이 튀어 올랐다.

"이런! 엔진에 맞다니!"

빗발처럼 쏘아 올린 적의 대공화기 공격에 이근석의 무스탕 엔진이 정면으로 맞아버렸다. 불꽃은 금세 불길이 되어 맹렬히 타오르면서 순식간에 이근석의 눈 앞을 가렸다. 이근석 눈앞에 아내 숙자가 나타났다. 귀대하라는 거리방송을 듣고 부대로 가기 위해 집을 나설 때 둘째 아이를 가진 아내는 첫딸 아이와 함께 잔뜩 겁먹은 눈으로 이근석을 쳐다보았다. 금방 올게, 그 한 마디만 남기고 이근석은 부대로 내달렸다. 달리면서 이근석은 아차, 생각에 잠시 멈춰 섰다. 아내에게 입맞춤하던 걸 잊은 것이다. 집을 나설 때마다 아내를 포옹한 채 출근 인사로 입맞춤했던 그였다. 어쩌지? 잠깐 망설였지만, 이근석은 다시 부대로 달렸다. 비상소집이니 먼저 부대에 다녀온 다음 나중에 두 배 세 배 아내를 껴안아 주리라 다짐하며……. 아! 가까운 거리에 아내가 있는데, 아내가 있는 곳으로 달려갈 수 있는데…….

이근석의 무스탕은 커다란 불덩이가 되어 하늘에서 반원을 그렸다. 불길에 싸인 이근석의 무스탕이 작별을 고했다.

"나, 전차에 곧장 들어간다!"

그리고 눈 깜짝할 새 한 줄기 빛이 된 무스탕은 논두렁 전차를 향해 날아가고 있었다.

"형, 탈출해! 탈출! 탈출하라구!"

뒤따르던 김영환은 자신의 무스탕을 흔들며 몸부림쳤다. 그러나 영환의 몸부림은 공허한 메아리가 되어 무참히 흩어졌다. 전차와 무스탕이 뒤엉킨 지상에서 불꽃이 번쩍 튀었다. 짧은 탄식과 함께 영환의 두 눈은 굳어버렸다.

"제가 달려갔을 때 논두렁에는 아직도 불길이 치솟고 있었습니다. 불길에 휩싸인 기체 일부와 엔진이 하늘에서도 뚜렷이 보였습니다. 이근석 비행단장님은 장렬히 전사하셨습니다."

이근석과 그의 무스탕이 떨어진 지점을 정찰하고 돌아온 정보장교 윤일균의 얼굴이 새파랗게 질려 있었다. 윤일균 대위의 목소리는 심하게 떨렸다. 시흥 상공으로 정찰 나갔던 윤일균의 보고에 김정렬 총참모장은 눈을 질끈 감아버렸다. 김영환과 윤일균의 보고를 받았지만, 도저히 믿을 수 없었다. 충격에 빠진 부대원도 탄식을 쏟아내며 부르르 몸을 떨었다.

"나중에라도 그 자리에 가서 시신 일부라도 꼭 찾아오겠습니다. 논두렁 위를 돌면서 꼭 다시 와서 모셔가겠다고 이근석 단장님께 약속했습니다. 후일을 기약하며 그 지점을 정확하게 제 머릿속에 새겨뒀습니다."

정찰기에서 지상을 향해 경례를 올리고 돌아왔다는 윤일균 대위는 기어이 눈물을 쏟고 말았다. 주위에 모여 있던 부대원이 충격과 비탄의 눈물을 쏟아냈다. 비행단장 이근석의 사자후를 들으며 감격에 겨워 흘렸던 뜨거운 눈물이 이제는 그를 기리는 통곡으로 바뀌어버렸다. 이근석과 함께 출격했던 김영환과 박희동 그리고 강호륜은 주먹을 치며 슬픔과 울분을 삼켰다.

"지상에서 불이 번쩍할 때 저는 단장님이 적의 전차를 명중시켰다고 생각했습니다. 단장님이 총알에 맞은 것도 모르고……."

박희동이 울먹거렸다. 강호륜은 가슴을 치며 숨을 헐떡였다.

"일본에 무스탕 인수하러 갔을 때 의기소침해 있는 우리를 위로하며 독려하던 단장님이셨는데 이리 허망하게 가시다니……."

영환은 이를 앙다물었다. 자신을 친동생처럼 챙겨주던 이근석이었다. 그의 마지막을 지켜볼 수밖에 없었던 영환은 망연자실 넋 나간 얼굴로 서 있었다. 1번기와 2번기 편대로 이근석과 나란히 출격했으면서도 손 한번 쓸 수 없었던 자신이 원망스러웠다. 매사 진취적이었던 이근석을 형이라 부르며 따랐는데 정녕 두 번 다시 그를 볼 수 없다는 사실에 몸을 떨었다.

한동안 입을 꾹 다문 채 침울하게 앉아 있던 김정렬 총참모장이 자리에서 일어났다. 총참모장의 무거운 시선이 부하들을 향했다.

"이근석 단장은 완벽한 전투 조종사였다. 그는 모든 비행기를 섭렵한 최고의 조종사였으며 훌륭한 군인이었다. 격추왕이었던 그는 목표물을 정확히 알았고 자신의 비행기가 총알에 맞았음을 알았을 때, 이미 탈출이 가망 없음을 알았다. 내가 아는 이근석 단장은 그의 마지막을 이 땅의 전투 조종사답게 무스탕과 함께 산화한 것이다."

김정렬 총참모장은 천천히 돌아섰다. 정렬은 유리창 밖 하늘로 눈길을 주었다. 넓은 하늘 어디에도 이근석과 그의 무스탕이 보이지 않았다.

'무심한 사람 같으니라고.'

이근석은 일본에서 전투 조종사로 활약할 때부터 월급을 받으면 북한의 어머니에게 보낸 효자였다. 해방 후 돈암동 집에서 머리를 맞대며 공군 창설을 위해 노력했던 그는 정렬의 어머니를 친어머니처럼 섬겼다. T-6기 도입 후 훈련 교관으로 파견된 캐나다 교관 실버 대위가 교관비로 높은 금액을 요구하자 단번에 거절한 이근석이었다. 예산 부족에 기름 공급도 원활하지 못한 부대 상황을 누구보다 잘 아는 그였다. 기종을 가리지 않고 다뤄본 자신의 경험을 바탕으로 후배들을 지도하겠다며 솔선수범 몸을 사리지 않고 나섰던 비행단장 이근석이었다. 김정렬과 동년배였지만 부하들 앞에서는 깍듯이 예를 갖춰 상관으로 대해주던 호인이었다. 김정렬의 오른팔이기도 한 이근석은 자기보다 13살 어린 신부를 맞이하게 됐을 때 동료들로부터 도둑놈으로 놀림을 받기도 했다. 그럴 때마다 사람 좋은 웃음으로 응수하던 그였다.

'근석이, 자네 걸음이 떨어지는가. 여린 아내를 두고 이제 백일 넘긴 어린 딸아이와 뱃속에 든 아기는 어찌하라고 이리 무심히 가버렸는가.'

형제나 다름없던 전우 이근석을 생각하는 김정렬의 가슴속에 뜨거운 회한이 한꺼번에 치받쳐 올랐다. 견디기 힘겨운 하루였다.

북한군의 전차는 한강을 넘었고 육군본부는 평택으로 이전했다. 대통령령으로 금융기관은 예금지급금액을 한정하는 법안이 공포되었고 각 지방에서는 사재기를 매국 행위로 간주하며 강력하게 단속했다. 미국이 참전했지만, 전쟁은 불리하게 전개되고 있었다. 그나마 위안이 되는 한 가지는 미 공군이 본격적으로 전투기와 폭격기를 동원해 북한군 집결부대와 부교 그리고 수송대와 창고 등에 폭격을 가하고 있었다.

"대통령 각하께서 비행단장의 전사에 대해 심히 유감을 표하시면서 격려할 때 내가 느낀 것이 있다. 그건 바로 각하께서는 조종사 한 명, 한 명을 귀히 여기신다는 사실이다."

"네. 저도 그런 느낌을 강하게 받았습니다. 저희 조종사 9명 전원에게 일일이 손을 맞잡으며 격려와 위로의 말씀을 하시는데 코끝이 시큰거렸습니다."

비행단장 이근석 대령의 전사 소식을 보고받은 대통령은 F-51D 무스탕 조종사 9명과 김정렬 참모장을 경북 도지사 관내에 있는 집무실로 초대했다.

"각하는 우리 조종사들의 안위에 더 큰 관심을 보이셨다. 나는 각하의 말씀을 들으면서 지휘관인 나 자신이 부끄러웠다. 왜냐? 제군들이나 나나 화급한 나라를 구하고자 하는 마음이 먼저였기에 물불 가리지 않고 전투기를 몰고 나가 적을 초전박살 낼 적개심에만 불타있었다. 우리는 자연히 흥분상태로 적과 맞섰다. 그 결과 소중한 전우를 잃고 말았다. 그것은 전적으로 지휘관인 내 잘못이다."

대통령은 상황파악이 빨랐다. 전투기가 없었던 한국공군이었고 훈련기와 전투기의 성능은 하늘과 땅 차이라는 사실을 간파했다.

"제군들의 실력 향상이 우선이라고 생각하신 각하께서 당분간 출격은 미 공군에게 맡기고 우리에겐 훈련에 임하라는 지시가 있었다. 제군들이 체계적인 훈련을 받고 더 강한 전투 조종사가 되어 적을 물리치라는 말씀하신 것이다. 제군들이 조종기량을 향상하는 일은 곧 자신과 나라를 지키는 일이다. 나 역시 두 번 다시 똑같은 잘못을 저지르고 싶지 않다. 어느 지휘관이 부하를 잃고 싶겠는가."

김정렬 총참모장은 자신이 좀 더 냉정해지지 않은 데 대해 반성했다. 전쟁은 무조건 전진만이 능사가 아니었다. 지나친 적개심을 앞세운 흥분은 판단을 흐리게 했다. 적을 깔보는 자만도 패배를 자초할 뿐이었다. 미 지상군 스미스 대대가 완패한 이유가 바로 적을 무시한 자만심 때문이었다.

미 지상군 선발대 스미스 중령은 처치 장군으로부터 최대한 북방지역에서 북한군 공격을 저지하라는 명령을 받았다. 7월 5일 오전 3시 스미스 대대는 제52 야포 대대와 함께 440명의 대원을 이끌고 오산 북쪽 죽미령에 방어진지를 구축했다. 스미스 대대의 대원들은 2차 세계대전에서 독일군과 일본군을 무찌른 무적 미군이라는 자만심에 가득 차서 북한군 따위는 오합지졸로 여겼다. 북한군은 미군이 참전했다는 사실만으로도 줄행랑을 칠 것이고 적의 전차가 접근하면 사격하기 좋은 곳에서 75mm 무반동총으로 명중시키면 전쟁은 끝날 것이라고 장담했다.

"미군의 자만심이 무너지는 데는 그리 오랜 시간이 필요치 않았다. 포격에도 끄떡없는 전차를 본 미군은 공포에 질려버렸어. 겁먹은 미군을 향해 북한군은 거침없이 전진했지. 북한군은 스미스 대대와 스미스 대대를 지원하는 포병대대 진지까지 여지없이 짓밟아버렸다. 보고에 따르면 스미스 대대의 440명 대원 중 150여 명이 전사하거나 행방불

명 됐다고 하며, 포병대대는 131명 대원 중 31명이 전사 혹은 행방불명 되었다고 한다. 애석하지만 미군과 북한군의 첫 대결은 미군의 참담한 패배로 끝났다."

"미군이 첫 전투에서 패했다는 소식을 들었을 때 저 역시 기운이 빠졌습니다. 일본에서 미국의 참전결정 소식을 듣고 이젠 나라를 구할 수 있겠다는 생각에 하루라도 빨리 돌아와서 적을 막는 데 힘을 합하려 했거든요."

"대한민국 모든 국민이 똑같은 생각을 가졌지. 미군 참전에 일말의 희망을 품었던 나도 큰 충격을 받았으니까. 그래서 스미스 대대의 패배 소식을 듣고 막강 미군이 왜 패했을까를 분석해 보았다. 미군의 패배원인은 두 가지였다. 하나는 출동명령을 받은 당일에 급히 부대를 재편성했다는 사실이다. 또 하나는 그들의 정신력에서 찾을 수 있다. 종전 후 일본의 미군 부대에 파견된 그들은 여유를 즐기며 편안한 생활을 하던 군인이었다. 2차 세계대전의 승리에 취해 자만심만 갖고 있던 미군과 탄탄한 무기와 정신력으로 무장된 북한군이 맞닥뜨렸을 때 누가 이기겠는가."

이미 승자는 정해진 싸움이었다. 그걸 모르고 덤빈 무지가 참패를 불러온 것이다.

"나는 각하의 염려와 스미스 대대의 패배를 보면서 나의 무지를 깨달았다. 무스탕이 뜨기만 하면 적을 소탕할 거라는 국민과 타군의 희망을 물리치지 못했다. 전투 조종사지만 단련되지 않은 실력으로 출격하려는 너희들을 말렸어야 했으며 타군이 요청해도 훈련을 빌미로 응하지 않았어야 했다."

"참모장님이 응하지 않았어도 우리가 출격을 감행했을 겁니다. 군기를 위반할 각오를 하고서라도 말입니다. 참모장님, 근석이 형 때문에 너무 자책하지 마십시오."

영환은 형 정렬의 괴로움을 충분히 이해하고도 남았다. 차창을 통해 하늘을 바라보는 형의 뒷모습에 아픈 감정과 깊은 회한이 고스란히 투영되어 있었다. 영환은 하늘을 보고 서 있는 형 정렬에게 다가가 두 팔 벌려 형의 어깨를 감싸듯 안았다.

"형, 작아졌네."

실로 오랜만에 영환은 어릴 적에 그랬던 것처럼 형이라고 불렀다.

"그런데 말이야, 형의 배포마저 작아진 건 아니지? 그때나 지금이나 형은 내게 우상이야. 근석이 형 때문에 자책하는 거, 그래서 흔들리는 거, 그건 형 잘못 아니야. 근석이 형도 지금의 형 모습을 보고 싶진 않을 거야. 언제가 형이 그랬잖아. 시험받지 않은 삶은 살 가치가 없다고. 형, 우리 지금 시험받고 있다고 생각하며 현실을 받아들이자. 각하의 지시대로 훈련을 받고 미 공군과 합동작전을 펼치면서 이 전쟁을 막아내는 데 앞장서자고. 근석이 형 몫까지 해내자고. 나도 자만심 같은 거 가까이하지 않을게. 모든 일에 진지한 태도로 나설게."

김정렬은 여전히 하늘을 응시하고 있었다.

집시부대

김정렬 총참모장은 김영환과 함께 바우트 원(Bout One) 부대장 헤스를 찾았다. 대통령의 지시사항과 합동출격 문제에 대해 의논하기 위해서였다.

"각하께서 걱정을 많이 하십니다. 한국 조종사들이 무스탕에 대해 익숙하지 않기 때문입니다. 제 생각은 한국 조종사들이 비행 실력을 더 쌓을 때까지 헤스 소령께서 편대장을 맡아주셨으면 합니다. 한국 조종사들은 요기로 합동출격했으면 합니다."

"우리도 한국 조종사들이 무스탕에 대한 기종전환 훈련을 제대로 받지 못한 점에 대해 우려를 하고 있었습니다. 그러나 지금 참모장님이 제안하신 안은 제 마음대로 수용할 수 없습니다."

"왜 그렇습니까?"

"한국군이 도입한 무스탕에는 태극마크가 그려져 있습니다. 국제법

상으론 미 공군이 타고 출격하는 것은 곤란한 문제입니다. 그러나 합동출격에 관해서는 상부의 지시가 있으면 함께 할 용의가 있습니다."

헤스 소령은 용모에서부터 사람을 대하는 태도가 신사였다. 헤스에게 긍정적인 대답을 얻은 김정렬 총참모장은 미 제5공군 사령관 패트리지 장군이 대구기지를 방문했을 때 기회를 놓치지 않았다. 한국전 상황을 살피기 위해 방한한 패트리지 장군에게 한국공군의 현황을 보고했고 당면 문제에 대해 솔직하게 털어놓았다. 김정렬 총참모장의 건의는 헤스 소령의 건의이기도 했다. 한국공군 조종사들의 조종훈련과 합동출격 문제를 해결하기 위해 패트리지 장군의 결재는 절대적이었다.

"내가 기억하는 이근석 단장은 참군인이었소. 내가 걱정했던 문제가 해결되기도 전에 그가 순직한 점을 무척 애석하게 생각하오. 그를 위해 기도하겠소."

패트리지 장군은 고개를 숙여 예를 표했다. 짧은 묵념이었지만 이근석에 대한 예를 갖추는 패트리지 장군을 보면서 김정렬은 그의 인격에 감화를 받았다.

"나는 한국 조종사들의 훈련이 더 필요하기에 바우트 원 부대를 편성해 보냈던 거였소. 오늘부터 한국공군 비행단의 F-51D 전투기 출격은 한·미 합동으로 출격하도록 조치하겠소. 그리고 비행단을 이끌어 가는데 필요한 지원물자 공급에도 최선을 다하겠소.

패트리지 장군은 흔쾌히 수락하면서 김정렬 총참모장의 손을 굳세게 잡았다.

진해기지(K-10) 주변의 산과 들에 따사로운 가을볕이 쏟아졌다. 하늘은 눈부시도록 맑았다. 구름 한 점 없이 조용한 하늘에 무스탕 한 대가 나타났다. 진해기지 활주로는 짧은 데다 한쪽 끝은 좁아 브레이크를 연달아 밟아 정지시켜야 했다. 반대편 활주로 끝에는 일본군이 짓다 만 격납고의 강철 뼈대들이 위협적으로 튀어나와 있어서 착륙할 때 여간 신경 쓰이는 게 아니었다. 서서히 속도를 줄인 무스탕은 정확하게 활주로 중간 지점 조금 지난 곳에서 멈췄다.

무스탕에서 내린 김영환은 대기소에서 기다리고 있던 헤스 소령에게 다가가 경례를 올렸다. 헤스가 엄지를 치켜세운 손을 내밀어 영환의 손을 잡고 웃었다. 마주 보고 웃는 두 사람의 얼굴은 치아만 빼곤 새카맣게 그을려 있었다. 대기소를 나서자 기지 주변의 밭에 뿌린 거름 냄새가 코를 찔렀다. 영환에겐 익숙한 냄새지만 헤스에겐 여전히 거북한 냄새였다.

"처음 대구기지에 내렸을 때 이 냄새 때문에 무척 당황했소. 황량한 들판에 우리를 제일 먼저 맞이한 건 코를 움켜잡을 정도의 심한 악취였소. 나중에 안 사실이지만 한국인은 인분을 거름으로 사용한다는 걸 그땐 몰랐소. 밭에 뿌린 인분이 썩으면서 나는 냄새에 한동안 우리는 채소도 먹지 못하고 가지고 온 비상전투 식량으로 간신히 버텨야만 했소."

바우트 원 부대로 편성된 미 병력 100여 명은 대구기지에 내릴 때부터 곤욕을 치렀다. 수송기에서 내렸을 때 활주로는 진흙 같은 바닥이었다. 변변한 막사가 부족해서 기자재들은 침낭이나 2인용 천막에 보관하고 자체적으로 부대 경계경비까지 담당했다. 기지 주변에 빨치산이 준동하고 있다는 교육을 받았기에 헤스 소령은 부대 경계선을 따라 여섯 군데에 기관총 발사대를 설치했다.

"하늘이 무너져도 솟아날 구멍은 있다더니 우리 부대가 그랬소. 모든 게 궁했는데 항상 능동적인 벨로빈 중위가 털털거리는 지프를 끌고 군수부대로 들어가 먹거리를 구해다 날랐소. 기지 보호와 경계를 위해 남태평양 군도에서 사용했던 레이더를 언덕 꽉대기에 설치해 놓기도 했소. 레이더 부품을 잃어버려 송수신할 수 없었지만 어디엔가 잠복해 있을지 모르는 빨치산들에겐 중무장한 우리가 위협적으로 보였을 것이오."

헤스 소령이 서둘러야 할 작업은 임시막사와 활주로 복구였다. 이타즈케기지에서 공수될 비행기가 도착하기 전에 준비를 끝내야 했기에 미 병사와 한국군 그리고 민간인까지 동원되었다. 활주로가 어느 정도 모습을 갖추자 무스탕과 대형 수송기가 속속 도착했다.

"나는 우수하고 능숙한 한국군 조종사가 다시는 희생되는 걸 원치 않았소. 어디까지가 훈련이며 전투라고 불러야 할지 애매했지만, 상부의 허락이 있고 난 뒤 나는 내 지휘로 출격할 때마다 한국군 조종사와 미군 조종사를 동행시켰소. 그건 한국군 조종사의 훈련을 최대한 높이려는 김정렬 총참모장의 복안에 부응하는 방법이기도 했소."

헤스 소령은 F-51D를 처음 조종한 한국군 조종사들이 마치 신세계를 경험한 사람들처럼 흥분하고 열광하는 모습을 회의적인 시선으로 바라보았다. 그동안 조종했던 정찰기와 훈련기보다 무스탕의 기능과 속도 그리고 엄청난 화력에 감탄한 자체를 나무랄 순 없었다. 그러나 무스탕의 제원을 속속들이 알기 전에 자신감에 차 있었던 것은 분명히 문제였다.

"처음 합동출격을 앞둔 우리에게 소령님께선 이렇게 말씀하셨지요.

'나는 한국군 조종사의 어이없는 희생을 절대 원하지 않는다'라고 말입니다."

"그랬소. 그대들은 그것을 선의로 받아주었소."

영환은 미 공군과 합동출격 전에 한국지도에 영문 지명과 설명을 곁들여 표기하는 일을 해결했다. 한글 지명표기에 애로를 겪던 미 공군에겐 큰 도움이 되었다. 한글로 된 한국지도를 들여다보며 의견교환을 하다 보니 서로 간에 어색했던 경계도 허물어질 수 있었다.

그러나 북한군과 싸우는 전쟁터에서 실전교육을 병행한다는 것은 무리가 따랐다. 무엇보다 무선 교신이 안 되었기에 미 공군 조종사의 수신호에 의지할 수밖에 없었다. 미 조종사의 손짓에 따라 선도기와 행동을 같이했고 목표물을 발견하고 폭탄을 떨어뜨릴 때도 선도기를 따라 행동을 개시했다.

"우리 한국군 조종사의 조종기량이 급진적으로 향상되었던 건 모두 헤스 소령님 덕분입니다. 전쟁이 날로 치열해지면서 미 군사고문단이 소령님께 아군 보호를 위해 엄호비행을 부탁하셨지요. 그럴 때마다 소령님은 독자적으로 전투에 임할 준비가 안 된 우리를 데리고 출격하셨습니다. 미군 조종사를 편대장으로 한 출격은 훈련이 아닌 실전이었으니 우리의 기량이 눈에 띄게 발전할 수밖에 없었습니다."

"내가 한국군 조종사를 대동한 것은 무리수를 둔 방법일 수도 있소. 일본 기지에 있는 미 공군기들은 적기를 상대로 제공권 장악 작전이 우선이었소. 아군의 안전한 후퇴를 위해 출격해줄 형편이 아니었소. 그에 비해 바우트 원 부대는 한국 땅에 있으면서 임전 태세를 갖춘 유일한 공군 전투부대였기에 미 군사고문단의 요구에 쾌히 응할 수 있었소. 아군이 위협을 당하고 있는데 내가 한국공군 조종사들과 합동출격해서 적을 저지시킨 사실을 두고 문제 삼을 상황이 아니었던 것이오."

헤스 소령의 취침시간은 하루에 서너 시간에 지나지 않았다. 매일 새벽 세 시에 미 군사고문단 브리턴 소령이 찾아와 아군의 상황과 전술적 위치 선정 및 다음날의 공격에 대해 브리핑을 하곤했기 때문이었다. 그중에서도 가장 중대한 임무가 아군엄호였다. 하루 평균 2, 3회의 출격은 기본이었고 어떤 경우엔 사령부의 사전 승인 없이 비상출격 하는 날도 있었다.

7월 16일 이후부터 한국공군 비행단과 바우트 원 부대의 합동출격이 본격적으로 이루어졌다. 전투 무장인 Cal-50 기관포와 로켓탄을 장착한 무스탕은 출격할 때마다 적 지상군을 공격하여 차량과 탄약집적소 파괴 그리고 적군을 사살하는 성과를 거뒀다. 그러나 갈수록 전선은 어두웠다. 제공권은 장악했지만, 국군은 점점 남으로 밀려나기만 했다.

"비록 합동출격이었지만 7월 하순까지 대한민국 공군은 하루가 다르게 실력을 키우면서 제 자리를 잡아갔소. 대신 대구기지는 점점 복잡해졌소. 전선에 투입되는 병력이나 물자 수송 때문에 대형비행기의 이·착륙이 잦다 보니 가뜩이나 부실한 활주로가 골이 패 마치 옥수수밭에서 구르는 것처럼 진동이 심했소. 우리는 민간인과 합세하여 대구 주변에 산재해있는 구멍 난 강철 철판(PSP:유공 철판)들을 모아 500피트 길이의 활주로를 보수할 수 있었소. 그런데 전쟁이 길어지면서 대구기지를 이용하는 횟수가 폭발적으로 늘어나게 되었다오. 남한에서 쓸 만한 활주로는 대구기지가 유일했기 때문인데 그것은 결국 한국공군을 심히 난감하게 만든 결과를 초래했소."

"지금 생각해도 끔찍합니다. 대구기지의 중요성이 드러난 건 우리 공군에겐 사형선고와 다름없었습니다."

1950년 7월 하순 커티스 로우 대령이 대구기지 지휘관으로 부임해 왔다. 헤스 소령은 한국공군 조종사훈련에만 전념하라는 패트리지 장군의 배려였지만 로우 대령은 모든 병력과 군수물자와 정비과정까지 자신의 지휘권에 배속시켜 버렸다. 엎친 데 덮친 격으로 필리핀 열도에 배치돼 있던 전폭기 비행단이 대구기지로 이동해왔다. 신입 미군 병사들과 기존 바우트 원 비행부대 대원들 간 크고 작은 마찰이 일어날 수밖에 없었다. 신입 부대와 바우트 원 부대 사이에서 갑자기 운신 폭이 좁아진 한국공군은 천막 이곳저곳을 전전하며 상부의 눈치만 보고 있었다.

"그때 우리 조종사들은 막 글자를 깨우친 아이처럼 비로소 전투기 조종의 묘미를 느낄 때였습니다. 그런데 부지불식간에 들이닥친 신입 미군과 로우 대령의 명령은 우리를 질식시키는 충격과 같았습니다."

"나도 같은 심정이었소. 로우 대령은 사령부로부터 새로운 전폭기 비행단 제6002부대를 창설하여 모든 미 공군을 통합하라는 명령을 받았소. 내 기운도 쏙 빠져버렸는데 일시에 꺾여버린 한국공군의 사기는 어떤 말로 표현하기조차 어려웠을 것이오. 나는 지금도 눈에 선하다오. 천막 한구석에 모여 외국 군인들이 싸우러 나가는 걸 허탈한 눈으로 보던 한국공군의 모습을 말이오. 그런데 한국공군 조종사들만 허탈하고 불쾌한 게 아니었소. 나도 억울하고 불쾌하기 짝이 없었다오. 짧은 기간이었지만 나는 볼품없었던 대구기지를 원활하게 돌아가는 기지로 부활시켰소. 그런데 나를 따르던 레드 바너 대위는 전출 갔고 훅 대위와 스미스 중위 같은 우수한 조종사를 전투에서 잃고 말았소. 그런 내게 새로 주어진 직책은 작전 장교였고 한국공군은 이제 존재하지 않는다는 말을 들었을 때 눈앞이 캄캄했소. 나는 내 안위보다 내 눈치만 보고 있는 한국공군 부대원을 똑바로 볼 수 없었소. 어떡하든 길을 찾아야겠다고 결심했소. 때마침 나를 찾아온 친구가 있었는데 한국 전략정보 담당국 책임자인 도널드 니콜스였소."

"도널드 니콜스는 참모장님과도 잘 압니다."

"그래서 니콜스와 함께 대구에 있는 김정렬 참모장의 숙소를 찾아갔었소. 참모장도 수심에 가득 차 있었소만 이미 한국군 전체의 지휘권은 미군에게 있었기에 참모장인들 무슨 수가 있었겠소. 최후에는 지상에서 마지막 한 명이 남더라도 싸우겠다는 말만 하곤 얼굴이 굳어졌소."

김정렬 총참모장과 헤어진 후 헤스 소령은 한국공군의 부활을 위해 모든 가능성을 찾아보기로 했다. 우선 만나볼 인물로 떠오른 사람은 에드워드 팀 브레이크 장군이었다. 팀 브레이크는 미 제5공군 부사령관으로서 대구사령부 지부를 담당하고 있었다. 도널드 니콜스와 함께 팀 브레이크를 만났을 때 헤스 소령은 단도직입적으로 문제 핵심을 들고 팀 브레이크 설득에 임했다. 한국공군의 운명이 걸린 자리였다.

"팀 브레이크 장군을 설득하는 자리인 만큼 내가 주장하는 내용이 장군의 마음에 충분히 전달되기를 간곡히 기원하면서 입을 열었다오. 한국공군 조종사들의 잠재력이 무한하다는 것과 강인한 정신력과 조국애는 어느 군인도 따라갈 수 없다고 역설했소. 그와 더불어 한국공군의 비행기와 그에 딸린 요원들을 내게 일임해 달라고 요청했고, 현 기지를 떠나 다른 기지에서 자리를 잡아 새 출발 할 수 있게 도와달라고 간청했다오."

팀 브레이크 장군은 조용히 헤스 소령의 간청을 듣고만 있었다. 헤스 소령에게는 길고 긴 긴장의 순간이었다.

"침묵을 깬 장군은 고개를 끄덕이더니 결정적인 한마디를 던졌소. 예! 라고 말이오. 그때 나는 한 번 더 모험을 시도했다오. 훈련 성과를 높이기 위해 한국공군 조종사들을 전투에 참여시키겠다고 말이오. 팀 브레이크 장군은 대한민국 공군이 얼마나 중요한 의미가 있는지 그에 대해 잘 파악한 듯했소. 남아있는 F-51D 전투기 6대까지 인수하라는 말씀에 내 가슴으로 환한 빛이 뚫고 들어온 듯 유쾌하기까지 했었소."

"소령님이 천막으로 들어선 순간 얼굴을 보고 알았습니다. 소령님의 얼굴이 환했으니까요. 한국공군은 이제는 발이 묶여 있을 필요가 없다고 소령님께서 말씀하셨을 때 우리는 모두 환호했습니다. 비로소 웅크렸던 어깨를 펴며 서로를 얼싸안았습니다. 한국공군의 부활은 소령님이 우리에게 베푼 은혜였고 사랑이었습니다."

"그리 생각해주니 의욕이 더 생겼다오. 때맞춰 사령부는 바로 한반도 남동 끝 바닷가 사천에 공군기지를 설치하라는 명령을 내렸소. 나의 주 임무는 미 공군을 위한 임시활주로를 유지, 보수하는 것과 한국공군을 훈련하는 것이었으니 볼품없는 잡동사니를 챙겨 그대들과 함께 사천을 향해 떠났던 것이오."

새로 정착한 사천기지(K-4)는 예전 일본인들이 만든 비행장이었다. 활주로는 의외로 탄탄했고 양호했다. 다시 한 식구가 된 한국공군과 헤스 소령의 미군 부대는 짐 정리를 하며 활주로 대청소 작업에 들어갔다. 그러나 사천기지도 오래 머물 수 없었다. 북한군의 맹공격에 이미 서부

전선도 무너지고 있었다. 사천지역에서 휴식을 취하던 제24사단이 후퇴를 시작했고 사천기지도 곧 적의 수중에 들어갈 위기에 놓여버렸다.

"하루 만에 다시 짐을 싸야 했으니 나는 마치 병아리를 잃은 암탉처럼 안절부절했었소. 갈 곳이 마땅치 않은데 병력을 이끌고 어디로 가야 하나 고민하고 있을 때였소. 일본 해군 항공대가 주둔하던 진해기지에서 근무했던 한국공군의 최원문 상사가 진해에 있는 옛날 일본 해군기지로 가는 건 어떤가 하고 제안을 했었소. 덧붙여 옛날에 쓰던 막사도 있을 거라는 말에 나는 바로 행군의 방향을 남해안으로 바꾸었다오."

진해기지(K-10)는 일제강점기 때 일본 제51해군 항공창이 자리했던 곳이었다. 콘크리트 포장의 활주로는 짧았고 잡초만 어지러이 자라있었다.

"진해기지는 방황하던 우리에게 숙식을 해결해준 구원의 장소였습니다. 비어 있는 막사를 사용할 수 있었고 건물도 사무실로 이용할 수 있었으니까요. 다만 밤새 빈대에 물려 잠을 설친 소령님이 딱해서 우리끼리 무척 미안했었습니다."

"말도 마시오. 지금 생각해도 나를 괴롭힌 빈대와 각다귀는 절대 반갑지 않소. 살충제 없이는 잠을 잘 수 없을 지경이었소."

헤스 소령은 빈대에 물려 가려운 곳을 긁으면서도 지휘관으로 해야 할 역할을 잊지 않았다. 그는 활주로와 주위 들판을 왔다 갔다 하며 점검에 나섰다. 활주로 상태를 점검하느라 직접 무스탕을 몰고 이륙과 착륙을 시도하며 문제점을 찾아낸 헤스는 짧은 활주로에서 한국공군 조종사를 훈련할 순 없다는 결론을 내렸다.

"짧은 활주로에서는 사고가 빈발한 편이요. 더구나 다양한 훈련을 받지 못한 한국공군 조종사의 훈련장소로 적합하지 않기에 나는 다른 방도를 생각했소. 진해기지에서 70마일 떨어진 부산(김해 K-1) 비행장에는 꽤 긴 머캐덤(Macadam) 활주로가 있었는데 수송기만 사용하는 중이었소. 나는 부산(김해 K-1) 활주로 위에 진해 활주로 길이를 그려놓고 그 간격 사이에서만 한국 조종사들이 이·착륙 연습을 하도록 지시했소. 왜냐하면, 짧은 간격에서 이·착륙을 하려면 비행기에 대한 느낌이 체질화되어야 하고 속도, 거리, 위도에 대한 정확한 판단력을 길러야 하기 때문이오. 이런 것은 연습 없이는 얻을 수 없기에 한국 조종사들도 예외를 두지 않았소."

"제가 이렇게 진해기지의 짧은 활주로에 거뜬히 착륙할 수 있게 된 것도 소령님의 열정 덕분이었습니다."

헤스 소령이 싱긋 웃었다. 헤스의 한국공군 사랑은 크고 깊었다.

"소령님, 우리는 소령님의 작전계획이 얼마나 철두철미했는지 잘 알고 있습니다. 한국공군이 훈련하면서 출격할 수 있도록 윌슨 대위와 크레이그웰 중위와 함께 최선의 수단을 생각해내셨지요. 한국공군 두 명과 미군 조종사 한 명이 한 조가 되어 출격하도록 했으며 세 사람이 전선에 나가 임무를 마치고 돌아올 땐 미군 조종사 한 명은 진해로 가고 한국 조종사는 두 명은 부산(김해 K-1)으로 가게 했습니다. 그렇게 하신 이유는 한국공군의 안전한 훈련과 비행기를 최대한도로 이용하기 위한 최고의 방법이었다고 생각합니다."

"그럴 수밖에 없었소. 더 이상의 희생은 없어야 하니 말이오."

그러나 시간 낭비가 큰 것이 문제로 대두되었다. 진해기지에 긴 활주로가 있으면 부대 운영을 효율적으로 할 수 있기에 헤스는 김정렬 참모장과 논의했다. 참모장은 대통령에게 청원하여 민간인을 고용한 활주로 확장공사에 착수했다. 기지 주변 민간인들과 우마차와 들 것까지 동원된 대규모 공사였다.

"300여 명의 민간인 힘은 대단했소. 연장도 없이 손으로 흙과 돌을 나르며 공사를 도운 그들 덕분에 2,780피트 활주로를 3,500피트로 확장할 수 있었소. 부대 규모가 커지고 병력도 평균 수준에 이르면서 우리는 제6146공군기지부대가 되었고 코드명은 매킨토시로 통했소. 내가 교육에 임하면서 느낀 건 그대들은 훈련이라는 단어보다 전투라는 단어에 더 긴장하는 것 같았소. 전투라는 단어가 그대들을 조종에 더 집중시킨 효과를 가져온 것 같소."

"긴장하면 불상사가 확실히 줄어듭니다. 저도 긴장하면서 진지하게 실전훈련에 임했으니까요."

헤스는 완벽한 훈련을 고집했고 그대로 실시했다. 기총소사는 물론이고 교관이 무선을 통해 명하는 대로 국군 지상군 병력의 근접지원, 적의 위장에 대한 분석, 목표물 탐색 및 식별, 공중에서 적군과 아군의 감별법, 공중에서 공격 각도와 고도를 익히는 법, 대공포화 회피기동 등을 비행하면서 숙달하기 위하여 훈련했다. 정찰비행대에서 활약하던 김두만, 전봉희, 최종봉, 이세영, 윤응렬, 주영복 등 조종 기량이 뛰어난 후배들이 무스탕 전환훈련에 합류했다.

"한국에 온 지 겨우 3개월째 들어섰을 뿐인데 이곳에 자리 잡기까지 여러 곳을 떠돌아다녔소. 마치 집시처럼 말이오. 그래서 벨로 빈 중위는 우리 부대를 집시부대라 부르기도 한다오."

집시? 집시부대? 영환은 다소 낭만적이지 않으냐고 하려다가 그만

두었다. 북한군에게 밀리고 밀려 낙동강 방어선에서 치열한 접전이 곳곳에서 벌어지고 있는 형국이었다. 하늘에서 내려다보면 피난행렬이 들판에서도 산길에서도 이어졌다. 소달구지에 싣고 지게를 지고 피난을 나선 사람들은 전투기 소리를 들으면 허둥지둥 피하느라 논과 밭으로 뛰었다. 맑고 푸른 하늘이 무색할 지경으로 하늘 아래 벌어지고 있는 전투는 잔인했다.

"그런데 김 중령, 니콜스가 들려준 바에 의하면 총참모장님 가족이 서울에 있다 들었소. 그런데 나는 한번도 가족 걱정하는 걸 듣지 못했소. 김 중령 역시 그렇소. 두 사람은 형제지간이니 서로 가족들 걱정을 할 텐데 말이오."

입을 꾹 다문 영환의 관자놀이가 불끈 뛰었다. 그의 입에서 가벼운 한숨이 새어 나왔다. 어머니와 가족의 안부가 걱정되는 것은 숨길 수 없는 본능이었다. 하지만 그는 군인이었다.

"소령님, 대한민국 군인 모두 가족을 두고 참전하고 있습니다. 누구도 가족을 입에 올리지 않습니다. 나라를 구하는 길이 곧 가족을 구하는 길이라는 사실을 알기 때문입니다."

헤스가 고개를 끄덕였다. 깊이 감동한 듯 헤스의 손이 영환의 어깨를 어루만졌다. 그러나 정작 영환 자신은 뜨끔했다. 이근석 대령 순직 후 분향소를 차릴 겨를도 없이 한국군 조종사들은 그 다음 날에도 무스탕을 몰고 적을 공격했다. 한국군 조종사들끼리 매일 두 명 혹은 네 명씩 편대를 이뤄 육군이 요청하는 지역으로 출격해 기총공격을 퍼부었다. 기관총뿐이었으나 그렇게라도 해야만 분이 풀렸다.

7월 8일 김영환은 장성환과 편대를 지어 서울 일대와 김포지구 공격에 나섰다. 서울 상공을 날던 영환은 순간적으로 편대를 이탈했다. 언제 어디서 적기가 나타날지 알 수 없지만, 영환은 두렵지 않았다. 어머니와 가족들의 안위를 확인하고 싶다는 생각뿐이었다. 그는 곧장 돈암동으로 날아갔다. 돈암동 집이 보이는 상공을 빙빙 돌았다. 하지만 영환의 눈에 들어온 건 넓은 장독대뿐이었다. 장독대 관리는 언제나 어머니 몫이었다. 금방이라도 어머니가 장독대로 나오실 것 같았다. 여의도기지와 김포기지에 필요한 고추장과 된장을 담아 보내느라 어머니는 하루에도 몇 번씩 장독대를 드나들었다. 가을이 되면 배추 실은 수레가 줄이어 넓은 마당을 들락거렸다. 장병들이 먹을 김장김치를 담는 날은 마을 잔치판처럼 며칠씩 북적거렸다. 항상 사람들로 붐비던 집과 넓은 마당은 텅 비어 있었다. 빈집임을 확인한 순간 불안이 엄습했다.

영환은 다시 사직동으로 이동했다. 가까운 친척 집인 사직동으로 어머니가 옮겨갔을 수도 있었다. 사직동 상공에서 들리는 요란한 전투기 소리에 누구 한 사람이라도 나와 하늘을 올려다볼 것으로 생각했다. 최대한 고도를 낮춰 날았지만, 사직동 집 역시 적막강산이었다. 결국, 가족들 안부도 확인하지 못한 채 영환은 기수를 부대로 돌려야 했다. 어머니와 아내와 형수 그리고 어린 조카들의 안부가 걱정되었으나 겉으로 드러낼 수 없었다. 좌익분자들이 폭동을 일으켰을 때 저질렀던 끔찍한 학살 장면이 떠오를 때마다 영환은 고개를 강하게 저었다. 어머니는 강하신 분이야, 형처럼 영환도 주문처럼 그 말만 되뇌며 자신을 다독였다.

기습남침을 감행한 김일성의 계산은 8월 15일까지 부산을 점령하는 것이었다. 그러나 예상과 달리 시간이 갈수록 전황은 북한군에게 불리하게 돌아갔다. 낙동강까지 남하하는 동안 6만여 명의 병력을 잃었고 개전 초기 승리의 주역이었던 전차는 80% 이상 파괴되었다. 초기에 막강했던 북한군 전투력은 7월 중순 이후부터 점점 힘을 잃었다. 시간을 끄는 지구전은 북한에 점점 불리했다.

8월 2일 김일성은 소련제 지프 가즈-67을 타고 북한군 총사령부가 있는 수안보에 도착했다. 북한군 수뇌부를 집합시킨 김일성은 낙동강 전선으로 향하는 북한군 전투부대를 독려했다.

> 미제 침략자들을 모두 남해에 처넣고 조국 땅을 완전히 해방하자. 8월 15일 부산에서 광복절 기념행사를 하겠다. 전 병사들은 대로를 따라 밀고 나가거나 정면으로만 타격하려 하지 말고 자연 지리 조건에 맞게 산길과 산 능선으로 우회해 측면과 후방 등을 공격하거나 포위하라

김일성이 내린 방침에 따라 전열을 정비한 조선 사령관 김책은 8월 초부터 대구 정면에 병력을 집결시켜 총공세를 펼쳤다.

미 제8사령관 워커 장군은 한반도 최후의 보루인 부산을 지켜내고 총반격할 교두보로 낙동강 방어선을 설정했다. 낙동강 방어선의 길이는 동쪽에서 서쪽까지 이어진 영덕-청송-의성-낙동리까지 80km였고, 북쪽에서 남쪽까지 이어진 낙동리-왜관-남지-마산까지 길이 160km였다. 워커 장군의 명령에 따라 국군과 유엔군은 낙동강 방어선에 방어진지를 형성하고 이제는 물러서지 않겠다는 결의를 다졌다.

낙동강 방어선을 뚫으려는 북한군을 막기 위해 전력을 쏟는 유엔군

과 국군의 방어는 치열했다. 기계-안강전투, 포항전투, 서남부반격작전, 다부동전투, 왜관-다부동전투, 영천지역전투 등 국가 운명을 좌우하는 전투에서 양보 없는 혈전이 한 달 이상 계속되었다. 북한군은 전력의 상당 부분을 소진했음에도 불구하고 남한의 90% 이상을 점령했다는 환상에 빠져 공세를 이어갔다. 반면 북한군의 집요한 공세를 물리친 국군과 유엔군은 낙동강 방어선에서 반격의 발판을 마련했다.

낙동강 방어선에서 국군과 유엔군이 승리할 수 있었던 요인의 첫째는 전투기와 폭격기를 동원해 일방적으로 지상과 공중 및 해상의 제공권을 장악한 데 있었다. 그리고 병력 증원과 물자 수송이 원활했다는 점과 워커 장군의 뛰어난 지휘능력도 빼놓을 수 없는 승리 요인이었다.

진해기지에 T-6 정찰기 한 대가 착륙했다. 정찰기에서 오점석 대위가 내렸다. 선글라스를 벗은 오점석 대위가 영환에게 달려왔다. 반갑게 인사를 나눈 두 사람은 한참 동안 잡은 손을 놓지 못하고 서로 바라보기만 했다. 10명의 조종사가 일본으로 무스탕을 인수하러 떠났을 때 오점석과 신유협은 여의도기지에서 정찰과 맨손 폭탄투하로 적과 맞섰다. 그러나 후퇴명령에 따라 수원기지에서 대전기지(K-5)로 이동한 정찰대는 7월 6일 박범집 대령의 지시에 따라 75명의 병력과 항공기 7대로 정찰비행대를 창설했다. 오점석 대위가 정찰비행대 부대장으로 임명되었다.

"갈수록 정찰비행대의 활동이 큰 힘을 발휘하니 든든하더군요."

낙동강 방어선으로 출격하는 F-51D 전투기 지원을 위해 정찰비행대 일부가 진해기지로 온 것은 8월 15일이었다.

"불과 두세 달 사이에 변화의 소용돌이 속에 삽니다. 전투기부대도 예외는 아니지만요."

대전기지로 후퇴했던 정찰비행대는 서울 일대와 김포, 수원, 평택 등지에서 적군의 이동상황을 정찰하여 보고 하는 임무를 띠고 활동했다. 그러나 전세가 불리해지면서 정찰비행대도 후방으로 이동했다. 김천으로 옮긴 정찰대는 임시방편으로 국도를 활주로로 이용하며 정찰 임무를 수행했다.

"L-4 연락기는 국도이용도 가능하지만, T-6는 이착륙이 어렵죠. 7월 중순께 T-6를 몰고 대구기지에 와서 2주 정도 머물렀을 때 김 중령은 무스탕 합동출격에 밤낮이 없더군요. 요즘 한국공군의 기량이 나날이 늘어나고 있다는 소문은 들었습니다."

"그래도 신중하게 출격하고 있습니다. 원칙을 중시하는 헤스 소령의 방침에 따라야 하는 것도 있지만 조종간은 겸손하고 신중하게 잡아야 하므로 항상 배우는 자세로 임하고 있죠. 매번 출격할 때마다 느끼는 것이지만 정찰비행대의 역할에 따라 출격했을 때의 성과가 무척 다르더군요."

"잘 알고 있습니다. 그래서 우리도 신중하게 정찰합니다. 이제 정찰비행대도 차츰차츰 제 자리를 잡아가고 있습니다. 정찰비행의 실효를 거두기 위해 전투기가 속해 있는 기지를 따라다녀야 하는 불편이 있긴 하지만 어쩌겠습니까. 우리 정찰대는 말 그대로 떠돌이 비행단입니다."

정찰비행대는 7월 말까지 김천기지와 의성기지에서 육군 작전 지원에 투입되었다. 8월부터 본격적으로 낙동강 방어 전투에 합류한 정찰비행대는 기지를 이동하면서 의성, 안동, 상주, 영주, 문경, 청송지역

적군의 동태를 정찰하여 육군본부와 미 제5공군사령부에 수집한 정보를 전달하는 임무를 수행하고 있었다.

"그동안 육군과의 통신수단은 통신통을 이용하거나 육군본부까지 날아가야 했는데 이젠 무전기로 즉시 연락하게 됐습니다. 8월 14일부터 SCR-300 무전기를 장착했기 때문입니다. 더 빠르게 그리고 효율적인 통신이 가능하게 됐습니다."

그동안 정찰비행대가 사용했던 통신통은 두꺼운 종이로 만든 원형 통이었다. 정찰 내용을 적은 종이를 원형 통에 넣어 지상의 아군에게 투하하는 방법이었다. 지상군과 공지협동작전에 있어서 정찰과 통신의 중요함을 생각할 때 정찰기에 무전기를 장착한 것은 획기적인 발전이었다.

정찰비행대 대원들의 정찰활동이 올린 성과는 기대보다 훨씬 컸다. 정찰부대원은 왜관 북방 300고지전투와 통영 상륙작전, 영천전투 등에서 정찰 활동을 수행했다. 위험을 무릅쓰고 하늘에서 근접 비행을 하며 북한군의 움직임과 부대 배치 상황 그리고 포진지 위치 등을 수집하여 국군과 미 공군에게 보고했다.

"정찰대는 항공지원이 필요한 지역을 정찰할 때 반드시 아군의 위치도 정확하게 알려줍니다. 전투기 편대가 정확하게 적을 타격하도록 유도하는 것이 우리의 제일 큰 임무이기 때문입니다. 전투기도 그렇지만 정찰기도 항상 위험에 노출돼 있습니다. 정확한 정보수집을 위해 초저공비행을 할 수밖에 없는데 그 때문에 적군의 표적이 되기 쉽답니다. 미 폭격기의 공격을 두려워하는 북한군은 비행기 소리만 나면 공중을 향해 미친 듯이 대공포를 쏘아댑니다."

정찰대가 알려준 정보를 바탕으로 전투기가 출격해 적을 강타하면 뒤이어 사기가 충만한 아군이 공격을 개시했다. 정보를 알려준 정찰장교는 전투기 편대가 날아와 북한군 진지를 공격하는 것을 지켜보며 자신이 알려준 장소에 정확한 공격이 가해지는지를 확인하기도 했다. 전투기 공격을 받은 북한군 진지 주변에는 수백 구의 시체가 널브러져 있거나 적의 시체로 낙동강은 빨건 핏물이 되어 흘러내리기도 했다. 무스탕 편대가 정확하게 적을 타격하면 정찰장교는 자신들의 임무에 만족감을 드러냈다. 그러나 사람이 하는 일이기에 실수가 따르는 때도 있었다.

"정찰비행단의 활동은 매우 중요합니다. 정확한 정찰을 바탕으로 목표물이 확정되면 전투 조종사는 명령에 따라 목표물을 향해 출격합니다. 2차 세계대전 참가했을 때 독일에서 군수공장을 폭격하라는 명령을 띠고 평소처럼 출격했지요. 목표지점을 살펴보니 군수공장 건물들만 보였고 사람들은 그림자 하나 보이지 않았소. 그래서 목표물을 향해 정확하게 공격하곤 기지로 돌아왔소. 그리고 며칠 지난 후 그곳을 방문한 적이 있었는데 내가 폭격했던 처참한 현장을 직접 보게 되었소. 문제는 군수공장 옆에 탁아소 건물도 붙어 있었다는 사실을 그때 알게 되었소. 내 폭격에 부서진 건물을 보면서 그때 내가 어떤 생각을 했는지 아십니까?"

독백처럼 그 당시의 끔찍했던 실수를 털어놓는 헤스의 표정이 일그러져 있었다.

"그 자리에 꿇어앉아 오랫동안 기도했소. 내가 할 수 있는 건 기도뿐이었소. 인간은 참 이중적이오."

헤스는 잠시 침묵에 빠졌다. 그는 어린 영혼이 생각날 때마다 기도하는 듯했다. 조종사 이전에 목회자의 길을 걸었던 헤스는 항상 따뜻한 인간애를 품고 있었다. 낙동강 방어선에서 전쟁이 길어지면서 피난민 숫자도 늘어났다. 피난민은 이불과 밥그릇, 옷가지를 이고 지고 남으로 향했다. 피난민 대열이 헤스 소령의 기지를 지나갈 때 비바람이 치면서 어두워지기 시작했다. 그날 밤 헤스는 부대 내 트럭을 이용해 피난민을 목적지까지 실어 날랐다. 영환은 한국군 군인이 엄두도 내지 못할 일을 해내고 있는 헤스를 존경했다. 형 정렬과 동년배인 헤스의 인간적인 면모에 영환은 흠뻑 빠져들었다. 헤스의 면면을 알기에 영환은 그가 괴로워하는 깊이를 충분히 이해했다.

"탁아소에 있었을 어린아이들 생각이 나면 나는 무릎을 꿇고 기도합니다."

헤스는 한동안 트라우마에 시달렸다. 그의 책상에는 헤스의 심경을 대변하는 시 한 편이 적혀 있었다.

내가 한 사람의 가슴앓이를 멈추게 할 수 있다면
내 삶은 헛된 것이 아니리
내가 한 생명의 아픔을 달랠 수 있다면
혹은 하나의 괴로움을 위로할 수 있다면
혹은 쓰러져 가는 한 마리 울새를 도와
둥지에 다시 넣어줄 수 있다면
내 삶은 결코 헛된 것이 아니리

전쟁은 비극이오

헤스는 분노에 가득 찬 눈으로 활주로와 잇닿아 있는 바다를 노려보았다. 해 질 녘 노을이 붉디붉게 수평선 위에 펴져 있을 뿐 바다는 평화로웠다.

"전쟁은 비인간적으로 저지른 행위도 그럴듯한 구실을 붙여 당위성과 합리화로 포장한다오. 그러나 나는 그런 포장을 절대 용납할 수 없소."

영환은 그저 듣고 있을 수밖에 없었다. 헤스의 말에 이의를 제기하거나 변명할 건더기조차 없었다.

"바다는 나와 부하들에게 휴식의 공간이었소. 온종일 활주로 위에서 씨름하고 난 후 피곤을 씻어내며 웃을 수 있는 유일한 곳이 바다였는데 이제 그런 마음이 없어져 버렸소."

일과를 마친 장병들은 팬티 바람으로 바다를 향해 내달렸다. 한창 수영을 즐기던 그때 물에 떠내려온 시체를 발견했다. 여러 구의 시체는 등과 등을 마주 대개 한 후 밧줄로 묶어 바다에 수장한 것이다. 썩기 시작한 시체에서 풍기는 역한 냄새가 코를 찔렀다.

"간첩이라고 파리 목숨처럼 그리 죽여도 되는 건 아니지 않소. 전쟁 중이지만 엄연히 사형집행 과정이란 게 있는 데 말이오. 눈을 감으면 죽은 그들의 모습이 어른거린다오. 밧줄에 묶여 물속에서 버둥거렸을 모습이……. 그건 전쟁을 내세운 잔인하고 포악한 행위요."

간첩 활동하던 첩자를 비인도적인 방법으로 사형시킨 데 대해 헤스는 큰 충격을 받았다. 그런 일이 있고 난 뒤 헤스와 장병들은 한동안 바다에 들어가지 않았다. 그러나 얼마 지나지 않아 헤스의 생각에 변화가 일어난 일이 발생했다.

기지 근처 산에는 어김없이 빨치산이 들끓었다. 헤스도 기지를 옮길 때마다 부대 경계선마다 경계경비를 강화했다. 경계 강화에도 불구하고 빨치산은 몰래 부대로 잠입해 들어오곤 했다. 주로 먹을거리를 훔치러 오는 경우가 태반이었다. 새벽 두 시경 누더기를 걸친 빨치산이 기지 내 취사실로 잠입했다. 배가 고팠던 빨치산 두 명은 허겁지겁 손으로 음식을 집어 먹느라 정신없었다. 그때 취사실로 들어오던 취사병과 서로 눈이 마주쳤다. 빨치산은 빨치산대로 취사병은 취사병대로 반대편으로 도망갔다. 보고를 받은 헤스는 빨치산이 병기창고나 비행기 근처에 나타나지 않는 한 총을 쏘지 말 것을 지시했다.

그날 오후 진해기지를 방문한 김정렬 참모장과 헤스 소령은 한국군 조종사들과 함께 활주로에 서 있었다. 때맞춰 한국공군 조종사의 출격 준비를 취재하는 미 종군기자가 와 있었다. 선두에 선 편대장 윌슨 대위의 전투기가 이륙했고 이어 장동출 대위의 전투기가 활주로 위로 날아올랐다. 그러나 활주로 위에서 기체가 기우뚱하는 순간 그대로 바다에 빠지고 말았다. 눈 깜짝할 사이에 일어난 추락 사고에 늘어서 있던 장병들이 일제히 바닷속으로 뛰어들었다. 영환도 그대로 내달렸다. 무거운 전투기를 끌어내느라 장병들이 힘을 합쳐 내지르는 고함으로 활주로 주변은 아수라장이었다. 뒤집힌 채 바다에 빠진 육중한 전투기를 끌어 올리는 영환의 목에 굵은 핏대가 시퍼렇게 섰다.

"김 중령도 보았지만, 중상을 입은 조종사의 두개골은 깨어져 있었고 피는 끝없이 흘러내렸소. 인공호흡을 시도했지만, 그는 전사하고 말았소. 그 모습을 지켜보던 김 중령 얼굴이 백지처럼 하얗게 질려 있었소."

"아침 식사를 할 때만 해도 건장했던 장 대위였습니다. 그가 그랬습니다. 한국공군의 대표 조종사로 아주 멋지게 날아오르는 모습을 미국 신문과 잡지에 실리게 하겠다고 말입니다. 무스탕을 인수하러 일본에 같이 갔을 때, 속마음을 많이 나눴던 전우였는데 그렇게 허망하게 전사하고 말았습니다."

"나는 좀 더 냉정한 눈으로 전투기를 살펴보았소."

헤스는 조종사가 앉았던 조종석을 자세히 살펴보았다. 조종석을 부착시켰던 나사가 보이지 않았다. 비행기에 조종석이 고정되지 않은 채 얹혀 있기만 했다. 비행기가 속도를 내며 달리기 시작할 때 조종석이 제멋대로 움직였던 것으로 보였다.

"증거는 없으나 적과 내통하고 있는 누군가가 감쪽같이 나사를 제거한 것이 분명했소. 그때야 깨달았소. 빨치산은 언제 어디서나 파괴 공작을 일삼는 무리라는 것을. 그래서 작은 틈도 보여선 안 되겠다는 사실을 깨달았던 거요. 나는 그동안 목회자로서 가졌던 빨치산 무리에 대한 일말의 동정심을 내려놓기로 했소. 현재 내 신분은 군인이며 나와 맞서있는 적을 물리치기 위해 나는 여기에 있는 것이오. 그 사실을 다시 되새기겠소."

헤스는 일말의 동정심까지 내려놓겠다고 했다. 북한군이 집결돼 있다는 정보를 받으면 헤스는 주저 없이 날아갔다. 몇 안 되는 전투기는 하루에도 몇 번씩 뜨고 내렸다. 북한군 집결지에 UN 공군의 B-29 중폭격기 99대가 융단폭격을 감행한 후에도 헤스의 출격은 계속되었다.

낙동강 전투가 계속되는 동안 맥아더 장군은 전쟁을 승리로 이끌 작전을 구상했다. 적의 배후를 공격해 전세를 역전시키는 방법으로 인천상륙작전을 계획했다. 작전계획은 은밀하게 진행되었다.

1950년 9월 15일 간간이 비가 내리고 있었으나 작전은 예정대로 진행되었다. 미 제10군단과 그에 배속된 한국군과 합동으로 인천상륙작전을 감행했다. 4시간 만에 월미도를 점령하고 하루 만에 인천 상륙에 성공했다. 이로써 전쟁의 주도권은 UN군과 한국군이 장악했다.

낙동강 방어선에서도 반격작전이 시작되었다. 북한군의 9월 공세를 막아낸 한국군과 UN군은 인천상륙작전과 동시에 방어선을 돌파한 후 서울 방향으로 진격해 인천상륙작전 부대와 손을 잡는 계획을 세웠다.

낙동강 전선에 남아있는 북한군 7만여 명은 남한에서 강제로 모집한 신병들이 태반이었다. 9월 18일 사기가 떨어진 북한군에게 B-29 폭격기 42대가 집중적으로 공중폭격을 가했다. 미 전투기의 압도적인 공중폭격과 인천상륙작전 소식을 들은 북한군은 급격히 무너지기 시작했다.

9월 25일부터 국군과 미 해병대가 서울 시내로 진입했다. 서울을 고수하려는 북한군의 저항으로 치열한 시가지전투가 벌어졌다. 26일까지 이어진 시가전은 오후 3시 30분경 미 해병대가 중앙청에 진입함으로써 서울을 수복했다. 27일 오전 6시 10분 국군 박정모 소위는 3명의 소대원과 함께 중앙청 국기 게양대에 태극기를 게양했다.

9월 29일 서울수복을 기념하는 환도식이 중앙청 국회의사당에서 거행됐다. 일본 도쿄에서 건너온 맥아더 장군도 환도식에 참석했다.

서울 수복과 함께 국민을 위한 훈령과 담화가 연달아 발표되었다. 육군본부는 민간인에 대한 개인적인 가해를 금지하는 훈령을 하달했으며, 재물 약탈 및 부식물 징발과 부녀자 능욕도 엄격히 금지한다는 명령을 내렸다. 대통령은 탈환지역에서의 개인적 원한에 의한 타살, 구타 금지 등을 촉구하는 성명을 발표했다.

왼빰을 내밀 수 없다

"최 상사, 서울로 가면 좋겠네?"

미 고문단 정비사 깁슨이 최원문 상사에게 다가와 농담처럼 한 마디 던졌다.

"부대가 이동하면 깁슨도 같이 가게 될걸?"

인천상륙작전이 성공했다는 소문은 진해기지에도 쫙 퍼졌다. 낙동강 전선에서 교착상태에 빠진 북한군은 지리멸렬 산으로 숨거나 북으로 후퇴 중이었다. 후퇴하는 북한군을 소탕하느라 무스탕 전투기의 출격 시간은 갈수록 짧아졌다. 그럴수록 정비사들의 일손이 바빠졌지만 반대로 사기는 높아졌다. 인천상륙작전 성공 소식에 정비사들은 밤이 되면 모여 앉아 고향에 두고 온 가족들 얘기로 시간 가는 줄 몰랐다. 날이 밝으면 전투기 출격 지원에 고삐를 바짝 조이며 신나게 정비에 몰두했다.

"초저고도에서 대지공격을 한 모양이군."

공격 임무를 수행하고 착륙한 전투기의 기총 구멍 부분에 나뭇가지가 박혀 있었다. 대지공격이 그만큼 치열했다는 증거였다. 공격을 마치고 돌아온 전투기의 상태는 각양각색이었다. 외부에서 이물질이 엔진에 흡입되거나 냉각수 누수와 과열현상에 따르는 문제로 정비사의 신경은 항상 곤두서 있었다. 출격횟수가 많아졌기 때문에 다음 출격을 위한 준비 소요시간을 단축하려면 쉴 틈이 없었다. 일손이 달리고 할 일은 많지만, 무스탕을 대하는 최 상사의 눈길은 달랐다.

"내가 무스탕 전투기를 처음 본 날이 7월 2일 대구기지에서였어. 그날의 감격을 어떻게 말로 표현하겠나. 이놈이 난리가 난 우리나라를 지켜주겠구나 하는 마음에 그날 잠 한숨 안 자고 무스탕을 지켜봤네. 말도 안 통하는 미군 정비사하고 무스탕에 붙어 낑낑대면서 정비를 배우려고 했던 게 어제 일 같네."

기관 포탄을 운반하고 폭탄과 로켓포를 장착하는 최 상사 이마에 땀방울이 맺혔다. 또 한 대의 무스탕이 활주로를 박차고 이륙했다. 이륙한 비행기는 곧바로 마산 방면의 적을 향해 날아갔다. 공격하기 위해 전투기는 급강하를 했고 이어 폭탄을 퍼부었다. 폭탄 발사 후 급상승한 전투기가 반원을 그리며 재차 공격할 태세를 갖추었다. 하늘로 솟구쳤다가 선회하는 전투기의 힘찬 기동은 진해기지에서도 보였다.

최 상사는 기동하는 전투기를 볼 때마다 신기했다. North America에서 제작한 F-51D는 조종석 뒷면엔 15mm 두께의 강판 방탄으로 처리되었고 4개의 블레이드가 +자 형을 이루는 가변피치프로펠러를 달고 있었다. Rolls-Royce Packard Merlin V형 12기통 엔진의 배기량은 27,038cc에 1,695마력의 수랭식이었다. Radiator는 동체 중앙 부분 아래에 달려 있는데 크고 묵직했다. 거기에 완전무장을 갖추면 전투기 자체 중량만 해도 어마어마했다. 그렇게 엄청난 무게의 전투기 무스탕이 하늘에서 춤을 추듯 자유자재로 날고 있다. 임무를 마친 전투기가 돌아오는 순간부터 최 상사는 또다시 바빠질 것이다. 활주로로 유도하고 급유와 무장장착에 눈코 뜰 새 없이 바쁘겠지만 그만큼 서울로 돌아가는 시간 또한 빨라질 것이다.

서울로 돌아갈 시간이 다가올수록 최 상사 마음은 심란했다. 부쩍 서울에 두고 온 막내가 꿈에 자주 나타났다. 거리방송을 듣고 부대로 귀대할 때 막내는 열에 들떠 앓고 있었다. 아픈 아이를 두고 떠나는 발걸음이 무거웠지만 그리 오래 걸리지 않을 거라 여겼다. 최 상사는 꿈에서 깨면 혼자 주문처럼 중얼거렸다. 무사할 거야, 라고.

최 상사는 옆에서 하늘을 보고 서 있는 깁슨의 손을 잡았다. 자신에게 정비기술을 가르쳐 준 고마운 손은 기름에 절어 반들거렸다. 서울로 가더라도 깁슨의 손을 놓지 않을 심산이었다.

9월 23일 김일성은 북한군 총 후퇴명령을 내렸다. UN 해병대가 이화여대 뒤편의 고지를 점령한 날이었다. 9월 24일 진해기지의 공군비행단과 헤스 소령의 6146부대는 UN군의 총 반격전에 참가하기 위해 여의도기지(K-16)로 이동했다.

대방동 성남고등학교 강당에 짐을 내려놓자마자 영환은 김정렬과 헤스를 모시고 여의도기지로 향했다. 서울거리 곳곳은 폐허로 변해있었다. 도로변에는 파괴된 북한군 탱크가 흉물스럽게 방치돼있었다. 영환은 파괴된 탱크를 연민의 눈으로 쳐다보았다. 적들이 급하게 철수한 흔적이 곳곳에 남아있었다.

"천하무적도 별수가 없군."

"제가 처음 적 탱크를 보았을 때를 생각하면 지금도 머리끝이 쭈뼛섭니다. 놈들은 우리가 아예 상대가 안 된다는 걸 처음부터 알았던 거죠. T-6기를 타고 수류탄을 투하할 때 적의 전차병은 해치도 안 닫고 그대로 상체를 내민 채 돌진했습니다. 하늘을 도리질 치듯 그렇게 기세등등했는데 결국 UN 공군에게 호된 맛을 본 거죠."

지프 뒷좌석에 앉은 김정렬과 헤스의 눈길은 어지러운 서울거리를 살펴보고 있었다. 선전 전단이 바람에 날리고 있는 거리는 을씨년스러웠다.

"내가 바우트 원 부대를 이끌고 급하게 파견된 사실에서 알 수 있듯이 트루먼 대통령의 참전결정은 의외로 신속했소. 미 행정부의 신속한 대응으로 6월 29일부터 미 공군 전투기와 해군 함재기들이 본격적으로 출격하면서 거의 한 달 만에 북한의 항공전력을 막대한 피해를 줘서 무용지물로 만들었어요."

"그랬지요. 다만 북한 지상군과 전차부대를 맞서기엔 워낙 중과부적이라 우리 군이 밀릴 수밖에 없었지만 결국 아군이 낙동강 방어선을 사수할 수 있었던 것도 미 공군과 UN군의 항공지원이 있었기에 가능했던 거잖소."

"북한 포로에 의하면 놈들은 네이팜탄 공격에 벌벌 떨었답니다. 네이팜탄이 터지면 지옥불 붙었다고 소리치며 도망갔답니다. 파편이 옷에 들러붙으면 살갗이 그대로 녹을 정도로 열이 높으니까요."

"피난민에게 들은 말도 있소. 동무들, 어디로 피난 감둥? 미제 쌕쌕이에 불벼락 맞기 전에 얼른 살던 곳으로 되돌아가기요, 하더랍니다. 북한군이 그만큼 하늘에서 쏟아지는 공격을 두려워했던 것이죠."

"북한군이 전의를 상실하고 후퇴한 것은 가공할 만한 공중공격의 힘이었소. 북한군 진지와 병력집결지, 탄약저장고, 보급물자 차량 외에도 전차사단과 기계화사단까지 공중공격으로 거의 궤멸시켰으니 어찌 버틸 수 있었겠소."

"미 공군과 UN 공군의 항공력에 북한 수뇌부의 충격이 컸을 겁니다. 아마 남침계획 세울 때 그렇게 빨리 UN군과 미 공군이 참전하리라곤 예측하지 못 했겠지요."

"북한비행단에 있던 소련제 전투기들이 무방비 상태로 있다가 UN 공군의 표적이 된 것만 봐도 알 수 있지요."

"이제 전쟁은 공중전에서 승패가 결정되는 시대요."

창밖으로 유유히 흐르는 강물이 보였다. 그새 여의도기지는 낯선 곳처럼 변해버렸다. 활주로가 있던 자리는 어른 키만큼 자란 잡초와 나뭇가지 같은 잡동사니들로 덮여 있었다. 영환은 지프로 나뭇가지들을 밀면서 헤쳐 나갔고 김정렬과 헤스는 바닥을 유심히 살폈다. 허연 줄로 이어진 활주로 흔적이 드러났다. 하지만 무스탕을 운용하기엔 활주로의 길이가 짧고 좁았다.

"우선 활주로 복구작업을 서둘러야겠소."

영환은 헤스가 진해에 두고 온 무스탕을 걱정하고 있다는 것을 눈치챘다. 진해기지에 남아있는 자원과 전투기가 도착하기 전에 활주로 복구와 건물을 몇 동 갖춰야 했다. 우선 민간인을 데리고 오는 일이 시급

했다. 영환은 마을로 가서 50여 명의 사람을 데려왔다. 마을 사람들은 집에 있는 연장을 들고 왔는데 곡괭이, 삽, 호미도 있었지만, 가위와 칼을 들고 온 사람도 있었다. 지게를 지고 온 사람도 있었고 맨손인 경우도 있었다. 영환은 마을 사람을 한 줄로 세운 다음 땅 고르는 일부터 시켰다.

작업하기 위해 사람들은 풀밭을 헤치며 들어갔다. 그런데 풀밭에 들어갔던 사람이 비명을 지르며 허겁지겁 되돌아 나왔다. 그들이 가리킨 곳에 여러 구의 시체가 있었다. 시체는 풀밭 곳곳에서 발견되었다. 여의도 샛강의 영등포 방향 제방과 강바닥에도 널브러져 있었고, 여의도 출입구 부근 풀밭 일대에는 북한군과 일반인 시체가 헤아리기 힘들 정도로 뒤섞인 채 발견되었다.

영환은 북한군 장교 시체 앞에 섰다. 젊은 장교의 허리춤에는 권총집과 권총이 그대로였다. 북한군 장교 시체의 입과 코에 시커먼 파리 떼가 들끓고 있었다. 영환은 고개를 돌리고 말았다. 고개를 돌린 영환의 눈에 또 다른 시체가 들어왔다. 다섯 구의 시체였다. 그 앞에 헤스가 서 있었다.

"김 중령, 이들을 잘 보시오. 노부부와 젊은 부인, 젊은 부인의 등에 업힌 아기, 그 옆에 대여섯 살쯤 돼 보이는 소녀. 내가 보기에 이들은 한 가족일 거요. 아들이, 남편이, 아버지가 군인이거나 경찰일 거요."

헤스의 목소리가 격앙되었다. 좀체 목소리를 높이지 않는 헤스였다. 영환의 부릅뜬 눈에 들어온 시신 다섯 구 모두 머리에 총을 맞고 죽어 있었다.

"어찌 사람이 이리 잔인한가. 어찌 젖먹이 아기의 머리에 총을 들이 대고 방아쇠를 당길 수 있는가. 그들도 사람일진대."

헤스는 만행의 현장을 둘러보며 울분을 토했다. 두 주먹을 쥔 영환도 분노와 적개심에 부르르 떨었다.

"기독교에서는 원수가 오른뺨을 때리면 왼뺨을 내밀라 했네만 야만적인 살인자들에게는 그럴 수 없소. 당장 전투기를 몰고 적을 처단하고 싶소."

"저도 함께 출격하겠습니다."

영환이 할 수 있는 말은 그뿐이었다. 시체를 치우는 마을 사람들의 울음소리가 강물에 섞여 더욱 처절하게 들렸다. 동족의 총부리는 남녀노소를 가리지 않았고 잔인한 살생을 거침없이 저질렀다. 시체를 치우며 사람들은 전율했고 분노했다. 마을 사람들의 울분과 적개심은 그다음 날 바로 표출되었다. 천여 명 가까운 사람이 기지로 몰려들었다. 노인과 아녀자 그리고 어린아이도 포함되어 있었다.

"활주로 복구에 작은 힘이라도 보태겠습니다."

"하루라도 빨리 비행기를 몰고 가서 빨갱이를 쓸어주시오."

공산당이 저지른 만행의 현장을 목격했던 이들이 동원할 수 있는 주변 사람을 전부 데리고 온 것이다. 천여 명의 사람이 한 줄로 서서 흙과 자갈을 나르고 깔면서 드럼통을 굴려 바닥을 다져나갔다. 중장비 없이 민간인 손으로 일주일 만에 활주로가 복구되었다.

복구된 활주로 앞에 서 있는 김정렬과 영환에게 헤스가 다가왔다. 활주로 바닥을 점검하던 헤스가 영환을 쳐다보았다.

"전쟁 중이긴 하지만 민초의 힘이 대단하다는 걸 다시 한번 느끼는 바요. 번번이 기지를 옮겨 다니며 그때마다 어려운 환경을 헤쳐 나갔지만, 이번 경우는 특별하오. 민초들 덕분에 이제 무스탕 출격이 가능하게 됐소. 김 중령, 큰불은 껐으니 장병들이 가족을 찾아보는 건 어떻소. 장병들도 가족이 걱정될 것 아니겠소. 기지가 가동되면 시간 내기 더 어려울 테니 드리는 말이요."

영환은 형 정렬을 보았다. 정렬은 아무 말 없이 활주로 바닥을 손으로 한번 훑어 확인하곤 지프 있는 곳으로 걸어갔다. 핸들을 잡은 김정렬 참모장이 영환에게 명령했다.

"타라!"

영환이 차에 올라타자마자 정렬은 거칠게 차를 몰았다. 어둠이 스멀스멀 기어든 서울거리는 찢어진 낙엽처럼 처량했다. 돈암동 골목을 들어설 때까지 두 사람은 침묵으로 일관했다. 꿈에도 그리던 집이 점점 가까워졌다

어머니는 강했다

어둠에 갇힌 돈암동은 쥐죽은 듯 적막했다.

6월 28일 서울 시내에 북한군이 진입하고 한강 다리가 폭파되었다는 소식에도 변씨 부인은 돈암동 집에서 꼼짝하지 않았다. 큰아들이 움직이지 말고 기다리라 했고 작은아들은 세옥에게 사나흘쯤 돈암동에 있으라고 했기 때문이다. 변 씨는 자신을 믿고 돈암동으로 찾아올 자식들을 기다리기로 마음먹었다. 그러나 사정은 하루가 다르게 악화하였다.

29일 새벽 날이 밝자마자 두 남자가 찾아왔다. 싸전가게 주인 이 씨와 세탁소 주인 나 씨였다. 두 남자를 본 변 씨는 자신의 눈을 의심했다. 돈암동 집에 들어선 이 씨와 나 씨는 인민군 복장을 하고 있었다. 이 씨 계급이 더 높은 듯 모자에 달린 붉은 별과 견장의 표식이 나 씨보다 두드러져 보였다. 두 손을 허리춤에 찔러 넣은 채 두 남자는 말 없이 집안을 한 바퀴 돌았다. 변 씨는 대청마루에 서서 날카로운 눈으로 집안을 훑는 두 남자를 지켜보았다.

"어르신. 영감님과 두 아드님 어디 숨겨둔 건 아니죠?"

"그건 자네들이 더 잘 알지 않은가."

변 씨는 긴말하지 않았다. 한 동네에서 이 씨네 싸전의 쌀을 사다 먹었고 나 씨네 세탁소에 군복과 양복 세탁을 맡겼던 터였다. 집안 사정을 훤히 아는 그들이 인민군 첩자인 줄 꿈에도 몰랐던 변 씨와 가족들은 무엇에 홀린 듯 그들의 하는 양을 보고 서 있었다.

"그동안 안면을 봐서 나도 긴말하지 않겠소. 만약 집에 들어오면 신고하시오. 엉뚱한 짓 하지 마시고."

싹싹하던 이 씨는 어디로 가고 어느새 그의 말투와 행동은 강경하게 달라졌다. 대문을 나서기 전 두 남자는 다시 한번 마당과 안방에 시선을 던지고는 총총히 사라졌다. 두 남자가 사라진 뒤 변 씨는 물부터 찾았다. 물 사발을 들고 마시는 변 씨의 가슴이 심히 후들거렸다. 그러나 변 씨는 이내 마음을 가다듬었다.

"등잔밑이 어둡다더니 저이들이 빨갱이 첩자인 줄 생각이나 했었나. 쌀 배달 오고 세탁한 옷 들고 올 때 싹싹하고 사람 좋은 웃음이 가면이었구나 생각하니 온몸이 떨리는구나. 빨갱이가 우리집 내막을 훤히 꿰뚫고 있으니 너희도 정신 바짝 차려라. 저들이 또 찾아오면 내가 나설 테니 너희는 방에서 나오지 말아라."

두 남자는 무시로 변 씨 집을 드나들었다. 두 남자는 거들먹거리며 사흘 내리 드나들었다. 그러던 두 남자가 사흘 뒤부턴 모습을 보이지 않았다. 나흘째 되던 날 두 남자 대신 다른 무리의 인민군이 들이닥쳤다. 인민군은 낯선 영감 한 명을 데리고 왔다. 인민군 한 명이 다짜고짜 변 씨에게 권총을 들이댔다. 인민군의 무례한 행동에 두 며느리는 아연실색 아무 말도 못 하고 서 있었다. 그러나 변 씨는 조금의 동요도 없었다.

"동무, 이 집 남자들 오지 않았소? 다 알고 있으니 순순히 말하시오"

"다 알고 있으면 굳이 물을 필요가 뭐 있습니까? 25일 새벽에 다들 뛰어나간 후론 우리도 얼굴 한번 보지 못하고 있습니다. 남들 다 가는 피난도 안 가고 여기서 기다리고 있는 것만 봐도 알지 않소?"

변 씨의 단호한 태도에 고개를 갸우뚱하던 인민군 한 명이 희재에게 시선을 돌렸다.

"동무도 같은 대답이오?"

순간 희재는 숨이 턱 막혔다. 그러나 정신을 차려야 했다. 호랑이에게 물려가도 정신을 차리면 살 수 있다고 했다.

"남편요? 흥! 가족을 두고 저만 살겠다고 도망갔는데 무슨 남편입니까? 남편은 몹시 나쁜 놈입니다. 나쁜 자식이라고요. 만일 그놈이 들어오면 멱살부터 잡아 흔들 거예요. 저 혼자 살겠다고 저 어린애들과 어머니까지 두고 도망간 놈 아닙니까!"

희재는 악을 바락바락 쓰며 남편에 대한 험담을 해댔다. 듣고 있던 인민군은 희재가 그냥 꾸며낸 말인지 진심인지 긴가민가한 표정이었다.

"잘 들으라우. 항상 지켜보고 있으니께네 도망갈 생각일랑 말라우."

인민군 한 명이 턱짓으로 영감을 재촉했다. 앞장선 영감을 따라 인민군이 대문을 나섰다. 그때까지 꼿꼿이 서 있던 변 씨가 마루 끝에 털

썩 주저앉았다. 희재와 세옥이 얼른 변 씨 옆으로 달려갔다. 변 씨의 입술이 하얗게 질려 있었다.

"저 영감탱이가 누구냐? 처음 보는 얼굴인데 빨갱이들이 저 영감탱이를 앞세워 집마다 뒤지고 다니는 모양이야."

긴장했던 변 씨는 연신 가쁜 숨을 몰아쉬었다.

"그런데 에미야, 어디서 그런 용기가 나오든? 내 배포가 센 줄 알았는데 오히려 네가 나보다 낫구나."

"상황을 보니 무조건 모른다고 해선 안 통할 것 같았어요. 그래서 세게 부닥치는 길밖에 없겠다는 생각이 불현듯 나지 않겠어요. 무식한 여편네처럼 막무가내로 밀어붙여보자고 태자애비 욕을 막 해댔죠. 어머니껜 죄송하지만요."

"아니다, 아니다. 그런데 저놈들이 수시로 드나들며 괴롭힐 텐데 어쩌나. 우리가 군인 가족인 걸 죄 알고 왔을 텐데, 그러다가 만일 큰애나 작은애가 불쑥 찾아오기라도 하면 어쩌나."

"저놈들 계산은 태자애비와 서방님이 집으로 올 수도 있으니까 우리를 지켜보자는 것 같아요. 어머니, 아저씨네로 옮기는 건 어떨까요? 만일 서방님이나 태자 아범이 여길 찾아왔더라도 우리가 없는 걸 알면 사직동으로 찾으러 올 거예요."

"그렇더라도 며칠 더 기다려보자."

시어머니 결정에 따랐지만, 하루하루가 불안했다. 밤낮없이 들려오는 포성에 아이들은 귀를 막거나 이불을 뒤집어썼다. 어두워지기 전에 서둘러 저녁을 먹고 나면 온 식구가 안방에 모여 라디오를 들었다. 방 안은 라디오 소리만 들릴 뿐 조용하다 못해 적막감까지 감돌았다. 늦은 밤이었다. 누군가 방문을 열어젖히고 후다닥 뛰어 들어왔다. 갑작스러운 침입자의 출현에 놀란 아이들이 울음을 터뜨렸다. 너무 놀란 나머지 세 여자는 소리도 지르지 못했다. 방안에 뛰어들어온 남자는 땀에 흠뻑 젖어 있었다. 남자는 놀란 변 씨와 두 여자를 향해 두 손을 싹싹 비비며 애원했다.

"사, 살려주세요. 겨, 경찰입니다. 날이 밝기 전까지 숨겨주세요. 미안합니다."

남자는 제 할 말만 하곤 아이들의 이불 속으로 파고 들어갔다. 겁에 질린 남자는 이불 속에서도 떨고 있는지, 얇은 이불이 부르르 떨렸다. 희재와 세옥은 우는 아이들을 안고 다독였다. 바깥공기를 살피고 들어온 변 씨가 이불에 대고 나지막한 소리로 일렀다.

"남은 밥이 있으니 간단히 요기나 하시오. 그런 다음 다락방에 있다가 날 밝거든 살펴 나가면 돼요. 여기도 안전하지 못하니 조심하구려."

다음날 남자는 어스름 새벽달을 뒤로하고 집을 빠져나갔다. 겁에 질린 남자의 뒷모습을 보며 변 씨는 두 손 모아 합장했다. 희붐한 새벽은 한 치 앞을 내다볼 수 없는 상황을 말해주는 듯했다.

"서울이 적의 손에 떨어진 다음날 우리 집을 제일 먼저 방문한 그자들을 볼 때만 해도 나는 흔들리지 않았다. 집을 지키고 있으려 했다."

시어머니가 지칭한 그자들이란 나 씨와 이 씨였다.

"에미야, 그런데 이젠 사직동으로 떠나야겠구나. 되도록 짐은 간단하게 싸거라."

희재와 세옥은 서로를 쳐다보았다. 공포에 질린 그녀들 품에 올망졸망 어린아이 네 명이 안겨 있었다. 남자가 떠난 날 새벽 변 씨는 손자와 두 며느리 그리고 도우미 최 씨까지 데리고 돈암동을 떠나 사직동으로 향했다. 11명의 대식구였다. 희재는 시어머니 지시대로 남의 눈에 띄지 않으려고 최대한 간단하게 짐을 챙겼다.

서울고등학교와 인접한 사직동 상공에 비행기 한 대가 날고 있었다. 낮게 날고 있는 비행기는 학교와 사직동 상공에서 몇 바퀴 빙빙 돌았다. 지붕 위를 가까이 지날 때는 창문이 들썩거릴 정도였다. 간간이 대포소리가 들렸으나 비행기 소음에 묻혀버렸다. 무심히 듣고 있던 비행기 소음이 평소와는 다르다는 생각이 들던 그때 변 씨는 퍼뜩 이상한 예감이 들었다. 얼른 일어나 창문을 한 뼘 정도 열어 하늘을 올려다보았다. 작은 창문 틈새로 처음 보는 비행기가 보였다. 비행기는 한 바퀴를 돌아 집 위에 오면 속도를 늦췄고 기체를 기울였다. 희미했지만 조종석에 앉은 조종사 모습이 설핏 보였다. 조종사가 의도적으로 집 쪽을 향해 기체를 기울이는 것 같았다. 뚜렷하진 않지만, 조종사를 확인하는 순간 변 씨는 저도 모르게 가슴을 쳤다. 입에서 거침없이 신음이 튀어나왔다.

"저놈이 제 정신인 게냐. 여기가 어디라고 저렇게 날아와."

비행기가 집 가까이 올 때마다 꽝꽝 대포소리가 들렸다.

"에미야, 방안에서 한 발짝도 나가지 말아라. 아기들 꼭 붙들고 있구. 영환이 저놈이, 저놈이 왜 저러누."

새파랗게 질린 변 씨는 목에 걸고 있던 염주를 끌러 손에 들고 꿇어앉았다. 두 눈을 꼭 감은 변 씨는 염주를 굴리며 간절히 기도했다. 그건 아들 영환에게 하는 기도였다.

"영환아, 제발 가라, 가거라. 여긴 걱정하지 말고. 영환아, 제발 그만 가거라……."

변 씨의 애타는 기도에 희재와 세옥도 꿇어앉았다. 형언할 길 없는 슬픔이 세 여자의 가슴에 치고 들어왔다. 어느새 비행기 소음도 대포 소리도 들리지 않았다. 두 며느리의 눈은 충혈되었고, 긴장했던 변 씨 이마엔 끈적끈적한 식은땀이 묻어났다.

"여기 있어서는 안 되겠구나. 오늘 비행기가 이 근처에서 날았으니 이상하게 여긴 빨갱이들이 집집이 뒤지지 않겠니. 영환을 위해서도 그렇고 우리 안전을 위해서도 다른 곳으로 옮겨야겠다."

"어머니, 어디로 가시려고요?"

어린아이들을 데리고 이동할 생각에 희재 얼굴은 금세 어두워졌다.

"자하문 밖에서 암자로 올라가는 길이 있는데, 그 근처에 동굴이 있다는 말을 들었다. 일단 여기를 떠나 거길 찾아가 보자. 내가 아는 절도 있지만 우리는 절에도 있을 수 없다. 군인 가족이니 눈에 띄는 곳에 가면 오히려 위험할 것이야. 우리만 위험한 게 아니라 절 식구들까지 위험하게 돼. 그러니 사람이 없는 곳이거나 우리를 모르는 사람이 있는 곳을 찾아야 해."

피신할 곳을 찾아 11명의 대식구가 사직동을 떠나 자하문으로 향했다. 자하문 밖을 나와 오솔길로 접어들었다. 작은 돌탑이 있는 곳에서 두 갈래 길이 나타났다. 변씨가 작은 돌 하나를 주워 던졌다.

"왼쪽 길로 가라는구나."

희재와 세옥은 작은 아이들은 한 명씩 업고 큰 아이는 걸리며 산길을 탔다. 큰 아이들은 행여 뒤처질세라 좇음 걸음으로 어른들 뒤를 따랐다. 얼마쯤 걸었을까. 깊이 파인 동굴이 나타났다. 동굴 앞에 이르렀을 때 누가 먼저랄 것도 없이 굴속에 들어가 그대로 쓰러졌다. 밤새 산 아래 동네에서 쿵쿵 소리가 들렸다. 산 아래 대포 소리와 산속 늑대 울음소리에 변 씨는 잠을 설쳤다. 동굴 속의 습하고 비린 냄새에 어린 손자들이 걱정되었다. 산속 생활을 언제까지 버틸 수 있을지 생각하면 막막했다. 그러나 어른들 걱정과 달리 아이들은 단순했다. 허기만 면하고 나면 아이들은 저희끼리 잘도 놀았다. 마치 소풍 나온 듯 아이들은 큰 나뭇잎을 주워 비행기처럼 날리기도 하고 나뭇잎끼리 스쳐 지나가는 흉내를 내며 놀았다.

"애들 눈은 못 속인다더니 나뭇잎 하날 가지고도 비행기 놀이를 하는구나. 남의 눈이 없으니 다행이다. 그리고 에미하고 작은애는 지금 입고 있는 치마를 뒤집어 입도록 해라. 남의 눈에 띄었을 때 치마 하나만 보고도 짐작하지 않겠느냐. 얼굴과 손에도 숯 검댕을 묻혀 지저분하게 보이도록 하고. 만일을 대비해서 나쁠 거 없다."

"그 생각을 미처 못 했네요."

희재와 세옥은 얼른 치마를 벗어 뒤집었다. 그리고 숯 검댕을 얼굴뿐 아니라 치마에도 발랐다.

산속 숲길 위로 갈참나무에 달린 도토리가 하나둘 떨어지기 시작했다. 땅 위의 대포 소리는 멎을 줄 몰랐고 하늘에서는 전투기들이 요란한 굉음을 내며 날아다녔다.

1950년 6월 28일 오전 11시 서울 중앙청사와 시청에 붉은 별이 그려진 인공기가 펄럭였다. 150만여 명의 서울 시민은 미처 피란도 못한 채 꼼짝없이 갇힌 신세가 되었다. 인민군 총사령관인 김일성은 서울 점령과 동시에 남한 점령정책을 발표했다. 북한 공산주의 정권은 남한체제를 '미 제국주의의 식민지배, 이승만 독재정권'으로 규정하고 신속하게 공산당 지배체제로 전환했다. 첫 번째 조치가 '인민위원회 구성'이었다. 지배체제 구축에 민주청년동맹, 여성동맹, 직업동맹, 농민동맹, 소년단, 조국 후보위원회 등의 사회단체가 공산당 지배체제에 힘을 보탰다.

김일성은 예상하지 못했던 미군과 UN군의 참전으로 전쟁이 국제전 양상으로 확대되자 당혹했다. 전쟁을 승리로 이끌기 위해 남한 점령지역에서 긴급 전시동원 정책을 쓸 수밖에 없었다. 남침 당시 20여만 명이었던 병력은 10만 명 아래로 줄었고 전선까지 보급하는 물자와 탄약은 미 공군과 UN 공군의 폭격 때문에 원활한 수송이 어려웠다.

'1950년 7월 1일부터 전시동원령을 남한의 점령지역까지 확대 적용한다'라는 포고령을 발표한 북한 정권은 남한의 젊은이를 의용군이라는 이름으로 강제징집했다. 20만여 명의 젊은이가 강제징집으로 전쟁터에 끌려갔다. 전쟁 초기부터 UN군 공습으로 보급망이 어려워진 북한 정권은 서울시민을 강제 노동에 동원했고, 모든 곡식을 공출형식으로 수탈해갔다. 점령지 시민을 세뇌하기 위한 정치 선동도 빠뜨리지 않았다. 시민들은 살아남기 위해 대문마다 '조선 민주주의 만세' '영명하신 지도자 김일성 만세'를 붙였다.

하루아침에 세상이 엎어지는 일이 일어났다. 좌익 활동에 가담한 가난한 농사꾼과 노동자 출신의 하층민들이 동무, 라는 호칭 하나로 권력을 행사했다. 시민은 그들의 눈에 찍히지 않으려고 미제와 이승만 독재정권을 비판하는 궐기대회에 참석해야 했다. 거리에선 양복 차림과 구두 신은 사람은 찾아보기 어려워졌고 반대로 남루한 옷에 수염과 손발톱을 깎지 않은 지저분한 몰골의 사람이 활보하고 다녔다.

공산당은 반체제 인사 숙청작업을 위해 서울 시민을 5단계로 분류했다. 남로당원과 공산주의 신봉자가 1등급, 북한군 남침 환영행사 및 부역 등에 적극적으로 참여한 자가 2등급, 소극적 가담자와 친북성향의 시민이 3등급, 도강하지 못한 주민으로 숨어 지낸 일반 시민이 4등급, 5등급은 군경 및 그 가족과 판사와 검사를 포함한 공무원과 언론인 그리고 종교인과 서북청년단 및 우익인사와 반공 활동에 가담한 자였다. 공산당은 5등급 중에서 국군과 경찰 간부 그리고 미군 요원을 반역자로 몰아 즉시 처형했다. 그들은 반동분자 처형 절차를 인민재판 형식을 빌려 이용하기도 했다. 인민재판은 시민들에게 공포심을 안겨주었고 북한 정권 체제에 대해 감히 반기를 들 수 없게 만드는 효과를 가져왔다.

북한은 남침 전부터 남한의 주요 인물을 납치할 계획도 세웠다. 납북 대상자는 대부분 5등급에 속하는 부류였다. 그 외 특별한 기술을 가진 기술자와 유명예술인 등도 포함되었다. 북한군은 후퇴하면서 수많은 애국지사와 유명예술인을 쇠사슬로 묶어 끌고 갔다. 남은 가족들은 미아리 고개에서 땅을 치며 통곡했다.

북한군은 후퇴하면서도 친미세력과 이승만 정권 관련자를 무자비하게 학살했다. 대학교수와 의사 등 특정 직업의 지식인 그룹과 부유층 그리고 목회자도 예외 없이 처단 대상이었다. 군 병원과 대형병원에 입원해 있던 환자와 병원 종사자와 가족까지 무참히 몰살시켰다.

"확실하진 않지만, 납북자가 10만여 명 된다고 들었다. 김억 선생도 납치되셨다고 들었는데 생각할수록 안타깝구나. 사관학교가 있는 김포까지 오셔서 강의를 해주곤 하셨는데 말이다. 나는 겨우 점심 한 그릇 대접해 드리는 거로 강의료를 대신했다. 항공부대 재정 상황을 누구보다 잘 아신 선생께선 점심 한 그릇에 만족하시며 열심히 강의해주셨다."

영환도 김억 선생은 알고 있었다.

"저도 강의를 들은 적 있습니다. 한 편의 시를 두고 해석해 주시는데 짧은 시 한 편에 담긴 오묘하고 깊은 뜻을 구수하게 풀어서 들려주셨죠. 참 감명 깊게 들었습니다. 훌륭한 분이 납치되셔서 정말 유감입니다."

"내 아는 목사님과 음악가 한 분도 끌려가셨다고 들었다. 죄 없는 사람을 그리 죽이고도 모자라 납치까지 하다니."

변 씨가 진저리를 치며 혀를 찼다.

"동굴에 피신해 있을 때 우리에게 도움을 준 박 씨 영감이 있었다. 동굴에서 한참 올라가면 초가집 두 채가 있었는데 그중 하나가 박 씨 영감 집이었어. 우리가 어린 아기들하고 동굴에서 지내는 게 안 돼 보였던지 자기네 방 하나를 비워줄 테니 들어오라는 거야. 내가 박 씨 영감의 호의를 받아들였던 건 정기 때문이었어. 겨우 백일 넘긴 애가 아팠거든. 귀한 방을 한 칸 내주는데 그냥 있을 순 없어서 내가 끼고 있던 금반지를 빼줬단다."

"산속이라 밤만 되면 추웠어요. 더구나 습기 찬 동굴바닥엔 처음 보는 벌레도 많았고요, 애들은 대번에 피부병이 생기더군요. 박 씨 영감님 덕에 우리가 목숨도 건진 거잖아요. 나중에라도 꼭 찾아뵙고 인사드려야 해요."

"목숨을 건지다니 그게 무슨 말이오?"

"하루는 인민군이 들이닥쳐서는 무조건 아랫동네로 모이라는 거예요. 정신이 아득했죠. 그놈들이 두 줄을 그어놓고 서울에서 온 사람들은 오른쪽, 원주민은 왼쪽으로 서라고 하지 않겠어요. 박 씨 영감이 눈짓으로 자기 뒤를 따라 서라고 하더군요. 인민군이 왼쪽 줄에 선 사람은 해산하라고 해서 우리는 다시 산에 올라왔는데 오른쪽 줄에 선 사람은 어디론가 끌고 갔어요. 어디로 갔을까요? 다시 생각해도 몸서리쳐져요."

형수 희재 옆에 앉아 있는 세옥의 파리한 얼굴이 병약해 보였다. 영환은 여의도기지 주변 풀밭에 쓰러져 있던 다섯 구의 시체를 떠올렸다. 군인 가족이거나 경찰 가족일 거라는 헤스의 말도 생각났다.

"이 난리 통에 우리 가족 다 무사하니 이 모든 게 부처님 덕분이다. 그러나 억울하게 죽은 사람이 너무 많구나. 집안이 정리되고 나면 좋은 날 택해 덕망 있는 스님 모셔서 억울한 영가를 위해 왕생극락 천도재를 올릴 참이다."

후퇴하는 마지막 날까지 북한군은 발악했다. 끌려가지 않으려 발버둥 치는 사람에겐 총을 쏘아댔고 구덩이를 파게 한 다음 생매장을 한 일도 있었다. 열대여섯 살 되는 소년까지 총을 쥐게 해 북으로 끌고 갔다.

"아범하고 작은애에게 내가 긴히 할 말이 있구나."

어머니는 작심한 듯 정색을 하고 두 아들을 불렀다. 어머니 변 씨의 엄숙한 태도에 영환과 정렬이 자세를 고쳐 앉았다.

“나는 너희가 이 땅을 지키는 군인이란 사실이 자랑스럽다. 너희 역시 자부심을 품고 위기에 처한 나라를 지키기 위해 전력투구하리라 이 에미는 믿고 있다. 그런데 에미가 꼭 부탁할 게 있구나.”

어머니 손에는 예의 염주가 들려 있었다. 한 알 한 알 염주 알을 돌리는 어머니의 손놀림은 일정했고 안정돼 보였다.

“전쟁이 나면 많은 걸 잃게 된단다. 우리가 눈앞에서 보고 있지 않으냐. 전쟁 때문에 사람이 죽어 나가고 건물이 부서져 형체도 알아볼 수 없게 되고 말이다. 내 듣자 하니 숭례문이 총탄 자국과 폭탄 세례로 너덜너덜해져서 언제 떨어져 나갈지 알 수 없다고 하더구나. 서울 한복판에서 인민군과 국군의 총격전이 벌어졌을 때 폭탄에 보신각 건물이 내려앉았고 보신각종은 바닥에 내동댕이쳐졌다고 한다. 그 사실을 들었을 때 무척 심란하더구나. 그런데 또 다른 소식을 듣고 나니 마음이 건잡을 수 없구나.”

대체 어떤 일이 어머니를 심란하고 건잡을 수 없게 만들었을까. 영환은 두 귀를 세웠다.

“어제 38선 인근 절에서 피신하신 스님 한 분이 법륜사로 가시기 전 우리 집엘 들르셨다. 전투기 폭격으로 절이 불탔다는구나. 절에 있던 불상과 탱화조차 피신시킬 수 없을 정도로 폭탄이 무차별적으로 쏟아졌다고 하셨어. 스님이 모시던 부처님이 아니었더냐? 게다가 오래된 보물이었기에 그리 소실된 데 대해 무척 안타까워하시더구나. 우리나라 전국 고찰에는 귀중한 탑과 탱화와 불상이 오랜 세월 온갖 풍파를 견디며 그 자리를 지키고 있단다. 그래서 너희에게 특히 영환이 너에게 부탁하고자 한다. 전투기를 몰고 나갈 때 빨갱이만 잡아라. 선량한 사람이 모인 곳과 사찰과 고궁 그리고 능이 있는 곳은 피하거라. 특히 문화재가 있는 사찰은 특별히 신경 써서 보호해다오. 무릇 문화재는 국민의 정신과 같은 것이 아니냐. 에미 부탁이다."

영환은 선뜻 대답하지 못하고 어정쩡한 표정으로 어머니를 보았다. 정렬도 마찬가지였다. 미 공군과 UN 공군은 지도 한 장만 들고 목표물을 향해 출격했고 임무를 마치면 돌아오곤 했다. 그들은 인민군 대열과 탱크가 보이면 무조건 폭격을 가했다. 그곳이 적 진지인지 사찰인지가 그들에겐 중요하지 않았다.

"어머니, 명심할게요."

영환은 구구절절 설명하기보다 우선 어머니를 안심시키는 방법을 택했다. 어머니에게 미 공군을 비롯한 UN 공군의 합동출격을 어찌 설명할 수 있겠는가. UN 공군에 영국과 호주, 캐나다, 태국, 그리스, 남아프리카공화국이라는 6개국의 외국 조종사가 참전하여 공격하고 있다고, 그들에게 지시를 내리거나 명령할 위치가 아니기에 곤란하다고, 그 말을 차마 할 수 없었다.

"네가 명심하겠다니 고맙다. 우리의 불교는 먼 삼국시대부터 부처님의 진리가 그대로인 대지 즉 나라를 지키는 호국의 의미로 승화된 호국불교니라. 고려대장경을 판각하여 그 공덕으로 몽골침입을 물리치려 했던 호국불교 정신이 오늘의 환란도 물리쳐 줄 것이야. 그러니 너만이라도 신중해다오."

구원과 심판

통일을 염원한 대통령은 승리의 여세를 몰아 북진을 독려했다. 10월 2일 국군 3사단은 38선을 돌파해 양양을 점령했다. 10월 7일 오후 5시 14분 미군 부대는 처음으로 38선을 넘어 북진했고 미 제1기병사단이 개성을 점령했다. 유엔총회는 UN군의 38도선 북진을 허가하는 서방 8개국의 제안을 통과시켰다. 10월 9일 UN군의 북진 작전이 개시되었고 이에 맞선 김일성은 10월 11일 전 북한군에게 최후 저항 명령을 내리기에 이르렀다. UN군의 총반격으로 전쟁은 새로운 양상으로 전개되었다.

여의도기지(K-16)는 하루가 다르게 늘어난 비행기와 병력으로 붐볐다. 북진하는 지상군을 보다 효과적으로 지원하기 위해 공군비행단은 10여 대의 전투기를 3개 편대로 재편성했다. 제1편대는 지상작전 협력에 직접 투입하기로 했으며 제2편대는 적 후방차단작전이 주 임무였다. 제3편대는 예비 편대로 긴급한 상황에 출동하여 지상군작전에 협력하도록 방침을 세웠다.

미 고문단에서는 전투기 출격에 따른 지원과 정비사에 대한 지원에도 신경을 썼다. 작업장 천막과 야전용 접는 목침대, 작업화와 방한 점퍼에 바지 등 세세한 품목까지 지급했다. 한국군의 38선 돌파 소식과 미 고문단의 신속한 지원에 한국공군 정비사들은 고무되었다. 정비사의 사기를 돋운 또 한 가지 경사는 한국공군 정비사 최초로 정비 기장(Crew Chief)이 탄생했다. F-51D 17호기 정비 담당 박상은과 F-51D 18호기 정비 담당 최원문 두 정비사가 그 주인공이었다.

캐노피 프레임 하단 좌측에는 기장의 이름을, 우측에는 조종사 이름을 새기는 작업을 하는 최 상사에게 헤스와 영환이 다가왔다. 헤스는 손에 들고 있던 쪽지를 내밀었다. 'I fly by faith'라고 쓴 영문 아래 '信念의 鳥人'이라고 적혀 있었다.

"헤스 중령이 이 글귀를 조종석 하단에 써 주기를 바라는데 가능하겠는가?"

"아무래도 글자는 잘 쓰는 사람을 불러야겠습니다. 제가 간판 글자를 잘 쓰는 기술자를 찾아 완성해 놓겠습니다."

쪽지를 보고 곰곰이 생각하던 최 상사가 시원한 답을 내놓았다.

"나는 독일군과 싸울 때는 'Per fidem volo'를 써 붙이고 출격했소. 그만큼 믿음을 갖고 하늘을 누비겠다는 뜻이었소. 독재자가 세계를 지배하도록 놔두는 것보다는 그들과 맞서 싸우는 것이 정의롭다는 내 믿음의 표출이었소. '信念의 鳥人'을 새기는 것 또한 하느님의 은총으로 이 나라가 구원될 것을 믿기에 무서울 것 없이 출격하겠다는 내 뜻을 담은 것이오."

"중령님의 반쪽은 한국인입니다. 불교의 윤회 사상에서 삼생의 하나로 표현하는 전생이 있습니다. 전생이란 이 세상에 태어나기 이전의 세상을 말하는데 제 생각엔 전생에 헤스 중령님은 한국인이었을 것으로 생각됩니다. 불교에서는 다시 사람으로 태어나는 것을 두고 전생에 제일 큰 복을 지었다고 말한답니다."

"기독교에서는 이 세상의 종말이 왔을 때 구원을 받거나 심판받는다고 하지요."

"이 전쟁이 끝나면 과연 누가 누구에게 어떤 구원과 심판이 내려질까요?"

"저도 궁금하군요."

영환은 더는 묻지 않았다. 하늘은 맑았고 바람은 한결 시원했다. 푸른 여의도 하늘로 프로펠러 소리가 요란하게 흩어졌다. 긴급연락 임무를 맡은 정찰비행대의 연락기들이 쉴 새 없이 뜨고 내렸으며, 조종 하사관들은 T-6기로 비행훈련을 받고 있었다. 격납고 앞에서는 이제 막 F-51D 전투기 기종전환에 돌입한 풋내기 조종사들이 무스탕 앞에 모여 있었다. 김두만, 전봉희, 주영복, 신유협 등 낯익은 얼굴들이 보였다.

"저 고아들은 부대 주변을 떠날 생각을 않는군요."

기지 입구 쓰레기통 주변을 서성이는 한 무리의 아이들을 보며 영환이 말했다.

"어제 모처럼 시간이 나기에 이 중위와 함께 외출했소. 아내에게 줄 기념품을 하나 살까 하고 말이오. 딱히 선택할 만한 게 없어서 가게를 기웃거리는데 누가 내 옷을 끌어당기지 않겠소. 고개를 돌렸더니 누더기를 걸친 아이가 내게 손을 내밀더군요. 지금 생각해도 내가 왜 그 아이를 외면했는지 모르겠소. 아내에게 줄 선물로 그리 값진 것을 사는 것도 아니면서 왜 그 아이에게 작은 은혜를 베풀지 않고 돌아섰는지 말이오. 그 아이 얼굴이 어른거려 잠을 설쳤소."

"중령님, 한국 속담에 '치마가 열두 폭인가'란 말이 있습니다. 늘 남의 걱정에 마음 편할 날이 없음을 이르는 말이지요."

헤스는 영리한 사람이었다. 영환의 말뜻을 알아차리고도 남았다.

"저도 알고 있는 한국 속담이 있습니다. '콩 한 알도 나눠 먹는다'라고 하는 속담 그대로 몸소 실천하는 사람들이 우리 부대에도 많습니다."

영환은 그만 웃음을 터뜨리고 말았다. 헤스는 영락없는 한국 사람이었다. 고아가 된 아이들은 부대 주변을 기웃거리며 허기를 모면했다. 부대에서 음식쓰레기가 나오면 일시에 몰려든 아이들로 한바탕 난리가 일어났다. 손으로 쓰레기통을 뒤져 입으로 가져가는 아이를 볼 때마다 헤스의 마음은 불편했다. 부대원에게 아이들 몫으로 한 술씩 남겨두기를 지침으로 내리기도 하고 서울 고아원으로 데려다주기도 했다.

그새 여의도 상공에 무스탕 한 대가 날아올랐다. 신참 조종사의 기종전환 첫 비행이었다. 활주로 주위에 서 있던 동료들이 환호를 날려 보냈다. 영환도 두 손을 높이 들어 격려의 박수를 보냈다.

"전투출격 태세가 완비되었기에 제5공군 사령부에 준비 완료 전보를 보냈소. 사령부로부터 직접 명령이 내려왔소. 곧 북진하는 지상군의 항공지원 작전에 투입될 것이고 나는 지금까지 시행했던 것처럼 한국공군과 합동출격할 것이오"

한국공군 비행부대는 제6146부대 지휘관 헤스의 지시에 따라야 했다. 그의 눈에는 F-51D 전투기에 한해 한국공군 조종사의 단독비행이 아직은 미덥지 않기 때문이었다.

"가끔은 F-51D의 구조적 원리를 조종사가 충분히 알고 있으면서도 실수를 일으키는 경우가 있소. 연료 탱크가 가득 차 있으면 무스탕의 무게 중심의 위치가 바뀌기 때문에 하강하던 비행기가 다시 급상승할 때는 중량이 뒤로 쏠린다오. 그런 이유로 급격히 지상 가까이 내려가 공격한 후 급상승하다가는 오히려 추락하게 되오. 그 점을 걱정하기 때문에 누누이 강조하는 바요."

드디어 제6146부대에 출격 명령이 내려졌다. 공군 제1편대는 퇴각하는 적 지상군 소탕 작전에 투입되어 중동부 전선의 춘천, 양구, 철원, 평강 등지로 출격했고 제2편대는 평양, 진남포, 사리원, 해주 등의 서부전선 전략요충지와 주요 중요도로에 집중적으로 포격하여 후방차단작전을 수행했다.

L-4, L-5, T-6기 등 세 기종 14대로 운용 중인 정찰비행전대는 육군의 각 군단에 파견되어 지상군이 북진함에 따라 함께 이동했다. 각 군단과의 연락과 적을 포착하여 육군부대에 알려주거나 전투기를 유도하여 정확한 폭격지점을 알려주는 임무를 수행했다. 박문기 상사는 제2군단 파견대에 소속되어 L-4를 몰고 정찰지원에 나섰다. 10월 1일 박 상사는 육군 정찰병을 태우고 평창 상공에서 적의 주력부대를 정찰하던 중 적의 대공사격에 맞아 전사하고 말았다.

10월 7일 전구서 상사는 육군 제6사단의 포병관측 장교인 전양명 소령을 뒤에 태우고 L-4로 정찰지원에 나섰다. 그에게 맡겨진 임무는 화천지구의 적 정찰이었다. 그러나 적의 집중포격에 정찰기 엔진에 불이 붙었다. 화천댐 남쪽 산비탈에 필사적인 착륙을 감행했으나 전 상사는 그 자리에서 산화하고 말았다.

"헤스 중령님도 아시지만, L-4는 속도도 느리고 방탄이 안 되는 그야말로 종이 같은 비행기입니다. 오죽하면 우리끼리 잠자리로 부르겠습니까. 그런데도 우리 조종사들은 거침없이 잠자리를 조종하고 무수히 쏘아대는 대공화기 속을 날아다니며 정찰 활동을 수행합니다. 전 상사는 낙동강 방어 전선에서부터 육군 제2군단의 눈이 되어 적정을 파악했습니다. 그는 뛰어난 정찰능력을 발휘했습니다. 마지막까지 관측장교 전양명 소령을 살리고 임무를 수행한 조종사였습니다. 그리고 박 상사는 참 쾌활한 군인이었습니다. 대전에서 박재호 상사와 정찰비행 중 적의 포탄에 맞아 기체 중간이 떨어져 나간 사고가 있었지요. 그는 재빨리 박재호 상사의 허리를 부둥켜안고 대롱대롱 매달린 채 무사히 귀대했던 전우였습니다. 종잇장 같은 연락기를 몰고 적의 대공 포격이 소나기처럼 쏟아지는 속을 저공비행하며 정찰 임무를 수행하는 전우들이야말로 영웅입니다."

"그렇소. 전 상사의 마지막 정찰 임무성과는 대단했소. 패주하는 적 2개 연대를 발견하여 좌표상의 위치를 지상군에게 알려주었고, 연이어 2개 대대 규모 병력도 발견했지요. 마지막까지 최선을 다한 그들을 위해 기도하겠소."

헤스는 깊은 한숨을 내뱉었다. 그의 한숨의 깊이가 영환에게 고스란히 전달되었다.

"지금 이 자리에 이 대위가 없는 사실에 뭐라고 표현할 수조차 없소."

영환은 이를 앙다물었다. 그 역시 말할 심경이 아니었다. 10월 13일 여의도기지의 전투기 출격 목표는 평양과 진남포의 적 후방 병참기지였다. 제1편대 출격 20분 뒤 제2편대가 출격했다. 제2편대장 헤스 소령이 1번기를 몰고 출격했고, 이상수 중위가 2번기로 출격했다. 3번기는 크레이그웰 중위, 4번기는 박희동 대위였다.

"우리가 공격할 목표물인 김일성대학 주변 모란봉 일대가 나타났소. 을밀대와 모란봉에 집결돼 있던 적의 대공포화가 미친 듯 우리를 향해 날아왔소만 첫 번째 기관총탄으로 응수했다오. 훨씬 위험이 큰 두 번째 폭탄을 투하할 차례를 기다리고 있을 때 나는 지상을 향해 폭탄을 투하하려던 이상수 중위의 비행기가 추락하는 것을 보았소. 그가 추락한 지상에서 검은 연기가 치솟을 때, 나는 나머지 목표물에 공격을 감행했소. 다른 선택의 여지가 없었소. 지금 이미 하나님의 품에 있을 이 대위 역시 자기 죽음과 상관없이 계속 공격하기를 바랐을 것이오. 그는 자신의 비행 임무에 헌신적인 비행사였기에 아마 그리 바랐을 거요."

"이 대위와는 짧은 기간을 함께 했지만, 영원히 내 가슴속에 남아있을 겁니다."

이상수는 김영환보다 다섯 살 아래였다. T-6기 도입 후 시험비행 훈련을 함께 했던 젊은 동료 이상수였다. 일본으로 무스탕 인수 팀으로 함께 갔을 때 나라를 구한다면 목숨은 초개같이 버릴 자세가 되어있어야 한다고 강변하던 이상수였다.

"이 대위의 순직으로 한국 조종사들의 사기가 많이 떨어질 수 있소. 한동안 그럴 거요. 조종사는 동료가 순직했을 때, 잘못 전달된 정보로 민간인을 공격하여 의도치 않은 살상을 저지르게 됐을 때, 허탈감과 자책감으로 심하면 공황상태에까지 빠지기도 하오. 나도 그런 경험이 있었소. 그러나 그럴 때 상실감에 젖은 동료 혹은 마음의 고뇌를 안은 동료를 다독이고 같이 나누는 지휘관이 되어야 하오. 지휘관은 흔들려선 안 되고 냉정해야 하오."

영환은 헤스의 눈을 정면으로 바라보았다. 그의 깊고 푸른 눈은 맑았다. 비극적인 전쟁터에서 헤스는 평상심을 잃지 않았다. 그건 종교의 힘일까 아니면 참군인의 정신을 잃지 않은 의지력 때문일까? 영환은 헤스를 보며 잠시 생각에 잠겼다.

그러나 장렬히 산화한 전우를 애도할 틈이 없었다. 미 지상군과 국군의 북진에 따라 비행단도 미림기지로 이동해야 했다. 10월 24일 공군 비행단 선발대가 평양 미림기지(K-24)로 전진했고 뒤이어 10월 30일 비행단 주력부대도 이동했다. 여의도기지를 떠나는 한국공군에게 미 공군의 패트리지 장군은 F-51D 전투기 10대와 C-47 수송기 1대를 지원하겠다고 약속했다. 수송기 지원으로 한국공군도 공수지원 임무를 수행할 수 있게 되었다. 한국공군 초대 공중수송반장은 장성환 중령이 맡았다.

푸짐한 한 끼 식사

전투기 조종석에 앉은 영환은 자신의 눈 주위가 미묘하게 움찔거리는 것을 느꼈다. 평양으로 향하는 심경이 복잡하기도 했지만, 한편으론 설레기도 했다. 출발하기 전에 다시 한번 심호흡을 가다듬은 영환은 활주로를 박차고 날아올랐다. 며칠째 쾌청했던 하늘은 더없이 높았다.

10여 분 뒤 개성 상공에 도달한 영환은 잠시 속도를 늦춰 잡았다. 영환은 지도상에 표기된 개성 화장사 위를 천천히 선회했다. 폭격에 파괴된 절이 그의 눈에 들어왔다. 입구에 서 있는 부도와 사리탑만 건재할 뿐 대웅전과 전각 그리고 요사채의 대부분이 파손된 채 방치되어 있다. 국보급의 탱화와 불상이 있고 공민왕의 어진도를 모셔놨다는 화장사였지만, 전쟁의 참화를 피하진 못했다. 잠시 후 UN 공군의 폭격으로 파괴된 김일성대학이 보였다. 영환은 평양 상공에서 잠시 이상수를 추억했다. 날카로운 눈으로 조종간을 잡던 그의 얼굴이 스치듯 지나갔다. 지상의 비극을 덮고 있는 하늘은 마냥 푸르렀다. 하늘에서 내려다 본 평양 도로에는 태극기를 흔드는 사람과 장사치의 모습이 간간이 보일 뿐 대체로 평온해 보였다.

10월 24일 UN군은 추수감사절 총공세를 개시했다. 파죽지세로 한·만 국경선까지 진격했다는 고무적인 소식이 연일 부대로 날아들었다. 미림기지에 전진한 한국공군은 출격 대신 전투훈련 비행에만 전념했다. 대신 헤스가 이끄는 제6146부대 조종사의 전투기 출격만 이루어졌다. 야간출격이 잦아지면서 야간전투 경험이 없는 한국공군을 배려한 조치였다.

적의 수도인 평양은 추위가 일찍 찾아들었다. 장병들은 겨울을 나기 위해 김치를 담갔고 미군과 다가올 추수감사절에 관한 이야기로 정담을 나누기도 했다. 중공군의 1차 공세가 시작된 줄은 꿈에도 모른 채 모처럼 여유 있는 일상으로 돌아가 있었다. 그러나 인해전술로 참전한 중공군이라는 새로운 적과 맞서게 되면서 전쟁은 또다시 암울한 길로 접어들었다.

중공군의 2차 공세 후 전황이 불리해진 맥아더 총사령관은 12월 1일 UN군의 전면적인 후퇴를 결정했다. 미림기지에서도 철수작전이 개시되었다. 12월 2일부터 미림기지의 공군비행단은 여의도기지와 대구 그리고 대전으로 다시 옮겨야 했다. 1951년 1월 3일 중공군이 서울 북방 11km까지 진격해왔다. 정부는 부산을 임시수도로 결정하고 천도했으며 국군수뇌부도 이전했다. 이어서 UN군도 철수하면서 서울은 다시 적의 치하에 들어갔다.

우리는 진해기지로 가길 원했으나 거긴 이미 우선권을 가진 로우 대령이 차지하고 있었다. 그동안 한해남 중령이 멋진 활주로로 만들어놓은 진해기지가 탐났으나 선택의 여지가 없는 한국공군은 대전기지로 가기로 했다. 진흙투성이에다 활주로마저 짧고 숙소로 쓸 막사 하나 없는 곳에 말이다. 그때 나는 헤스에게 제안했다. 제주도에 임시로 설치해 놓은 기지가 있는데 만일을 대비해 그곳으로 이동하는 건 어떻겠냐고. 긍정적인 반응을 보인 헤스와 함께 제주도에 가서 기지를 확인했다. 헤스는 내 제안에 찬성했다. 이미 여의도와 김포 그리고 수원까지 다시 적의 수중에 들어갔기에 마지막 보루로 제주도는 아주 적합한 곳이라고 생각한 모양이다. 그래서 헤스의 제6146부대 일부와 부대장 김신과 20여 명 병력으로 창설한 백구 부대가 대전기지에 남아 지상군 지원을 하는 한편 훈련과 정비는 제주도에서 하기로 했다.

"우리 공군은 결국 대전과 제주도로 또다시 떠돌이 살림을 시작하게 된 거죠."

"그렇게 된 거지. 그나마 내 제안이 현실적이라고 판단한 헤스는 미 교관으로 크레이그웰 중위 외 7명의 미군을 제주도로 파견해 조종훈련을 지원하기로 했다."

제주기지(K-40) 공군비행단은 11전투비행중대와 12전투비행중대 그리고 정비대와 보급로로 재편성했다. 그러나 주변 여건이 열악한 건 제주도기지도 마찬가지였다. 풀밭에 있는 활주로와 천막을 친 사무실이 전부였다. 천막도 부족하여 염소우리까지 사용해야 했다. 식수 때문에 장염을 일으키는 장병도 다수였다.

"나는 제주도에 훈련거점을 마련한 이상 그 기회를 살려 한국공군과 조종사가 독자 생존할 방법을 모색했다. 그동안 한국공군의 약점은 조종훈련이 부족했다. 훈련 부족의 보완으로 헤스의 출격방침에 따라 합동출격을 했다만 그렇게 미군 조종사들의 지휘하에 출격하는 것 역시 우리 조종사들을 절름발이로 만드는 것밖엔 되지 않는다고 보았다. 그런 식으로 따르기만 한다면 언제 항법을 터득하며 대지공격 및 편대비행과 같은 실력을 언제 키울 수 있겠나. 이제는 임시방편이 아닌 장기적인 미래를 내다보고 우리 비행단의 체제를 구축해야 할 때라고 보았다."

영환도 김정렬 참모총장의 결단에 적극적으로 동의했다. 영환도 제6146부대 미 조종사를 따라 출격했지만, 매번 미 조종사가 먼저 목표물을 공격한 후 그대로 따라 공격하는 식의 출격에 지나지 않았다. 무조건 미 공군만 따르는 비행은 조종사를 보호하기만을 위한 안이한 비행이었다. 한국공군의 독자적인 전투능력을 갖춰야 한다는 생각을 굳힌 김정렬 참모총장은 비행 조종사 양성 계획도 그에 초점을 맞추었다.

"내 계획의 1차 시동은 미 극동공군 사령관의 초청을 받아 일본 동경으로 갔을 때였다."

최용덕 장군과 김창규 대령 그리고 영환도 김정렬 참모총장을 모시고 일본으로 동행했다. 미 극동 사령관을 만난 자리에서 한국공군에 필요한 군수물자 보급은 한국공군이 직접 공수하는 건에 관한 확약을 받았다. 그리고 기종전환 훈련을 마친 한국공군 조종사의 계기비행 훈련을 일본 다치가와기지에서 받을 수 있도록 하는 데도 동의를 얻었다.

제주도에서의 비행훈련은 비행 출격 경험이 있는 조종사를 우선으로 선발했다. 정찰비행대에서 활약했던 조종사들이 차례로 기종전환 훈련에 임했다. 신규 전투 조종사 양성은 연성비행훈련과 항공기의 공중조작, 편대비행, 대지공격 등에 초점을 맞춰 실시했다.

"내 듣자 하니 네가 엉뚱한 짓을 벌였다며?"

"장지량이 그래요?"

"부대에 소문이 짜하더라. 네 갸륵한 뜻을 모르는 바는 아니다만 뒷감당을 어찌하려느냐. 이쯤에서 그만두거라."

영환은 뒷머리를 긁적이며 씩 웃었다. 어제 장지량이 투덜거렸던 일을 생각하니 더욱 우스웠다. 대전기지도 어렵지만, 제주에서 훈련받는 조종사들의 부식은 훨씬 열악했다. 마침 기지에서 그리 멀지 않은 곳에 원주민인 부자 영감이 살고 있었는데 혼기를 앞둔 딸을 두고 있었다.

"그 영감님이 우리 조종사에게 관심이 있다는 말을 들었죠. 부자에다 딸이 있다고 해서 제가 장지량을 꼬드겼습니다. 우리 부대에서 제일 잘 생긴 인물이 장지량 아닙니까. 그 집 딸하고 딱 한 번만 데이트를 하라는 명령을 내리니 마지못해 나간 거죠. 장지량의 헌신 덕분에 우리는 푸짐한 식사를 할 수 있었습니다."

유쾌하게 웃는 영환을 보며 정렬도 어이없이 따라 웃었다.

"문제는 지량이가 그날 부인에게 엄청 시달렸다는 거 아니겠나. 하필 데이트하는 장면을 들키다니 말이다. 부인도 그렇지만 장지량이 얼마나 당황했겠나."

"지량이 말이 더 웃겼죠. 부인과 딱 마주쳤을 때 그 자리에 서서 모자를 벗고 정중히 부인에게 인사를 했답니다. 그리곤 어이없어하는 부인 옆을 조용히 지나쳤다고 하더라고요."

"네가 부하들에게 한 끼라도 잘 챙겨 먹이려고 하는 마음은 이해한다만 이제 그런 일은 두 번 다시 하지 말아라. 그 영감님을 기만하는 행위 아니냐. 이건 명령이다."

우여곡절을 겪으면서 제주도에서 기종전환 훈련을 마친 1차 조종사는 최종봉, 오춘목, 이세영, 윤응렬, 권성근, 이강화 등 6명이었다. 2차는 옥만호, 주영복, 박재호, 최호문, 이기협, 신철수, 장성태, 김금성, 구선진, 정주량, 변희주 등 11명이 배출되었다. 손재권, 유치곤, 박완규, 나창준, 손홍준, 이일영, 서상순 등 7명이 3차로 배출된 전투 조종사였다.

김영환은 제주에서 전투 조종사를 배출할 시기에 또 다른 업무를 수행했다. 일본에서 계기비행 훈련 수료 후 F-51D 전투기를 공수해 오는 일이었다. 일본 다치가와기지창에서 수리한 F-51D를 제주도로 수송할 때 이강화와 함께할 때도 있었고 미 공군 윌슨 소령과 라그로 소령 또 메케프 대위가 차례대로 공수에 동참하기도 했다.

벌, 받겠습니다

1951년 봄이 왔건만 전쟁터는 여전히 겨울이었다. 중공군은 춘계 대공세를 펼쳤고 그에 대항하는 UN군의 공세작전 또한 치열했다. 반격작전을 개시한 UN군은 3월 14일 서울을 재탈환했으며 3월 25일에는 38선을 돌파하여 북진을 재시도했다.

UN 지상군의 서울 재탈환으로 대전기지에서 항공작전을 수행하던 제6146부대는 여의도기지로 이동할 준비를 시작했다. 항공기지사령부는 황폐해진 여의도기지를 작전 가능한 기지로 바꾸는 작업에 들어갔다. 기지보수 공사 완료 후 대전기지에 있던 한국공군 백구부대도 여의도로 이동했다. 3월 31일에는 제주기지에서 기종전환 훈련을 마친 제11비행중대 소속의 이세영, 최종봉, 오춘목, 이강화 등 조종사 4명을 여의도기지로 파견했다. 제6146부대 미 조종사들과 합동출격을 하기 위해서였다. 백구 부대는 제101기지전대로 창설하여 지상군의 후방지원과 여의도기지 비행작전을 지원하는 임무를 맡았다.

지상군의 후방지원 요청을 받은 제6146부대와 한국의 제101기지전대는 4월 3일부터 합동출격에 들어갔다. 평강 - 이천지구의 보급로 차단작전과 서부전선의 적 보급로와 군수 차량과 군용건물 등을 파괴하는 공격작전을 폈다. 그러나 4월 16일 최종봉 대위가 경기 이천 상공에서 전사했고 4월 21일 이세영 대위가 황해도 서북쪽 이천에서 적의 대공포화에 맞아 전사하고 말았다. 연이은 조종사의 순직에 충격을 받은 김정렬 참모총장은 즉시 한국공군 조종사의 출격중지를 내리고 헤스 중령을 찾았다.

"저는 제 부하를 다시는 잃고 싶지 않습니다. 이렇게 계속 우리 전투조종사가 전사하면 한국공군의 발전에 지장을 초래하게 됩니다. 시간적 여유를 갖고 체계적인 훈련과정을 거친 뒤 실전에 투입하겠습니다."

"참모총장님, 어느 지휘관이 제 부하를 잃고 싶어하겠습니까. 참모총장님의 견해를 모르는 바 아닙니다. 저도 우수한 한국공군의 조종사를 연거푸 두 명이나 잃어 비탄을 금할 길 없습니다. 그러나 실전의 효과를 높이기 위해서는 지금처럼 미 조종사와 훈련을 겸한 합동출격을 하는 것이 유효하다고 봅니다."

두 사람의 주장은 일리는 있으나 서로 해결 방법은 달랐다. 김정렬 참모총장은 충분한 기량을 쌓고 실력을 검증받은 후 독자적인 부대로 출격해야 한다는 생각이었고 헤스는 희생을 막기 위해서라도 미군 조종사를 따라 훈련을 해야 한다는 주장을 굽히지 않았다. 영환은 한국공군의 미래를 위해서는 김정렬 참모총장의 주장이 타당하다고 여겼다. 그러나 그동안 불모지나 다름없었던 한국공군에 헌신적으로 이바지한 헤스의 공로 또한 인정하지 않을 수 없었다.

"참모총장님, 헤스 중령님이 우리 공군과 맺은 인연이 1년이 다 돼갑니다. 그분은 100회 출격 이후에도 본국으로 가지 않고 우리 공군과 적을 물리치기 위해 치열하게 싸웠던 분입니다. 참모총장님도 아시다시피 헤스 중령님은 벌써 250회 출격기록을 세우고도 귀환하지 않고 우리와 고락을 같이하고 있습니다. 그분은 전투 경험을 바탕으로 우리 조종사를 이끌어주고 계십니다. 탁월한 조종능력뿐만 아니라 대지공격과 기총사격에도 출중하셨고 무엇보다 공격대상을 분별하는 데 특별한 능력을 갖춘 분이셨습니다. 그분이 합동출격을 고집하는 건 자신이 가진 모든 역량을 우리 한국공군에게 가르쳐주고자 하는 열정과 사랑 때문이라고 봅니다."

헤스 중령은 출격하면 항상 자신이 먼저 앞장섰다. 공격대상을 분별하는 능력과 목표물을 공격하는 시범을 먼저 보인 다음 한국공군 조종사가 뒤이어 공격하도록 지도했다. 한국공군 조종사가 폭격하기 위해 급강하할 때는 공중엄호로 보호하는 것도 잊지 않았다.

"이번 순직사고 후 우리 부대원들이 입은 정신적 충격이 무척 큽니다만 헤스 중령님은 우리 부대원의 슬픔을 이해하고 일일이 따뜻하게 품어주셨습니다. 저는 우리 조종사들처럼 그분의 정신세계에 깃들어 있는 휴머니즘에 감명받기도 했습니다."

"나도 헤스 중령의 박애 정신에 입각한 지도력에는 박수를 보내는 바다. 그러나 전쟁터에서는 좀 더 냉정해져야 한다. 헤스가 평소 피난민과 고아에게 보여준 관심은 내가 봐도 따뜻했고 고마운 일이다. 그러나 일각을 다투는 후퇴를 앞두고 그가 1,000여 명의 고아를 제주도로 후송하기 위해 동분서주할 때, 그걸 지켜보는 나는 상당히 불편했다. 솔직히 말한다면 군부대가 퇴각하고 다시 재정비하여 적과 싸울 태세를 먼저 갖추는 게 급선무라고 생각했기 때문이다. 후퇴를 앞둔 우리 부대가 이동할 장소도 정해져 있지 않아서 우왕좌왕하고 있는데 수많은 고아를 한꺼번에 수송하느라 인력과 수송수단을 거기에 투입한 건 적절치 않았다. 그의 휴머니즘이 양극단에 치우치지 않는 중정의 도를 벗어났다고 본다."

1,000여 명의 고아들을 제주도로 수송할 때, 한편으론 극적인 수송작전이 이루어져서 가슴을 쓸어내리기도 했다. 그러나 제주도로 수송한 후에 고아들은 굶주림과 질병으로 쓰러져 가는 아이가 속출했다. 그중 일부를 고아원에 보내기도 했다. 하지만 식료품이 턱없이 부족해서 늘 신경이 쓰였다.

"나는 헤스 중령의 인간애를 비난할 생각은 없다. 독일에서 오폭으로 어린이들이 희생된 데 대한 상처가 있는 분이니 자연히 피난민과 고아에게 남다른 연민을 보일 수밖에 없지 않았겠느냐. 그 점을 헤아리지 못하는 나를 피도 눈물도 없다고 생각할지 모르겠다. 그러나 모름지기 장수는 나라가 위급할 땐 가족을 염두에 둬서는 안 된다. 계백은 마지막 혈전을 앞두고 가족을 죽이고 황산벌에 나갔으며 임진왜란 때 송상현 공은 부채에 쓴 시 한 수로 아버지께 작별을 고하고 왜병과 맞서 장렬히 죽음을 맞이했다. 전쟁에 나선 장수는 오직 적을 격멸하는 데만 전념해야 한다는 게 내 지론이다."

"제 생각은 다릅니다. 여건과 능력이 허락하는 한에선 가족과 난민을 먼저 피신시키고 전쟁에 나간다면 죽음을 두려워하지 않고 적과 맞설 수 있지 않겠습니까?"

영환은 답답했다. 우직하고 융통성 없는 지휘관에게 반론을 제기하는 심정이었다. 김정렬 참모총장이 영환을 노려봤다.

"지금 네 경우를 두고 하는 말이냐?"

정렬의 말투가 강경했다. 영환은 대답 대신 정면을 향해 차렷 자세를 취했다.

"내 진작 알고 있었다. 우리가 미림기지에서 철수준비를 할 때 그때 너는 공군본부에 있으면서 어머니를 남쪽으로 피신시키는 일부터 서둘렀다. 그것도 군용트럭 한 대를 빼돌려 우리 가족과 최용덕 장군 가족 그리고 장덕창 가족까지 진해로 내려보냈다. 윗사람이 자신의 가족만 먼저 피신시켰다는 사실을 공군 가족이 알면 어떻게 보겠느냐. 지휘관의 영이 먹히겠느냐."

김정렬 참모총장의 질책에 머뭇거리던 영환이 입을 열었다.

"벌은 달게 받겠습니다. 이미 각오를 하고 저지른 일입니다. 그러나 두 번 똑같은 일로 가슴을 쓸어내리고 싶지 않았습니다. 처음 맞닥뜨린 전쟁 앞에서는 속수무책이었고, 가족을 챙길 경황이 없었습니다. 형님은 어머니에 대해 입도 뻥긋하지 못하게 미리 선수를 치셨습니다. 그러나 형님도 가족 걱정은 하셨을 거 아닙니까. 특히 군인이나 경찰 가족이 제일 먼저 처형대상이라는 소식을 들었을 때, 형님 마음도 편하진 않았을 겁니다. 가족을 걱정하는 건 인지상정이니까요."

자신도 모르게 점점 억양이 높아지는 것을 깨달은 영환은 잠시 숨을 골랐다. 그는 자못 비장한 얼굴로 말을 이어갔다.

"피난민 행렬을 보면서 또 서울수복 후 곳곳에 널려있던 시체를 보면서 결심했습니다. 어머니가, 형수와 아내가 그리고 조카가 무사하다면 두 번 다시 내팽개치지 않겠노라고 말입니다. 가족도 국민입니다. 가족을 보호하는 것 또한 가장의 의무이고 가족을 지키는 것이 나라를 지키는 것이기에 그 후론 전쟁터 한가운데 있어도 전혀 두렵지 않았습니다."

"네 말은 한마디로 어불성설이다. 처음 대구기지로 이동한 후 네가 했던 일을 잊어느냐?"

"잊지 않았습니다. 잊지 않았기에 이번엔 제가 그리했습니다. 그리하고 나니 제가 때렸던 서한호 중령의 행동이 이해되었습니다. 참모총장님이 저를 때리시면 얼마든지 맞겠습니다."

속수무책으로 후퇴했던 1년 전 대구기지에서 영환은 서한호 중령을 죽도록 때렸다. 김신과 장성환까지 가세해 폭력을 행사했다. 이유는 서울에서 철수할 때 자신의 가족을 먼저 피신시켰다는 사실이 들통 난 때문이었다. 대부분 동료가 가족의 생사도 모를 때였으니 다들 분기탱천했고 그 사실을 안 영환이 화를 참지 못했다. 김정렬은 정상적인 절차를 거치지 않고 폭력을 행사한 영환과 김신 그리고 장성환을 영창 보냈다.

"너는 이미 서한호 중령의 행동이 옳지 못하다는 것을 알고 있었다. 그러니 네 행동도 옳지 못한 것이다. 군 기강 확립을 위해 오늘부로 김영환의 계급을 한 단계 강등 조치한다."

"네!"

영환은 경례로 처분을 받아들였다.

"한 말씀만 더 올리겠습니다. 죽고 죽이는 전쟁터지만 참화 속에서도 따뜻한 인간애는 필요합니다. 저는 헤스 중령님을 통해 위로를 받은 적이 한두 번 아닙니다. 서울수복 후 사막 같은 여의도기지에서도 헤스 중령님은 사랑을 베푸셨습니다. 막내 조카 정기가 아프다는 사실을 안 헤스 중령님이 일본에서 링거액을 구해와서 정기뿐 아니라 많은 부대원의 가족을 치료해 주셨지요. 군의관 계원철 소령을 시켜서 말입니다. 총장님, 서울에 있으면서 수많은 시체를 목격했습니다. 국회의원 부인이었다는 이유로 가랑이가 찢긴 시체, 목이 잘려나간 시체, 우물에서 끝없이 건져지던 시체들……. 그런 참혹한 광경을 수없이 봤습니다. 가족을 만나러 돈암동으로 달려가던 날 불 켜진 집이 눈에 들어오던 순간 제 가슴이 얼마나 뜨거웠던지요. 어머니가 그러셨습니다. 목욕탕에 떨어진 포탄이 불발탄이라 살았다고요. 빨갱이들이 후퇴하면서 눈에 띄는 사람을 무조건 쏘았다고 했습니다. 그래서 이번엔 가족부터 피신시켰습니다. 벌, 받겠습니다."

정렬의 콧날이 시큰거렸다. 그 역시 가족의 안부가 걱정이었지만 내색할 수 없었다. 매우 급하게 전개되는 전쟁터에서는 누구의 아들이 아닌 한 명의 군인이어야 했다. 전쟁터에서 기적처럼 아버지를 만났을 때도 정렬은 인사도 제대로 나누지 못했다. 회의차 대구 육군사단에 들렀을 때 육군 간부들이 늘어서 있었다. 공군의 최고 지휘관에 대한 예우였다. 한 사람씩 경례를 받을 때 낯익은 얼굴이 정렬에게 경례를 올렸다. 아버지 김준원 중령이었다. 차렷 자세인 아버지가 준장인 공군 참모총장 김정렬에게 거수경례를 올린 채 정면을 응시하고 있었다. 정렬은 얼떨결에 군모를 벗어 고개를 숙였다. 아버지가 무사하신 것에 대한 고마움의 인사였다. 서울수복 후 집에서 잠깐 만난 아버지가 정렬의 정강이를 세게 걷어차며 호통을 내질렀다.

"멍청한 놈! 준장이 중령에게 군모를 벗고 인사를 받다니."

차라리 자신도 영환의 정강이를 걷어차며 아버지처럼 한 마디 뱉을 걸 하는 생각이 들었다. 어머니는 이근석의 순직 사실에 충격을 받아 벌어진 입을 한참 동안 다물지 못했다. 아내 희재는 굶다시피 한다는 근석의 부인을 찾아가 부식비를 전달했다. 그러나 점점 배가 불러오는 부인을 만나는 게 두렵다고 했다. 만날 때마다 남편 이근석의 안부를 묻는데 솔직한 사실을 말할 수 없어서 난감하다고 했다. 부인이 받을 충격을 생각하면 정렬의 가슴이 미어졌다.

"멍청한 놈. 이왕 피난시키는 거 근석이네 가족도 같이 태우든지."

지리산 공비토벌작전

김정렬 참모총장은 헤스와 의견 교환 후 미 제5공군 패트리지 사령관에게 서신을 보냈다. '대한민국 공군은 차기 작전을 자주적으로 수행하기 위해 5월 31일부로 여의도기지에서 수행하던 미 제6146 기지부대와의 합동출격을 중지하겠다'라는 내용의 서신이었다.

"팀브레이크 장군은 이제 한국공군에게는 밝은 미래가 열려 있으므로 그대의 근무는 이것으로 끝이다, 라고 헤스에게 통보했답니다. 헤스는 귀환명령을 담담하게 받아들였습니다. 일본의 미 극동공군 사령부로 떠나기 전 그를 위해 베푼 송별식을 보면서 헤스가 1년 동안 참 많은 일을 했다는 사실을 다시 한번 확인했습니다."

정렬이 고개를 끄덕였다. 헤스가 한국공군과 한국인에게 헌신한 흔적은 곳곳에 남아있었다. 한국을 떠나기 전 헤스는 제주도부터 달려갔다. 고아들과 작별인사를 하고 군의관 계원철 소령에게 아이들의 건강

관리를 부탁했다. 헤스를 부산 집무실로 부른 대통령은 구운 생선을 곁들인 점심을 함께 한 후 대한민국 최고 훈장인 무공훈장을 수여했다. 대구에서 열린 송별식에는 미 제5공군 참모들과 국방부 장관 그리고 각 군 참모들과 공군 가족이 참석했다.

"헤스가 잊지 못할 선물 두 가지를 이야기했습니다. 첫째 선물이 진해기지에서 100회 출격으로 받은 금메달이라고 했습니다. 구두솔 대령의 부하가 만든 것이라고 하면서 전쟁 중에 받은 메달이라 소중히 간직하겠다고 했습니다."

"구두솔 대령은 장덕창 형님을 말하는 건가?"

검은 수염이 인상적인 장덕창은 이름보다 구두솔 별명으로 통했다. 영환이 벙긋 웃었다.

"또 하나의 선물은 부대에서 자원봉사 하는 어느 노인의 선물이랍니다. 가진 게 없는 노인이 주변 둑길에서 꺾은 꽃을 밤늦은 시각에 찾아와 쥐어주고 갔답니다. 말은 통하지 않지만 눈빛에서 감사의 마음과 숭고한 인간애를 읽었다고 했습니다."

공식적인 모든 절차를 마친 헤스는 전용기를 타러 걸어갔다. 헤스는 자신의 애기였던 18번기에 다가가 천천히 기체를 더듬었다. 그새 '信念의 鳥人'은 낡았고 상처투성이였다. 250회 출격할 동안 자신을 보호해 준 '信念의 鳥人'에게 헤스는 굿바이!로 작별을 고했다.

"서로 간에 의견이 상충하긴 했지만, 결론은 한국공군과 조종사의 안전과 발전을 위한 것이었다. 미 공군에서 제6146부대의 요기(Wing-man)가 아닌 한국공군(ROKAF)에 대해 지원과 협조를 긴밀하게 하겠다는 공식적인 답변도 받았으니 이제부터 한국공군은 독자 생존을 위해 부대를 개편할 것이다."

1951년 6월 12일 김정렬 참모총장은 공군의 모든 전투부대와 훈련부대 그리고 지원부대를 사천기지로 집결할 것을 지시했다.

"6·25전쟁 발발 후 F-51D 전투기를 도입했고 그때부터 우리 공군은 백구부대작전이 끝난 지난 10개월 동안 독자적인 작전을 수행하지 못했다. 나뿐만 아니라 제군들도 미 공군과 함께 하는 출격은 한국공군 조종사의 전투 기량을 높이는 데 한계가 있다고 보았다. 한국공군의 홀로서기를 위해 이제부터 우리 공군은 미 공군의 간섭 없이 자주독립 체제로 작전을 계획하고 수행할 것이다."

김정렬 참모총장의 지시로 여의도기지의 제11전투비행중대와 제주기지의 제12비행중대 그리고 대구기지에 있던 정찰비행전대가 사천기지에 총집결했다. 사천에 주둔한 한국공군은 UN 공군의 독립된 단일 전투단위부대로서 정식으로 ROKAF를 등재하고 독자적으로 작전을 수행하기 위한 훈련에 돌입했다.

사천기지에서 김영환은 탁월한 통솔력을 유감없이 발휘했다. 미 공군의 도움 없이 전투 기량을 쌓기 위해 근접지원 및 정찰 임무에 대한 비행훈련과 항법, 공대지 사격술, 편대비행훈련 등을 체계적으로 실시했다. 사천에 합류한 제6146부대 고문관은 훈련에만 집중하는 한국공군을 탐탁지 않아 했다. 훈련만 하기보단 예전처럼 자기들의 작전에 부분적으로나마 참여해 주기를 원했지만, 김영환과 한국공군 장교들은 단호히 거절했다.

"기어 다니는 아기에게 젖을 먹이고 다음 단계엔 밥을 떠먹입니다. 그런데 언제까지 밥을 떠먹이는 건 아닙니다. 자기가 스스로 숟가락을 들고 밥을 떠서 먹을 수 있을 때, 부모는 아이가 혼자 먹게 놔둡니다. 지금 우리 공군이 그렇습니다. 처음 F-51D 전투기를 만났을 때, 그때 우리는 아기였습니다. 이제 열 달이 흘렀습니다. 아기로 치면 혼자 일어서는 시기이고 제 입으로 밥도 떠 넣을 때이기도 합니다. 간혹 몸을 가누지 못해 넘어지거나 밥을 흘리기도 하겠지요. 그러나 그것 또한 자라기 위한 과정입니다. 한국공군이 자립하도록 훈련과정을 지켜봐 주십시오."

작전상의 의견 대립이 일어날 때마다 영환은 유창한 영어 실력을 구사하며 제6146부대 고문단 장교들을 설득했다. 영환의 강한 의지 뒤에는 든든한 동료와 부하들이 있었다.

"제6146부대 고문단에서 대통령 각하에게 보고를 올린 모양이다. 사천기지의 한국공군이 전투하지도 않고 6146부대 고문단의 명령도 듣지 않아서 작전에 곤란을 겪고 있다고 하는데 어찌 된 일이냐고 나에게 경위를 하문하셨다. 특히 김영환 대령이 주도적으로 나서서 부대 작전이 어려움에 부닥쳐 있다는 말씀도 하셨다."

대통령의 부름을 받고 난 후 단숨에 사천기지로 달려온 김정렬 참모총장은 사태의 심각성에 곤혹스러워했다.

"그렇다고 다시 6146부대에 끌려갈 순 없습니다. 한국공군은 하나의 독립된 단위부대로 거듭나기 위해 사천에 모였고 의기투합한 부대원들 모두 제 임무를 수행하고 있습니다. 우리가 자주적으로 생존할 방법을 찾아보겠습니다."

이미 사천기지에는 20여 대의 F-51D 전투기와 한국공군 전투기 조종사 37명이 확보된 상태였다. 조종사 37명은 특별팀과 A, B, C급으로 분류돼 있었고 정비기술과 통신, 무장과 보급 등 분야별 인력도 갖춰진 상태였다. 그러나 한국공군의 이름으로 단독출격을 향한 닻은 올렸지만 정작 밀어줄 바람이 불지 않았다. 영환은 자주성을 찾느냐? 또다시 6146부대에 끌려다녀야 하는가에 대한 고민에 빠졌다. 참모들과 묘안을 찾는 대책회의에서도 뾰족한 해결책은 나오지 않았다. 그런데 생각지도 않았던 기회가 찾아왔다. 갈림길에 선 한국공군에게 천재일우라고 할 수 있는 뜻밖의 기회가 찾아온 것은 7월 초순이었다. 지리산지구 전투경찰 부대에서 공비토벌작전을 앞두고 항공지원 요청이 들어온 것이다. 김영환은 즉시 김정렬 참모총장에게 보고했다.

"드디어 한국공군에 바람이 불었습니다!"

"바람이라니. 무슨 바람인가?"

"비행기는 맞바람을 맞을 때 잘 뜨는 거 아닙니까. 한국공군이 단독작전을 수행할 기회가 찾아왔습니다. 지리산지구 전투경찰 부대로부터 항공지원 요청을 받았습니다."

"항공지원?"

반색하는 김정렬의 눈이 커졌다. UN군의 인천상륙작전으로 후방이 차단되자 오도 가도 못한 인민군 1개 사단이 지리산에 대피해 공비로 활동하고 있었다.

"진주, 남원, 하동, 광주 등 지리산 주변은 밤만 되면 인민공화국으로 변한다고 하더군. 사천기지 역시 공비 때문에 특별히 경계를 강화하고 있지 않은가. 공비는 남한지역에서 살인과 약탈과 방화를 일삼으면서 사회를 교란하고 있다. 공비소탕은 우리에게 필요한 작전이며 조종사 손실 없이 그리고 전력을 실전처럼 펼칠 수 있는 상대이고 명분도 뚜렷하다."

"그렇습니다. 공비들은 변변한 대공 무기가 없습니다. 양민도 피난한 상태이고 무엇보다 우리 기지에서 가깝습니다. 작전과 실전을 겸할 수 있는 절호의 기회입니다."

"좋다. 김영환 부단장은 군경 정보관계관회의에 참석하여 무장공비의 활동상황과 공비토벌작전에 대한 지원 문제를 협의하도록 하라."

적절한 시기에 찾아온 지원요청으로 사천기지는 활기가 돌았다. 김정렬 참모총장은 미 제5공군 사령관에게 '한국공군이 단독으로 전투훈련을 겸한 공비토벌작전을 시행하도록 허락해 달라'는 공문을 보냈다. 이에 미 제5공군 사령관은 흔쾌히 승인했다.

지리산 공비토벌 단독출격에 앞서 한국공군은 1951년 8월 1일부로 공군비행단을 모체로 제1전투비행단을 창설했다. 제1전투비행단은 제10전투비행전대, 제101기지전대, 제30정비보급전대, 제201의무전대를 두었다. 제1전투비행단 단장에 장덕창 준장이, 부단장 겸 제10전투비행전대장에 김영환 대령이 임명되었다. 전대장 김영환은 진주경찰서에서 개최한 군경 정보관계관회의에 참석했다.

진주경찰서 회의 분위기는 시종일관 진지했다. 서남부 지역의 각 경찰서장과 육군사단장 최 장군 그리고 미 고문관 제이미 대위도 참석했다. 김영환 부단장은 작전처장 장지량 중령과 함께 회의에 참석했다. 회의 석상 전면에는 벽면 가득 지도가 걸려 있었다. 경찰 작전국장의 브리핑으로 회의가 시작되었다.

"대통령 각하의 특별지시로 지난 봄부터 지리산 공비토벌작전을 대대적으로 펼쳤습니다. 녹음이 짙어지면 작전 효율이 떨어지기 때문에 박차를 가했습니다만 여전히 빨치산은 낮과 밤을 바꿔가며 교란작전을 펼치고 있습니다. 이에 우리는 제○차 잔당공비섬멸총궐기주간을 설정하고 군경합동으로 작전을 개시하려 합니다."

빨치산 구성원은 크게 4가지 유형으로 나눌 수 있었다. 여순사건 이후 산에 들어온 지방 출신들과 북한에서 조직적인 훈련을 받고 내려온 사람 그리고 9.28 수복 이후 미처 후퇴하지 못하고 산으로 들어간 사람과 인민군에게 부역한 이유로 처벌이 두려워 산으로 들어간 사람이었다. 산에서 결사대 형태로 공작을 펼치던 공비들은 지리산 주변 지역에서 활동하는 지방공비의 지원을 받아 기세를 떨쳤다. 전쟁 초기에는 손예원 정읍경찰서장의 목을 잘라 경찰서 출입구에 걸어놓는 만행을 저질렀으며, 국군이 후퇴한 후 경찰서 건물에 400여 명의 우익인사를 가둬놓고 휘발유를 뿌린 뒤 불에 태워 죽이기도 했다.

"인민군에게 부역했다는 이유로 산에 들어갈 수밖에 없었던 사람의 구구절절한 사연이 너무나 많습니다. 인민의 해방을 위한 인민의 부대로 자처한 자들이 춘궁기에도 먹지 않고 보관해둔 농민의 파종 종자까지 탈취하는가 하면 강제로 동원한 주민에게 죽창을 들게 하곤 총알받이로 내세웠습니다. 특히 악명 높은 빨치산 위원장 방준표의 선동과 폭동에 대한 구체적인 실상을 폭로한 사람이 있는데 지난 5월 17일 빨치산으로 활약하다가 귀순한 박 모라는 자가 밝힌 내용은 가히 충격적입니다."

빨치산 전북도당 위원장 방준표는 촌락 주민과 반장을 반동으로 몰아 어린 소년과 여자들에게 죽창을 가지고 그들을 처단하라고 지시했다. 빨치산과 관계없는 인물은 무조건 미군 간첩으로 몰거나 자신을 해치러 왔다는 누명을 씌워 죽였다. 그뿐만 아니라 방준표는 회문산에 은둔 가옥을 지어 호화롭게 꾸민 방에서 기름진 음식과 술로 배를 채우며 밤마다 어린 여자들을 불러 향락을 즐겼다.

"귀순자의 폭로에 의하면 방준표는 배신자와 생포한 경찰의 배를 갈라 간을 꺼내 소금에 찍어 먹는 천인공노할 짓도 서슴지 않았다고 합니다."

"설마 그러기까지 했겠습니까. 태평양전쟁 때 남양 군도에서 굶주린 일본군이 동료의 시신을 먹었다는 이야기는 들었으나 산 사람의 간을 꺼내 먹었다는 이야기는 믿을 수 없습니다."

너무나 충격적인 빨치산의 만행을 듣고 있던 영환은 몸서리를 쳤다.

"귀순자 박 모 씨는 빨치산 전북도당 909독립연대 3대대 1중대에 있을 때 방준표가 사람 간을 먹으라고 해서 살기 위해 먹었다는 사실을 털어놓았습니다. 나중에 전투경찰 토벌대가 발견한 경찰 시신의 복부를 살펴본 결과 사실로 확인됐습니다."

영환은 그만 눈을 감고 말았다. 그들의 잔인성은 끝이 없었다.

"자의든 타의든 인민군의 폭동에 협조했던 사람은 빨치산의 만행을 분명히 보았습니다. 토지를 갖기는커녕 있던 낱알마저 뺏기고 그들의 부모와 자식을 잃었습니다. 제아무리 극악한 빨치산이라 해도 민심이 떠나면 힘은 반으로 줄어듭니다. 약탈과 방화를 일삼는 무뢰배 같은 공비의 행위에 염증을 느낀 사람이 속속 귀순하고 있고, 우리 군경의 강력한 소탕작전으로 공비들은 쫓기고 있습니다. 이제 공비 무리는 최악의 발악을 하고 있습니다. 지금까지 몇 차례 잔당소탕작전을 바탕으로 이번 군경 합동작전을 완벽하게 세워 빨치산을 모조리 소탕합시다."

빨치산의 만행을 들을수록 회의 분위기는 점점 신중해졌다. 공비타도를 위해 군경의 빈틈없는 작전을 세워야 했다.

"정보에 따르면 약 900여 명의 공비가 산청 관내 경찰서와 지서를 습격할 것이라고 합니다. 공비들은 사천, 마산, 진주 등지에서 양민 학살과 약탈을 일삼으며 방화를 저지르고 있습니다. 그래서 사천기지 공군부대의 협조가 절실한 시점입니다."

"잘 알겠습니다. 제1전투비행단의 전투기와 제2정찰비행전대의 정찰기로 지상의 전투경찰 토벌대를 지원하겠습니다."

영환은 자신 있게 약속했다. 사천기지에는 F-51D 무스탕과 거기에 장착할 Cal-50 기관총과 5인치 포 로켓 그리고 250파운드와 500파운드 폭탄이 있었다. 한국공군 제2정찰비행전대가 공비의 정확한 위치만 파악하면 섬멸하는 건 문제없었다.

"자네는 서북부 지역의 남원, 광주, 전주경찰서 등을 방문해서 적정 수집과 작전통신망 구성에 대한 구체적인 계획을 세우도록 하게."

영환은 작전처장인 장지량에게 지시를 내렸다. 전투기 출격에 앞서 전투경찰 토벌대의 긴밀한 협조는 필수였다. 경찰 정보에 따라 공중정찰기가 먼저 정찰을 한 다음 전투기가 출격해서 공격을 가하게 돼 있었다. 전투기 공격 후 다음 단계가 지상 전투경찰 토벌대의 진격이었다. 전투경찰 토벌대는 포위작전을 펼치거나 국군 사단의 작전지역으로 공비를 몰아붙일 계획이었다.

영환의 손에는 한 장의 종이가 들려 있었다. 종이에는 공비토벌 정읍작전을 앞두고 차일혁 공비토벌대장이 빨치산의 귀순을 유도하는 권유문이 적혀 있었다. 귀순을 유도하는 전단은 각 경찰서에 배포되어 지리산 일대와 마을 곳곳에 뿌려졌다.

> 빨치산 전사와 간부들에게 이 글을 보내노니 그대들 지휘관의 눈을 피하여 끝까지 읽어보고 믿어주시오. 이 글은 어쩌면 그대들 자신의 생사를 좌우하는 중대한 것이므로 진심으로 그대들 양심에 호소하는 바입니다. 빨치산 전사들 그리고 간부 여러분, 그대들의 귀여운 자녀와 다정한 아내를 돌아볼 사이도 없이 입산한 지 6개월이 지났습니다. 작년 겨울 무서운 추위에 그대들 손발은 얼어 터지고 심신은 지쳐 어쩔 수 없이 살아가고 있는 여러분.
>
> 이제 우리 경찰과 군인은 대대적인 토벌 작전을 단행하기 전에 마지막으로 그대들에게 권고하니 따뜻한 부모 품으로 돌아오시오. 매일 밤 그대들 친지가 있는 부락으로 내려와 죄 없는 사람들을 죽이고 물건을 강탈하는 것이 그대들의 진심이 아니란 것을 우리도 잘 알고 있습니다. 그대들도 달뜨는 저녁, 꽃 피는 아침, 깊은 산중 고요한 가운데서 한줄기 눈물을 흘렸을 때도 있을 것입니다. 우리는 같은 민족 한 형제로 언제부터 우리가 민주주의, 공산주의를 알았단 말입니까
>
> 인간 본연의 자세로 돌아와 형제의 품에 안기시오. 나와 조상의 명예를 걸고 그대들에게 약속합니다. 어떤 죄가 있더라도 진심으로 과거를 회개하고 돌아온다면 관대히 선처하여 가족의 품에 돌아갈 수 있도록 해줄 것을 굳게 약속합니다. 이처럼 간곡히 부탁하는 데도 나의 충고를 무시한다면 어쩔 수 없이 우리는 서로 적으로 만날 수밖에 없는 것이오. 어서 빨리 그대 지휘관의 허위에서 벗어나 자유대한의 품에 안기시오.
>
> 18 전투경찰대 대장 차일혁

<귀순자 취급의 특별 지시>

1. 하산 귀순자들에게는 생명 보장은 물론 모든 편의를 제공하기 바람
2. 자수 귀순하는 자에 대해서는 생명을 절대 보장하고 일체 위협을 가하는 수단을 엄금함
3. 귀순 권고 전단을 소지한 귀순자는 특별 우대하여 직장 알선, 여비조달 등 편의를 제공할 것
4. 무기를 휴대하고 귀순하는 자에게는 후상하고 본관에게 즉시 보고하라

전라북도 경비 사령관 경무관 김의택
사찰과장 총경 이병희

"다 읽으셨습니까? 우리도 이번 작전 개시 전에 그와 유사한 내용의 귀순 권고문 전단부터 뿌릴 예정입니다."

영환 옆자리에 앉아 있던 진주경찰서 조 서장이 말을 걸었다.

"우리 공군도 여순사건 때 또 전쟁 초기에 전단을 많이 살포했습니다만 이 권유 문을 읽어보니 차일혁 토벌대장이 어떤 분인지 궁금합니다. 글솜씨가 보통이 아니군요."

"글솜씨뿐 아니라 뚝심도 대단하죠. 소신 있게 일을 처리하기 때문에 상관 눈치도 안 보고 할 말은 하고 작전에 임합니다. 경찰보다 빨치산에게 더 알려진 인물이죠. 18대대 전투경찰 토벌대는 빨치산 잡는 데 대단한 전과를 올리고 있습니다. 빨치산이 교묘하게 위장술로 산골짝마다 숨어있어도 차 대장의 18대대가 떴다 하면 맥을 못 춥니다. 용맹하기도 하지만 숱한 화제를 몰고 다니는 인물이지요."

차일혁은 일제강점기 때 홍성공업전문학교에 다녔다. 학생 시절 학생들에게 독립정신을 고취하는 발언을 한 교사를 체포하려던 일제 고등계 형사를 때리고 도피했다. 그 후, 중국에 건너가 항일무장투쟁에 앞장섰고, 광복 후에는 악질 일본형사 처단 활동을 했다. 호국군 대대장과 청년방위대 정보처장을 했으며 제7사단 구국의용대장을 거쳐 현재 제18전투경찰대 대장으로 활동하고 있다.

"그는 서남지구 전투경찰대 제2연대장으로서 남한의 유일한 국가 1급 시설인 칠보발전소를 지켜냈지요. 칠보발전소 탈환 작전은 75대 2,000이라는 열세를 극복하고 이뤄낸 승리였습니다. 그 덕분에 호남과 충남지방에 안정적으로 전기를 공급할 수 있게 됐답니다. 그 외에도 고창작전, 정읍전투 등 숱한 전투에서 승리했고 그가 가는 곳마다 감동적인 일이 일어났습니다. 빨치산에게는 공포의 대상이었지만 작전 중에는 민폐를 엄격히 금한다는 철칙을 세우고 활동한 차 대장이었지요. 지난 6월 11일 전북일보에 '공비토벌 중 소 두 마리를 노획하였으니 주인은 찾아가시오'라는 공고문이 실렸습니다. 소는 농민에게 전 재산 아닙니까. 공비들이 소를 수탈해가는 일이 비일비재했는데 그렇게 소를 잃어버린 농민의 낙담을 잘 아는 차 대장이 신문에 공고를 낸 것이지요."

토벌대원도 굶긴 마찬가지라서 소를 잡아 배를 채울 수 있었지만 차 대장은 소 주인인 농민을 먼저 생각했다. 그는 생포된 빨치산을 진심으로 회유해 귀순시키려 애썼고 전단을 들고 귀순한 빨치산에게는 여비를 주어 고향으로 돌려보내기도 했다.

"빨치산 중 일부는 오히려 차 대장의 부하가 되어 빨치산을 잡는 토벌대로 활동하기도 했지요. 귀순한 토벌대원은 더 열심히 빨치산 소탕 작전에 뛰어들어 신원보증서를 써주면서까지 믿어준 차 대장의 후의에 보답했답니다. 이러다간 빨치산 토벌부대가 빨치산부대가 되겠다는 우스갯소리가 나올 정도였지요."

차일혁은 작전 중에 노획한 전리품은 부하들이 보는 앞에서 태워버렸다. 지휘관에 따라 값비싼 전리품은 팔아서 부대 경비에 보태든지 나눠줄 수도 있는데 그는 그러지 않았다.

"차일혁 대장은 문장력도 뛰어났지만, 소리꾼이기도 하고 장구도 잘 칩니다. 언제 그런 걸 터득했는지 기인에 가까운 인물입니다. 그는 세 가지는 꼭 지킨다고 하더군요. 토벌 시 절대 개고기를 먹지 않는다는 것과 또 산에서 전투를 할 때 노루를 잡지 않는다고 했습니다. 그리고 사찰을 불태우는 걸 금한다는 규칙을 세우고 부하들에게도 지키게 한답니다. 그는 UN군이 부처님의 미소를 배우기 위해 우리나라에 왔다는 유머를 던질 정도로 사찰을 보호하는 사람이지요."

"사찰을 보호했다고요?"

"그렇습니다. 지난 5월부터 펼쳐진 공비섬멸기간에 차 대장이 지켜낸 사찰이 손에 꼽을 정돕니다. 천년고찰인 화엄사를 비롯하여 쌍계사와 천은사, 금산사, 백양사, 선운사 같은 절을 전화(戰禍)에서 지켜냈지요."

"사찰을 지켜낸 작전에 대해 좀 더 자세히 들려주시겠습니까?"

산악의 새벽 공기는 차가웠고 안개는 비처럼 내렸다. 1중대와 2중대가 목표지점에 도착했다는 보고와 함께 적들이 내장사에 포진하고 있으니 중화기로 지원해 달라고 요청이 왔다. 아침 06시. 전 대원이 작전을 마치고 돌아왔다. 1중대장 우희갑 경위는 내장사 근처 동굴 속에서 독경하고 있던 여승 10여 명을 무사히 데리고 왔다. 며칠 전 부대를 찾아와 부디 여승을 구해달라던 내장사 주지 스님의 눈물 어린 애원대로 여승을 무사히 구출했다. 그러나 불행한 일은 작전 중 우희갑 경위가 내장사를 소각시켜 버린 것이다. 내장사는 공비가 드나드는 지역이라 가능한 공비의 은신처를 없애는 것이 작전상 유리하기는 하지만 오래된 사찰을 태웠다는 것은 안타까운 일이었다.

"우 경위, 왜 자네는 나에게 보고도 하지 않고 내장사를 태워버렸는가?"

"이미 인적이 끊어진 지 오래고 절 대부분이 폐허가 돼 있어서 오히려 태워 버리는 것이 작전에 유리할 것 같았습니다."

"그렇다고 함부로 소각하면 되는가? 자네가 불교 신자가 아니라 하더라도 조상들이 남긴 소중한 유산 아닌가. 소각하지 않고도 충분히 작전은 가능하지 않은가."

우 경위는 작전상 필요해서 소각한 것인데 내가 심하게 나무라자 시큰둥한 표정을 지으며 돌아갔다.

(중략)

회의에 모인 전투경찰 지휘관들은 이번에 하달된 작전 명령에 관해 이야기를 나누다가 화엄사 소각 지시에 대해서는 문제가 있다는 의견이었다. 녹음기를 앞두고 공비의 근거지가 될 만한 사찰이나 암자를 소각하라는 지시는 작전상 당연하였지만 모두 난색을 보였다. 지난번 제11사단이 주둔했을 때도 비슷한 작전 명령이 있었으나 가까스로 소실의 위기를 면했다. 그러나 지금은 본격적인 공비토벌이 진행되고 있어서 무시해 버릴 수 없는 상황이었다. 그래서 화엄사 지역을 책임지고 있는 방득윤 지리산 전투사령부 참모장에게 내 의견을 전했다.

"화엄사가 공비들의 은신처가 되고 작전 중에도 관측과 사격에 지장이 있어서 소각하라는 지시가 있었을 테니 태우지 않고서도 관측과 사격이 쉬워질 수 있도록 하면 되는 것 아닙니까?"

화엄사를 태우는 것에 대해 나와 마찬가지로 꺼리던 방득윤 대대장은 내 말에 얼굴빛이 달라졌다.

"차 대장, 여부가 있겠소. 그런 방법이 있다면 얼마나 다행이겠습니까."

"제게 묘안이 있으니 1개 중대만 빌려주십시오."

방득윤 대대장과 나는 그의 부하들을 이끌고 화엄사로 갔다. 그의 부하들 역시 화엄사를 태우는 것에 꺼림칙해 했다.

"문짝을 모두 떼어내 대웅전 앞에 쌓아라."

나를 믿고 따라나서기는 했지만 방득윤 대대장은 미심쩍은 표정이었다.

"차 대장, 어차피 태워 버릴 거라면 문짝만 따로 떼어내 무엇에 쓰겠소?"

나는 그의 물음에 대답하지 않고 그냥 웃기만 했다. 의아해하는 그의 부하들에게 빨리 시키는 대로만 하라고 했다. 조금 후 대웅전 앞에 문짝이 수북이 쌓였다. 쌓인 문짝에 휘발유를 붓고 불을 붙였다. 문짝은 화염을 내며 금세 타올랐다.

"차 대장, 도대체 무엇을 하는 거요? 왜 문짝만 태우는 거요?"

"원래 사찰을 소각하라는 이유가 공비들의 은신처를 없애고 관측과 사격을 쉽게 하자는 것 아니겠소. 이렇게 문짝을 뜯어냈으니 관측과 사격이 훨씬 쉬워지지 않겠소."

"이제야 차 대장의 뜻을 알겠소. 우리는 작전 명령의 원래 의도대로 이

지역의 관측과 사격이 쉽게끔 했으니 완벽하게 작전 명령을 수행한 것이지요."

돌아와 김원용 연대장에게 이야기했더니 이해가 되지 않는다는 듯 고개를 갸우뚱했다. 그러나 방득윤 대대장은 한시름 놓게 되었다며 유쾌한 표정이었다. 나는 오랜 역사를 가진 화엄사를 소실 위기에서 구하게 된 것이 흐뭇했다.

차길진의 '또 하나의 전쟁'(후아이엠)에서 퍼옴

"차 대장은 '절을 태우는 데는 반나절이면 족하지만, 절을 세우는 데는 천 년 이상의 세월로도 부족하다'라는 말로 상관을 설득하고 부하를 따르게 한 사람입니다."

조 서장이 들려준 차일혁 토벌대장의 이야기에 영환은 서서히 빠져들었다. 하늘에서 내려다보면 총탄세례와 폭격으로 소실돼버린 사찰이 더욱 처절했다. 고려 공민왕의 어진도를 보관했던 개성 화장사와 석가모니 진신 치아 사리 12과를 봉안했던 고성의 건봉사가 치열한 전투로 폐허가 돼버린 현장을 목격했던 영환이었다. 천년 사찰을 지켜냈을 뿐만 아니라 문학적 소양과 예술가적 기질도 농후하다는 차 대장을 만나면 인간적으로 잘 통할 것 같았다. 공비토벌작전이 끝나면 차일혁 토벌대장을 만나 약주라도 한잔 나누고 싶다는 생각이 솟구쳤다.

군경 정보관계관 회의 후, 1951년 8월 2일 공군작전명령 제34호가 하달되었다. 사천기지의 제1전투비행단에서는 작전명령 제8호에 따라 전투기 정비와 무기를 장착하고 출격준비태세에 들어갔다. 출격에 앞서 김영환 참모장의 당부가 있었다.

"우리 공군의 목표는 단독 출격하여 적을 분쇄하는 것이다. 단독출격의 첫 단계로 미 제5공군의 ORI(작전준비태세검열)이라는 산 하나를 넘어야 한다. 마침 우리에게는 운도 따랐다. 지리산 공비토벌작전을 통해 정보작전과 통신 그리고 정비와 무장, 보급, 시설, 의무훈련 등 어느 분야 하나 빠지지 않고 빈틈없는 실전훈련에 임하여 그동안 갈고닦은 우리 비행단의 수준을 보여주도록 하자."

부대원의 결의에 찬 함성이 사천기지에 울려 퍼졌다. 태풍 마지가 지나간 하늘은 뭉게구름 몇 조각만 떠 있을 뿐 비행하기엔 더없이 좋았다. 1951년 8월 17일 10:30 편대장 김영환을 선두로 김성룡, 주영복, 권성근의 전투기가 지리산 웅석봉을 향해 날아갔다. 하늘에서 내려다본 웅석봉은 곰이 떨어져 죽었다는 전설이 말해주듯 산세가 험했고 협곡은 짙은 녹음에 가려 공비들의 은둔지 탐색에 방해가 될 정도였다. 영환은 경찰이 제공한 지도 표시를 따라 웅석봉 협곡에 1차 기총공격을 가했다. 녹음 사이로 하얀 포연이 풍풍 올라왔다. 2차 로켓포 공격을 가한 후 기수를 돌려 기지로 향했다. 작전 계획대로라면 곧 경찰토벌대와 지상군이 폭격으로 망가진 공비소굴을 공격할 것이다.

오후 출격은 김두만과 함께 지리산 방면 달궁지구로 날아갔다. 2차 출격까지 목표물 공격을 마치고 돌아오는 영환을 서산에 걸린 붉은 해가 맞아주었다. 붉은 해는 합천 쪽의 황매산과 가야산 그리고 지리산에 펼쳐진 짙푸른 녹음 위를 덮고 있었다. 공비들은 날랜 다람쥐처럼 도 경계선을 이용해 가야산과 지리산을 넘나들며 토벌대의 추격을 피했고 야간을 틈타 약탈과 살인을 저질렀다. 영환은 공비토벌작전 개시 첫날과 다음날 이틀 연거푸 지리산 달궁지구로 출격해서 성과를 거두고 기지로 돌아왔다. 오후 5시 전투경찰대에서 보내온 협조공문과 지도 한 장이 김영환을 기다리고 있었다.

일시 : 8월 26일 오전 10시

지원 공격 목표물 : 회문산 일대와 가야산 일대 항공지원 요망

"전투경찰이 보내온 정보에 의하면 회문산에 악명 높은 전북도당 위원장인 방준표의 본거지가 있다고 합니다. 정밀타격을 요구하는 지역입니다."

통신 담당 중위의 보고를 받은 영환은 지도를 유심히 살폈다.

"오호, 그런가. 반드시 일격필살의 각오로 임해야겠군."

8월 26일 오전 10시 편대장 김영환은 요기 김두만, 박희동, 주영복과 편대를 이뤄 회문산지구로 날아갔다. 아침 안개가 걷힌 회문산 일대는 짙푸른 수목으로 인해 음침한 정적에 잠겨 있었다. 전투기 소리에 맞춰 수풀을 뚫고 솟아오르는 한 줄기 연기가 보였다. 적의 은신처를 알리는 연막 신호를 확인한 영환은 기수를 협곡으로 비스듬히 돌리며 1차 공격을 감행했다. 뒤를 이은 요기들의 공격으로 회문산 일대는 포연으로 뒤덮였다. 공중에서 사태를 지켜보는 영환의 눈에 산을 타고 오르는 국군과 전투경찰 무리가 새까맣게 보였다. 국군 지상군과 전투경찰 부대의 승리를 기원하며 영환은 다음 목표지점인 가야산 일대를 향해 기수를 북으로 돌렸다.

해인사 그리고 김영환

가야산은 합천군에 속해 있는 명산으로 경남 서북부에 있는 해발 1,430m였다. 가야산 줄기를 본맥으로 크고 작은 산들이 완만한 경사로 이어져 있었다. 비계산, 두무산, 오도산, 무수산, 황매산 등이 뻗어 있는데 산마다 정기를 품은 듯 울창한 삼림과 기암괴석으로 형성된 산세가 장엄하다. 동부 쪽으로는 낙동강이 흐르고 수많은 산이 북부에서 동남으로 첩첩이 뻗은 탓에 들판은 협소하다.

6·25 남침으로 낙동강까지 밀고 내려온 북한군은 낙동강 방어선에서 가야산과 인접한 오도산에 임시훈련소를 만들었다. 인민군은 부족한 병력을 보충하기 위해 합천 등지의 젊은이를 강제로 끌고 와 훈련시킨 다음 낙동강 전선에 투입했다. 그 후 낙동강 전선 패배로 미처 후퇴하지 못한 잔당은 가야산 일대에 숨어들어 공비로 활동했다. 가야산 정상 뒤편 산골 마을인 치인리에는 드문드문 민가가 흩어져 있었는데

그 중 말정부락에 민가가 제법 모여 있었다. 가야산에 숨어든 공비들은 주로 말정부락에 나타나 곡식을 빼앗거나 주민을 괴롭혔다. 가끔 가야면이나 야로면에 나타나는 공비에 대응하기 위해 가야지서와 야로지서는 높은 돌담으로 경계를 강화했다.

합천 마을은 그런대로 평온을 유지하고 있는 듯 지나다니는 사람은 보이지 않고 조용했다. 전투경찰 토벌대가 두 번째로 항공지원을 표시한 가야산 정상이 내려다보였다. 빽빽한 나무가 마치 덩굴을 타고 산 아래까지 단숨에 휘감아 내려간 듯 푸른 물결을 이룬 가야산은 명산의 품위를 고스란히 유지하고 있다. 가야산 정상에서 서서히 고도를 낮춰 잡던 영환의 시야에 산수화 그림 같은 정경이 펼쳐졌다. 가야산 동남쪽으로 뻗은 계곡이 보였다. 계곡은 두 갈래 능선 사이에 자리 잡고 있었다. 능선이 갈라지는 곳에 울창한 숲으로 둘러싸인 분지를 보는 순간 영환의 두 눈이 점점 커졌다. 조종석 정면으로 서서히 해인사가 빨려 들어오듯 그의 눈으로 들어왔다. 대적광전 앞마당에는 정찰기에서 떨어뜨린 연막탄의 노란 연기가 스멀스멀 피어오르고 있었다. 전투기의 지원요청이나 공중폭격을 유도하는 연막탄을 보는 순간 영환의 머리에 번개처럼 스치는 것이 있었다. 그는 서둘러 리시버에 대고 지시를 내렸다.

“요기는 들어라! 편대장의 뒤를 따르되 내 지시 없이는 폭탄과 로켓탄을 사용하지 말라. 명령이 있을 때까지 나를 따르기만 하라!”

“라자!”

낮지만 단호한 편대장 김영환의 명령이 리시버를 타고 요기에 전달되었다. 영환은 조종간을 잡고 다시 한번 속도를 늦춰 잡은 다음 해인사 상공을 선회했다. 대적광전과 정중탑 그리고 전각 대부분이 무사히 보존돼 있었다. 영환은 자신도 모르게 안도의 숨을 내쉬었다. 가슴에 시원한 바람이 빨려들어온 듯 정신이 번쩍 들었다. 영환은 적요에 잠겨 있는 해인사 경내에 시선을 고정했다. 조용하던 경내에 땅이 꺼질 듯 굉음이 울려 퍼졌다. 잠시 후 전투기 엔진의 굉음에 대적광전과 요사채에 있던 무리가 허겁지겁 절 마당으로 튀어나왔다. 당황한 무리는 제각각 흩어져서 산과 계곡으로 뛰었다. 한눈에도 공비 무리가 분명했다.

"편대장님!"

요기에서 다급하게 영환을 찾는 부하의 목소리가 들렸다. 공비를 발견하고도 공격명령을 내리지 않는 편대장이 이상하다고 생각한 모양이다. 영환은 곧바로 응답했다.

"요기는 지금부터 내가 하는 대로만 따라서 공격한다. 절대로 폭탄을 투하하지 말라! 다시 한번 명령한다. 폭탄을 투하하지 말라!. 이상!"

"라자!"

영환은 요기의 응답을 확인한 후 해인사 주변 숲속을 돌며 기관총탄을 소나기처럼 퍼부어댔다. 요기들도 편대장기를 따라 숲속 위를 선회하며 기총공격을 가했다. 쭉쭉 뻗어 나가는 두 줄기의 기관총탄 세례가 한동안 숲속 주변에 쏟아졌다. 이어 영환은 숲속 상공을 벗어나 기수를 치켜 올려 가야산 능선 쪽으로 돌렸다. 능선을 따라 기총을 퍼부으며 산등성을 타고 넘은 영환은 말정부락으로 향했다. 그 뒤를 이어 요기들도 산등성을 넘어 날아갔다. 가야산 뒤편 치인리의 넓은 평지에 한동안 요란한 기총 소리가 울려 퍼졌다. 해인사 대적광전 앞에 스님 몇 분이 나와 전투기 편대가 사라진 산등성을 향해 염주 쥔 두 손을 모아 합장하고 있었다.

사천기지 활주로는 한낮의 뜨거운 열기로 후끈 달아 있었다. 이글거리는 열기와 함께 전투기에서 내린 영환은 활주로 옆 대기소로 들어갔다. 다음 출격을 기다리고 있던 조종사들이 참모장 영환이 들어서자 다들 일어서서 경례를 붙였다.

"오늘 출격 좋았어. 하마터면 해인사가 불바다가 될 뻔했는데 내가 기지를 발휘했지."

박재호를 비롯한 조종사들은 고개를 갸웃거렸다. 참모장 김영환의 말뜻을 이해하지 못하는 눈치였다. 그러나 영환은 개의치 않았다. 어머니가 그랬다. 빨갱이만 잡으라고. 사찰이 폭격으로 소실되는 사실에 마음 아파한 어머니를 위해서라도 우선 사찰에 대해 알아야 했다. 영환은 우리나라 명산과 사찰에 관한 책을 읽기 시작하면서 각 절마다 간직하고 있는 소중한 문화재에 대해서도 알게 되었다. 어머니의 깊은 불심에 자극받은 영환은 해인사 경내의 장경판전에 팔만대장경판이 보관돼 있다는 사실을 인지하고 있었다. 첩첩이 산으로 둘러싸인 해인사도 공비가 은신하기 좋은 장소였다. 정찰기의 연막탄을 보는 순간 영환은 공비를 유인할 계책을 생각해냈다. 그는 해인사 상공에서 일부러 전투기의 추력을 높이는 방법으로 전투기 소음을 크게 일으켰다. 폭격을 겁낸 공비를 밖으로 유인하기 위한 작전이었다. 영환의 의도대로 숨어있던 공비들이 튀어나와 산과 계곡으로 숨어들었다. 어머니 변보운화 보살의 바람대로 영환은 빨갱이만 잡기 위해 기수를 가야산 숲속과 산등성이로 돌렸다.

'참군인 전투 조종사는 폭격을 감행할 때와 아닐 때를 빠른 판단으로 결정하고 실행에 옮겨야 한다. 적을 소탕하여 전투를 승리로 이끄는 것이 군인의 본분이지만 공비 몇 명을 잡겠다고 국보인 해인사에 총질을 해대고 폭탄을 떨어뜨린다면 얼마나 어리석은 짓인가. 잘못된 판단으로 소중한 문화유산을 태운다면 매국노 버금가는 인간이 아니겠는가. 오늘 내가 못 잡은 공비는 내일, 모레 또 글피, 시간이 걸리더라도 기어이 격멸할 것이다. 영국 사람들은 셰익스피어를 인도 땅덩어리 전체와도 바꾸지 않겠다고 했다. 2차 세계대전에서 패전을 앞둔 히틀러가 파리를 초토화하라고 독일 콜티츠 사령관에게 명령을 내렸지만, 그는 실행에 옮기는 대신 파리가 불타고 있다는 거짓 보고를 올렸다. 보물 중의 보물과 소중한 문화재의 가치를 아는 그들 덕분에 얼마나 많은 사람이 위로를 받으며 살고 있는가. 부처님의 가피(加被)인가. 천만 다행히도 미 공군의 명령 대신 한국공군이 독자적인 작전을 수행하기 위한 앞 단계인 ORI(작전준비태세검열)기간이니 이 또한 절호의 기회 아니던가. 나는 편대장으로서 내 재량과 판단하에 임무를 완수했다. 오늘의 내 결정에 김정렬 참모총장과 내 부하들이 문제 삼는다면 기꺼운 마음으로 문책을 달게 수용하겠다."

불가에서는 부처님(佛), 경전(法), 스님(僧)을 세 가지 보물로 모시고 있다. 부처의 진신사리를 모신 통도사를 불보사찰, 고려조 16대 국사를 배출한 송광사를 승보사찰, 팔만대장경판을 봉안하고 있는 해인사를 법보사찰이라 부른다.

해인사가 자리하고 있는 가야산은 신라 시대부터 국가적 제사를 지내던 신성한 산악으로 정견모주를 산신으로 모셨고, 신라 말의 염세적 천재 최치원이 이 산으로 들어와 산신이 되었다는 전설이 있다.

해인사는 802년 의상의 증손 뻘 제자인 순응에 의해 창건되어 의상계 화엄종의 중요 사찰인 화엄십찰이 되었다. 후삼국 시대에는 왕건 편에 섰던 북악파의 핵심으로 930년 왕건의 복전이었던 희랑대사가 크게 중창하여 전성기를 맞았다. 조선 초 팔만대장경을 옮겨온 후 1488년 대적광전과 장경판전, 종루, 불이문과 26동의 요사채 등을 중건했다.

팔만대장경의 '대장경'은 경(經) 율(律) 논(論)을 말한다. 팔만대장경은 16년간의 대역사를 거쳐 간행되었는데 판수만 해도 8만여 개에 8만4천 개의 경전 말씀이 실려있다. 몽골이 침입하자 부처님의 힘으로 몽골군을 물리치기 위해 만들기 시작했다. 몽골의 침입으로 강화도로 수도를 옮긴 최 씨 무신 정권은 대장도감을 설치하고 정성을 다해 대장경 판각에 들어갔다. 한 글자 한 글자 새길 때마다 세 번씩 절을 올려 공을 들였는데 서른 명 남짓한 사람의 솜씨로 경전을 아름다운 구양순체로 세겼다. 마치 52,729,000자를 한 사람이 새긴 듯 새김이 고르고 잘못된 글자가 없을 정도였다.

팔만대장경에는 거란, 여진, 일본의 불교 경전까지 두루 모아 정리했기 때문에 그동안 없어져 버린 중국과 거란의 대장경 내용도 담겨 있다. 그러나 원래부터 해인사에 팔만대장경이 모셔진 것은 아니었다. 대장경판은 원래 경남 남해에서 새기고 강화도에 옮겨져 선원사에 보관하고 있던 것을 조선 태조 7년에 해인사로 옮겼다. 세 가지 재앙도 쳐들어오지 못한다는 속설이 전해오고 있는 합천 해인사에 조선 시대에만 해도 7번이나 대화재가 났다. 하지만 그때마다 해인사 건물은 소실되어도 장경판전만은 기둥 하나 손실 없이 보존되었다. 임진왜란도 비껴간 팔만대장경은 남아있는 대장경판으로서는 가장 오래된 문화재이다.

불시착

8월 26일 오후 3시 점심 후 잠시 휴식을 취한 편대장 김영환은 또 한 차례 출격을 나갔다. 2번기 김두만과 3번기 박희동 그리고 4번기 주영복을 요기로 편성하여 사천기지에서 출격했다. 오후의 공격목표는 회문산지구와 가마골이었다. 오전에 전달됐던 지원요청과 다른 점이 있다면 가마골에 대한 상세한 내용이 담겨 있다는 것이었다.

"공비들은 밤이 깊어지면 노령산맥과 소백산맥에서 봉화를 올립니다. 입암산, 국시봉, 내장산, 장군봉, 회문산, 지리산, 추월산, 용골산, 용추봉 등 공비들의 소굴이 있을 만한 곳에서 불꽃이 일어납니다. 아마 자기들의 위세를 과시하는 목적과 교신 목적도 있겠지요."

그러나 공비는 군경의 치밀한 소탕 작전에 굶주리고 쫓기게 되면서 귀순자가 늘어나고 있었다. 귀순자의 증언에 따르면 가마골에 은둔한 공비는 천혜의 요지에 터를 잡고 조직적인 활동을 펼치고 있다고 했다. 가마골 공비는 9.28수복 전에 소지했던 무기를 그대로 갖고 있었다. 이철준의 지휘로 기포병단과 카츄사병단 그리고 번개병단으로 조직을 구성했으며 백안기는 완전무장한 450명의 유격대를 이끌며 가마골에 포진하고 있었다.

"수복이 1년 가까이 되지만 가마골은 군경이 엄두도 내지 못하고 있습니다. 노령산맥의 험준한 산맥이 둘러막고 있고 칡덩굴과 으름과 다래 덩굴이 얽히고설켜 마치 정글 같습니다. 정글 같은 숲을 헤치고 들어가야 하는데 공격도 하기 전에 산 위에 숨어있던 공비들에게 먼저 당하고 맙니다."

"그런 이유로 공군 지원이 필요한 거 아닌가. 녹음이 우거질 대로 우거져서 쌍안경으로도 관찰이 어려운데 어떻게 지상군이 공격하겠나. 우리가 목표지점으로 전달받은 계곡을 정확하게 폭격하는 것이 우선인 게 당연하지. 지상군이 전진기지를 확보하고 가마골 공비를 완전섬멸할 수 있게 오늘도 목표물을 정확하게 타격하자. 자, 나를 따르라."

가마골 상공에 도달한 김영환은 지상을 살펴보았다. 한여름의 햇볕이 쏟아지고 있었으나 고산지대 골짜기에 자리 잡은 가마골 주변은 음산해 보였다. 검푸른 수풀에 가려 붉은 무리는 보이지 않았다. 그러나 전투경찰 토벌대가 알려준 목표지점을 정확하게 타격한다면 철옹성 같은 가마골의 공비도 손을 들고 말 것이다. 김영환은 요기에 공격명령을 내렸다. 영환이 먼저 계곡을 타고 훑듯이 내려가 공격을 퍼부었다. 요기도 계곡을 누비며 차례차례 공격을 가했다. 조용하던 가마골 골짜기에 숨죽인 채 숨어있던 공비가 박격포로 대항했다. 김영환의 편대는 한 시간 동안 천지를 뒤흔드는 공중공격으로 바람을 일으키며 가마골에 로켓포를 퍼부었다.

폭격 임무를 끝낸 전투기가 사라진 지상의 가마골 주변은 잠시 정적이 감돌았다. 가마골 분위기를 염탐하던 연락병의 보고를 받은 지상의 전투경찰 토벌대 18대대 차일혁 토벌대장이 가마골을 향한 최후의 돌격 명령을 내렸다. 17대대와 지리산 전투 사령사 소속 국군부대도 동시에 돌격했다.

밀림이 끝나고 드러난 공비들의 근거지는 지금까지 발견했던 소굴과는 완전히 달랐다. 빨치산은 난공불락의 가마골 위치를 이용해 완전한 거주집단으로 건설해 놓고 활동하고 있었다. 발전기와 그라인더까지 갖춰 놓고 인민학교를 비롯해 번듯한 건물들도 지어놓았다. 퇴비를 쌓아놓고 밭농사와 논농사까지 지으며 조직적으로 운용했으니 1년 가까이 버틸 수 있었다.

군인과 경찰부대는 널브러진 공비시체를 두고 신경전을 벌였다. 공비토벌 전과를 두고 전투기 폭격에 시체마저 서로 차지하기 위해 실랑이를 벌였다. 서글픈 현상이었다. 차일혁은 눈앞에서 벌어지고 있는 참상을 보는 대신 하늘을 올려다보았다. 높고 푸른 하늘은 이 비극의 현장을 어떤 눈으로 내려다볼까? 하늘의 번개인 보라매 김영환이 사라진 창공에 땅 위의 맹호 차일혁 토벌대장이 깊은숨을 토하고 있었다.

가마골 공격 후 김영환은 다음 목표물인 회문산 지구로 날아갔다. 햇볕이 유난히 따가웠다. 시원한 물 한 그릇이 생각났다. 2차 목표물인 순창군 일대의 회문산에 이르자 악독한 공비 방준표가 떠올랐다. 어제 공격에도 방준표가 무사하다면 오늘은 기어이 본때를 보여주고자 마음을 다져 먹었다. 방준표의 은신처와 방어진지를 때려 부수고 기지로 돌아가 시원한 물을 벌컥벌컥 마시고 싶었다.

공격 목표지점에 당도한 영환은 1차 기총소사를 위해 저공비행을 감행했다. 기총이 수풀 속을 헤집었다. 그때였다. 공비가 쏜 대공 포탄이 영환의 엔진 부분을 관통했다. 눈 깜짝 사이였다. 영환은 얼른 고도를 높여 기수를 곡성 지역으로 돌렸다. 당황한 요기들도 모두 뒤따랐다. 곧 이어 은빛 물결이 일렁이며 흐르는 섬진강이 영환의 시야에 들어왔다. 반짝반짝 빛나는 섬진강 변 모래는 오늘따라 더없이 포근해 보였다.

"편대장님, 탈출하십시오!"

요기에서 다급하게 영환의 탈출을 권했다. 그러나 영환은 섬진강 모래 위로 서서히 전투기를 접근시켰다. 있는 힘껏 최대한도로 속도를 줄인 전투기 속으로 섬진강 모래가 폭풍 흙먼지를 일으켰다. 어느 순간 커다란 충격과 함께 전투기가 멈춰 서면서 눈앞이 캄캄했다. 잠시 후 정신을 차린 영환이 눈을 떴을 때 유유히 흐르는 강물이 먼저 눈에 들어왔다. 전투기에서 내린 그는 강물을 향해 걸어갔다. 잠시 발걸음을 멈춘 영환은 하늘을 올려다보았다. 2번기 김두만의 전투기가 영환의 머리 위에서 뱅뱅 돌고 있었다. 영환은 두 손을 번쩍 들어 하늘의 김두만에게 흔들었다.

"김 대위, 걱정하지 말게. 나는 건재하다네."

영환은 강물로 걸어가면서 조종복을 훌훌 벗어 모래 위에 던졌다. 그리고 강물에 풍덩 뛰어들었다. 은빛 물결이 요란하게 요동쳤다. 물속에서 한바탕 유연한 자세로 자맥질하던 영환은 목만 내놓은 채 하늘을 올려다보았다. 하늘은 야속하리만치 맑았다. 서쪽으로 기운 태양만 여전히 이글거릴 뿐이었다.

'나, 김영환은 대한민국 공군으로 우뚝 서기 위해 총대를 메기로 했다. 솔선수범을 보여야 한다는 강박감이 컸지만, 출격에 앞장서는 걸 절대 두려워하지 않았다. 김영환, 너는 태양처럼 불타는 각오로 전투기와 함께 저 하늘로 날아올랐지 않은가. 너는 타고난 군인이다. 일제강점기에 소위였던 김영환, 독립된 대한민국에서 다시 소위로 태어난 김영환, 항공부대 창설을 위해 과감히 내려놓았던 계급장을 세 번째 다시 달았던 김영환 아닌가. 한국공군의 장교 계급을 강등당하기도 하고 영창도 갔지만, 나는 지금 어엿한 한국공군 전투기 조종사다. 저 하늘에서 내 전투기가 폭발했다면 지금 내 몸뚱이는 이 강물에 산산이 흩어졌을 것이다. 그런데 이렇게 살아있구나. 곳곳에 삶과 죽음은 한 끗 차이로 희비가 교차하고 있는데, 내가 이렇게 살아있다는 것은 아직도 내게 주어진 일이 끝나지 않았다는 뜻일 것이다. 비행전대장으로 전투태세준비검열뿐만 아니라 단독출격이 확정될 때까지 최선을 다하라는 뜻일 것이다.'

영환은 감았던 눈을 떴다. 은빛 물결 강물 위에서 미영이 웃고 있었다. 희고 긴 손가락으로 영환의 손가락을 하나하나 집어 피아노 건반을 두드리며 웃던 얼굴이었다. 영환은 기지로 돌아가면 예배당에 있는 오르간을 실컷 두드려야겠다고 생각했다. 미영과 함께 피아노를 치며 불렀던 메기의 추억이 떠올랐다. 영환은 배에 힘을 집어넣고 메기의 추억을 부르기 시작했다. 메기의 추억이 강물에 실려 일렁거렸다.

하늘에는 여전히 김두만 대위가 반원을 그리며 날고 있었다. 어디선가 나타날지 모를 공비를 차단하기 위한 김 대위의 엄호비행이었다. 멀리서 지프 한 대가 툴툴거리며 섬진강 변 모랫길을 달려오고 있었다.

ORI(작전준비태세 검열)

1951년 8월 27일 미 제5공군 사령부는 ORI 작전검열관으로 아이작슨 중령을 비롯한 12명의 검열관을 사천기지에 파견했다. 검열관 12명은 작전, 정보, 인사, 무장 등 분야별 전문 권위자로 대부분 소령과 중령급이었다. ORI는 단독출격 작전을 수행할 수 있는 자격을 획득하기 위한 예비시험인 셈이다.

8월 29일 영환은 평소 실전에 임하던 대로 제5공군에서 하달된 작전명령서를 가지고 브리핑에 들어갔다. 아이작슨을 자신의 전투기에 태우고 공비토벌작전 지역인 지리산지구 화개장으로 출격했다. 영환은 아이작슨이 지켜보는 앞에서 사격과 폭격공격을 수행했다. ORI의 관문을 통과하기 위해 침착하게 조종하면서 목표지점 공격 때는 최선의 기량을 보여주었다. 사천기지로 귀환한 아이작슨이 영환에게 엄지를 치켜들었다. 검열관은 최후 작전검열 임무로 해주지방의 교량폭파와 적 보급로를 차단하라는 지시를 내렸다.

9월 1일 오전 9시 1차 작전은 황해도 신원지구의 괴뢰집단 보급로 차단이었다. 김영환, 이강화, 김성룡, 라그로, 강호륜, 주영복, 전봉희, 윤응렬, 정영진, 권성근, 김두만, 아이작슨으로 편성했다. F-51 전투기 12대의 편대 군장은 김영환이었다. 그의 진두지휘에 따라 A와 B급의 조종사 전원이 작전에 투입되었다. 아이작슨과 라그로는 직접 편대에 참여하여 이륙부터 편대집합과 항법, 공격요령, 이탈경로, 기지귀환, De-Briefing 순서까지 검열했다.

오후 13시 25분 2차 작전은 황해도 신원지구 철도 교량폭파였다. 편대는 김영환, 김두만, 정영진, 권성근, 강호륜, 전봉희, 김성룡, 이강화, 라그로, 아이작슨까지 10대의 전투기 출격으로 편성되었다. 1, 2차에 걸쳐 치러진 작전에 한국공군과 함께 출격한 미 검열관은 비행훈련 시스템 운용의 적합도와 작전능력 그리고 후방지원인 정비, 무장, 보급, 통신 분야까지 세세히 검열했다. 10일 동안 한국공군의 전투능력과 작전 수행과정을 지켜본 후 검열결과를 평가한 미 제5공군 사령부의 공문 서신이 도착했다.

> 대한민국 공군 제1전투비행단을 검열한 결과 전투 임무에 필수로 여겨지는 일부 장비가 부족하다는 사실이 밝혀졌다. 대한민국 공군 전투 조종사는 전투에 참여하고자 하는 뜨거운 열정을 지니고 있었고 검열관들은 이를 느낄 수 있었다. ROKAF의 작전 능력은 매우 훌륭했다. 하지만 대한민국 공군이 전방지역에서 작전을 개시하는 날짜는 10월 11일로 할 것을 권고한다. 미 극동공군 사령부에서는 대한민국 공군의 전투 및 훈련이 이루어질 수 있도록 물자지원을 조치하고 있다.

"이번 검열작전에 너의 지휘능력이 대단한 힘을 발휘했다. 너는 역시 예나 지금이나 든든한 내 동생이다."

실로 오랜만에 듣는 형의 칭찬에 영환은 머쓱해졌다. 형보다는 이젠 직속 상관으로 대하는 것이 더 익숙해진 탓인지도 몰랐다.

"문이 열렸을 때 치고 들어가야죠. 예전에 일본 놈 세 명을 때려잡던 기백으로 용감하게 편대 군장 역할을 했습니다. 모처럼 형에게 칭찬 들으니 기분이 배로 좋습니다."

정렬의 입가에 흐뭇한 웃음이 번졌다. 모처럼 동생 앞에 드러내고 웃는 걸 보면 김정렬 참모총장도 ORI 작전에 임한 동생의 역할에 만족한 모양이었다.

"이제 강릉기지로 옮겨야 한다. 강릉에 전진기지를 설치하기 위해 진작부터 세부계획을 수립했다."

김정렬 참모총장이 선택한 강릉기지(K-18)는 일제강점기 말에 일본군이 건설했다. 해방 후 한동안 방치되었던 강릉기지는 1950년 7월 말 북한공군이 북한 지상군을 지원하기 위해 1개 항공대대를 주둔시켰다. 그러나 유엔군의 반격작전으로 1950년 10월부터 한국공군 김진영 소위와 13명의 군인이 경비업무를 맡고 있었다. 1951년 6월부터는 동부전선의 유엔 지상군을 지원하기 위해 미 해병 제1사단 제12비행대대가 주둔하고 있는 터였다.

"미 해병 비행단의 규모가 커서 그들이 운용하기에도 그리 넉넉하지 않을 텐데 우리가 들어갈 자리가 있을까요?"

"내가 강릉기지를 선정한 건 국군 지상군이 배치되어있는 중동부 전선에 우리가 근접 항공지원을 할 수 있기 때문이다. 내가 강릉기지 지형을 살펴보고 활주로 북쪽 모래사장에 작전지휘본부로 사용할 퀀셋 막사 건물 5동을 짓게 했다. 숙소와 정비시설로 사용할 천막 20개는 별도로 설치했고 유류저장소는 소나무밭에 만들도록 지시했지. 우리 공군이 항공작전에 사용하는 항공유와 탄약은 미 제12해병비행부대가 지원할 것이고, 기지 외곽 경비는 육군 제7경비정대가 담당하게 돼 있다. 당분간 미군과 같이 사용하기 때문에 협소하겠지만, 그들과 함께 사용하면 오히려 배울 점도 있을 것이다. 미 해병비행단이 운용하는 비행기는 항공모함에서 출격하는 콜세어(Corsair)기와 AD-2라는 항공기인데 거기에 장착하는 폭탄 양이 엄청나다."

"바닷바람이 엄청 심술을 부릴 텐데요?"

"다들 각오를 해야지. 시련은 우리를 더 단단하게 결속시키는 힘으로 돌아올 것이다."

"그렇습니다. 여기까지 오는 것도 녹록한 건 아니었습니다. 저 역시 더 분발하겠습니다."

"지켜보겠다."

정렬은 하루가 다르게 지휘관의 면모를 갖춰가는 동생이 기특했다. 그러나 영환이 두각을 나타내면 낼수록 정렬은 영환의 낭만적인 기질과 가끔 불쑥 튀는 호기가 마음에 걸렸기 때문에 일정하게 거리를 두었다.

전진기지인 강릉기지로 이동하기 전에 확장공사가 먼저 진행되었다. 1단계 강릉기지 확장공사는 8월 26일에 897m인 기존 활주로를 1,646m로 연장 확장했다. 2단계 전투준비사항인 유무선 통신망 설치는 통신장비 도입과 설치까지 거의 한 달이 소요되었다. 통신망은 육군 담당 하에 전투비행단과 제1군단 및 합동작전본부(JOC) 간에 유선 통신망을 설치하여 작전통신망을 완성한 다음 기타 기지통신망까지 연결하는 공사로 마무리 지었다. 제3단계는 강릉기지 이전 계획이었다. 이동계획에 따라 1차 이동은 9월 18일 제1전투비행단 제101기지 전대장 김신 대령 지휘로 장병 61명과 일부 지상 장비는 차량 16대를 동원해 강릉기지로 이동했다. 2차 이동은 9월 23일 해군 LST 편으로 제11정비중대장 백춘득 대위 지휘로 병력 139명이 사천에서 마산 그리고 부산과 주문진항을 거쳐 27일 강릉기지에 도착했다. 지상부대 이동 완료 후 3차 이동 팀은 9월 28일 07:30분 F-51D 전투기 12대와 21명의 병력으로 사천기지를 떠나 08:30분에 강릉기지에 도착하여 부대 이동을 완료했다. 강릉기지로 공군의 전진부대(제1전투비행단 제10전투비행전대)가 이동을 완료하자 김정렬 참모총장은 9월 28일부로 강릉전진기지 사령관에 김영환 대령을 임명했다. 기지사령관은 김신 대령이었다. 강릉전진부대(제10전투비행전대)는 총 병력 275명(장교 60, 사병 208, 군무원 7)에 F-51D 전투기 12대와 T-6기 1대를 비롯해 항공지원 장비 14대를 보유하고 있었다(공군본부 6·25전쟁 증언록 참고)

ROKAF, 단독출격하다

"처음 강릉기지 도착했을 때 자넨 어떤 기분이었나?"

작전처장 장지량에게 영환이 물었다.

"네. 미 제12해병비행전대의 따뜻한 환대에 놀랍고 신기했습니다. 꽃다발을 걸어줄 땐 제가 마치 대표선수로 시합장에 나온 듯 긴장도 됐지만 기쁘기도 했습니다. 그보다 제가 애덤스 대위를 태우고 강릉기지로 향할 때부터 콧노래가 나왔습니다. 사천기지의 제6146부대 부대장 윌슨 소령이 자신의 부하인 라그로 대위와 애덤스 대위를 강릉기지로 함께 보내 우리 공군 편대장의 지휘로 동반 출격하도록 했기 때문에 감회가 남다를 수밖에 없었습니다."

헤스가 떠난 후에도 제6146부대는 계속 한국공군과 함께 사천기지에 주둔하고 있었다. 제6146부대 부대장 윌슨 소령은 자신의 부하 조종사 일부를 강릉기지에 파견해 한국공군과 함께 출격하도록 배려

했다.

"나도 진짜 선수가 된 기분이었네. 미 비행단과 당당하게 어깨를 겨루는 한국공군 비행단으로서 말이야."

"기지운영과 작전요령(SOP)에 관해 협의할 때 미 해병 비행단 간부들이 베푸는 호의에서 분명히 느꼈습니다. 그들은 마치 오래전부터 친했던 전우를 대하듯 했습니다."

"단독출격 작전개시는 1951년 10월 11일로 정해졌다. 지금부터 긴장을 바짝 조이고 준비를 철저히 하도록!"

"네!"

그러나 정작 사기충천한 부대원을 괴롭히는 건 강릉기지의 주변 환경이었다. 특히 강풍에 모래가 날리면 퀀셋 막사 안과 전투기는 온통 모래범벅이었다. 강풍이 불 때는 숫제 모래바람이 되어 잠자는 병사들과 조종사의 귀와 입으로 날아들었다. 정비사들은 자다가도 바람 소리에 일어나 덮고 있던 담요로 전투기 엔진을 싸매기도 했다. 사천기지와 마찬가지로 갈매기 떼와 해무도 신경을 곤두서게 했다. 활주로 끝 200미터 지점에서 만나게 되는 150피트 높이의 모래언덕 또한 전투기 이착륙에 방해되는 요소였다.

강릉기지 주변 여건은 열악했지만, 전투훈련은 계획대로 이어졌다. 10월 1일부터 10월 7일까지 전장관숙, 폭격선(Bomb Line) 파악, DF 사용법, 호출법 등을 숙지한 후 사격과 폭격훈련을 했다. 최종 점검으로 모든 준비가 끝난 것을 확인한 영환은 장지량을 대동하고 서울의 미 제5공군사령부를 방문했다. 지휘관 회의(Commander's Meeting)에 참석한 김영환은 작전에 필요한 공중전역 및 전쟁법규와 항공지도 등제반 사항에 관한 내용을 협의했다.

"오늘 한국공군 제10전투비행전대가 미 제5공군의 전투 서열에 공식적으로 포함되었다. 일일 작전명령(Fran Order)은 매일 저녁 C-47 수송기가 전달해 줄 것이다. 이제부터 한국공군은 미 제5공군의 작전 명령에 따라 공식적인 독자 출격을 할 수 있게 되었다. D-DAY는 10월 11일 08:55이다!"

고대하던 날이 드디어 다가왔다. 1951년 10월 10일 밤 23시 30분 미 공군의 C-47 수송기가 한국공군 제1전투비행전대에 일일 작전명령을 전달했다. 명령서에는 출격일시, 편대 규모, 무장, 표적, 호출부호, 목표공격 시간 등이 적시돼 있었다. 작전 정보서류를 받아든 영환은 서류를 뚫어지게 쳐다보았다. 군대 구분 작명에 적힌 'ROKAF'를 몇 번씩 확인했다. 정보장교에게 서류를 넘겨주는 영환의 두 눈이 기대와 흥분으로 가득찼다. 작전처장 장지량과 눈웃음을 주고받으며 작전실로 들어갔다. 작전실에서 참모들을 모아 작전 계획과 정보기록을 검토한 후 11일 02시 25분에 숙소로 돌아갔다. 영환은 기밀서류를 다시 한번 확인 후 품에 안았다. 단독 첫 작전명령서를 손에서 놓고 싶지 않았다.

10월 11일 06시 30분 제1차 브리핑(Briefing)이 시작되었다. 작전의 성공 여부는 브리핑에서부터 시작되므로 조종사에게는 실로 중요한 시간이다. 브리핑은 기상장교의 기상 브리핑과 정보장교의 브리핑이 있고 난 뒤 작전참모의 작전 브리핑으로 이어졌으며 출격하는 조종사들의 편성부터 브리핑했다. 1차 출격 조종사는 1편대장 김영환 #2 이기협 #3 윤응렬 #4 라그로, 2편대장 김두만 #2 박완규 #3 옥만호 #4

손재권, 3편대장 강호륜 #2 장성태 #3 이강화 #4 애덤스, 4편대장 정영진 #2 유치곤 #3 권성근 #4 박재호로 편성되었다. 출격과 이탈경로와 무장설명에 이어 통신 관계 그리고 비행 금지구역까지 세세한 작전 브리핑이 이어졌다. 작전 브리핑에 이어 작전장교의 특수 브리핑까지 조목조목 듣고 확인하는 출격 조종사의 표정은 진지하다 못해 엄숙하기까지 했다.

08시 55분 조종사들은 비상암호와 비상장구 그리고 지도를 받아들었다. 이미 전투기는 500파운드 폭탄 2개와 로켓탄 4발 그리고 Cal-50 기관총 1,850발을 장착한 채 주인인 조종사를 기다리고 있었다. 편대장 김영환의 전투기가 서서히 움직였다. 편대장 김영환을 선두로 강릉기지 PSP 강판 활주로를 박차고 떠오른 전투기가 웅장한 날갯짓을 시작했다. 영환의 벅찬 감동을 고스란히 전하듯 동해에 떠오른 해가 하늘과 땅과 바다로 퍼졌다.

제1편대의 목표지점은 통천과 화천 그리고 양구로 이어지는 동해안의 적 보급로를 절단하는 것이다. 적의 보급로 차단작전은 때마침 개시된 미 제5공군의 적군 후방 철도 수송망을 차단하기 위한 스트랭글(Starngle)작전과 보조를 맞춘 작전이기도 했다. 김영환은 고저-통천-화천리-말휘리-마봉-양구에 이르는 보급로 중에서 말휘리 서쪽 도로 위의 트럭 2대를 파괴하고 도로 4개소를 차단했다. 북한군의 대공화기를 피해 전 편대가 1차 목표를 달성하고 편대 순으로 무사히 귀환했다. 기지로 돌아온 편대장과 조종사는 브리핑실에 들러 정보장교에게 임무 보고서를 작성했다. 디-브리핑(De-Briefing)을 하는 조종사 전원은 첫 단독출격을 성공리에 완수하고 돌아온 기쁨을 함께 나누고 있었다.

김영환이 들어서자 자축하는 박수가 터졌다. 영환이 손을 들어 고마움을 표했다.

"다들 알다시피 한국공군은 UN군의 당당한 일원이다. 이제 말하건대 나는 어젯밤 잠자리에 들 때 기밀서류를 꼭 껴안고 잤다. 행여 모래바람에 날아가버릴까 봐 색시를 껴안듯이 안았다."

뜬금없는 전대장 김영환의 우스갯소리에 조종사들이 웃음을 터뜨렸다. 김신, 장지량, 강호륜, 정영진, 김두만, 이강화, 박재호, 윤응렬, 옥만호, 주영복, 이기협, 정주량, 장성태, 유치곤, 손흥준, 이일영, 나창준, 신철수, 박완규, 손재권, 권성근, 김금성, 서상순 등 24명의 조종사는 자신감과 희열에 차 있었다.

"스트랭글(Starngle)작전은 전략전술작전과 함께 적의 보급로를 차단하여 적의 기세를 꺾는 데 있다. 우리에게 주어진 임무는 유엔 공군의 스트랭글작전과 보조를 맞추어 적의 후방을 차단하는 작전을 전개하는 것이다. 지금 적은 155마일 전선까지 보급품을 수송하고 있는데 UN 공군과 우리는 최대한 적에게 보급품이 전달되지 않도록 해야 한다."

김영환 전대장이 붉은 선이 그어진 지도를 가리켰다.

"오늘 우리가 처음 출격한 목표지점은 중공군 제66야전군과 북한군 제2군단 후방인 고저-통천-화천리-말휘리-마봉-양구에 이르는 적의 주요한 보급로였다. 당분간 이곳이 주 타깃이 될 것이다. 그러나 국군 1사단에서 우리의 항공지원을 절실히 바라고 있다. 현재 20여 대의 전투기로 원산지구에서 동부전선에 이르는 적 보급로를 차단하는 것은 분명 벅찬 임무다. 그러나 우리가 누구인가? 오늘 이날을 기다렸던 우리가 아닌가."

영환의 말에 호응하는 조종사들의 함성이 브리핑실을 흔들었다. 영환이 주먹을 들고 불끈 쥐었다. 조종사 전원이 일어서서 주먹을 쥐었다. 누가 먼저랄 것도 없이 부르는 군가가 합창이 되어 메아리처럼 강릉기지 전체로 울려 퍼졌다.

씩씩한 이 나라의 하늘의 아들~
빛나는 배달문화 전통을 잇고~
새로운 자유 낙원 건설하고자~
거룩한 싸움터에 몸 바쳤다~
저 하늘 넓은 들에 날개차 가세~
막힘이 있을까 위로 아래로~

10월 15일부터 11월 23일까지 한국공군의 단독출격은 계속되었다. 일기가 고르지 못한 날을 제외하곤 거의 매일 출격했다. 매봉산 적진지 폭격, 연천 북방 중공군 보급로 공격, 통천과 회양지구 도로와 교량 파괴, 신고산 일대의 도로 · 교량 · 보급품 집적소 파괴, 원산 · 창도리 · 평강 · 금화지구까지 38일 동안 총 496회 출격했다.

"우리 공군의 정확한 타격으로 북한군은 막대한 피해를 보고 있다. 당연한 현상이겠지만 우리를 발견하면 지상의 북한군은 거의 신경질적으로 대응하고 있다. 갈수록 대공화기로 대응하는 수위를 높이고 있으니 우리도 전술 방법을 다각도로 시도해야겠다. 철로를 폭파할 때는 직선에 맞춰 공격하고 집적소는 사방에서 동시에 공격을 퍼붓는 방식도 시도해보자. 제군들 중 몇 명은 개인적으로 적의 대공포를 피해 공격하는 방법을 터득한 것 같더군. 가령 멀리서부터 저공으로 속도를 높여 공격하거나 구름 위에서 난데없이 나타나 번개처럼 공격하곤 재빨리 그곳을 벗어나더군. 어떤 공격을 취하든 제군들 모두 목표 달성 후 무사 귀환하길 바란다."

한국공군의 출격 범위가 평양까지 넓어지면서 영환은 조종사들의 안전귀환을 당부하는 것도 잊지 않았다. 그러나 바다가 가까운 강릉기지 날씨는 빠르게 추워졌다. 일찍 서리가 내렸고 강풍은 정비사들을 괴롭혔다. 정비담당자는 엔진이 얼지 않도록 출격 전에 시동을 걸어 온도를 높이느라 밤을 새우는 건 예사였다. 리시버 헤드를 머리에 쓴 채 관제탑과 통신소와 교신을 확인해가며 일일이 이상 유무를 확인하며 사전점검을 철저히 했다. 무장사를 도와 무기장착 상태를 점검하는 것도 중요한 일이었다. 비행부대는 전 부대원의 몸과 마음이 일치할 때 전투기가 뜨고 조종사는 하늘에서 마음 놓고 임무를 수행할 수 있다. 만반의 준비를 하지만 하늘에서 일어나는 사고는 한순간이었다.

1951년 12월 15일 오후 1시 40분 편대장 신철수 대위에 이어 2번기 서상순 3번기 나창준 4번기 손홍준 편대는 강릉기지를 출발하여 회양 동남쪽 하리동의 적 진지로 날아갔다. 초겨울이지만 맑게 갠 날이라 눈으로도 목표물을 확인할 수 있었다. 목표지점에 도달한 편대는 빠른 속도로 급강하하여 폭탄과 로켓 공격을 퍼부었다. 그와 동시에 적의 대공포화도 불을 뿜었다. 신철수 편대장은 2기씩 2개 편대로 나눠 재차 공격을 감행한다는 명령을 내렸다. 그러나 이미 대공포화에 맞은 좌우 날개에서 불꽃이 일기 시작했다. 전투기는 삽시간에 붉은 불꽃에

싸였다. 신철수는 전투기를 양쪽으로 흔들어 요기들에게 자신의 비장한 결심을 알렸다.

영환은 기수를 적진으로 향하고 장렬하게 산화한 신철수 대위의 비보에 충격을 받았다. 애국심이 투철했던 신철수는 낮게 날아 목표물에 접근하여 반드시 목적을 이루는 집념의 조종사이기도 했다.

'생과 사를 인간인 우리가 어찌 알겠는가. 하지만 전우의 죽음 앞에서는 허무하기 그지없구나.'

신철수 대위의 순직은 진해기지 이동을 앞두고 있던 조종사들의 사기에도 영향을 끼쳤다. 제1전투비행단의 F-51D 전투기는 전부 진해기지로 이동할 예정이었다. 12월 19일부터 12월 25일까지 지리산 일대의 서남지구 공비토벌을 지원하기 위해서였다. F-51D 전투기가 진해기지로 이동하기 전에 김영환은 미 공군대학 파견이 예정돼 있었다. 신철수 대위의 순직에 대한 슬픔은 각자의 가슴에 품고 전대장 영환과 동료 조종사들은 또다시 그들을 기다리고 있는 현장으로 달려가야 했다.

빨간 마후라를 두르다

"비록 단기교육이지만 미 공군대학에 입교가 결정된 건 공군뿐만 아니라 대한민국군 전체를 위해서도 잘된 일이다."

"늦은 감은 있지만, 열심히 공부하고 오겠습니다."

"늦었다고 하지만 지나고 보면 그때가 가장 빠를 때이다. 지금 우리가 가장 적절한 시기를 잡았다고 보면 된다. 그러니 변화를 두려워하지 말고 미국에서 배운 모든 것을 네 것으로 만들어 오너라."

되돌아보면 해방 후 창군 과정은 어수선한 혼란 속에서 이뤄졌고, 육해공군 모두 자립기반을 갖추지 못한 상태에서 6·25 전쟁이 일어났다. 그와 같은 상황에서 육·해·공군의 합동작전은 엄두도 낼 수 없었고 군별로 대처하기에 바빠 서로 혼선만 빚어지는 일이 빈번했다. 미국과 UN군이 참전했지만, 그들과 합동전략을 구상할 변변한 기구조차 없었다. 전술에 관련한 전문적인 조직도 없었다.

전쟁이 장기화하면서 미국은 UN군과 상호 연합작전을 하면서 더욱 조직적인 지휘체계가 필요하다는 결론을 내렸다. 한 · 미 양국 간의 긴밀한 군사 작전상의 협조뿐만 아니라 합동작전을 수행해 나감에 있어서 상호 간의 군대조직과 작전개념 그리고 전술상 일치된 군사행동과 기술이 요구되었다.

"미국 최고 연합참모본부에서 한국전쟁에 참여한 각국 중요 지휘관과 참모들을 미 공군대학에 입교시키기로 한 건 그들뿐만 아니라 우리에게 필수불가결한 과정이다. 그들이 원한 건 합동 군사전략과 전술 및 후방지원 같은 전문분야에 대한 교육과정을 습득시켜 상호 간에 유기적인 성과를 얻고자 함이다. 그건 결국 우리 한국공군의 미래, 나아가서는 3군 체제인 군조직을 원활하게 이끄는 기초가 될 것으로 본다."

"네. 형님 견해에 전적으로 동의합니다."

미국 앨라배마주에 있는 공군대학 입교생으로 파견되는 한국공군의 지휘관으로 모두 10명이 선발되었다. 미 공군대학에서 FOC(Field Officers Course)의 고급지휘관 참모과정에 참모부장 김창규 준장과 제10전투비행전대장 김영환 대령 그리고 작전처장 장지량 중령 등 3명이 선발했고, SOC(Squadron Officers Course)의 초급지휘관 참모과정에는 경리국장 박충훈 소령, 군수국 차장 이규성 소령, 작전과장 이강화 대위, 기술처장 김석환 소령, 군수처 차장 홍성표 대위, 정보국 과장 이연수 대위, 작전국 과장 윤천주 대위 등 7명으로 모두 10명이 미국으로 가게 되었다.

"한동안 된장국 못 먹을 거니까 오늘 실컷 먹겠습니다."

부엌에서 끓이는 된장국 냄새가 코를 자극했다. 옆에서 두 아들의 대화를 듣고 있는 변씨 부인은 여전히 염주알을 손에서 놓지 않고 있었다. 오랜만에 가족이 모인 자리였다. 변씨는 피난처인 진해에서 여관을 통째로 빌려 오갈 데 없는 피난민에게 방을 제공했다. 여관은 그야말로 피난민으로 발 디딜 틈이 없었다.

"어머니. 영환이 칭찬 좀 해 주세요."

때마침 밥상을 들고 들어오던 희재와 세옥 그리고 변씨 부인이 정렬을 쳐다보았다.

"우리가 공비토벌에 항공지원을 나갔을 때였죠. 영환이가 가야산 공격 임무를 띠고 출격했는데 해인사에 숨어있는 공비를 산으로 쫓은 다음 산속에 기총을 가했답니다. 덕분에 해인사는 무사히 보존되었지요. 어떻게 짧은 순간에 그런 기특한 결정을 내렸는지 모르겠어요."

정렬이 영환을 보고 빙긋 웃었다.

"아이고, 내 아들. 정말 잘 했다. 네가 정말 장한 일을 했다. 해인사에 팔만대장경판이 보관되고 있다는 걸 어찌 알았느냐?"

"네. 어머니가 그러셨잖아요. 빨갱이만 잡으라고요. 그래서 책을 구해 우리나라 전역의 유명사찰에 대해 알아뒀어요."

"반드시 부처님의 가피(加被)를 입어 이 나라가 보호될 것이야. 몽고의 침략을 막으려고 신앙의 힘으로 만든 대장경판이니 반드시 이 난국을 막아줄 것이야."

변 씨는 기쁨을 감추지 못하고 영환의 어깨를 쓰다듬었다.

"형님은 여태 내색하지 않더니 새삼 그 얘길합니까."

"네가 내린 결단을 어머니께 먼저 들려드리고 싶었다. 지금까지 전투경찰 토벌대에서 거기에 대해 어떠한 이의를 제기하지도 않으니 이제야 마음 놓고 말하는 거다. 그리고 이번 작전은 한국공군 단독지원 작전이었고 결정은 작전지휘관인 네 소관이니 네가 내린 판단을 두고 누가 뭐라고 하겠느냐. 항상 조심할 건 내가 부대에서 너에게 하는 칭찬은 독약이다. 그러잖아도 부하들이 참모총장의 동생이라 특혜를 받고 있다고 생각할까 봐 여간 조심스러운 게 아니다."

"그건 저도 마찬가집니다. 부하들 사이에 위화감이 생길까 봐 항상 경계하고 있죠. 그래서 부대에서 형을 만나면 더욱 조심하고 상관으로 깍듯하게 대했습니다."

"당연히 그렇게 해야지."

영환 옆에 앉은 변 씨는 구운 조기를 아들이 먹기 좋도록 살을 바르고 있었다. 시래기 된장국을 입안 가득 넣고 먹는 영환의 뺨이 예전보다 홀쭉해 보이는 것이 마음에 걸렸다.

"형수, 저 치마 색이 곱네요. 새로 만든 거예요?"

벽에 걸린 선홍빛 도는 자주색 치마를 보며 영환이 물었다.

"선물로 받은 옷감으로 만든 거예요. 예뻐요?"

"저 치마, 나 줘요."

"왜요? 동서 주려구요?"

옆에 있던 세옥이 황급히 고개를 저었다. 남편 영환의 뜬금없는 요구에 당황한 눈치였다.

"아뇨. 색깔이 멋져서 마후라로 했으면 하고요. 하늘로 올라가면 목이 유난히 차갑답니다. 그래서 대개 낡고 해진 낙하산을 잘라 대충 만드는데 왠지 우중충해 보이거든요. 저 치마를 보니 마후라로 하면 좋겠다는 생각이 들어요. 이왕이면 다홍치마라고 색도 곱고 눈에도 잘 뜨이니 마후라로 안성맞춤일 것 같은데요?"

"그렇다면 조금 기다리세요. 여자 치마를 어떻게 드려요. 대신 서방님 밥 다 드실 동안 내가 얼른 만들어 드릴게요. 마침 치마 만들고 남은 옷감이 있거든요."

희재는 얼른 옆방으로 건너갔다. 이어 달달달 재봉틀 소리가 들렸다.

"네 형수만 한 사람 없다. 네 아버지도 내 말보다 큰며느리 말이면 무조건 받아들이신다."

"참, 아버진 잘 지내시죠? 부산 다녀오셨잖아요."

"여전하시지. 나이 드셔도 워낙 군인체질이시니 이 난리에도 여유 있게 생활하시더라. 한번은 상사가 땡볕 아래 훈련병을 모아놓고 하도 닦달하면서 훈련하니까 네 아버지가 창문을 열고 연병장에다 대고 그러시더라고. 너희들, 됐어, 그만하고 흩어져, 하고 해산을 명하니까 병사들이 상사 눈치 보랴, 네 아버지 눈치 보랴, 망설이지 않겠니. 마지못해 상사가 해산을 시키더라.

정렬과 영환이 마주 보고 웃었다. 그새 형수 희재가 다 만든 마후라를 들고 들어왔다.

"길이랑 폭이 잘 맞을지 모르겠어요."

영환은 얼른 마후라를 목에 둘러보았다. 거울 앞에 서서 이리저리 목을 돌려보며 마후라를 조절하던 영환이 싱긋 웃었다.

"길이와 폭은 적당한데 색깔이 좀 더 밝은 빨간색이면 더 멋질 것 같아요. 어때요? 형수님 보시기엔."

"서방님이야 뭐든 잘 어울리죠."

"옷감이 있으면 형님도 하나 해드리세요."

그 말에 얼른 정렬이 손사래를 쳤다.

"관둬라. 나는 좀 더 생각해보겠다. 너는 리히트호펜을 따라 이젠 붉은색까지 좋아할 참이냐?"

"아, 그렇군요. 내가 어쩐지 붉은색에 꽂히나 했죠. 리히트호펜의 애칭이 붉은 남작이었죠."

영환의 롤 모델인 만프레트 폰 리히트호펜은 제1차세계대전 때 독일의 에이스 전투 조종사였다. 리히트호펜은 붉은 넥타이를 즐겨 맸으며 붉은색을 칠한 Fokker기를 타고 공중전을 치렀다.

"그는 비행 실력도 뛰어났지만, 조종사로서도 본받을 인물이었죠. 자신의 공격을 받고 추락하는 적기에 절대로 추가공격을 하지 않았어요. 어쩔 수 없이 싸웠지만 추락하기 전 마지막 비상탈출 기회를 준 거죠.

"그렇다. 군인은 비겁하게 뒤에서 총을 쏘진 않지."

목에 두른 검붉은 자주색 마후라가 흡족한 듯 이리저리 매만지던 영환은 변씨 무릎을 베고 벌러덩 누웠다.

"이렇게 어머니 무릎 베고 싶었어요."

"다 큰 애가 왜 이래. 작은애가 흉보겠다."

말은 그리 하면서도 변씨는 내심 싫지 않았다. 전쟁이 길어지면서 피난 생활도 길어지고 있었다. 이렇게 가족이 모인 건 오랜만이었다. 더구나 영환의 미국 파견은 6개월 일정이라고 하니 한동안 또 못 볼 것이다. 변씨는 귀이개를 꺼내 영환의 귀를 당겨 들여다보았다. 변씨가 귓속 귀지를 조심조심 집어낼 때 영환의 입가에 행복한 웃음이 피어올랐다.

떠나는 자, 남는 자

1951년 11월 말부터 남북 간 전선은 고착 상태였다. 양측은 고성-금성-판문점-임진강을 축으로 장기전을 대비한 준비태세에 돌입했다. 북한은 만주 국경 전선까지 보급품을 수송하기 위해 수단과 방법을 가리지 않았고, UN 공군은 쉴 틈 없이 적의 보급로와 보급품 집적소를 강타했다.

진해기지에서 2차공비토벌 합동작전 임무를 마친 F-51D 전투기는 12월 27일 다시 강릉기지로 복귀했다. 제10전투비행전대장에 임명된 김신 대령은 비행전대를 체계적으로 재정비했다. 단독출격 작전 후 30회 이상 출격기록을 가진 김성룡, 김두만 소령과 옥만호 대위를 편대장으로 임명했다. 그리고 사천기지에서 기종전환 훈련을 수료한 7명이 추가 배속되어 비행전대 규모는 조종사 20명에 전투기 18대의 규모를 갖추게 되었다.

“우리의 주 임무는 후방차단작전이다. 종래의 출격지역인 태백산맥 동쪽의 동부전선을 포함해서 평양-원산 이남의 중부 및 서부전선에 이르는 광범위한 지역까지 출격해야 한다. 제군들의 발군의 기량을 기대한다. 그러나 적의 위장술은 갈수록 교묘해지고 있어 목표물을 식별하기가 점점 어려워지고 있다는 점도 유의하기 바란다.”

김신 전대장은 편대장으로서의 충분한 조종기술을 갖춘 조종사거나 신참조종사를 가리지 않고 일일이 챙겼다. 적은 상상도 못 할 만큼의 고사포를 쏘아대며 전투기의 접근을 막고자 안간힘을 썼다. 특히 창도리와 진남포 그리고 신고산 지역에서 쏘아대는 대공포화는 하늘을 새카맣게 덮을 정도였다. 적의 대응이 격해질수록 김신 전대장은 매회 출격하는 조종사들이 목표를 달성함과 동시에 무사 귀환을 바라는 각별한 당부를 하지 않을 수 없었다.

“이제 지상전은 고지 쟁탈전으로 바뀌고 있다. 저격능선에서, 단장능선에서, 그리고 전 전선에 걸쳐 고지마다 치열한 공방전이 펼쳐지고 있다. 이에 우군 지상군 보병의 발길이 닿지 못하는 고지 정상이나 경사면의 적진지에 대해 우리 공군이 퍼붓는 대지공격이야말로 우군에게 상당한 사기진작의 활력소가 되고 있다. 우리가 보유한 전투기와 조종사 인원수를 고려할 때 운용 가능한 출격 횟수의 최대 한계를 넘어 지원하는 셈이다. 그런데도 국군 제1군단에 대한 근접지원과 후방차단작전까지 숨 돌릴 틈 없이 출격하는 제군들의 지칠 줄 모르는 사명감에 그저 놀라울 뿐이다.”

“전대장님, 우리 땅이고 우리나라 아닙니까. 그래서 불구덩이를 안고 어디든 날아가는 것입니다.”

고난 앞에서도 출격에 전념하는 부하들의 투혼 정신은 식을 줄 몰랐다.

1952년 1월 9일 창도리 지역에 대한 정보가 강릉기지로 날아들었다. 병력과 물자수송 이동이 활발히 진행되고 있다는 정보였다. 조종사들 사이에서는 이미 '마의 창도리'로 불리는 위험한 지역이었다. 김두만 소령을 편대장으로 김금성 대위와 이일영 소위로 구성된 3기 편대가 강릉기지를 이륙했다. 흰 눈 가득 덮인 태백산맥에서 반사된 햇빛은 눈이 부셨고 하늘은 더없이 창창했다. 1차 공격목표인 원산 조차장에 대한 폭탄투하는 성공적이었다. 2차 공격목표인 창도리 상공에 도착한 이일영은 5인치 로켓과 기총공격을 가했다. 그의 공격에 대공화기가 하나씩 사라졌다. 그러나 무차별로 쏘아댄 대공포가 이일영의 전투기에 명중했다. 포탄에 맞은 이일영의 전투기 엔진에 불길이 치솟았다. 평소 과묵하고 신중했던 이일영은 스물네 살의 나이로 창도리에서 하늘의 별이 되고 말았다.

함께 출격했던 김두만 소령의 충격은 실로 컸다. 일본 소년비행병학교 17기 출신인 이일영은 그가 아끼던 후배 중의 한 명이었다. 그러나 조종사는 겉으로 슬픔을 드러낼 수 없었다. 조국이 부르면 언제든 기꺼이 목숨을 내놓을 각오로 조종간을 잡은 그들이었다. 더구나 전시 상황이었다. 김두만 소령은 애써 침착하며 담담하게 출격에 나설 수밖에 없었다. 1월 11일 김두만 소령은 금강산 일대에 위장한 적의 보급품 집적소를 파괴하는 임무를 수행하고 기지로 돌아왔다. 그가 전투기에서 내리자 김신 전대장과 동료 전투 조종사 그리고 정비사까지 환호성과 손뼉을 치며 달려왔다. '대한민국 공군 최초 100회 출격' 이라고 쓴 현수막이 바람에 펄럭였다. 동료들은 악수 세례로 축하했으며 부하들은 무등을 태우고 구호를 외쳤다. 김두만 소령은 한국공군 최초 100회 출격의 감격을 글로 남겼다.

좌우간 전진기지에서 출격하는 것이 제일 통쾌합니다. 적진 상공에서 적이 쏘아대는 무수한 지상 포화를 피하면서 공격을 수행해서 탄약 집적소나 군수물자를 파괴할 때의 통쾌한 심정이란 우리 조종사만이 맛볼 수 있는 쾌감입니다. 만약 F-51D 전투기에 후방석이 있다면 시인이나 소설가를 태우고 출격하고 싶습니다. 이런 쾌감을 모르신다는 것은 유감입니다. 제일 침착해야 할 때가 출격할 때입니다. 조종복을 입고 조종석에 앉으면 그때부터는 무념무상입니다. 오직 자기가 할 일은 해야할 임무뿐입니다.

혹독한 겨울이 물러가고 강릉기지에도 봄이 찾아왔다. 가끔 심술궂은 바람이 진눈깨비를 동반할 때도 있었으나 하루가 다르게 새파란 꽃잎들이 삐죽삐죽 솟아났다. 4월 5일 오전 9시 편대장 나창준 대위는 2번기 유치곤, 3번기 옥만호, 4번기 손재권으로 구성한 편대기를 이끌고 진남포 서북쪽으로 출격했다. 제1폭격 목표는 진남포 일대의 군용건물이었고 제2목표는 군수품 공장이었다. 제1목표물 공격을 성공한 편대는 다음 목표물인 진남포 군수공장으로 향했다. 그러나 진남포 일대는 짙은 안개로 목표물이 드러나지 않았다. 고도를 낮춰 목표물을 찾던 나창준 편대장의 눈에 안개 속에 우뚝 솟은 굴뚝이 보였다.

"제2목표물 발견! 안개가 짙으니 지나친 접근은 피한다! 폭격준비!"

편대기에 명령을 내린 나창준은 곧 목표물을 향해 접근했다. 그때였다. 안개 속을 뚫고 적의 대공포화가 작렬했다. 포탄은 선두에 있던 편대장의 전투기를 정면으로 맞추고 말았다. 나창준 대위는 의식을 잃어 가면서도 편대원에게 마지막 인사를 잊지 않았다.

"대한민국 만세!"

"이일영, 나창준, 정중엄의 순직은 참으로 안타깝기 그지없습니다."

영환은 미국에 있을 때 이미 부하들의 순직을 알고 있었다. 하지만 막상 강릉기지에 돌아와서 그들의 빈자리를 보니 애석한 마음이 더욱 컸다.

"제가 미국으로 떠나기 전까지 제일 걱정했던 문제가 조종사였습니다. 사천에서 기종전환 훈련을 마친 조종사들이 처음엔 당당하고 굳은 각오로 강릉기지에 옵니다. 그러나 그중의 몇 명은 곧바로 후방으로 가려고 온갖 핑계를 댑니다. 강릉기지는 그야말로 전쟁터니까요. 우리 공군뿐만 아니라 미군 조종사의 실종과 전투기 피격 그리고 참혹한 전사 현장을 눈앞에서 보게 되니 그야말로 공포와 두려움에 질리게 되는 거죠. 여차하면 대공포탄에 귀신도 모르게 죽겠구나 하고 겁에 질려 있는 군인을 어떻게 전선에 내보냅니까. 그래서 겁쟁이 희망자는 원하는 대로 후반에 재배치하고 필사즉생(必死卽生)의 신념을 가진 조종사들로만 강릉기지에 배속돼 있었죠. 모두 뛰어난 조종사였는데……."

영환은 한동안 말을 잇지 못했다. 내일을 예측할 수 없는 싸움터에서 서로가 예민할 수밖에 없었지만, 조종사들은 피를 나눈 형제처럼 돈독했다. 서로가 형이었고 아우였다.

"특히 나창준은 1.4 후퇴 때 부모님을 함흥 고향에 두고 온 것에 내내 힘들어했죠. 꼭 고향 땅을 되찾겠다는 남다른 각오를 가진 조종사였는데 한도 못 풀고 떠났군요."

"너무 애석해하지 말아라. 우리 역시 내일을 보장할 수 없는 군인이다. 너무 젊은 나이에 스러져버려 애석하지만 나라에 몸 바친 그들의 이름은 영원히 기억될 것이다."

서류철을 넘기던 정렬이 기록지 한 면을 영환에게 건넸다.

"네가 미 공군대학에서 연수받는 6개월 동안 김신 대령이 어려운 임무를 참 잘했다. 우리 공군에서도 100회 출격 조종사가 배출되고 있으니 점점 유능한 조종사로 부대가 자리매김할 것이다."

"100회 출격 조종사가 9명이나 배출됐다면서요?"

1월 11일 김두만을 필두로 이기협, 김금성, 옥만호, 정주량, 유치곤, 손재권, 박재호, 윤응렬 등이 100회 출격을 달성했다.

"지금 기세대로라면 200회, 300회 출격 조종사가 배출되는 것도 멀지 않을 것 같다. 미 공군에서 우리 조종사들을 보는 눈이 확실히 달라졌다는 걸 확인한 게 바로 승호리 철교폭파 완수였지."

"정말 대단한 성과였어요. 저도 처음엔 믿지 않았죠."

"한 마디로 승호리 철교폭파는 우리 공군의 실력을 UN 공군에게 유감없이 보여준 것이다."

치열한 공방이 계속될수록 북한군과 중공군은 경의선과 만포선을 통해 군수물자를 평양으로 수송했다. 평양에서는 승호리 철교를 이용해 동부전선과 중부전선으로 군수물자를 보급하고 있었다. 승호리 철교는 평양 동쪽 16km 떨어진 대동강 지류에 설치돼 있었다. 미 공군과 한국공군은 철교를 여러 차례 걸쳐 공격했다. 이에 북한군은 우회로 돌려 새로운 철교를 가설했고 철저한 방어 속에 계속 군수물자를 수송하고 있었다.

"새 철교가 설치된 곳은 난공불락의 자리라고 할 수 있었다. 놈들은 철교 주변에 교묘하게 대공화기를 배치하곤 전투기가 나타났다 하면 무지막지하게 쏘아댔다. 완강한 방어에 미 공군도 실패했어. 500회나 출격했는데 말이다. 미 제5공군에서 이 문제를 두고 의논이 분분하다가 한국공군에게 맡겨보자는 결론에 이르게 되었다. 결과는 두말할 것도 없이 깨끗한 성공이었다. 한국공군은 철교를 차단할 만큼의 역량을 갖진 못했다고 반대 의견을 낸 미 공군 조종사들의 코를 납작하게 만든 쾌거였다."

"우리 전투 조종사들이 모험을 건 작전 덕분이지요. 저고도 공격방법은 목숨을 내건 공격이니까요. 참으로 대단하고 멋진 동료들입니다."

1952년 1월 15일 새벽 찬바람은 어김없이 강릉기지에 몰아쳤다. 숨을 들이마실 때마다 콧속이 얼었다. 털모자를 눌러쓴 정비사들이 최종적으로 전투기를 점검했다. 곧이어 6명의 조종사가 모습을 드러냈다. 전투기에 오르기 전 서로가 주먹 쥔 손을 마주치며 승전을 빌었다. 오전 8시 25분 편대장 윤응렬, 2번기 정주량, 3번기 장성태로 편성된 제1편대가 평양을 향해 출격했다. 제2편대 편대장 옥만호, 2번기 유치곤, 3번기 박재호의 편대 역시 우렁찬 굉음을 토하며 이륙했다. 목표지점인 승호리 일대에 도달한 F-51D 무스탕 편대는 편대장 윤응렬의 지시대로 폭격준비 태세를 갖췄다. 편대는 일정 거리를 유지하면서 4,000피트로 낮춰 승호리 철교를 향해 접근했다. 목표물을 조준한 선두 윤응렬 편대장과 편대원은 1,500피트까지 강하하여 철교 교각에 폭탄 6발과 로켓 12발을 집중적으로 투하한 다음 기총을 쏘며 재빨리 기수를 상승시키며 목표지역을 이탈했다. 철교 주변이 화염에 휩싸였다. 뒤이어 제2편대도 공격을 개시했다. 2편대 역시 1,500피트 저공비행으로 연달아 폭탄공격을 퍼부었다. 교각과 교각 사이 철교 상판에 뚫린 두 개의 구멍이 눈으로 확인될 정도로 컸다. 철교 옆 틈새에 교묘히 은폐된 적 진지에서 콩 볶듯 대공포탄을 쏘아댔다. 임무를 완수한 제1편대와 제2편대는 유유히 강릉기지로 돌아왔다.

"승호리 철교 폭파 성공은 한국공군의 자랑스러운 전공이다. 김신 대령이 미 공군의 비행전대장 회의에 참석했을 때 축하 박수를 받았으니 말이다. UN 공군이 500회나 출격하고서도 폭파하지 못했으니 우리에게 찬사를 보낼 만했지.

"성공과 실패의 바탕은 정신력과 애국심의 차이 아닐까요? UN 공군은 100회만 출격하면 훈장을 받고 귀국할 수 있으니까 우리처럼 죽음까지 각오하면서 출격하진 않았겠죠. 3,000피트 공격과 1,500피트 공격의 차이가 무얼 말하겠어요? 그렇다고 제가 UN 공군을 비하하는 건 아닙니다. 남의 나라 위험한 전쟁터에 달려와 참전해준 것만 해도 고마운 일이지요. 단지 우리는 조국을 지켜야 할 국민이고 그 선두에 선 군인이기 때문에 목숨 걸고 작전에 임할 수밖에 없었던 거죠. 그 차이가 작전의 성공을 불러온 겁니다."

"그 점이 중요한 거다. 승호리 철교 폭파 이후 미 공군은 우리에게 송림제철소를 폭격하라는 지시를 내렸다. 최초로 우리 공군에게 산업시설을 공격하라는 임무를 부여했는데 그 사실에서 알 수 있듯이 한국 공군의 기량을 인정한다는 증거다."

미 공군은 후방차단 작전인 스트랭글작전을 보완하기 위해 집중폭격작전(Operations Saturate)을 새로 구상했다. 적의 수송보급로와 군수품 공장을 수없이 폭격했지만, 북한군은 민간인까지 동원해 야간작업을 감행했다. 파괴된 시설을 단 몇 시간 만에 복구해 버리므로 작전의 실효성이 기대에 미치지 못했다. 그런 약점을 보완하기 위해 복구할 시간을 주지 않으면서 파괴상태가 오래가도록 지속적이고 반복공격을 가하는 작전을 추가한 것이 집중폭격작전(Operations Saturate)이었다.

송림제철소는 150톤급 용광로 3기와 200톤급 용광로 2기를 가동하고 있었다. 전쟁에 필요한 군수물자 생산에 없어서는 안 될 중요한 산업시설이었다. 미 공군은 집중폭격작전(Operations Saturate)의 하나로 3월 28일 북한의 공업 도시 송림 일대와 송림제철소를 폭격하라는 임무를 한국공군에게 내렸다.

"승호리 철교 폭파와 송림제철소 폭격작전은 그동안 공지합동작전과 후방차단작전에서 한발 더 나아가 우리 공군의 기량이 더 깊고 높은 곳을 향해 날아간 것이라고 보아도 무방하다. 임무를 부여받은 3월 말부터 4월 9일까지 송림제철소와 인근 공장건물 그리고 저장소를 공격했다. 그 외 공장 지역으로 연결된 도로와 철도까지 파괴하는 성과를 올렸다. 한국공군에게 맡기면 완벽하게 임무를 수행한다는 사실을 미 공군에게 또 한 번 입증시킨 것이다."

"미 공군과 UN 공군은 전쟁 초기부터 북한의 제공권을 장악했을 뿐 아니라 산업중심지도 폭격했잖아요. B-26과 B-29 폭격기로 흥남, 원산, 평양, 나진 등 북한의 산업중심지 대부분을 파괴했죠. 공중 파괴력은 북한에 엄청난 경제적 손실과 막대한 병력손실을 안겨 주었을 텐데 그들은 용케도 버티고 있습니다."

"언젠간 끝을 보지 않겠느냐. 전쟁이 끝나는 날까지 우리 조종사들의 피해가 없길 빌 뿐이다. 강릉기지는 해무와 갈매기 떼 그리고 강풍과 저 모래언덕이 또 하나의 적이다."

활주로 끝 200m 지점에 150피트 높이의 모래언덕은 중무장한 전투기의 이착륙 시 위험한 장애물이었다. 날씨도 변덕이 심했다. 강릉기지에서 출격할 때는 맑은 하늘이던 것이 기지로 돌아올 때는 대관령 일대까지 구름이 완전히 덮여 있는 상태(Over cast)여서 조종사들을 긴장시키곤 했다. 1952년 3월 10일 신막 - 토산지구의 적 보급로 차단작전에 출격하던 정중엄 소위의 전투기가 이륙 직후 대관령 상공에서 난기류에 휘말려 추락했다. 강릉기지 조종사들은 겨울과 여름에 발생하는 계곡의 소용돌이와 강풍 그리고 폭설과도 맞서야 했다.

"급격한 기후변화에 맞닥뜨렸을 땐 계기비행을 해야 하는데 우리 공군 조종사들이 충분한 계기비행을 배울 시간이 부족하니 그게 걸립니다."

건방진 발상

"제군들이 집중폭격작전(Operations Saturate) 임무로 송림제철소를 폭격한 후 미 공군은 6월 23일 500대 이상 폭격기를 출격시켜 압록강에 있는 수풍수력발전소를 비롯한 북한 전역의 13개소 발전소를 폭격해서 파괴했다. 공중공격의 가공할 위력과 폭격 현장을 먼저 사진으로 확인하기 바란다."

제1전투비행단 부단장 김영환의 지시에 따라 준비돼 있던 사진들이 화면에 나타났다. 미 공군의 B-29 폭격기의 폭격에 청진의 공장지대는 뭉텅뭉텅 눈구름에 덮여 있었다. 다부동 전투 장면에서는 B-29 폭격기가 4대씩 편대를 이뤄 폭탄을 염소똥 싸듯 새카맣게 퍼붓고 있었다. 흥남 비료공장은 뼈대만 남아있었고, 함흥 공장지대는 벌집처럼 건물에 구멍이 숭숭 뚫려 있었다. 신의주 상공에서 촬영한 압록강 철교는 처참하게 파괴됐으며, 야적장의 보급품과 군수물자 열차가 불길에 휩싸인 채 활활 타고 있는 장면도 여러 장 나타났다. 수력발전소 주변에 투하된 네이팜탄의 불꽃이 화산처럼 솟구친 장면도 있었다.

"몇 장의 사진만 봐도 북한군의 피해 규모가 상상을 초월했다. 그동안 미 공군은 집중폭격작전(Operations Saturate)으로 소기의 성과를 거뒀으나 휴전회담은 여전히 정체 상태에 빠져 있다. 계속 북한이 버티고 있으니 이번에는 미 공군과 UN 사령부에서 항공압박작전(Air Pressure Operations)을 들고 나왔다. 항공압박작전은 지금까지의 집중폭격작전(Operations Saturate)을 유지하면서 적의 심리를 압박해 나가는 작전이다. 말하자면 휴전협상에서 유리한 고지를 선점하기 위해 북한을 압박하는 강경책인 것이다."

미 극동공군 사령관 웨일랜드 대장이 평양공습을 제안했고 UN 사령부에서 미 공군의 작전을 수락했다. 평양대공습작전에 앞서 UN 공군은 평양 상공에서 전단을 살포했다. 양민들의 피해를 최소화하기 위해 피신할 것을 권고한 것이다. 평양공습은 평양 시내에 있는 30여 개의 군사시설을 완전히 파괴한다는 계획 하에 미 극동공군 사령부에 속한 전 공군부대가 총동원되었다. 암호명 항공압박작전(Operations Pressure Pump)으로 내려진 평양공습은 1952년 7월 11일 오전 10시 정각에 시작되었다. 작전에는 미 해군의 제77기동함대와 미 제1해병비행단의 F9F 팬서와 F4U 콜세어 전폭기가 동원됐다. 그리고 영국 해군 항모인 Ocean호의 제802비행대와 제825비행대의 참가와 미 제5공군의 F-84썬더제트 전투기도 투입되었다.

"미 공군과 UN 공군은 7월 11일과 8월 4일 대대적인 폭격을 감행했다. 그러나 사진 정찰 결과 아직도 군사시설물이 많이 남아있는 것으로 판명되어 8월 29일 다시 평양공습을 감행하기로 결정되었다. 미 공군에서 이번 공습에 우리 공군도 참가하라는 지시를 내렸다. 우리에게 할당한 공격 목표는 대동강철교 서쪽에 있는 평양금속공장과 대동강 동쪽의 철도조차장 및 철도시설물이다. 이에 우리는 총 12대를 1개 편대로 구성하여 3개 편대군으로 출격할 것이다. 항상 당부하는 바이지만 이번에도 적의 대공포화를 조심하기 바란다."

브리핑은 전 조종사의 무사 귀환을 강조하는 김영환 부단장의 당부와 함께 끝났다. 8월 29일 강호륜 소령이 이끄는 제1편대군. 12대의 전투기는 화천-신막-사리원-겸이포를 지나 평양 서쪽에 있는 목표물에 폭탄과 로켓탄 공격을 가했다. 제2편대군은 편대장 전봉희 소령이 맡아 출격했으며, 제3편대군은 오춘목 소령이 이끌었다. 한국공군은 평양공습에 총 36대가 참가하여 두 곳의 군사목표물과 공장건물 아홉 동을 파괴했고 열 동을 파손하는 성과를 올렸다.

1,000대 이상의 전투기와 폭격기가 동원된 평양공습으로 인해 평양을 비롯한 북한의 78개 도시와 마을은 거의 초토화 되었다. 8월 29일 평양 폭격에 희생된 사람만 6천여 명에 이르렀다. 10월 이후 북한지역에서는 더 폭격목표물로 삼을 만한 도시와 산업시설물이 없었다.

영환은 책상 위에 놓인 여러 장의 사진을 한 장씩 들여다보았다. UN군 총사령관 클라크 대장과 미 극동공군 사령관 웨일랜드 대장의 진단이 말해주듯 사진 속 평양은 폐허의 도시였다. 평양대폭격작전에 참여한 비행기는 평양 상공을 덮을 만큼 빽빽하게 들어서서 한꺼번에 공격을 퍼부었다. 융단폭격을 가하는 비행기는 4대씩 모여 지상으로 쉴 새 없이 새까만 포탄을 쏟아내고 있었다. 평양 시내 건물들은 파괴

되거나 벌집처럼 총탄 자국으로 엉망이었으며 사람은 그림자도 보이지 않았다.

“이번 평양 대공습에 참가한 우리 공군은 한 명의 낙오자 없이 완벽하게 임무를 수행했다. 이 사진이 보여주고 있듯이 또 클라크 대장과 웨일랜드 대장이 내린 진단처럼 평양 대공습으로 평양은 당분간 재건하기 어려울 것으로 보인다. 소기의 성과를 거둔 만큼 UN 측이 휴전회담을 유리한 방향으로 이끌겠지만, 우리 공군은 자만하지 말고 초발심 그대로 후방차단작전과 지상군에 대한 항공지원을 변함없이 유지한다.”

한국공군의 핵심인 강릉기지에서 조종사의 공격출격이 늘어날수록 100회 출격 조종사도 늘어갔다. 100회 출격 조종사 중에는 처음으로 한국공군의 교관에 의해 배출된 조종사도 포함되어 있었다. 평양대공습작전 성공과 100회 출격 조종사가 늘어나는 기쁨도 있었지만, 한편에서는 비통한 일도 일어났다. 비행기 사고는 항상 예기치 못한 곳에서 일어나곤 했다.

“이력을 살펴보니 박두원 중위는 일본 다치아라이 비행학교를 졸업한 후, 해방 후에도 계속 일본에서 살았더군. 그런 그가 6 · 25 전쟁이 발발하자 재일동포 학도의용군에 지원해서 한국공군에 입대한 것으로 돼 있더구나.”

“일본에 있던 청년들이 조국에 전쟁이 났는데 어찌 보고 있느냐며 학도의용군으로 자원해서 참전했습니다. 박두원도 그중 한 명인데 공군에 조종사가 부족하다는 사실을 알고 전투 조종사의 길을 택했다고 합니다. 같은 동기였던 김성룡의 말에 의하면 박두원은 일본에서 학교에 다닐 때도 의협심이 강해서 동기간에 싸움이 나면 바로 나서는 무서운 학생으로 알려져있습니다. 동기들보다 공군에 늦게 입대해서 계급 차이가 났지만, 조종사 임무에 적극적이었던 군인이었습니다."

재일동포 학도의용군으로 자원입대한 그는 부산 헌병대에 있다가 조종사로 참전해야겠다고 결심하고 대구 공군본부를 직접 찾아와 입대한 인물이었다.

"박 중위는 의협심이 강했던 만큼 인정도 많았습니다. 우리 부대에서 고아원에 보낼 후원품을 모을 때 박두원은 자신의 양말과 옷가지를 거의 내줬답니다. 자기는 입고 있는 것만 해도 된다고 하면서 말이죠. 김신 전대장이 그러더군요. 고향에 휴가 갈 때 여비로 주는 돈까지 모두 고아원에 갖다 주곤 했답니다."

"참으로 애국심이 강한 사람이군."

"네. 우리말이 서툴긴 했으나 항상 쾌활했고 전투출격에 나설 때마다 최선을 다했습니다. 김신 전대장은 박두원 중위가 생전에 100회 출격을 달성하면 한 번만 일본엘 다녀오게 해달라고 말했답니다. 그런데 100회 달성도 못 하고 89회 출격 때 순직해서 안타까워했습니다."

"그 안타까움을 동료들이 대신 채워주었지 않은가. 동료 조종사들이 출격할 때마다 자신의 전투기에 박두원 영정사진을 싣고 함께 출격하면서 기어이 100회를 달성시켜주었으니 말이야. 정말 대견하고 자랑스러운 부하들이다."

"100회 기념으로 박 중위의 어린 딸에게 꽃다발을 안겨줄 때 가슴에 뜨거운 것이 치받혀 올라오면서 한동안 먹먹했습니다. 그의 영혼이 위로받기를 기원하면서 딸아이를 꼭 안아 주었죠."

"박두원 중위의 영혼이 그 아이를 지켜줄 것이야. 그런데 박 중위의 전투기 추락에 대해 조종사들 사이에서 이견이 분분하더군. 적의 대공 포탄에 맞은 전투기가 공중폭발을 일으켜 낙하산으로 탈출했지만, 바다로 추락했다는 말도 있고, 적 보급로차단작전 임무를 수행하고자 전투기가 강릉기지에서 이륙 직후 VT 신관 폭탄이 터져 공중폭발을 일으켰다는 주장도 있더군. 신관 폭탄의 퓨즈를 잘못 연결했다며 무장사의 과실을 지적하기도 하는데 어느 것 하나 명쾌하게 원인을 밝혀낼 수 없으니 안타깝구나."

"비록 폭발 원인은 밝힐 수 없지만 한 가지는 확실합니다. 내 조국은 내가 지키겠다고 불꽃 튀는 조국의 전쟁 한가운데로 달려와 젊은 청춘을 저 하늘에 바쳤다는 사실입니다."

영환이 가리킨 창문 밖 하늘에 방금 이륙한 비행기 한 대가 북쪽을 향해 날아가고 있는 광경이 잡혔다. 활주로에는 이륙 직전의 전투기들이 대기하고 있었다. 동료 혹은 부하가 몸 바친 하늘을 향해 전투 조종사들은 오늘도 하늘을 박차고 올라 적지로 향하고 있었다. 김정렬 참모총장은 전투기가 사라진 하늘을 한동안 보았다.

"상황이 이리 편치 않은데 내 듣자 하니 강릉기지에선 자주 댄스파티가 벌어진다고 하더군."

창문 밖 하늘에 시선을 고정한 채 정렬은 벼르고 있던 질문을 영환에게 던졌다.

"네. 댄스파티만 하는 게 아니라 술 파티도 합니다."

당황할 줄 알았던 영환의 대답은 의외로 당당했다. 잠시 침묵하던 정렬이 다시 물었다.

"예부터 주색에 빠지면 젊은 사람이 녹아난다고 어른들이 경고했다. 네가 지금 제정신이냐."

"네. 저도 참모총장님이 하시는 말씀의 뜻을 잘 알고 있습니다. 그러나 적어도 제가 있는 부대 내에서의 주색은 그 의미가 다릅니다."

"다르다? 부대에 여자를 불러들여 춤을 추고 노래를 부르며 술판을 벌이는데 그게 주색이 아니고 무엇이냐!"

영환을 향해 돌아서며 정렬이 언성을 높였다.

"참모총장님!"

영환은 정색하며 정렬을 쳐다보았다. 작심한 듯 영환의 표정은 진지했다.

"참모총장님, 강릉기지에서 조종사들과 정비사와 무장사 그리고 장병들과 꼬박 밤을 새워본 적 있습니까? 한 번도 그런 적 없지 않습니까? 그러나 저는 기지 내에 있으면서 온종일 그들과 시간을 보냅니다. 밤새워 정비한 후에도 조종사가 나올 때까지 바닷바람을 온몸으로 맞으며 기다리는 정비사와 무장사들 그리고 어제 바로 눈앞에서 동료의 전투기가 화염에 휩싸인 채 전사하는 장면을 목격하고도 어김없이 조종간을 잡는 부하들을 지켜보았습니다. 우리는 모두 임무를 마친 조종사가 마지막 한 명까지 무사히 귀환했을 때 비로소 크게 숨을 내쉬고 그때야 저녁을 먹으며 각자 휴식을 취합니다."

"휴식을 취하는 걸 두고 지적한 건 아니다."

"맞습니다. 그런데 휴식이 문제를 일으킵니다."

"휴식이 문제를 일으킨다? 그게 무슨 말이냐?"

"고지 쟁탈전으로 접어들면서 출격 횟수가 많아지고 있습니다. 새벽 브리핑에 참여하고 아침을 같이 먹으며 전투기에 올라탈 때 서로 승리를 다짐하던 동료 혹은 부하가 전사했다는 소식이 전해지면 부대는 형언할 수 없이 무거운 분위기에 휩싸입니다. 활기 넘쳤던 부하가 침묵으로 일관하는가 하며 불안에 떨며 쓴 일기는 거의 유언장에 가깝습니다. 어떤 조종사는 몰래 술을 마십니다. 혼자 술을 마시고 자포자기 상태로 다음 날 출격하기도 합니다. 스트레스를 풀려고 음식을 닥치는 대로 먹는 부하도 있습니다. 참모총장님, 혼자 술을 마시고 혼자 음식을 탐하는 행동이 얼마나 위험한지 아십니까? 의기소침한 상태로 출격하면 어떤 일이 일어나겠습니까?"

"그래서? 그래서 여자를 불러들이고 댄스를 가르쳐?"

"네. 위로를 얻고 위로를 풀 시간이 필요했습니다. 건방진 발상이라고 야단하셔도 어쩔 수 없습니다. 이건 제가 택한 최상의 방법입니다. 제가 미 공군대학에서 만났던 조종사들 그리고 지금 이 부대 안에서 함께 부대끼고 있는 미 공군들을 보면서 느낀 건 그들이 가진 여유와 유머 감각이었습니다. 살벌하기 그지없는 부대 내에서도 그들은 그들만의 파티를 즐겼습니다. 화급한 전쟁터에 나가면서도 그들은 웃음을 잃지 않고 그들의 전우가 전사하거나 실종되면 한마음이 되어 수색하러 나갔습니다. 혼자 틀어박혀 울거나 과음하며 처지를 비관하거나 자포자기하는 나약한 모습은 어디에도 찾을 수 없었습니다. 참모총장님, 공동의 공간에서 다 함께 춤추고 음악을 들으며 한 잔 술로 서로를 위로하는 시간은 결코 낭비가 아닙니다. 건전한 오락은 스트레스를 해소할 뿐만 아니라 전우 간의 우의를 한층 돈독하게 해 줍니다."

"아무래도 네가 미국 사람들의 겉멋만 배운 거 같다."

"두고 보십시오. 겉멋이 아니란 걸 아시게 될 겁니다. 저는 부하들이 좀 더 안정된 상태에서 조종간을 잡길 바랍니다. 그들도 감정을 가진 사람이기에 음악과 춤 그리고 맛난 음식과 아름다운 여자와의 만남은 절대적으로 필요합니다. 숨통을 트는 시간과 공간이 필요합니다. 총장님, 우리 조종사들은 내일을 기약하지 않고 조종간을 잡습니다. 조종석에 앉은 그들은 마치 한 마리 산돼지처럼 웅크린 채 구름 속에 있다가 저돌적으로 급강하하며 목표물을 공격합니다. 미심쩍다면 총장님도 우리와 하루를 지내보십시오. 총장님은 언제든 환영하겠습니다. 완고한 틀을 벗고 강릉 산돼지들과 함께 춤과 음악도 즐기시며 소통해 보십시오. 흥에 겨운 산돼지들과 웃통을 벗고 맨살로 어깨를 부딪치며 뒹굴어 보십시오. 산돼지들의 사기가 엄청 올라갈 것입니다. 제가 왜 소통의 장을 만들어 공유하는지 몸소 느껴 보시면 생각이 달라지실 겁니다."

잠시 영환을 노려보던 김정렬 참모총장이 허허 웃음을 터뜨리고 말았다.

"네 부하니 일단 네 재량에 맡기겠다. 그러나 차후 이로 인해 불상사가 일어난다면 가차 없이 응징할 것이야."

다비드 象

1952년 10월 1일 곧 펼쳐질 3주년 항공일 기념행사 막바지 점검에 사천기지는 이른 아침부터 활기에 차 있었다. 깨끗이 정리된 부대 주변 곳곳에 헌병이 배치돼 있었고 안내 장교는 손님맞이로 부지런히 움직였다.

사천기지 주기장에는 미 공군의 F-51기와 함께 F-80과 F-86이 나란히 나열돼 있었다. 그중에서 단연 눈에 띄는 것은 B-25기였다. 묵직한 B-25기는 금방이라도 날아가 적을 압도할 것처럼 뛰어난 위용을 과시하고 있었다. 영환은 주기장에서 비행기를 점검하고 있는 김신과 장지량 그리고 김두만에게 다가갔다.

"주기장이 빈틈없이 비행기로 꽉 차 있으니 사천기지가 갑자기 부자가 된 것 같네."

"이게 전부 우리 공군 비행기라면 얼마나 좋겠습니까. 볼수록 탐이

납니다."

"그런 욕심을 가지고 공군 확장계획에 매진하자고. 이번 항공일 기념 행사를 치르는 목적도 공군 확장 3개년 계획수립의 일환이니 말일세."

"네. 이번 행사는 단순히 보여주기식이 아니니까 행사를 다 마칠 때까지 긴장을 놓지 않겠습니다. 대통령 각하 앞에서 한국공군 처음으로 준비한 화력 시범을 완벽하게 보여주겠습니다. 에어쇼가 성공해서 예산 타령만 하는 간부들의 불만이 쏙 들어가도록 하고 싶습니다."

"그동안 예산 통과할 때까지 속상했던 게 아직 안 풀렸나 보군. 사천기지 장덕창 단장님을 선두로 자네들이 애 많이 썼네. 자네들도 알다시피 이번 우리 공군 확장계획에는 미국의 협조가 필수불가결이야. 오늘 행사에서 우리 공군의 면모를 확실히 보여주고 국민의 호응과 관심도도 끌어내야 해. 전쟁에 시달리고 있는 국민이 대한민국 공군이 지켜주고 있다고 믿는 순간 우리 공군은 힘을 얻을 것이고, 대통령 각하와 정부 요인들도 공군력 확장이야말로 국방력의 우선순위라는 사실을 확인할 거 아니겠나."

"미 공군부대를 갈 때마다 최신예 전투기를 보면서 신기하고 부러웠던 생각이 머리에서 떠나지 않습니다."

"잘 될 거야. 우리가 미 공군대학에서 참관했던 에어쇼만 하겠냐만 화력 시범만은 미군보다 뒤떨어지진 않을 것이네. 행사가 끝날 때까지 깨끗하고 화끈하게 보여주자고. 잘못하면 괜히 미국물 먹고 와서 치기어린 모험이나 했다는 말만 듣는다."

"항상 앞에 나서서 일하는 사람은 욕을 먹게 돼 있다네. 그런 거 각오하고 시작한 거 아닌가. 우리가 항공일에 에어쇼를 하겠다는 계획을 올렸을 때부터 항공 전투경험이 없는 예산담당자들은 관심조차 보이지 않았지."

영환은 장지량과 함께 미 공군대학 연수를 받을 때, 플로리다 공군 야전훈련장에서 펼쳐진 화력 전시장과 에어쇼를 보면서 충격받았다. 초음속 전투기와 수많은 무기는 보는 내내 시선을 압도당했으며 체계적이고 합리적인 부대운영에 깊이 감명받았다. 귀국 후, 항공일 기념일을 앞두고 장덕창 단장과 의논 후 장지량과 함께 미 공군대학에서 보았던 대로 화력시범과 에어쇼를 재현해 보자는 계획했다.

세 사람은 제3회 항공일 기념행사 준비 실무진으로 업무를 추진하면서 전투기 동원이 문제였다. 사천기지에 있는 훈련용 F-51D 전투기 5대로 행사를 치르기엔 턱없이 부족했다. 그렇다고 강릉기지에서 작전에 참여 중인 전투기를 동원할 수 없기에 무엇보다 미 공군의 협조가 필요했다. 한국공군의 요청에 미 공군은 기꺼이 우정 비행에 참여하겠다고 승낙했다. 미 공군의 전투기와 폭격기 40대가 항공일 기념행사를 돋보이게 한 건 두말할 필요도 없었다. 어디선가 맞부딪혀 내는 심벌즈 음이 주기장까지 길게 울려 퍼졌다. 곧이어 신나게 두들기는 타악기 소리도 들렸다.

"정훈음악대가 미리 도착해서 행사에서 연주할 곡을 준비하는 모양이군. 오늘은 일반인도 많이 참관할 거야. 공군 정훈감실 요원들이 항공일 기념행사를 대대적으로 선전했거든."

부대 정문에 사람들이 몰려 들어오고 있었다. 헌병대 안내를 받으며 자동차들도 속속 들어오고 있었다. 대통령과 부통령, 각 부서의 장관들, 3군 참모총장과 유엔군 사령관, 미 8군 사령관과 외교사절까지 150

여 명의 내빈이 참석했다.

기념행사의 백미는 단연 화력시범이었다. 드높은 하늘을 배경으로 사천비행장 건너편 야산에 설치한 목표물에 전투기의 활약이 펼쳐졌다. 목표물에 폭탄을 투하하고 로켓포로 명중시킬 때마다 박수가 쏟아졌다.

목표물에 정확하게 타격하는 전투기의 기동과 박수 소리를 들을 때마다 영환은 회심의 미소를 지었다. 미 공군대학의 FOC 유학 때 참관했던 에어쇼에서 얻은 영감으로 계획했던 기념행사였다. 그러나 그렇게 할 수 있었던 바탕에는 한국공군에 대한 자신감이 있었기에 가능했다. 1년 동안 단독출격을 통해 갈고 닦은 한국공군 조종사의 전투 기량을 믿었던 영환의 자신감은 주효했다. 굳이 말하지 않아도 형 정렬이 영환의 손을 꽉 잡은 채 어깨를 툭 친 사실로도 알 수 있었다. 형은 이제 확실히 알았을 것이다. 동생 영환이 미 공군의 겉멋에만 빠져 있는 게 아니란 사실을.

내빈들의 축하와 격려를 받느라 경황이 없을 때 양복을 말쑥하게 차려입은 신사가 영환에게 다가왔다. 신사는 영환과 악수 후 종이 한 장을 쥐여주곤 말없이 돌아섰다. 종이에는 한 편의 시가 적혀 있었다.

푸른 들 푸른 산맥 푸른 하늘 위 번득이는 은익에 하늘이 나른다. 조국의 영광을 안고 젊음이 난다. 오늘도 왼 누리에 흐르는 폭음은 벅찬 내일에의 희망의 노래 속에 익어가는 조국이 빛난다. 산 맑고 들 맑고 하늘이 맑아 뜨면은 어쩌랴! 거침없이 알 수도 있고 어디랴! 적진을 무너뜨릴 수도 있다 아아, 하늘이 오란다 하늘로 가자 꽃구름 영롱한 하늘 위로 조국의 자랑을 싣고 하늘로 가자 하늘은 영원한 젊음의 고향 검은 하늘 푸른 별빛 쏟아지는 밤을 은익에 반짝이는 람프가 유성처럼 흐른다. 밤이고 낮이고 지키는 하늘 아래 아름답게 피어오르는 겨레의 마음도 우렁찬 폭음에 맞추어 합창한다. 푸른 들 푸른 산맥 푸른 하늘 위 오늘도 조국의 하늘을 지키는 나래가 번득인다. 조국의 영예를 안고 은익나래가 번득인다

항공기념일의 즉흥(卽興) '하늘로 가자'
문총구국대 시인 이윤수

"정훈감실에서 이번엔 제대로 된 위문공연 팀을 파견했더군. 전옥의 백조가극단은 프로그램 내용이 짜임새 있으면서 산만하지도 않아서 좋았어."

"만담가와 가수도 요즘 인기 있는 연예인이어서 즐거웠습니다. 그런데 저는 개인적으로 연극이 불만이었습니다. 너무 눈물을 쥐어짜게 만들어서 이건 위문이 아니라 고문 같던데요."

"그렇다고 공연하는 것마다 웃길 수 있는 내용만 다루는 것도 바람직하진 않지. 관객이 공연을 볼 때 말이야, 배우가 웃길 땐 웃고 울릴 땐 울고 하면 그게 성공한 공연 아닌가? 나는 〈눈 나리는 밤〉을 두 번 봤지만 볼 때마다 가슴이 찡하더군. 장병들이 여기저기서 훌쩍거리던데 그건 작품이 그만큼 호소력이 있다는 거 아닌가?."

"배우들이야 연기를 잘 했습니다. 그냥, 좀 더 다양한 주제를 다뤘으

면 하는 겁니다. 위문공연 오는 팀마다 신파 악극이 주를 이루니 연극을 보고 나면 괜히 착잡합니다. 사기를 진작시키는 내용도 아니고 갈가리 찢긴 가족들 얘기를 보고 나면 장병들 마음이 편하겠습니까?"

"그 말도 일리가 있네. 그러나 우리나라의 상황이 이러니 슬픈 가족 이야기가 나올 수밖에 없지. 해방 후의 혼돈과 현재는 생과 사를 가르는 전쟁 중인데 무슨 신바람이 나겠는가. 나는 오히려 연극을 통해 눈물을 팍 쏟고 나면 속이 후련하지 않을까 하는 생각이네. 자네가 신선한 충격을 안겨줄 악극 한번 써보게나."

"한번 생각해보겠습니다. 그런데 오늘 사회도 보면서 틈틈이 만담도 하던 후라이보이 말입니다. 저는 후라이보이라고 하기에 만담가에게 어울리는 뜻의 뻥을 잘 치는 소년인 줄 알았는데 그게 아니랍니다."

"곽규석 개? Fly boy야. 공군 군악대에서 활동하는데 날아다니는 소년으로 불러달라고 후라이 보이라고 소개했는데 특기가 만담이고 사회를 보다 보니 일반 사람들이 일본식 발음대로 듣곤 그냥 편한 대로 인식한 거지. 그 친구 꽤 다방면으로 똑똑하더군. 외국어도 몇 개 구사한다고 들었어."

"어떻게 손과 입으로 총소리며 대포소리 또 기차 소리를 그리 낼 수 있습니까? 노래도 기막히게 잘 하던데 공군에 인물이 난 것 같아요."

"정훈감실에서 노력을 많이 하고 기획을 잘 한 덕분 아니겠나. 전선에 나와 있는 장병들의 정신무장 강화와 교양 수련을 위해 정훈감실의 업무 또한 중요할 수밖에 없으니 말이야. 정훈음악대를 결성했기에 후라이 보이 같은 인물도 나오고 종군문인단 중에서 영향력 있는 작가를 창공구락부로 결성해서 활동할 공간을 만들어주더군. 문인들이 공군

순보(空軍旬報)에 주옥같은 글을 발표하면서 우리에게 격려와 위로를 안겨주고 있고, 그중에 군가로 만들어진 시도 몇 편 있지 않은가."

"살벌하고 외로운 곳일수록 정신적 위로가 필요합니다. 저는 지난봄에 장교 교양강연회에서 들었던 강좌가 아직도 감동으로 남아있습니다. 그 이후 제가 앞으로 추구해야 할 삶의 목표도 세워놓았습니다."

"나도 그랬네. 강좌를 들으면서 먼 훗날의 내 미래를 생각해 봤지. 전쟁이 끝나고 퇴역하면 카메라 한 대 둘러메고 보헤미안처럼 여러 나라를 다닐 거라네. 처음 방문하는 나라에 갈 때마다 제일 먼저 박물관과 미술관부터 들러볼 것이야. 유명한 음악가와 미술가를 배출한 나라라면 그들의 전시관이나 생가를 방문하고 싶다네. 위대한 예술가의 발자취를 가까이서 느껴 보면 어떤 기분일까? 레오나르도 다빈치라는 화가가 있지. 그가 산타마리아 델레 그라치에 성당의 식당 벽에 '최후의 만찬'을 그릴 때 말이야, 새벽부터 와서는 해가 질 때까지 머물렀다가 그냥 돌아가기도 하고, 한번 붓을 들었다하면 먹는 것을 잊고 오로지 그림 그리는 데에만 집중했다고 하네. 다빈치와 같은 호흡으로 그의 그림을 감상하고 싶네. 그리고 내가 좋아하는 미켈란젤로도 꼭 만나러 갈 것이야. 그의 천재성을 어찌 확인하겠는가. 다만 미켈란젤로가 섰던 그 자리에 서 보는 것만으로도 내 몸에 전율이 일 것이네. 내 가슴속에는 율리우스 2세 동상을 만들 때 전해지는 에피소드가 나를 부르고 있다네. 동상을 조각할 때 미켈란젤로와 조수까지 모두 세 사람이 작업했는데 침대는 하나뿐이었다는군. 옷도 갈아입지 않고 장화를 신은 채 잤기 때문에 다리가 퉁퉁 부어 장화를 찢어야 벗을 수 있었다는군. 심지어 다리 살점이 묻어나오기까지 했다는데 진정한 예술가의 혼이란 게 그런 걸 두고 하는 말 아니겠는가."

"우리는 미켈란젤로가 누군지 모릅니다. 부단장님은 어떻게 그런 이름들을 아십니까?"

"사람은 말이야, 먹고 사는 것도 중요하지만 예술이란 영역도 알아야 해. 조금만 관심을 가지면 다 알 수 있는 예술가들이야. 사람에겐 물질적 충만도 중요하지만, 정신적 충만은 돈으로도 계산할 수 없거든. 우리가 이 삭막한 전쟁터에서 견디고 있는 것 또한 오늘 같은 공연을 통해 잠시 쉬면서 재충전하는 여유를 갖고 내일 다시 전쟁터를 누비는 힘이 되는 것과 같은 것이다, 이 말이네. 나는 내 책상에 있는 다비드 조각상을 보며 미켈란젤로가 한 말을 곱씹어 본다네. 조각 작업은 불필요한 부분을 제거하는 과정이다, 라고 말한 것처럼 나도 내가 세운 목표만을 들여다보면서 확실히 마무리 지을 때까지 부단히 노력하려 하네."

영환은 자신이 품고 있는 계획이 실현될 때까지 부지런히 뛸 생각이었다. 그 과정은 미켈란젤로의 조각 작업처럼 불필요한 부분을 제거하는 것일 수도 있고 석수장이처럼 처음부터 형태를 다듬어가며 완성해 나가는 것일 수도 있었다.

공지합동작전

"지금까지 우리 공군의 근접항공지원작전은 체계가 미비해서 효율적이지 못했다. 제군들의 기억 속에 여전히 생생하게 남아있을 것이다. 전쟁 발발 후 우리의 첫 정찰 활동이 얼마나 처절했던가. 북한군의 동태를 살피고 물리쳐 보겠다는 각오 하나로 경황없이 날아갔던 그 모습을 어찌 잊을 수 있겠나. 그 후, 낙동강 전선에서 L-4연락기에 SCR-300 무전기를 장착하고 국군 제1군단 13연대의 지상전투를 지원하고자 정찰비행에 나서면서부터 정찰대의 중요성이 대두되었다. L-4 연락기는 미 공군 F-51을 목표지역으로 유도하여 적을 공격할 수 있도록 정찰비행을 했는데 그것이 우리 공군의 근접항공지원작전의 효시라고 볼 수 있다."

근접항공지원작전을 앞둔 김영환 단장은 일찍이 정찰비행의 중요성을 인식하고 있었다. 정찰비행은 단순한 정찰뿐만 아니라 전투기가 목표물에 근접하도록 유도하는 중대한 임무도 수행해야 했다.

“우리가 강릉기지로 와서 단독출격작전 개시 후 대부분을 후방차단 작전에 주력했지만, 국군 지상군에 대한 근접항공지원의 필요성이 점점 커지고 있었다. 우리 공군의 근접항공지원 필요성이 대두됨에 따라 지난겨울부터 전술항공통제에 관한 실무교육을 진행하기 위하여 기획했다. 미 제5공군의 협조를 받아 전술항공통제전대(TACG:Tatical Air Control Group)의 실무교육에 파견할 우리 장교 7명을 선발했다. 그들은 전술항공통제반(TACP) 요원으로 실무교육을 완료한 후 강릉기지로 복귀했다. 이제 우리도 전술항공통제 요원의 정찰비행 결과에 따라 지상군에 대해 근접항공지원이 가능하게 되었다. 이것은 국군 지상군의 염원이기도 하다. 제군들도 알다시피 전투가 소강상태에 들어가면서 판문점 회담은 포로교환 문제를 두고 시간만 끌고 있다. 이것은 북한군에게 병력과 전력을 재정비할 기회를 주는 꼴이다.”

북한군은 겨울철에 대비해 파괴된 도로를 보수하고 최전선에 방어진지를 구축하며 다음 전투를 준비하고 있었다.

“북한군은 아주 은밀한 곳, 깊숙이 지하 벙커를 만들거나 동굴 속에 진지를 구축하고 주변에는 엄청난 대공화기를 설치하여 우리를 공격하기 위하여 준비하고 있다. 북한군은 국군 지상군의 대포나 우리 공군의 공중공격이 쉽지 않은 난공불락의 요지에서 호시탐탐 기습의 기회를 노리고 있지만, 이제는 우리가 당하고 있지만은 않을 것이다. 그동안 우리 공군 전력은 상당한 수준으로 증강되었으며 무엇보다 정찰비행대 공중정찰요원이 있기에 우리 전투기의 목표물 타격이 보다 정확해질 것이다.”

북한군 제7사단은 국군의 주요 방어지역인 고성 남방의 351고지를 중심으로 339, 260, 365고지 등을 탈취할 목적으로 동부전선에 배치돼 있다. 기습 공격이 준비된 북한군과 맞서고 있는 국군 제1군단에서 공군에 항공지원을 요청했다. 이에 제10전투비행전대는 동부전선의 국군 제1사단 예하 제5사단과 제11사단에 대한 근접항공지원에 들어갔다. 근접항공지원작전을 앞둔 강릉기지에는 F-51D 전투기 25대에 전투 조종사 31명이 배치되어있다. 한국공군은 공지합동작전에 앞서 전술통제 실무교육을 수료한 전술항공통제요원을 국군 지상군에 파견했다. 국군 제5사단에 손재권 대위를, 제11사단에는 옥만호 대위를 파견하여 한국 최초의 TACP(전술항공통제반)을 개설했다. 모든 준비를 완료한 공군은 1952년 10월 28일 공지합동작전을 전개했다.

"제군들, 드디어 우리가 기다리던 작전을 개시한다. 국군 제1군단의 전투지역인 동부전선에서 지상군에 대한 지원을 우리 공군이 직접 공중에서 지원한다. 공지합동작전이야말로 공군의 장점을 최대한 발휘하는 작전이라 할 수 있다. 공지합동작전의 최대 전과를 올리기 위해 전술항공통제요원과 밀접하게 협동하며 작전에 임하기 바란다."

김영환 부단장은 공지합동작전에서 전술통제반의 역할이 절대적임을 인지하고 있었다. 전술항공통제반요원들은 전투 조종사의 눈과 귀가 되어 Mosquito로 출동했다. 국군 지상군의 요청을 받은 Mosquito는 정찰비행 후 공격목표를 확인하면 곧바로 확인한 목표물을 기지에 연락했다. 연락을 받고 출격한 전투기는 Mosquito의 유도에 따라 확인한 목표에 공중공격을 가했다.

"T-6 Mosquito의 정확한 정찰 및 관측 활동에 따라 F-51 전투기의 공중공격 정확도가 상당히 높아졌다. 적의 동굴과 벙커 그리고 보급품 집적소와 포진지 등을 공격한 후 사진 촬영을 통한 결과가 그 사실을 증명하고 있다. 엄호율 90%가 무엇을 뜻하는가. 이것이 바로 국군의 각 군단에 파견된 전방항공통제관과 전투기 조종사 간의 협조가 원만하게 이뤄진 결과물 아닌가. 국군 지상군도 한국공군의 전투기가 출격하면 용기백배하여 전투에 임했다."

10월 28일 오전 9시 제10전투비행전대는 고성 남방지역으로 근접항공지원에 나섰다. 공군의 Mosquito는 동해안이 보이는 태백산맥을 지나면서 전술항공통제반과 교신한 후 목표물을 향해 비행했다. 적군은 Mosquito기에게도 대공포를 쏘아댔다. 저공비행을 감수하며 목표위치를 알려주는 정찰비행도 목숨 건 비행을 감행했다. Mosquito의 정찰정보와 공군의 근접항공지원은 국군 지상군의 사기를 북돋웠고 적에게는 막대한 피해를 안겨 주었다.

"제군들은 산돼지들이다. 제군들이 전투기에 앉아 활주로를 박차고 나가는 모습은 마치 거친 한 마리 산돼지 같다. 나는 알고 있다. 제군들의 거친 열정 속에 깃들어 있는 조국애를. 죽음을 두려워하지 않고 한 몸 바치겠다는 그 각오를 내가 왜 모르겠는가. 이 전쟁이 언제 끝날지 누구도 모르지만, 전쟁이 끝날 때까지 내가 진정 아끼는 산돼지들은 한 마리의 낙오자도 없이 무사 귀환하도록 한다. 이것은 나의 엄중한 명령이다."

공군과 국군의 밀접한 협동으로 공지합동작전이 뚜렷한 성과를 올리면서 적의 대응 공격도 갈수록 격렬해졌다. 전투기가 나타나 폭탄과 로켓포를 떨어뜨릴 때 지상의 적 진지에서는 7,000피트까지 올라오는

Heavy Gun 고사포를 쏘아댔다. Heavy Gun은 드물게 올라오는 대신 한번 터지면 직경 50야드 내에서도 파편을 맞게 되는 무서운 대공포였다. 4초마다 한 발씩 올라오는 Automatic Gun 고사포는 통통배가 내뿜는 동그란 연기처럼 하늘에서 팍팍 터졌다. 고사포는 색깔과 터지는 모양과 높이가 각각 달랐다. 여러 종류의 대공화기가 하늘을 향해 올라오면 전투기 조종사들은 위험을 피해 회피기동으로 조종하면서 공격을 가했다. 초겨울이 다가올수록 브리핑실의 상황도에 적의 대공화기 분포가 넓어지고 있었다. 빨갛게 표기된 대공화기 분포상황을 볼 때마다 조종사들은 긴장을 풀지 않고 더욱 바짝 조였다.

1952년 11월 2일 작전 임무를 띤 강릉기지 산돼지들은 어김없이 출격에 나섰다. 최종성 소위는 편대 4번기로 출격했다. 동해의 푸른 바다 위를 향해 이륙한 최종성은 고성지역으로 가기 위해 다시 서쪽으로 항로를 변경했다. 동해안의 하늘은 하루에도 몇 번씩 변덕을 부렸지만, 뭉텅뭉텅 솜구름만 떠 있을 뿐 서늘한 공기 속에 맑았다. 목표물 고지에 이르렀을 때 Mosquito의 노란 신호탄이 지상에서 피어오르고 있었다. 목표물 고지는 비교적 완만했다. 3번기의 공격에 이어 조준경에 목표물을 조준한 4번기 최종성의 공격이 시작되었다. 그와 함께 포연이 자욱한 지상에서 적의 대공포화가 그물을 펼친 것처럼 하늘로 올라왔다. 3번째 공격을 시도하는 최종성의 전투기를 향해 지상에서 날아온 고사포가 기체를 후려쳤다. 스물두 살의 최종성 소위는 결국 고성 상공에서 부단장 김영환의 엄중한 귀환명령에 따르지 못했다.

한국공군은 1952년 4월 1일부터 1955년 3월까지 공군 확장 3개년 계획을 수립했다. 3개년 계획은 제트기인 F-84 전투기 300대를 보유하고 4개 전투비행단을 창설하는 것이 큰 골자였다. 그에 맞춰 매년 100대씩 전투기 증강과 9곳의 항공기지를 건설한다는 방침을 세워 단계적으로 추진하기로 했다. 계획에 따라 공군은 전력 확장에 노력을 기울였다. 그 결과 채 1년도 안 된 1953년 2월에 이르러 병력 9,814명에 F-51 전투기 39대와 각종 항공기 35대로 총 75대의 항공기를 보유하게 되었다. 전력 규모가 커짐에 따라 한국공군은 보다 세분된 부대 창설에 돌입했다. 전투작전만을 전담하는 전투비행단과 조종사 양성만을 전담하는 훈련비행단으로 성격을 달리한 비행단 창설을 구상한 것이다.

1953년 2월 15일 강릉전진기지의 제10전투비행전대는 제10전투비행단으로, 사천기지의 제1전투비행단을 제1훈련비행단으로 개편했다. 초대 제10비행전투단장은 김영환 대령이 임명됐으며 부단장 장지량 대령, 비행전대장은 박희동 중령이 임명되었다.

"단장님. 영전을 축하드립니다. 그리고 단장님께서 저를 적극적으로 추천해 주신 덕분에 제가 부단장이 됐습니다. 더욱 열심히 일하겠습니다."

"당연하지. 자네가 옆에 있으면 든든하니 계속 한솥밥 먹어야 하지 않겠나. 이제 비행전대에서 비행전투단으로 승격했으니 양적으로나 질적으로 임무가 달라질 걸세. 비행단이 4개 전대로 확장됐을 뿐 아니라 조종사도 80명으로 늘어났으니 전투출격 횟수와 출격지역 범위도 확대될 걸세."

"네. 잘 알고 있습니다. 적은 지금도 차기 작전을 유리한 방향으로 가져가기 위해 351고지와 208고지 등에서 집요하게 공격하고 있습니다. 모든 작전에 차질이 없도록 준비를 철저히 하겠습니다."

제10전투비행단은 승격 후에도 국군 지상군에 대한 근접항공지원 작전에 투입되었다. 후방차단작전도 병행하면서 작전 지역이 훨씬 확대되었기 때문에 자연히 출격 횟수가 늘어났다. 동해안 고성에서부터 문동리-금성-김화-철원-판문점을 연결하는 전선 북방까지 지원 출격해야 했다. 강릉기지는 눈 내리는 날 며칠을 빼곤 적의 전투력을 약화하기 위해 출격을 감행했다.

"마치 하얀 눈으로 성벽을 두른 것 같군."

활주로까지 이어진 길 양옆에는 쌓인 눈이 어른 키보다 높아서 마치 눈 터널 같았다. 그런데도 눈은 하염없이 내리고 있었다.

"이렇게 기지가 조용하니 몸이 근질근질하군. 우리 조종사 중에 하루라도 비행기를 안 타면 몸이 근질거리는 괴짜들도 많다며?"

"네. 간혹 꿈자리가 사납네, 몸이 아프네 하면서 빠지면 이를 기다렸다는 듯이 대신 전투기를 타고 나가는 조종사가 몇 있습니다. 서로 출격하겠다고 어떤 조종사는 작전계장에게 따지기도 한답니다."

"그들이 진짜 산돼지로군."

"모처럼 한가하니 예전에 있었던 일들이 떠오릅니다. 지난봄에 단장님 안 계실 때 육군 헌병들하고 우리 부하들이 대판 싸움이 벌어져서 한바탕 사달이 났었지요. 그날 강릉 시민 체육대회에 참가한 후 육군 헌병대 헌병이 우리 부대원에게 시비를 걸었다고 합니다. 처음엔 사소한 말다툼이 커져서 급기야 한밤중에 우리 부대원이 우르르 강릉 시내에 있는 육군 헌병대에 쳐들어가서 난장판을 벌이는 대소동이 일어났지요. 그걸 수습하느라 강릉 유지들이 나서서 수고가 많았습니다."

"가끔은 그런 사단도 필요해. 그런 일이 한 번씩 있어야 호기도 부리고 스트레스도 날리지. 또 타군에 보란 듯이 부대원의 단결력도 과시하고 말이야. 안 그런가?"

"흐흐. 단결력은 다른 데서도 잘 드러납니다. 술 먹고 춤추는 날은 한 명도 안 빠집니다. 단결은 수염 기르기 대회 할 때도 여실히 드러나지 않았습니까."

"하하. 그때 재미있었네. 미 공군들이 수염 기른 거 보면 멋지잖아. 그래서 우리도 수염을 길러서 야전군 분위기나 내볼까 하고 시작했는데 말이야. 그런데 막상 내 수염은 볼품없더군. 수염이란 게 털보처럼 덥수룩하게 자라야 멋스럽지 않은가. 그런데 수염을 기르면 좀 더 무사답게 보이지 않을까 하는 내 기대와는 정반대였어. 자네야 그런대로 모양새가 났지만 말이야."

"조종사들은 기르고 싶어도 기를 수 없었지요. 마스크 쓸 때 수염 때문에 외부 공기가 들어갈 수 있으니까요. 하여튼 수염 때문에 웃지 못할 일도 벌어졌었지요. 초임자들이 단장님과 나를 보곤 거수경례를 안 붙여도 털보인 선임하사에겐 깍듯이 경례를 올렸으니까요."

"부대 내에서는 그런 일들이 있어야 그나마 살맛이 나지. 너무 자주 일을 벌여서도 안 되지만 상하관계가 너무 딱딱하면 전우애가 돈독해지겠나. 그리고 자네에게 한 가지 당부할 게 있네. 앞으로 내가 출장이 잦을 걸세. 내가 없다고 전 부대원의 기강이 해이해지면 안 되네. 그건 전적으로 자네가 책임져야 하네."

"네. 걱정하지 마십시오. 3월에 최용덕 참모총장님 모시고 한미군사회담에 참여하시기로 예정돼 있지 않습니까. 회담 때 공군 증강에 대해 긍정적인 결과가 도출됐으면 좋겠습니다."

"이미 미국과는 몇 차례 회담을 가지면서 희망차게 나아가고 있다네. 연말을 앞둔 지난 12월 5일 아이젠하워 차기 대통령과 미 극동공군 사령관 웨일랜드 대장 그리고 미 제5공군 사령관 바커스 중장과 회담할 때 일부분 약속을 받았지. 대한민국 공군이 발전할 수 있도록 제트기 보유에 미국이 협조하겠다고 했어."

"미국과의 회담에는 김정렬 전 참모총장님의 역할도 크셨지요. 지난 연말부터 한국군사사절단 단장으로 도쿄 UN 군사령부에 부임하신 이후 국제관계 회담할 때 여러모로 도움이 되는 정보를 주시잖아요. 공사 교장도 겸하셨으니 일본과 한국 오가느라 바쁘시겠습니다. 그런데 두 분 참모총장님을 뵈면 참 신기하다는 생각이 들어요."

"뭐가 신기한가?"

"두 분 나이 차도 많으신데 전혀 견해차가 없거든요."

"그건 두 분 모두 공군에 대한 애정이 똑같기 때문이지. 내 형님보다 최용덕 참모총장님께선 우리 공군의 발전에 대해 남다른 비전을 갖고 계시니 이번 회담에서도 미국을 잘 설득할 걸세. 그동안 공사 교장으로 계시면서 공군에게 무엇이 필요한지를 누구보다 잘 아시는 분 아닌가. 메추리인 생도들이 가까운 미래엔 보라매 조종사로 날갯짓을 펼칠 것을 알기 때문에 공군 확장 3개년 계획에 박차를 가하실 것이야."

"군인으로 바른길을 살아오신 분답게 공사 재직 중에 참 많은 일을 하셨지요. '공사십훈'과 '공군의 결의'를 보면 생도들이 뚜렷한 가치관을 가지고 참 공군인의 길을 걸어갈 수밖에 없을 정도로 가슴에 와 닿게 쓰셨더군요. '공군가'와 '공군사관학교가' 가사도 직접 쓰셨다니 대단하신 분입니다."

"우리가 파티 끝날 때나 단결력 과시할 때 부르는 '비행행진곡' 가사도 최용덕 참모총장님이 작사하신 거라네. 예전에 매주 토요일마다 돈암동 모였을 때부터 항상 집안의 큰형님 같았는데, 이젠 진짜 우리 공군의 제일 맏형님이시네. 우리가 모두 참모총장님을 잘 보필해서 공군 확장계획에 한마음이 돼야 해."

밖에는 여전히 함박눈이 내리고 있었다. 점점 어두워지면서 바람도 거세졌다. 눈에 갇혀 주기장에 있는 전투기들도 하얀 눈에 잠겨 있었다. 공군 확장계획이 순조롭게 진행된다면 프로펠러 전투기인 F-51D도 언젠가는 역사 속으로 사라지고 그 자리에 제트전투기가 들어앉을 것이다. 처음 F-51D 전투기의 조종간을 잡았을 때의 설렘이 아직도 그대로인데 시간은 그것과 무관하게 흐르면서 변화를 일으키고 있었다.

"이렇게 눈이 내리면 내일 새벽부터 정비사들이 바빠지겠습니다. 냉각수와 엔진오일이 터질까 봐 정비사 대부분이 밤잠을 설치겠지요. 그래도 F-51D 전투기는 참 대단한 물건입니다. 산악지형인 우리나라 실정에 맞게 대지 공격용으론 F-51D 전투기만 한 것이 없습니다. 적을 발견하면 장시간 반복적으로 정확하게 공격할 수 있는 장점도 가진 전투깁니다."

"그러나 장점이 있으면 단점도 있지. 잘 날아가다가 공중에서 순간적으로 엔진이 꺼지는 현상이 일어나서 조종사들이 당황하기도 하지 않은가. 그보다 더 위험요소는 북서풍에 의해 일어나는 하강 난기류

현상 때문에 조종사가 강릉기지에 귀환을 못 하고 춘천이나 여의도까지 가야하는 일도 일어나고 있으니 지금부터 봄까지 특히 이착륙에 조심하도록 모든 조종사에게 일러놓게."

겨울부터 봄까지 강릉의 하늘을 덮는 짙은 해무는 조종사들에겐 또 하나의 복병이었다.

여학생과 꽃다발

학교에서 강릉기지까지는 7km 정도 떨어져 있었다. 오전 수업을 마친 50여 명의 여학생은 각자 준비한 꽃다발과 꽃목걸이를 든 채 기지를 향해 걸어갔다. 한낮의 햇살은 벌써 초여름으로 접어든 듯 따끈따끈했다.

"미자 넌 용케도 생화를 구했네. 난 이번에도 생화를 못 구해서 종이꽃으로 화환 만들었는데."

혜숙은 백합과 장미를 섞어 만든 미자의 꽃다발을 부러운 눈으로 바라보았다. 혜숙의 화환은 노랑과 분홍으로 물들인 미농지를 돌돌 만 꽃으로 장식돼 있었다.

"난 집에 가자마자 이웃집 몇 군데 다니면서 꽃 동냥했거든. 다행히 우리 동네엔 할머니만 계신 집이 많아서 꽃은 구하기 쉬웠어. 할머니들이 외로우신지 꽃을 많이 키우시거든. 넌 그래도 예쁘게 만들었네.

어떤 아저씨께 걸어줄지 모르겠지만 좋아하시겠다."

"오늘은 좋은 일만 있으면 좋겠어. 가끔 슬픈 일이 생기니까 부대에 갈 때는 은근히 긴장되기도 해."

"하긴 지난 겨울엔 진짜 마음이 아프더라. 바람이 불긴 했어도 그리 나쁜 날씨는 아니었는데, 하필 100회 출격 날 부대에 돌아오시지도 못하고 전사하시다니 말이야."

"그날은 춥다고 일부러 부대에서 트럭까지 보내줘서 우리 모두 신나게 부대로 갔었잖아."

"그러게. 돌아오지 않는 전투기 1대를 기다리느라 부대에 있던 군인 아저씨들이 죄 하늘만 쳐다보다가 또 시계를 들여다보고 하면서 얼굴이 어두워지던 거. 얼굴도 모르는 조종사 아저씨를 기다리는 우리도 슬펐는데 같이 부대에서 지냈던 전우가 안 돌아오면 그분들 마음이 어떻겠어. 지금도 그날을 생각하니 슬프다."

"어서 전쟁이 끝났으면 좋겠어. 낮엔 잘 모르겠는데 밤에 들리는 대포 소리와 비행기 소리는 정말 무서워."

"난 처음 피난 갈 때 엄마 따라 무조건 칠성산으로 올라갔잖아. 칠성산에는 일본놈들이 만든 방공호가 있었거든. 여름 내내 방공호에서 수제비와 감자로 버티면서 대포 소리 참 많이 들었어."

"우린 대구까지 갔다가 다시 올라왔는데."

"난 지금도 국군과 미군이 남대천 다리로 행군하며 진입하던 장면이 생생해. 사람들이 막 태극기 흔들면서 환영했어. 그리고 군인들이 진입하기 전에 쌕쌕이들이 남대천 다리 위에서 폭탄을 막 떨어뜨리고 하는 장면도 산에서 지켜봤단다."

"인민군이 후퇴하면서 집마다 뒤지면서 사람을 많이 죽였다더라."

"엄마도 그것 때문에 우리보고 꼭꼭 숨어있으라고 하신 거야. 패잔병에게 잡혀가면 보급대로 끌려간다면서."

"조종사 아저씨들께 하루라도 빨리 전쟁 끝내달라고 부탁하자."

"그래, 전쟁이 끝나면 불탄 우리 학교도 새로 지을 수 있겠지?"

임시 학교인 동성고등공민학교에서 강릉기지까진 40분가량 걸렸다. 학생들은 이야기를 나누며 걷기도 하고 군가를 부르기도 했다. 누군가 한 명이 선창하면 여학생들은 이내 군가를 따라 불렀다.

하늘을 마음대로 날아다니는~
대한의 아저씨는 공군 아저씨~
우리의 희망의 꽃 대한의 공군~
우리의 희망의 꽃 대한의 공군~
공군은 하늘 높이 떠다니면서~
우리의 금수강산 지켜준다네~

강릉기지는 축제 분위기였다. 플래카드가 바람에 펄럭였고 부대원이 활주로 주위에 모여 있었다. 이윽고 강릉 상공에 나타난 F-51D 전투기 편대가 차례차례 착륙했다. 부대원이 전투기에서 내린 조종사를 에워싸며 환호했다. 1953년 5월 30일 공군 최초 200회 출격을 달성한 조종사 유치곤 대위를 환영하듯 햇살마저 화사하게 쏟아졌다.

351고지 그리고 휴전

1952년 12월 말 '한국전쟁을 조기에 종결시키겠다'라는 공약을 내건 아이젠하워가 미 대통령으로 당선되었다. 아이젠하워는 당선자 신분으로 12월 2일부터 12월 5일까지 한국 전선을 방문했다. 1953년 3월 5일 소련의 스탈린이 갑자기 사망하면서 말렌코프가 정권을 인수했다. 말렌코프도 한국전쟁을 조기에 종결하고자 미국과 물밑회담을 하는 한편 북한과 중국에 소련 신정부의 견해를 전달했다. 국제사회 여론은 휴전 분위기로 급물살을 탔다. 그러나 '포로송환' 문제가 난제였다. 휴전회담은 포로송환 문제에 부딪혀 진척을 보지 못하고 각 전선은 소강상태에 빠졌다. 그런 와중에도 쌍방 간의 크고 작은 고지 쟁탈전은 국지적으로 일어났다.

이른 새벽 출격에 나섰던 전투기들이 임무 수행 후 기지로 돌아오고 있었다. 동해 상공에 떠오른 아침 해를 온몸에 받은 은빛 전투기는 승리의 화신인 양 붉은 야생마가 되어 활주로에 내려앉았다. 국군 지상군과의 긴밀한 공지합동작전과 후방차단작전은 임무가 늘면서 출격 횟수도 늘어났다.

351고지는 국군에게 아주 중요한 고지였다. 인근의 원산에서 강릉까지 이어지는 해안도로가 있어 교통의 요지이기도 했다. 351고지를 적에게 빼앗기게 되면 속초와 양양도 뺏길 수 있었다. 자연히 351고지를 두고 북한군과 국군 간에 치열한 쟁탈전이 벌어졌다.

1953년 2월 26일 동해안 국군 제15사단의 요청으로 공군은 근접항공지원(CAS)작전에 나섰다. 근접항공지원은 공군의 Mosquito기, 전술항공통제반(TACP), F-51D 전투기가 주축이 되어 공격하게 돼 있었다. 전술항공통제반과 교신한 Mosquito기 정찰 요원은 동해 상공에서 대기 중인 F-51 편대의 임상섭, 현창건, 김필정, 전형일, 천영성 대원에게 목표물과 공격 방향 그리고 공격방법 등을 알려주어 공격을 유도했다. 목표물은 351고지였다. 삼위일체로 이뤄진 공격은 대공포의 대응 공격도 받지 않고 무사히 임무를 수행했다.

3월 6일 14시 55분 편대장 임상섭 중위, 2번기 임택순 중위, 3번기 최성달 중위, 4번기 이배선 중위로 편성된 F-51D 전투기는 강릉기지를 이륙해 351고지로 향했다. 목표물 상공에 도착한 F-51D 편대는 Mosquito기와 교신 후 1번기 임상섭 편대장부터 공격에 들어갔다. 대공 포탄을 헤치면서 기총사격과 폭탄투하로 공격하던 중 임택순 중위의 기체 날개에 불이 번쩍 일었다. 적의 공격에 명중된 것이다. 탈출하라는 편대장의 외침에 임택순은 아무런 대답도 하지 않았다. 기체가 명중 당했을 때 이미 임택순은 치명적인 부상으로 정신을 잃었다. 전투기와 함께 임택순은 한 줄기 빛이 되어 적진 속으로 급강하했다.

같은 날 99회째 출격으로 고성지구에서 적 진지를 공격하던 이재국 중위가 적의 대공포에 맞았다. 가까스로 불시착에 성공했으나 기적적인 생환에도 불구하고 전신화상으로 중상을 입었다.

351고지 탈환에 혈안이 된 북한군 제7군단 예하 제53연대 제2대대는 더욱 과감한 방법을 동원했다. 후방을 기습할 목적으로 야간을 이용해 동굴을 파서 국군 지상군 부대에 접근하고 있었다. 이에 국군은 적의 동굴에 야포사격과 동굴파괴 공작대를 투입해 저지했으나 번번이 실패했다. 위기에 빠진 국군 제1군단장은 공군에게 항공지원을 요청했다. 제10전투비행단 작전장교들은 국군 제15사단 전술항공통제반에 파견근무 중이던 배상호 중위와 351고지 공중공격에 대한 논의에 들어갔다. 그러나 문제점이 드러났다. 공격 목표가 지상에 노출되지 않았고 동굴 입구가 국군 진지와 근거리에 있어 오폭할 위험이 크다는 점과 오폭으로 인해 국군의 피해가 크면 오히려 적에게 이로울 뿐이라는 의견이 대두되었다. 이러한 문제점에도 불구하고 351고지에 대한 전투지원작전을 수용한 공군은 편대장 윤응렬 소령을 위시하여 4개 편대 16대로 구성하여 출격하도록 지시했다. 편대장 윤응렬 소령은 유치곤 대위를 대동하고 351고지 주변을 자세히 정찰했으며 100회 이상 출격한 조종사를 우선하여 편조를 구성했다. 그리고 작전계획의 성공을 위해 대통령의 생일을 빌미로 내세워 축하비행으로 가장해서 출격했다. 각 편대기가 목표물 상공에 도달하면 Mosquito기가 급강하하면서 목표물 확인 연막탄을 터트려 위치를 알려주었다. F-51D 전투기 4개 편대 16대의 전투기 공격은 성공적으로 임무를 완수했다. 적 벙커 20개와 동굴 2개소 및 참호와 화포진지를 파괴하는 전과를 올렸다.

“이번 작전은 위험이 커서 반대하는 장교들도 여럿 있었지. 그런데 자네의 과감한 결정과 Mosquito 정찰기 그리고 F-51 전투기 조종사와의 유기적인 협동작전이 완벽한 조화를 이뤄 훌륭한 쾌거를 거뒀네. 잘했어.”

김영환 단장의 칭찬에 장지량 부단장의 표정이 밝아졌다. 내심 작전이 실패로 돌아갈까 봐 마음을 졸였던 그였다.

“저는 조종사들의 기량과 단결력을 믿었습니다. 그리고 그동안 전술항공통제반의 정보 수준이 거의 정확했기에 이번에도 정확한 정보만 준다면 공격에 성공할 것이라는 생각이 들었습니다. 결과가 대성공이라 이제 한시름 놓았습니다.”

“우리는 이번 작전을 통해 완벽한 팀워크와 정보력 거기에 신속한 출격이 손발이 맞았을 때 완벽한 성공을 거둔다는 사실을 확인했다. 공지합동작전을 앞두고 전술항공통제 실무를 겸한 정찰요원 육성은 시의적절했다. 우리는 전술항공통제반을 육성한 것처럼 앞으로도 공군이 갖춰야 할 중요한 요소들을 체계적으로 육성해야 한다.”

영환은 제10전투비행단으로 승격한 후부터 강릉기지에서 출격했던 기록을 점검해 보았다. 1953년 2월 15일부터 2월 28일까지 총 193대의 전투기가 내금강, 연화봉, 고성지구에 출격했다. 3월에는 20일간 총 319대의 전투기가 근접항공지원에 252회, 후방차단작전에 57회 출격했으며, 4월에는 총 512대가 후방차단작전에 140회, 근접항공지원에 372회 출격했다. 갈수록 국군 지상군을 돕기 위한 근접항공지원 증가로 출격이 늘어나고 있었다. 그만큼 고지 쟁탈전이 치열하게 벌어지고 있었다. F-51D 전투기는 한정돼 있는데 출격 횟수가 늘어난다는 것은 한 사람의 조종사가 출격해야 하는 횟수가 그만큼 늘어나고 있다는 증거였다.

"나는 제군들을 진실로 존경한다. 일기가 극히 불순한 날을 빼고 출격한 날짜를 살펴보니 한 명이 하루에 두세 번씩 출격하며 전의를 불태웠다는 사실을 알 수 있었다. 그러나 매번 하는 말이지만 너무 전의에 불타서 또는 전우를 잃은 적개심에 가득 찬 나머지 중심이 흔들려선 안 된다. 제군들을 괴롭히는 건 적군이기도 하지만 고르지 못한 저 하늘과 예상치 못한 기체 고장도 있다. 나는 제군들이 비행 안전절차를 숙지하며 작전을 수행하고 모두 무사 귀환하기를 우선으로 바라고 있다. 제군들의 안전한 비행을 위해 이제 우리도 제트기를 도입하고 계기비행도 익혀야 한다. 그래서 참모총장님이 공군 확장계획에 팔을 걷어붙이신 것이다."

5월부터 영환은 제10전투비행단 단장과 공군본부 작전국장을 겸했다. 차질 없는 공군 확장 3개년 계획을 진행하기 위해 최용덕 참모총장이 영환의 도움이 필요했기 때문이다.

휴전협정에 앞서 포로송환협정을 추진하던 UN군과 공산군은 밀고 당기던 협상 끝에 1953년 6월 8일 포로송환협정 최종안에 서명했다. 그러나 전쟁 당사국인 한국의 의견이 철저히 배제된 데 대해 이승만 대통령이 분노했다. 대통령은 휴전회담이 열리기 전부터 '나라를 분단하는 조건이 포함된 평화안은 수락할 수 없다'라는 강경한 태도를 분명히 표명했던 터였다. 휴전협정에 앞서 타결된 포로송환협정은 사실상의 휴전협정과 다름없었다. 정부와 국민의 반대 여론이 들끓기 시작했다. 이에 대통령은 헌병 총사령관 원용덕 중장을 불러 반공포로를 석방할 방안을 찾아보라고 지시했다. 원용덕 장군은 육군수뇌부와 논의를 거친 뒤 6월 18일 자정을 기해 반공포로 대부분을 석방했다.

휴전협정이 진행되는 동안 공산군은 전력을 재배치해 춘계 대규모 공세를 펼쳤다. 135만 명을 앞세운 중공군과 북한군 45만 명은 인해전술과 산악전술 그리고 야간공격까지 감행하면서 최종적인 승리를 거두기 위해 국군 제2군단의 수도 고지(제8사단)와 수도 고지 오른쪽 949-973-883고지(제5사단) 일대를 집중적으로 공략했다. 국군 제8사단과 제5사단은 북한강 남안까지 밀렸고 UN 공군은 전폭기를 집중적으로 지원했다. UN 공군은 북한강 상류-금성 남방 전선에서 개전 이래 최대 야간 조명작전을 개시하기도 했다. 중공군의 기세가 꺾이고 전선은 다시 소강상태에 접어들었다. 공산군은 곧 들려올 휴전협정 조인 소식만을 기다렸다. 그러나 6월 18일 이승만 대통령의 명령으로 반공포로 2만 7천여 명이 석방되자 휴전회담은 중단되었고 전선은 다시 초긴장 상태로 치달았다.

중공군은 6월 공세로 자신들이 승리했다고 믿고 있었다. 그런데 한국 정부의 반공포로 석방으로 그들의 계산에 차질이 생겨 버렸다. 반공포로 석방 때문에 구겨진 승리감을 되찾는다며 중공군과 북한군은 화천저수지를 목표로 또다시 대공세를 퍼부었다. 공산군이 최종공세를 통해 화천저수지를 점령하려는 의도는 현리지구에서 당한 패배를 잊지 않았기 때문이다. 또한, 휴전하더라도 한국전쟁에서 최종 승자는 공산군 그들이라는 사실을 대외적으로 보여주려는 의도도 있었다.

"6월 14일과 6월 30일은 하루에 50회씩이나 출격했군. 공산군이 맹렬하게 포화를 퍼부어대며 수도 고지를 공략했고, 중동부와 동부전선에선 대규모 야간공세를 펼쳤거든. 이에 미 전함 뉴저지호가 동해안 묘형 고지의 UN 지상군을 지원하기 위해 공산군 거점지역에 함포사격으로 응징했지. 6월 29일과 30일은 동부전선에서 북한강과 크리스마스 고지 사이에 있는 버지니아 고지에서 격전이 벌어졌으니 UN 공군과 한국공군이 그냥 두고 볼 수 없었겠지."

영환은 출격기록부를 검토하며 강릉기지의 출격 사항을 자세히 살폈다. 전선은 새로운 긴장에 휩싸였다. 7월 13일 공산군은 5개 군단을 총동원해 한국군 제2군단의 금성 돌출부 지역을 강타했다. 6월부터 공군은 국군 제2군단 지역의 근접항공지원작전에도 나섰다. 재정비를 갖춘 공산군의 전력이 워낙 강해서 국군이 다시 밀리고 있었기 때문이다.

"휴전 막바지에 이르니 공산군들의 최후 발악이 엄청납니다. 351 고지는 말할 것도 없고 수도 고지와 관망산, 버지니아 고지, 김일성고지 등은 고지 주인이 몇 번씩 바뀌기도 했습니다. 중공군의 최후공세가 시작되기 전부터 국군은 중동부 전선에서 중공군 약 4천 명을 격퇴했답니다. 어제 12일부터 UN 해군이 함포 공격을 시작했고 우리 공군도 가세해서 원산항과 금성천으로 출격했습니다."

"그동안 자네가 부대를 지휘하느라 애 많이 썼군. 대통령 각하께서 국군 제2군단 장병들에게 모든 진지를 확보하라는 독려를 내리셨고, 격전 중인 중부 전선을 직접 시찰까지 하셨네. 휴전 발표가 있기 전까진 눈 뜨고 보지 못할 참상이 벌어질 걸세."

전쟁을 종식하고 싶었던 미국은 반공포로를 석방한 한국 정부를 설득하기 위해 여러모로 접근했다. 완강한 한국 정부를 설득하기 위해 미 정부는 대통령 특사로 미 국무부 극동담당 차관보 월트 로버트슨을 파견했다. 로버트슨 특사는 한국 정부와 수차례 회담을 가진 끝에 ①휴전 성립 후 한 · 미 양국의 상호방위조약. ②장기간 경제원조 제공. ③한국군을 20개 사단으로 증편. ④휴전 후의 정치회담 등 4개의 합의 사항을 도출했다. 극도로 악화하였던 한 · 미간의 현안이 타결되면서 휴전은 조인식만 남겨두고 있었다.

"7월 16일을 기해 국군 제2군단이 즉각 반격작전으로 나갔지. 국군의 반격으로 7월 19일에는 금성천과 북한강을 잇는 선까지 진출했다네. 국군은 승세를 몰아 금성천 북방까지 진격할 계획을 세웠으나 UN 군사령부가 나서서 극구 제지했어. 왜냐하면, 휴전 조인을 앞두고 있었으니까."

7월 17일 한국공군은 77대의 F-51 전투기를 출격시켰다. 개전 이래 최고의 출격기록이었다. 공군이 최대출격을 감행할 때 대통령은 백선엽 육군참모총장을 대동하고 중부 전선을 시찰했다. 공산군은 동부전선의 류크카슬 고지에 있는 UN군 진지에 침투해 치열한 격전을 벌였다.

7월 27일 UN 군사령부는 휴전협정에 따라 정식으로 결정된 군사경계선을 발표했다. 휴전협정 조인 후, 전 전선에 오후 10시를 기해 전투를 중지한다는 명령을 하달했다. 김일성 북한군 최고사령관은 오후 10시 평양에서 휴전협정 전문에 정식으로 서명했다. 이승만 대통령은 휴전협정 조인 후 '통일 목표는 기어코 성취되고야 말 것'이라고 강조했다.

전쟁 마지막 날인 7월 27일에도 한국공군은 오후 6시까지 68대의 전투기가 출격했다. 공산군의 마지막 공세 기간인 6월 1일부터 7월

27일까지 한국공군은 22일간 총 758회 출격하여 고성, 창도리, 간성, 금성, 시변리 지구의 국군 지상군을 지원했다. 근접항공지원작전에 666회 출격했으며 후방차단작전에 92회 출격했다.

“휴전 성립일까지 모두 39명의 100회 출격 조종사가 탄생한 것은 자랑스러운 공군의 기록이다. 그러나 그 이면에 젊은 청춘을 저 하늘에 바친 조종사가 있었음을 어찌 잊겠는가. 나는 부하 조종사의 전사 소식을 대할 때마다 이번이 마지막이 되게 해 달라고 간절히 기도했다. 올해 들어 임택순 중위가 산화했을 때도 이번 일이 부하와 이별하는 마지막 아픔이 되기를 바랐었다. 변변한 장례식도 치러줄 수 없는 현실이 부끄러웠다. 그런데 인간의 운명은 사람의 기도도 먹히지 않았다. 내 바람과는 반대로 연이어 공중충돌 사고로 또는 적 진지에서 대공포 공격을 받은 조종사들이 기지로 돌아오지 못했다. 휴전을 눈앞에 두고 김현일과 고광수가 전사했다. 351고지를 사수하는 국군을 끝까지 지원했건만 351고지도 적의 수중에 들어가 버렸다. 도대체 이 전쟁이 남긴 건 무엇인가? 왜 이쪽과 저쪽으로 갈라졌으며 총부리를 겨누고 싸웠는가? 언젠간 전쟁이 끝날 거라며 오늘까지 버텼지만, 막상 총성이 멎고 활주로 위를 박차고 나는 전투기의 굉음이 멎고 나니 허탈할 뿐이다.”

3년 1개월간 이어진 전쟁은 막대한 피해를 안긴 채 끝났다. 경제적 손실은 차치하더라도 인명 피해만 해도 막심했다. 국군 62만 명, UN군 16만 명, 북한군 93만 명, 중공군 100만 명, 민간인 250만 명, 이재민 370만 명, 전쟁미망인 30만 명, 전쟁고아 10만 명, 이산가족 1,000만 명이 피해를 보았다.

조종 흉장 하나면 돼!

“자네는 스스로 ‘操整機三位一體 卽生’ 구호를 신조로 여겼지. 그런 신조로 전투에 임했기에 오늘의 자네가 있는 것이네.”

“그건 제 구호이기 이전에 단장님이 안겨주신 선물입니다.”

“선물이라?”

“네. 제가 군기 위반으로 공중근무를 못 하게 되었을 때 다시 조종간을 잡기 위해 마음에 새겨놓은 신조입니다.”

손흥준 대위의 대답에 영환은 손 대위의 얼굴을 똑바로 바라보았다. 자신 때문에 손 대위는 억울하게 피해를 봤던 인물 중의 한 명이었다. 전진기지인 강릉기지로 이동했을 무렵 미군과 함께 지내는 강릉기지는 어수선했다. 그때 미 고문관 톰이 규정을 벗어난 불군기를 저질렀다. 톰은 유지비행할 때 해선 안 될 비행조작을 한 것이다. 그의 불군기 비행을 목격한 영환은 즉시 미 고문단장에게 보고를 올렸고 그로 인해 미 고문관 톰은 2/3 감봉에 1개월 근신처분을 받았다. 톰은 감봉에 근신처분까지 받게 되어 감정이 몹시 상했다. 그 후 톰은 호시탐탐 한국 공군 조종사의 불군기 비행 모습을 포착하려고 감시했다. 톰의 감시망에 손흥준이 포착되었다. 손흥준은 장주비행 중에 날개를 흔들기도 했고 착륙규정도 지키지 않았다. 톰은 규정에 벗어난 비행조작을 하는 손흥준의 사소한 동작 하나하나를 그림으로 표현한 후 미 고문단장을 대동하고 김영환을 찾았다. 고문단장과 김영환 대령이 배석한 자리에서 인사처장은 손흥준에게 '인사명령 제○호 군번 5**** 대위 손흥준은 1952년 10월 9일부 면 공중근무'라는 인사명령을 낭독했다. 낭독이 끝나자 김영환은 자리에서 일어나 조종사 자격을 박탈당한 손 대위 앞으로 다가갔다. 영환은 손 대위의 눈을 똑바로 바라보며 가슴에 달린 조종 흉장을 떼어냈다.

"그때 단장님의 눈빛을 잊지 못합니다. 마치 미 고문단에 '봐라, 우리도 이렇게 엄하게 벌한다. 그러니 너희도 용서는 없다고 말하는 것 같았습니다."

"조종 흉장을 박탈당한 후에도 자네는 포기하지 않고 다시 조종간을 잡았네. 그리고 100회 출격기록까지 세웠지. 지난 4월 20일에 미 공군 사령관이 100회 출격 조종사들에게 비행 십자 훈장을 달아줄 때 그때까지도 자네 가슴에 조종 흉장(Wing)이 없는 걸 발견하곤 무척 미안했다네."

"솔직히 말씀드린다면 수상식이 끝난 후 단장실로 저를 따로 불러 손수 조종 흉장을 달아주셨을 때 만감이 교차했습니다. 저는 훈장보다 조종 흉장이 자랑스러웠습니다. 제 가슴에서 조종 흉장이 없어지고 나니 그때야 단장님께서 왜 조종 흉장 하나만 달고도 그리 조종을 즐기셨는지 이해가 되었습니다."

"조종사에겐 조종 흉장 하나면 되는 거 아닌가. 그래도 내가 자네에게 그런 벌칙을 내리지 않았다면 자네도 유치곤처럼 200회를 넘었을 텐데 말이야. 물론 지금의 156회 기록도 놀랍지만 말이지."

"우리는 오히려 단장님 때문에 부대 생활이 즐거웠습니다. 쇳덩이 전투기를 타고 적지에 나가는 조종사도 사람이기에 감정이 있습니다. 매일 똑같은 풍경과 절대명령에 따라야 하는 빡빡한 상하관계 그리고 옆자리의 동료가 돌아오지 않는 날이 생길 때의 충격과 허탈감으로 부대 생활이 삭막할 수도 있었습니다. 그런데 단장님은 우리에게 소소한 즐거움을 안겨주셨습니다."

"그랬던가?"

"네. 무엇보다 우리가 편했던 건 권위를 내세우지 않고 있는 그대로를 보여주셨던 솔직함과 환한 웃음이었습니다. 단장님 집무실엔 흔한 복무방침 하나 걸어놓지 않으셨습니다. 알면 실천하라는 평소 말씀대로 몸으로 먼저 보여주셨지요. 지금도 화장실에 가면 벽면에 선이 그어져 있는데 우리는 서로 오줌 줄 누가 센가 내기를 하곤 했습니다. 단장님께서 그어놓은 선 중에서 제일 윗선까지 힘주어 오줌 줄기를 쏘아 올리기 위해 서로가 경쟁하면서도 호탕하게 웃을 수 있었습니다. 비록 오줌 누는 짧은 시간이지만 가슴이 뻥 뚫리는 즐거운 시간이었지요. 또 하나 생각나는 건 수염 잘 기른 사람을 선발해서 상으로 금반지도 주셨지요. 저도 한번 받았습니다."

"흐흐. 자넨 지금도 수염이 멋지군. 털보라는 별명에 걸맞게 아주 멋진 수염을 가졌네. 그 수염 때문에 출격하는 자네 모습은 영락없는 산돼지였었네"

"감사합니다."

"전쟁은 끝났지만, 우리 공군은 미래의 영공방위를 확고히 지키기 위해 해야 할 일이 많네. 자네의 역량을 충분히 발휘하게나."

"네."

손홍준 대위가 나가다 말고 다시 영환을 향해 돌아섰다.

"단장님, 한 말씀 더 드려도 되겠습니까?"

"해보게."

"사실대로 말씀드리겠습니다. 단장님의 불군기는 헤아릴 수 없이 많습니다. 그렇지 않습니까?"

"뭐?"

영환이 미처 뭐라고 하기도 전에 손홍준 대위는 재빨리 사무실을 빠져 나가버렸다. 영환은 그만 껄껄 웃고 말았다. 손 대위의 지적은 옳았다. 영환 자신이야말로 지적당하거나 보이지 않는 곳에서 불군기에 해당하는 위반 비행을 꼽으라면 열 손가락도 모자랄 것이었다. 이화여대 교정을 저공비행 했던 일, 한강 다리 교각 사이를 통과했던 일, 서한호 중령을 폭행했던 일, 미림기지에서 후퇴할 때 주기장에서 떨고 있는 강아지 한 마리를 전투기에 태웠던 일 모두가 불군기였다. 그리고 형도 모르는 불군기는 어머니의 안부를 확인하기 위해 돈암동 집을 저공비행했던 일이었다.

조종사는 비행할 때 조작하면 안 되는 행위가 엄격하게 규정되어 있었다. 그러나 어느 정도 비행조작에 자신이 붙거나 편대장이 되면 은근히 자신의 조종실력을 과시하면서 알게 모르게 불군기를 저질렀다. 전투공격에 나섰다가도 바닷가 모래땅에 핀 해당화를 보겠다고 저공비행을 감행한 조종사도 있고, 기지로 귀환하기 전에 강릉 시내에 있는 애인 집 위에서 저공비행하며 과시하는 조종사도 있었다. 손홍준은 비행을 잘했지만, 가끔 불군기에 해당하는 비행조작을 하고 있었다. 그는 착륙할 때 두 바퀴와 꼬리를 동시에 내리는 3점 착륙 대신 앞바퀴를 먼저 내리면서 착륙하는 버릇이 있었다. 앞바퀴부터 들이미는 착륙은 상당히 위험한 습관이었다.

'다시 원점으로 돌아가야지. 나부터 처음 시작하는 자세로 조종간을 잡아야지. 조종사의 안전은 불군기에 해당하는 비행조작을 하지 않고 겸손한 자세로 비행에 임할 때 보장되니까.'

옛 고향 사천기지

"휴전협정은 군과 국민의 염원은 안중에도 없이 UN군과 북한군 간의 협의로 체결되었다. 나는 휴전협정에서 북한의 기만행위를 또 한 번 확인했다. 그들은 침략야욕을 버리지 않고 언젠간 다시 침략할 것이다."

최용덕 참모총장은 고난과 혈투로 버틴 전쟁을 잊어선 안 된다고 역설했다.

"북한군은 휴전 직후부터 소련의 원조를 얻어 전투기와 장비를 현대화하고 있다. 우리가 허점을 보일 때 북한은 발톱 밑에 숨긴 침략야욕을 드러낼 것이다. 이에 한국공군은 북한공군보다 앞선 절대 우위의 공군력을 갖춰야만 한다."

최용덕 참모총장은 공군력 현대화 확장과 전투기 도입 및 정비계획을 수립할 것을 김영환과 참모들에게 지시했다. 그는 참모총장으로서 죽음을 무릅쓰고 전쟁에 나섰던 부하들을 위로하는 것도 잊지 않았다.

"민족의 혈통을 이어받은 대한의 남아들이여. 이 유구한 역사와 전통은 제군들의 골격이요, 제군들의 명맥이다. 제군들은 그 투지 그 용기로써 영원히 빛나는 청사의 용사가 돼라. 제군들은 오늘의 역사를 창조하는 대한의 용사다."

참모총장의 위로와 당부는 휴전 후 공군을 한층 더 결속력 있는 군으로 만드는 데 큰 힘이 되었다. 참모총장의 염원은 곧 영환의 염원이기도 했다. 공군력 확장과 최신예전투기 도입은 영공방위의 현대화 작업에 있어서 최우선 순위였다.

1953년 10월 28일 영환은 최용덕 참모총장과 작전국 차장 박충훈 중령과 함께 미 공군기지 시찰 길에 나섰다. 미 공군 참모총장 트와이닝 대장의 초청으로 이뤄진 미국 방문이었다. 미국에 한 달여 머무는 동안 최용덕 참모총장과 영환은 미 고위 장성과 회담할 때마다 한국공군의 확장 및 발전 방안에 대해 피력했다.

"북한은 휴전 후에도 계속 공군력을 증강하고 있다. 그들은 소련제 미그기와 신형 제트기를 확보하고 항공부대를 사단급으로 높여 운용하고 있다. 한국공군이 공군력 현대화에 뒤처진다면 북한이 재침략할 경우 어떻게 대응하겠는가. 6·25전쟁을 통해서 여실히 보지 않았는가. 지금 북한공군은 전투기 확보뿐 아니라 소련에서 파견된 조종사에게 조종훈련을 체계적으로 받고 있으며 계기비행도 받고 있다. 이에 비해 한국공군은 제트전투기에 대한 어떠한 준비도 되어있지 않다. 우리는 전쟁을 원치 않는다. 그러나 또다시 전쟁에 휘말리게 된다면 쳐들어오는 적을 막아낼 준비는 미리 해놓아야 하지 않겠는가. 한국공군의 3개년 확장계획에 적극적으로 협조해 달라."

미 공군 참모총장 트와이닝 대장과 미 공군 탤보트 장군 그리고 미 국무장관 대리 베델 스미스 준장과 함께 가진 회담에서 영환은 최용덕 참모총장이 강조하고자 하는 내용을 조목조목 통역했다.

"이번 회담에서 영환 아우의 역할이 컸네. 아우가 한국공군이 처한 현실을 잘 짚어 설명했기에 미국도 한국공군 3개년 계획에 적극적으로 동참하겠다고 수긍했지."

"우리가 귀국하면 제1훈련비행단 훈련비행전대 예하에 계기비행과를 설치하고 기본훈련에 돌입할 수 있을 겁니다. 곧 도입될 제트전투기 시대를 맞아 미리 비행훈련 계획을 수립하고 추진해 나가야 합니다."

"미군도 차차 철수를 진행할 걸세. 미군 철수에 대비해서 미 제5공군의 기지에 공군 장병들을 파견하여 기지지원 업무에 동참시키게나. 그리고 현재도 미비한 통신 분야와 기상 또 제트기에 대한 정비 분야도 좀 더 심도 있는 교육이 진행되도록 프로그램을 만들었으면 하네."

"네. 도착하면 바로 시행하겠습니다."

"그런데 자네 왜 웃나?"

"미국으로 출국하기 전에 부하들과 티타임을 가졌습니다. 그때 부하들과 많은 대화를 나눴는데 이번에 총장님과 미국 갔다 오면 제트기를 줄줄 달고 오는 줄 알고 있습니다."

"그건 부하들의 솔직한 염원이 담긴 말이네. 전쟁을 통해서 선례를 보았지 않은가. 우리 손으로 적을 막아낼 수 없었다는 사실을 말이야."

"그래서 모두 간절히 바라고 있습니다. 전쟁에서 정면으로 대응할 수 있는 전투기가 얼마나 필요한지를 말입니다. 지금도 제트기만 조종할 수 있다면 일당백의 각오로 하늘로 날아가겠다는 투지를 내비치기도 합니다."

"나도 들었네. 비록 술자리에서 한 말이지만 모 대령이 내 손에 마누라보다 전투기를 달라고 했다더군.

"부하들의 그런 마음을 일반 국민이 몰라주는 것이 답답합니다. 공군을 모르기 때문에 부모들이 딸을 안 주려고 해서 아직 부대에는 총각들이 많습니다."

"아직 국민의 인식이 부족하기 때문이지."

"그래서 국민에게 공군의 실상을 보여주고 싶었습니다. 휴전 후 처음 맞이한 8.15 광복절에 전투비행단의 전투기를 모두 띄우는 경축 퍼레이드를 펼치자고 제안했는데 총장님께서 쾌히 승인해 주셔서 화려한 퍼레이드를 할 수 있었습니다."

"지난 8.15 광복절 경축 행사는 아주 바람직했네."

영환은 공군과 국민 모두에게 희망을 전하는 메시지를 띄우고 싶었다. 참모총장의 승인을 받은 후 3개 편대군으로 편성한, 48대의 비행기가 한꺼번에 비행하는 대규모 퍼레이드를 구상했다. 1편대군장에 김영환 대령, 2편대군장에 장지량, 3편대군장은 박희동 대령이 맡았다. 활주로를 이륙한 전투기는 공중에서 차례로 모여 각각 편대군을 만들었다. 3개 편대군. 48대의 전투기가 서울과 인천 그리고 대전을 지나 공군본부가 있는 대구까지 장엄하고 화려한 비행을 국민에게 보여주었다.

"중앙청 앞에서 광복절 행사가 끝날 즈음 강릉기지에서 출발한 전투기가 서울 상공에서부터 축하비행을 펼쳤지. 비행기가 지나가는 도시마다 시민들이 거리로 나와 환호했다고 하더군. 하여튼 김 단장은 재치도 있고 규모도 남다른 데가 있어."

"총장님은 저보고 규모가 크다고 하셨지만 지나고 보면 생각과 달리 정작 실행하지 못한 경우도 더러 있습니다."

"왜? 후회되는 일이라도 있나?"

"네. 휴전 후 6·25 참전 출격 조종사 환영대회 때 일입니다. 조종사는 당연히 조종복을 입고 환영대회에 나가야 하는 건 맞는데 각자 목에 두르고 있는 마후라는 색깔이 각양각색이었습니다. 마침 제가 매고 있는 빨간색 마후라를 보고 사람마다 눈에 확 띈다, 조종복 색깔과 잘 어울린다는 말을 듣고 있던 터라 제가 부단장에게 지시를 내렸습니다. 참전 출격 조종사에게만이라도 똑같이 빨간 마후라를 착용하고 행사에 참여하자고 말입니다."

조종사들 대부분은 머플러를 목에 둘렀는데 그 이유는 비행할 때 목이 시렸기 때문이다. 조종사들은 각자 머플러를 장만했기에 색상도 허연색, 분홍색, 연녹색 등 따로따로였다. 머플러는 주로 폐기되기 직전의 낡은 낙하산으로 만들었는데 조종사들은 낙하산의 성한 부분을 오려 직접 만들었다.

"부대 살림이 워낙 빠듯한 형편이라 빨간 마후라만 같은 크기로 만들어 나눠줬는데 마음 같아선 구두도 똑같이 맞추어 주고 싶었습니다. 그런데 그렇게 조종사만 챙겨주면 부대에서 서로 위화감이 생길까 봐 마후라만 착용하는 것으로 만족해야 했습니다. 나중에 사진을 보면서 후회했습니다. 왜 그리 낡은 구두가 눈에 들어오는지 말입니다."

"차차 여러 가지 여건이 나아질 걸세. 그땐 지금의 일들이 옛이야기처럼하게 될 날이 오겠지. 참, 형님과는 자주 연락을 주고받는가?"

"네. 가끔 연락을 주십니다. 그런데 형님은 별이 무거운 걸 일본에 있으면서 실감하고 계신답니다. 동경에서 UN군 사령부에 회의 참석하러 가실 때는 별 하나를 떼고 가신답니다. UN군 소속 장군들보다 나이는 어린데 그들보다 별이 많으니 부담스럽다고 하셨습니다."

"허허. 그런 경우도 있군그래. 그러고 보니 이번 연말 장군 진급에 김단장이 해당하더군. 이어서 인사이동도 단행할 텐데 이번엔 제1훈련비행단장직을 맡아줘야겠네. 훈련비행단이야말로 조종사 양성의 산실 아닌가. 사천기지 내에 계기비행과를 신설하는 것은 물론이거니와 본격적인 훈련 체계를 갖추기 위해선 자네가 맡아 이끌어야 하네."

"네. 최선을 다하겠습니다."

1953년 12월 15일 사천기지(K-4)는 초겨울답지 않게 따스했다. 아침 일찍 기지를 한 바퀴 돌고 난 영환은 바다가 보이는 곳에 서서 오랫동안 생각에 잠겼다. 전쟁 중에 기지를 찾아 집시처럼 떠돌다가 한동안 정착했던 사천기지였다. 짧았던 활주로도 2년여에 걸친 확장공사로 제 모습을 갖추었고 기지 경계선도 훨씬 튼튼하게 정비돼 있었다. 전쟁 중에 훈련도 제대로 받지 못한 조종사들이 거친 숨을 몰아쉬며 조종간을 잡고 날아오르던 모습이 선연했다. 사천 앞바다에서 발견됐던 공비들의 시체와 장동출 대위의 기체 추락과 끝없이 피난 가던 피난민들의 행렬도 떠올랐다. 전쟁이라는 소용돌이에서 이념이 다르다는 이유로 또 오폭과 오해로 인한 죽음은 얼마나 억울하겠는가. 후세에 역사가와 국민이 어떤 판단을 내릴까. 그러나 잘못과 실수를 덮기 위해서 과거를 잊어서도 안 되지만 과거에 얽매여서도 안 되었다. 영환은 과거를 딛고 새로운 세계를 향해 이곳에서 기지개를 켤 것을 다짐했다. 두 번 다시 정보 부재와 대비태세 부재로 인해 이 땅이 고통을 겪는 일은 없어야 했다. 그의 두 뺨에 와 닿는 바람은 강릉기지에서 맞던 살을 에는 바람과 달리 시원했다. 영환은 바다에서 불어오는 바닷바람을 폐부 깊숙이 들이마신 다음 길게 내뱉었다. 머릿속이 한결 맑아진 느낌이었다. 제복 앞가슴에 달린 조종 흉장을 손으로 쓰다듬으며 영환은 취임식장으로 발걸음을 옮겼다.

지나친 형식 위주의 행사를 싫어하는 김영환 단장의 성격을 알기에 기본적인 구색만 갖춘 취임식장은 단출했다. 늘어선 장병과 장교의 의연한 자세와 살아 있는 눈빛을 마주한 순간 영환의 기분은 한층 높아졌다.

"산돼지 김영환이 옛 고향 사천에 돌아왔습니다."

엄숙한 표정으로 묵직하게 내던진 김영환 단장의 첫 마디에 취임식장은 삽시간에 웃음바다가 돼 버렸다. 영환도 소리 없는 웃음을 띤 채 식장이 조용해지기를 기다렸다.

"새벽에 기지를 한 바퀴 돌다보니 옛 생각이 많이 났습니다. 전혀 준비되지 않은 상황에 맞닥뜨린 전쟁은 우리를 혼란에 빠뜨렸지만, 그 혼란 속에서도 내 동료 내 부하들은 전투기를 타고 나가 적과 싸웠고 때론 다치고 때론 저 하늘에 자신을 바치기도 했습니다. 전혀 체계적인 훈련도 받지 못한 채 말입니다. 오직 나라를 구하겠다는 일념 하나로 버틴 전쟁이었습니다. 그러나 이제는 바뀌어야 합니다."

어느새 취임식장 분위기는 엄숙해졌다. 김영환 단장을 향한 장병들의 눈동자가 꼿꼿이 섰으며 입술을 굳게 다물고 있었다.

"이곳 사천기지는 앞으로 큰 변화를 일으킬 것입니다. 공군 확장 3개년 계획에 맞춰 현대화 작업이 가속화될 것이며 그 중심에 선 부대가 바로 사천기지입니다. 제군들, 우리는 전쟁을 통해 뼈저리게 느꼈습니다. 전쟁에 대비하지 않은 대가를 혹독하게 치렀습니다. 우리는 전쟁을 하기 위해서가 아니고 전쟁에 대비하기 위해서 군비를 갖추고 훈련에 임해야 합니다. 제갈량이 강조한 것도 바로 이 점입니다. 제갈량은 평시에 위기를 생각하지 않고 적이 문 앞에 당도하였는데도 두려워할 줄 모른다면 이것은 마치 새가 천막 위에 둥지를 틀고 물고기가 냄비 속에서 헤엄치는 것과 같아서 멸망할 날이 머지 않았음을 의미한다고 했습니다. 벌과 독충 같은 하찮은 곤충도 독침을 가지고 자신을 방어하는데 하물며 국가는 더 말할 나위 없다고 했습니다. 제군들, 결국 제갈량이 말하고자 한 요점은, 전쟁은 국가의 가장 큰 일이며 전쟁을 준비하는 것은 국가의 가장 큰 임무라는 뜻입니다. 제군들이 있는 이곳 사천기지가 바로 대한민국 영공방위의 가장 큰 임무를 띠고 전쟁에 대비하는 훈련을 하는 곳이 될 것입니다. 나는 단장의 자격으로 제군들에게 부탁합니다. 제군들은 자율적이며 창의적으로 임무를 수행하길 바라며 또한 활기찬 분위기 속에서 서로가 마음을 열고 병영 생활을 해나가길 바랍니다. 그 외의 문제는 단장인 내가 내 자리에서 끝내겠습니다."

취임사를 듣고 있던 장병과 장교들이 박수로 환호했다. 초겨울이지만 사천기지에는 밝고 훈훈한 봄바람이 감돌았다.

바깥과 달리 장교휴게실은 훈훈했다. 난로 위 주전자는 연신 더운 김을 토해냈다. 윤 중령이 장갑에 묻은 눈을 털며 휴게실로 들어왔다.

"윤 중령, 살림방은 구했는가?"

김 중령이 난로 가까이 다가오는 윤 중령을 보고 물었다.

"단장님 덕분에 겨우 해결했네. 방 구하기 참 어렵더구먼. 신혼살림 할 땐 부엌도 없는 방 한 칸에 어머니와 조카까지 함께 살았거든. 방 한 가운데를 광목으로 쳐놓고 말이야. 그런데 형편이 조금 나아지기도 했고 집사람 보기도 미안하고 해서 방 두 칸짜리 구하려고 하는데, 그게 그리 쉽지 않더구먼. 단장님께서 내 딱한 사정을 알고는 사천읍에 장교 숙소를 새로 마련해서 나뿐만 아니라 군수처장 가족까지 쓰도록 조치를 해주셨어."

"그거 잘 되었네. 단장님은 무슨 일이든 결정이 빨라."

"단장님 도움이 그것뿐만은 아니네. 내가 작전처장이지만 조종간을 잡던 사람이 갑자기 업무가 바뀌니 생소하지 않은가. 그런 내가 무안할까 봐 직접 챙기면서 일일이 가르쳐주셨다네. 심지어 공군본부 브리핑이 있을 땐 직접 보고서를 만들고 브리핑까지 하신다네. 다른 상사들에겐 브리핑마저도 내가 만든 자료라고 추켜세워 주시니 몸 둘 바를 모를 정도로 감사할 뿐이야."

"감사한 마음을 열심히 일하는 것으로 갚게나. 단장님은 인정도 많지만, 호기심을 바로 실천에 옮기시는 분이기도 해. 일전에 장성환 장군님이 김영환 단장님의 기질에 대해 들려주셨는데 말이야. 한창 F-51D 조종술 익힐 때 전술 토론 중에 항공작전에서 '랑데부비행'이 전투대에서 중요한 전술이라고 했다는 거야. 그 즉시 김영환 단장님께서 확인해보자고 하셨대. 사천기지에서 이륙한 3대의 전투기가 각각 항로를 달리해서 대전 상공에서 집합하기로 하고 떠났는데 3대 모두 1분 1초 오차도 없이 대전 상공에서 모두 랑데부했다는 거야. 그런데 나중에 김 단장님께서 실토하셨대. 미리 대전 상공에 대기하고 있다가 약속한 시각에 급강하하며 나타났다고 말이야. 물론 다른 2대도 똑같은 방법으로 랑데부비행을 했던 것이라며 장 장군께서 호탕하게 웃으시더라고. 하여튼 단장님은 유쾌한 분이셔."

"재미있고 유머 감각도 뛰어나시지. 전쟁터인 강릉기지가 자칫 무거운 분위기에 빠질 수 있었는데 단장님 덕분에 즐거운 시간을 많이 가졌지."

"그런데 말이야, 가끔 예술작품과 예술가에 대해 말씀하시는데 난 도통 이해를 못하겠더라고."

"난 흥미롭던데? 언제 우리가 그런 예술작품과 작가에 대해 들어보겠나? 단장님 덕분에 생소한 예술가 이름도 몇 번 들으니 익숙해지더군. 나는 단장님 집무실 책상에 있는 다비드와 비너스 석고상 때문에 서양 조각에 대해서도 어렴풋이 알게 됐다네. 지난번 회식 땐 우리나라 골동품에 대해서도 말씀하시더군. 사찰에 있던 보물급 문화재를 일본이 약탈해 간 게 많다고 분개하시면서 여유가 되면 골동품을 사서라도 되찾아오고 싶다고 하셨어."

밖에는 여전히 눈이 내리고 있었다. 하얀 눈이 내려앉은 기지 주변은 마냥 평화로워 보였다.

천사들의 초롱불

"삼촌, 아직 멀었어?"

"조금만, 조금만 있어 봐."

"바람 때문에 자꾸 촛불이 꺼지려고 해. 그리고 춥단 말이야."

"네가 자꾸 말 시키면 삼촌이 힘을 못 줘. 조금만 참어."

태자는 입을 삐죽거렸다. 화장실 앞에 쪼그려 앉은 채 영환 삼촌이 빨리 화장실에서 나오기만을 기다려야 했다. 영환 삼촌이 종이로 촛불을 가려놓았지만 바람이 조금만 불어도 촛불은 제멋대로 흔들렸다.

"태자야, 하늘을 봐. 하늘 가득 총총 박힌 노란 별들이 착하고 예쁜 우리 공주님을 내려다보고 있을걸?"

"우와 진짜 별이 많네. 저 별들이 어디서 왔지?"

"별마다 주인이 있단다. 예전에 키 크고 파란 눈을 가진 조종사 아저씨가 있었거든. 그 아저씨의 엄마가 그러셨대. 하늘에 떠 있는 별들은 천사들이 들고 다니는 초롱불이라고."

"그렇구나."

"그런데 내가 아는 별도 많아. 동화책에서 봤지? 아픈 엄마를 위해 겨울 산속에 딸기를 구하러 갔다가 죽은 소녀도 별이 되고, 사랑을 이루지 못하고 일찍 죽은 사람도 별이 되고, 나라를 지키다가 죽은 군인도 별이 되고……."

"죽으면 별이 되는구나. 삼촌, 참 많은 사람이 죽었나 봐. 저렇게 하늘에 별이 많잖아."

화장실에서 나온 영환은 하늘을 올려다보았다. 짱짱한 밤하늘에 유난히 많은 별이 영롱한 빛을 내뿜고 있었다. 영환은 조카 태자를 번쩍 안아 올려 가슴에 품었다. 관사로 성큼성큼 걸음을 옮길 때마다 하늘의 별도 따라 움직였다. 태자의 팔딱거리는 가슴이 고스란히 영환에게 전해졌다. 숨을 들이마실 때마다 어린 조카에게서 달콤한 냄새가 났다.

어머니는 먼 길을 오신 탓인지 그새 깊은 잠에 빠져 있었다. 조카의 잠자리를 살핀 다음 영환은 아내가 기다리고 있는 방으로 들어갔다. 방에는 정갈하고 고운 이부자리가 깔려있고 윗목에 작은 소반이 놓여 있었다. 세옥이 소반 위 대접을 들어 영환에게 건넸다. 아내 세옥의 얼굴이 예전 같지 않게 어두워 보였다.

"너무 부담 갖지 마시오. 어머니는 부모로서 정성을 기울이는 것이오."

여자는 몸이 따뜻해야 한다며 어머니는 흑염소에 사물탕을 넣어 끓인 보약을 만들어 갖고 오셨다. 결혼 5년째로 접어들었으나 아직 아기가 없는 영환 부부를 위한 정성이었다. 영환은 세옥이 건넨 대접을 받아 단숨에 마셨다. 쌉싸름한 약 냄새가 입안 가득 퍼졌다.

"이리 오시오. 그만 잡시다."

영환은 세옥을 끌어당겨 꼭 안았다. 작고 가녀린 세옥은 한 마리 작은 새처럼 영환의 품에 안겼다. 운명처럼 첫눈에 이끌려 선택했던 세옥은 나이에 비해 차분했고 말수가 적었다. 신혼생활 6개월 만에 전쟁이 일어났고 그 후 전쟁터를 떠도느라 한 여자의 바람직한 지아비는 되지 못했다. 아기가 생기지 않으니 눈치가 보이는 모양이었지만 영환은 애써 모른 척했다. 조카들을 볼 때마다 속으론 부러웠으나 영환은 내색하지 않았다. 정 안 되면 형의 아들 셋 중에서 한 명 달라고 떼쓸 작정이었다.

"다음 주 어머니 회갑 잔치 끝나면 경주에 갑시다. 아직 벚꽃이 피려면 멀었지만, 춘삼월로 접어들었으니 바람은 훨씬 부드럽고 따뜻할 것이오. 오랜만에 당신과 단둘이서 봄맞이 가고 싶소."

세옥이 고개를 끄덕였다. 봄바람이 창문을 훌치듯 불었다. 3월 초순 깊고 짙은 밤하늘에 드문 눈발이 이리저리 휘날렸다.

"형님!"

전화기 너머 장지량 단장의 목소리는 여전히 활달했다. 동생처럼 아끼는 부하였기에 단둘이 있을 때 그는 늘 영환을 형으로 불렀다. 동생이 없는 영환도 싹싹하고 눈치 빠른 장지량을 특별히 아꼈다. 장지량은 김영환의 추천으로 제10전투비행단 단장직을 수행하고 있었다.

"형님, 오는 3월 6일에 우리 비행단 창설기념일 행사하는 거 알고 계십니까?"

"알고 있네."

"제10전투비행단의 창설 1주년 기념식에 꼭 형님이 오셔야 합니다. 우리 공군의 최초 전투비행단인 제10전투비행단의 초석을 다져놓으셨고 초대단장님을 역임하신 형님 아닙니까. 그러니 꼭 오셔야 합니다."

"그렇게 하지. 오랜만에 회포를 풀자고. 기념행사일 하루 전에 미리 가도록 하겠네."

오랜만에 강릉기지에 간다고 생각하니 영환의 마음이 설렜다. 강릉기지는 단독출격작전을 성공시킨 부대였고 비행전대에서 전투비행단으로 자리 잡기까지 숱한 애환이 서렸던 곳이었다. 전투 조종사들과 유대관계를 쌓기 위해 자신부터 껍데기를 벗어 던졌던 곳이기도 했다. 권위의식과 허세를 부리지 않으니 부하들도 허심탄회하게 그에게 다가왔다.

'강릉 산돼지들과 오랜만에 술잔을 기울이며 노래도 부르고 춤도 출 것이다. 파티가 무르익으면 누가 먼저랄 것도 없이 산돼지들은 웃통을 벗고 권투선수처럼 서로 뒹굴며 전우애를 나누곤 했었지. 나도 오랜만에 웃통 벗은 산돼지가 되어 그들과 뒹굴고 싶다.'

3월 5일 아침, 영환은 일어나자마자 하늘부터 살폈다. 하늘은 흐렸으나 비행을 할 수 있는 날씨였다. 주기장에는 영환과 김두만 중령이 타고 갈 F-51D 전투기 두 대가 마지막 점검을 받고 있었다. 김두만 중령의 전투기에는 사천기지에서 주기점검을 마친 낙하산이 잔뜩 실려 있었다. 보조 연료 탱크까지 기름을 가득 채운 엔진이 요란한 굉음을 뿜어냈다.

오랜만의 비행에 나선 영환은 정비사와 함께 비행기를 둘러보며 최종 점검을 마쳤다. 전투출격이 아닌 비행이기에 조종 헬멧 대신 공군

모자와 리시버만 착용한 채 영환은 전투기에 올랐다. 주기장에 있는 참모들과 정비사들에게 수신호로 이륙 신호를 보내는 영환의 웃는 얼굴은 마치 해맑았다. 오후 1시, 전투기 두 대가 사천기지를 이륙했다.

오후 2시 강릉기지에는 폭설이 쏟아지고 있었다. 쏟아지는 폭설을 뚫고 김영민의 전투기가 간신히 활주로에 착륙했을 때 김금성 대대장이 달려왔다.

"너 혼자 왔어?"

김영민이 전투기에서 미처 내리기도 전에 김금성 대대장이 험악한 눈으로 다그쳐 물었다.

"네!"

김영민은 얼결에 부동자세를 취하며 대답했다. 그와 동시에 김영민의 빰에 불길이 일었다. 김금성 대대장이 따귀를 올려붙인 것이다.

"인마, 내가 올 때 김영환 단장님을 모시고 오라고 하지 않았어?"

"제, 제가 주기장에 가보니, 이미 떠나셨다고 해서, 그래서 저도 부랴부랴 출발했습니다. 그런데 아직 안 오셨습니까?"

김영민은 어찌할 바를 모르고 부들부들 떨었다. 연락장교인 김영민은 아침에 사천기지에 갔다가 연락 임무를 마치고 다시 강릉기지로 돌아오게 돼 있었다. 그는 사천기지를 떠날 때 김영환 단장의 비행기를 호위하고 함께 강릉기지로 오라는 지시를 받았다. 김금성 대대장은 낭패한 얼굴로 기지지휘소로 달려갔다. 눈발은 급속하게 굵어지면서 펑펑 내렸다. 점점 거세진 눈발이 그의 얼굴을 마구 때렸다.

"오늘 비행기 이·착륙 가능한가?"

김금성은 다급하게 지휘소장 김영환(공사 1기생)에게 물었다. 비행기

이·착륙은 기지지휘소 소장에게 허가서를 제출한 후 소장의 최종 서명이 있어야만 가능했다.

"안 됩니다. 이제부턴 어렵습니다."

"이거 큰 일 났군."

강릉기지에 비상이 걸렸다. 사천기지에 비상연락을 취했지만 이미 김영환 단장의 전투기는 한 시간 전에 이륙한 후였다.

오후 한 시에 이륙한 김영환 단장과 김두만 중령은 시계비행(VFR : visual flight rules) 상태에서 비행하고 있었다. 모처럼의 솔로 비행이었지만 날씨가 순조로웠기에 영환은 안도했다. 그러나 순조롭던 날씨는 포항 상공에서 비를 뿌리기 시작했다. 삼척에 진입했을 때 비는 그쳤지만 구름이 짙게 깔렸다. 영환은 구름 속 비행을 싫어했다. 제주기지에 있을 때 제주도에서 대구기지까지 오는 동안 일기가 나빠 구름 속에서 편대와 헤어진 적이 있었다. 편대기는 흩어져서 불시착한 비행기도 있었고 항로를 변경한 비행기도 있었다. 영환은 간신히 구름을 헤치고 대구기지에 안착했으나 그 후부터는 구름에 다시는 들어가지 않겠노라고 혼자 다짐한 터였다.

영환과 김두만 중령은 구름 밑으로 내려가 비행을 계속했다. 고도계가 약 210m를 가리키고 있었다. 어느새 비행기는 묵호 상공을 날고 있었다.

"김 중령, 이제 거의 다 왔네. 힘내게."

김영환 단장의 밝은 목소리가 리시버를 통해 김 중령에게 전달되었다.

"네! 알았습니다!"

그때였다. 김두만 중령의 대답이 미처 끝나기도 전에 갑자기 먹구름과 폭설이 거대한 파도처럼 기체를 향해 달려들었다. 순간적으로 일어난 돌발 상황에 김두만 중령은 급히 좌측으로 기수를 돌렸다. 그 바람에 머리에 둘러쓴 리시버가 벗겨졌다. 폭설에 빨려드는 순간 우측에서 편대비행을 하던 김영환 단장의 비행기가 보이지 않았다. 김 중령은 엔진 출력을 최대한 올리며 주변을 살폈다. 그러나 순간적인 먹구름과 폭설의 기습 때문에 멀어져 버린 단장의 비행기는 어디에도 보이지 않았다. 김두만은 조종간을 힘껏 잡아당겨 비행기를 상승시켰다. 그리고 리시버를 찾아 끼고 외쳤다.

"단장님! 단장님!"

김두만 중령은 반복적으로 편대장기 김영환 단장을 호출했다. 하지만 아무런 대답이 없었다. 구름 위 상공에서 몇 바퀴를 선회했지만, 김영환 단장의 흔적은 보이지 않았다. 사고를 직감한 김두만 중령의 머릿속은 백지장처럼 하얘졌고 숨이 멎은 듯 가슴이 답답했다. 김두만 중령은 서남쪽으로 기수를 돌려 대구로 향했다. 구조요청을 하러 날아가는 김두만 중령의 턱이 걷잡을 수 없이 떨렸다.

밤이 깊어갈수록 강릉기지는 회색 도시처럼 슬픔에 잠겨버렸다. 다음 날 해군 수색함과 정찰기. 그리고 강릉과 묵호 지역 주민도 수색에 동참했다. 2m 이상 눈이 쌓인 대관령 산악에서부터 묵호 일대의 해안가와 바다 위를 한 달 동안 샅샅이 수색했으나 김영환 단장과 전투기는 그 어디에서도 찾을 수 없었다.

"포항 상공에서 비를 만났을 때 사천기지로 돌아가자고 권하지 못했던 것이 너무 후회됩니다. 그러나 단장님은 비행 실력을 갖춘 분이라 한편으론 믿는 마음도 컸습니다. 우리가 믿지 못하는 건 오로지 저 구름 속의 기상이변입니다. 언제나 기상이변에 조심하지만, 자연재해는 하늘이 하는 일이라 미리 알고 대처하기가 어렵습니다."

돈암동 집은 적막강산이었다. 누구도 김영환에 대해 입을 여는 사람이 없었다.

"내 아들 영환은 죽지 않았다. 한 달 내내 수색해도 쇳덩이 한 조각 발견되지 않았다고 하지 않느냐. 아마도 영환이는 무인도나 깊은 산중에서 잘 지내고 있을 것이야. 즐겨 부르던 노래도 부르고 운동도 하면서 잘 지내고 있을 게야. 내 아들의 죽음을 내 두 눈으로 확인하지 않는 한 장례식은 치르지 않을 것이다."

변보운화 보살은 아들 영환을 믿고 있었다. 어딘가에 불시착한 아들이 몸 성히 잘 있을 거라 믿으며 두 손 모아 부처님을 찾았다. 그러나 오세옥 여사는 몸을 가누지 못했다. 시어머니 회갑 잔치를 준비하기 위해 집을 나서던 길에 그녀는 청천벽력 같은 소식을 들었다. 한동안 아무 말도 하지 못 하고 서 있던 그녀는 그 자리에서 혼절하고 말았다.

실종된 지 19년이 흐른 1973년 12월 18일 서울 국립현충원에서 김영환 장군의 안장식이 거행됐다. 1948년 5월 14일부터 1954년 3월 5일까지 대한민국 공군 장교로 몸담았던 시기는 6년에 불과했으나 김영환 장군은 참으로 공군에 큰 발자취를 남겼다.

일본인에게 지는 것을 싫어했기에 운동을 했고, 하늘을 날고자 혼자 조종을 배웠으며, 항공부대 창설을 위해 기꺼이 사임계를 던진 결단력을 갖춘 리더였다. 공군력 확장이 곧 자주권 확립이라는 믿음을 갖고 실천에 옮겼으며, 해인사의 팔만대장경을 지켜내기 위해 빠른 판단과 기지를 발휘한 전투 조종사였다.

그는 6·25 전쟁이 끝난 후 더 크고 넓은 공군의 비상을 꿈꾸었다. 공군을 우수하고 유능한 조직으로 키우기 위해 새로운 목표와 각오로 그의 가슴은 열정으로 가득 차 있었다. 그러나 공군 지휘관으로서 그가 펼치고자 했던 열정은 1954년 3월 5일까지였다. 하늘과 공군을 사랑했던 김영환 장군은 빨간 마후라와 함께 공군의 전설이 되었다.

삼가 김영환 장군의 영면을 빕니다.

2018년 5월에

차인숙 합장